식민 지배 담론과 『국민문학』 좌담회

식민 지배 담론과 『국민문학』 좌담회

식민주의와 문화 총서 11

식민 지배 담론과 『국민문학』 좌담회

이원동 편역

머리말

『국민문학』이 창간된 것은 1941년 11월이었다. 당시 일본은 중일전쟁과 태평양전쟁의 한 가운데에 서 있었다. 국가의 모든 역량을 동원해야 하는 총력전 상황에서 일본은 조선에 대해서도 정신적·물질적 역량을 동원하기 위한 체제를 더욱 강화시켜 나갔다.『국민문학』은 이와 같은 상황에서 조선의 문예인들을 동원하기 위해서 창간된 잡지였다. 전시체제하 지식동원이라는 지배 권력의 목표에 부응하면서『국민문학』은 지배 담론을 조선의 현실에서 구체화하는 방법을 모색했다.『국민문학』은 조선의 문화예술계 특히 문단을 전시체제로 재구성하면서, 당대의 문학과 예술에 대한 담론을 생산하는 핵심 매체였던 것이다.

따라서『국민문학』을 읽는 것은 당대의 지배 담론의 성격은 물론 조선문단의 재구성 과정을 일별하고, 나아가 문학과 예술의 전시 동원과 관련된 주제를 살펴보는 일이다. 특히『국민문학』의 좌담회는 조선문학의 재구성, 징병제 실시와 문학, 일본어 전용, 농촌문화의 재편성과 생산 증대 등 당대 사회의 핵심적인 화제를 빠짐없이 다루고 있다. 한편 좌담회에 참석한 인물들의 면모도 다양하다. 최재서나 김종한 등 조선문인은 물론 경성제대의 교수들, 경성일보나 매일신보 등의 학예담당자들, 방송국 관계자들, 총독부 관료나 조선군 관계자 등 당대 조선사회의 여론주도층이 망라되어 있다. 그러므로『국민문학』의 좌담회는 당대 조선사회를 장악하고 있던 다양한 화제들과 언론 및 문화계를 실질적으로 이끌던 사람들을 한눈에 파악할 수 있는 자료인 것이다. 이것이 필자가『국민문학』의 좌담회를 번역하기로 마음먹은 이유이다. 말하자면『국민문학』의 좌담회를 통해서 이 편역서의 독자들은 1940년대 전반기의 다양한 사회문화적 이슈와 여론주도층의 면모를 일별할 수 있다. 따라서 이 책은 이 시기 문학을 처음으로 공부하거나 당대의 화제들을 일목요연하게 정리하고 싶은 독자들에게 도움이 될 것이다.

이 책은 크게 두 부분으로 구성되어 있다. 제1부는『국민문학』에 실린 좌담회 중에서 12편을 골라 번역한 부분이다. 주로 문학 및 문화예술과 관련된 중요한 화제를 다룬 좌담회들이다. 「조선문학의 재출발을 말한다」, 「문예동원을 말한다」, 「대동아문화권의 구상」 등은 '국민문학의 이념과 방향'에 관한 좌담회이고, 「군인과 작가, 징병의 감격을 말하다」는 조선인 징병제 실시가 조선사회와 조선문단에 미친 파급력을 엿볼 수 있는 좌담회이다. 그리고 좌담회 「신반도문학에의 요망」, 「국민문화의 방향」은 '문단인의 내선일체'를 실현하기 위한 것이었지만 실제로는 조선문학에 대한 일본 문인의 호기심으로 점철되었다. 한편 연극과 영화 등 선전선동의 실질적인 효과를 가진 매체에 관한 좌담회도 번역하여 실었다. 「농촌문화를 위하여」, 「영화 '젊은 모습'을 말한다」, 「군과 영화」 좌담회가 그것이다. 이 밖에 「국민문학, 1년을 말한다」, 「시단의 근본문제」, 「전쟁과 문학」 등의 좌담회에서는 이른바 '국민문학'의 구체적 성과나 전쟁동원의 양상을 파악할 수 있다.

한편 제2부에 번역하여 실은 것은 국민문학의 기반인 제도와 언어에 관한 것이다. 먼저『내선일체와 문학운동』은 조선문인협회가 편집하고 국민정신총동원 조선연맹이 1940년에 발행한 소책자이다. 여기에는 시오바라 도키사부로(정동 조선연맹이사장 겸 조선문인협회 명예총재)의 서문과 함께, 이광수, 스기모토 나가오, 현영섭이 쓴 글이 각각 한 편씩 실려 있다. 흥미로운 것은 『국민문학』에서 다루게 될 다양한 화제들이 이들이 쓴 글에 이미 포함되어 있다는 점이다. 이것은 결국 국민정신총동원 조선연맹과 조선문인협회를 매개로 진행되고 있던 전시체제하 조선문단의 재구성이라는 기획 속에, 이 소책자와 잡지 『국민문학』이 나란히 놓인다는 의미라 하겠다. 한편 제2부에는 『국민문학』(1943. 1)에 실린 「국어문제회담」과 「문화와 선전」 두 편의 번역도 포함된다. 「국어문제좌담회」는 '일본어 전용'의 문제에 대해서 주로 교육계와 작가들에게 물어보는 앙케이트 형식의 글이다. 물론 지배 권력의 언어정책을 일방적으로 전달하고 있지만 이 글을 읽어보면 일본어가 일상이나 교육언어, 나아가 문학 언어가 되는 과정에서 빚어지는 문제점도 암시받을 수 있다. 그리고 「문화와 선전」은 최재서가 총력연맹 문화부장이 된 쓰다 카타시와 실시한 대담 자료이다. 이 자료는 문화를 선전의 도구로 보는 당대의 관료적인 시각을 드러낸다. 특히 이 자료는 총독부와 총력연맹, 그리고 문인 조직으로 이어지는 문예동원의 제도적 차원을 분명히 보여준다.

이 자료들을 번역하면서 느낀 것은 두 가지이다. 하나는 『국민문학』에 투신했던 조선 문인들의 심리구조에 관한 것이다. 인간이 사회적 동물이라면, 그리고 언어와 문화의 의미체계가 그러한 인간의 사회성을 규정하는 힘 가운데 하나라면, 사회 속의 타자를 이해하는 일은 인간에게 아주 중요하다. 『국민문학』의 조선 문인들에게 그 타자는 압도적인 권력과 함께 풍부하고 세련된 언어를 가진 제국주의자였을 것이다. 그들은 두렵고도 또 부러운 타자들과 닮은 언어를 배우겠다는 불가능한 꿈을 꾸다가 정작 현실의 복잡한 변화를 놓쳐버린 것은 아닌지.

또 하나는 책을 만드는 일에 관한 것이다. 비록 편역서이기는 하지만 이 책을 만드는 과정은 결국 내가 다른 사람의 도움 없이 할 수 있는 일이 그다지 많지 않다는, 평범한 사실을 나에게 가르쳐 주었다. 보잘 것

없는 원고를 검토해 주시고 '식민주의와 문화 총서' 시리즈로 출판하도록 허락해주신 김재용 선생님, 그리고 게으른 역자와 연락을 주고받으면서 책을 만들어 주신 역락 출판사의 이대현 사장님, 편집부의 권분옥, 추다영 선생님이 아니었다면 이 원고는 아직도 잠자고 있을 것이다. 그리고 번역 특유의 이상한 문장을 일일이 교정하는 괴로움을 기꺼이 맡아준 경지현, 김도경 선생님께도 고마움을 전하고 싶다. 그러나 이 책에서 잘못된 점들은 전적으로 나의 몫이다. 이들은 나의 부족함을 채워주신 분들이다. 끝으로 아무리 부족한 사람이라도 그를 끝까지 믿어주는 이가 있다면 참으로 행복할 것이다. 그런 행복을 누리게 해준 나의 가족, 그리고 멀리 일본에 있으면서도 그런 행복을 기꺼이 나누어 줄 한영란에게도 한없는 고마움을 전한다.

2009년 12월

이 원 동

차례

제1부

좌담회, 국민문학을 말한다

■ 국민문학, 1941. 11.

조선문학의 재출발을 말한다

참석자

카라시마 다케시(辛島驍, 경성제대 법문학부교수)
테라다 에이(寺田瑛, 경성일보 학예부장)
백철(매일신보 학예부장)
요시무라 고도(芳村香道, 박영희, 문인협회간사장)
이원조(평론가)
최재서(본사 측)

혁신의 목표

최재서　조선문단의 전환이랄까, 혁신이랄까, 이 긴박한 정세의 가운데에서 조선문단은 빨리 체제를 정비해서 직역봉공을 하지 않으면 안 된다는 목소리가 여기저기서 들려오고 있는데, 이러한 기운을 조장한다는 의미에서 『국민문학』이 태어났습니다만 실제로 실천해 가는 데에 있어서 여러 가지 문제가 있을 것이라고 생각합니다. 전환의 목표는 명백하겠지만 여기서 일단은 확실히 의식하고 확실히 결정해서, 지금부터 하나하나 실천해 나갈 방법 같은 것을 말해주십시오. 조선문학 혁신의 목표에 대해서 카라시마 씨부터 한 말씀 부탁드립니다.

카라시마   조선문학의 전환은 이미 2년 전 문인협회가 생겨날 때부터 시작했다고 생각합니다. 그런 의미에서 그것은 요시무라 씨에게 부탁하는 편이 적당하죠. 요시무라 씨 어떻습니까.

요시무라   그러면 간단하게 말씀드리죠. 목표라고 말씀드리면 모두 잘 아시리라 믿습니다만 저는 이렇게 생각하고 있습니다. 막연하게 문학은 국가를 위해서 최선을 다해야 한다는 것은 단지 일반적인 목표라고 말할 수 있겠지만, 더욱 상세하게 말한다면 두 가지로 나누어 생각할 수 있습니다. 첫째는 사회 혹은 사회에 있어서의 소위 시대성을 그대로 반영하는 것이 문학이라고 보는 경향이고, 또 하나는 그것으로 만족할 수 없다는 것이지요. 그것은 지금의 시국이 임전체제(臨戰體制)하에 놓여 있기 때문에 문학은 다른 방면으로부터 영향을 받지 않고 스스로 전진해 나가자는 입장, 그런 자각 아래에서 오늘 이후 우리들의 문학 운동을 전개할 수밖에 없다는 관점이지요. 따라서 사회성 혹은 시대성에 영향 받는 미온적인 문학이 아니라, 예전의 문학적 행동방식으로 한다면 혹시 모자라는 점이 있을지도 모르겠는데요, 그런 형식문제는 그만 두고 실제로 우리들이 우리의 붓으로써 나라를 위해서 얼마나 최선을 다할 수 있는가, 즉 문학의 기능을 최대한 이용해서 실천한다는 생각으로 문학을 창작한다거나 그 밖의 예술 방면에 있어서도 활동하지 않으면 안 됩니다. 거기에 대해서는 여러 가지 방법이 있겠지만, 여러분의 의견을 좀 더 듣고 난 후에 덧붙이고 싶습니다.

최재서   이를테면 진정으로 국민적인 문학으로 한다는 것이 말하자면 결국 당연한 것인데요, 우리들의 금후의 목표는 거기에 있는 것입니다. 백철 씨, 어떻습니까. 평론계에서도 금후의 혁신이나 전환의 목표를 확실히 규정해 두는 편이 좋지 않겠습니까.

백　철　결정하는 편이 좋지요. 어려운 문제가 되겠지만. 지금까지 조선문학이 어떤 상태로 있었는지 말씀드리면, 그 점 내지문학도 대체로 동일하지만, 결국 개인주의적 경향이 농후해서 한편으로는 신변소설적 경향이 강했고 다른 한편으로는 세태묘사의 문학이 유행했습니다. 이번 기회에 우리들은 그러한 것을 비판하면서 새로운 목표를 결정해야 한다고 생각합니다.

최재서　국민적 입장에 의한 자기반성 같은 것은 또 이후에 말씀해 주시고 먼저 그 목표를 밝혀 주시지 않겠습니까.

백　철　새로운 국민문학의 목표는 개인주의적 입장을 부정하고, 전체적인 입장에서 국책에 부응하는 문학을 수립하는 것입니다. 따라서 국책을 민중에게 선전하고 그것을 계몽해 나간다고 말하는 것이 새로운 국민문학의 과제이며, 또 새로운 가치이기도 한 것입니다. 단지 시국이 너무 급격하게 진전하는 양상을 보여 주니까 그것을 하나하나 쫓아가는 것은 문학으로서는 도저히 할 수 없지요. 역시 깊은 의미에서의 시대 흐름을 파악하고, 대동아공영권의 확립이 영원한 목표가 되고 그것을 자신의 문학관으로 수립해서 그 거대한 주제 아래에서 시국의 단편을 포착해 나가는 것에서 진정한 국책문학이 생긴다고 봅니다. 그러니까 먼저 이 기회에 국민으로서, 대동아공영권의 세계관이 어떤 입장에서 어떤 의미로 되어 있는지를 확실하게 파악하는 것이 국민문학의 출발에 있어서 가장 정당한 기초적 입장이 된다고 봅니다.

선전문학인가 국책문학인가

카라시마 대동아공영권 확립의 의의를 작가가 지적으로 파악하는 것을 신문학출발의 전제로 삼아야 한다는 것에는 전적으로 동감이지만 동시에 그 지적으로 파악한 것을 자기 생활 속으로 융합시켜 감정으로까지 끌어올려서, 그 혼연(渾然)된 신시대의 의식을 가지고 현실에서 부딪쳐 나가야 합니다. 그러면 작가는 거기서 지금까지의 의식에서 찾아내지 못한 새로운 감동의 장을 발견할 수 있지요. 여기서 진실한 의미의 문학이 생겨나는 것인데, 처음부터 의식적으로 계몽선전의 국책문학을 생각하는 것은 일리가 있지만 조금 흔한 사고방법이 아닐까요. 결과적으로 본다면 제가 말한 새로운 문학도 넓은 의미의 계몽도 되고 선전도 되지만, 그러나 문학의 본도(本道)는 그런 흔한 목표를 지향하는 것이 아니라 작가가 먼저 진정한 비상시하의 일본신민으로서 철저해져야 하고, 그런 철저한 정신을 가지고 현실에 부딪쳐 나가야 합니다. 이것이 올바른 방식이지요.

백 철 저도 역시 그런 의미로 말씀 드렸습니다. 지금 제가 말한 것은 지적으로만 국책을 파악하자는 것으로 이해되기 쉬울지도 모르지만 문학이란 감정으로 뒷받침되지 않으면 문학일 수 없으니까요. 나는 선전계몽문학을 주장한 것이 아니라, 결과적으로 보면 그렇게 된다는 것이지요. 국책에 유용하게 쓰이는 경우, 문학이 선전계몽의 역할을 하지 않으면 국가가 문화정책을 세워서 문학을 장려하는 의미는 없어요. 거기에 문학의 역할이 있지만 단지 문학자가 그것을 그렇게 직접적이고도 일상적으로 할 수는 없다고 보는 것이죠.

카라시마   국책에 휘둘리는 마음으로 선전과 계몽에 몸을 낮추는 경우가
있으면 안 됩니다. 작가는 먼저 시대의 사상과 감정을 자기 속
에 형성하도록 노력해야 한다고 생각합니다. 어려운 길이겠지
만 역시 그쪽으로 가야 한다고 생각합니다.

요시무라   지금, 백철 씨가 말한 것은 대동아공영권의 확립을 목표로 하
자는 의견으로 중요한 이야기입니다. 그러나 실제로 그렇게
되면 나라를 위해서 문학으로써 우리들이 무엇을 해야만 하는
가의 문제가 되는 것은 당연하지요. 따라서 우리들이 문학자
로서의 역사적인 자존심이나 지적인 방면을 그대로 유지하는
것이 가능하다면 물론 좋겠지만 지금이야말로 우리들이 해야
만 한다는 불타는 일념으로, 예전의 문학적인 입장에서 말하
면 혹은 벗어난 것인지도 모르겠지만, 우리들 스스로가 할 수
있는 일은 어떻게든 하는 것입니다. 적절한 예인지 모르겠습
니다만, 집을 설계하는 것이 아니라 기와 한 장이라도 자기 손
으로 쌓는 역할을 하는 것이죠. 국가의 거대한 이상을 실현하
는 일에 우리들이 먼저 밑거름이 되어야 합니다. 그런 임무에
서부터 시작하는 것입니다. 우리들이 하는 일을 우리들이 비
판하면서 하는 것이 아니라, 그 비판과 문학적 역사적 방면은
어떤 다른 사람이 나와서 이론을 덧붙일 것이라는 의미에서,
뭐랄까, 하나의 문학적 노동자의 다짐으로 새로운 것을 개척
하는 기분이 아니라면, 우리들의 일은 그리 잘 되지 않을 것이
라고 생각합니다.

이원조   백철 씨와 카라시마 씨의 이야기를 들으면서 느꼈습니다만,
백철 씨는 현 시국의 문학은 마땅히 국책적이지 않으면 안 된

다. 그러나 국책적으로 된다고 해도 그 시국은 급격한 전환을 보이고 있으니까 그것을 항상 쫓아가는 것은 진정한 문학이 될 수 없다. 그것보다는 눈을 멀리 그리고 크게 떠서, 예를 들어 대동아공영권이라거나 역사적인 문학을 수립해야 한다는 것이 백철 씨의 주장이라고 봅니다. 거기에다가 카라시마 씨는 보충적인 설명으로서, 물론 역사적 문학을 수립하는 것이 필요하지만 그것을 작가 자신의 혼의 세계, 독자와의 혼의 접촉, 그 방면까지 넓혀가야 한다는 의견으로 보이는데, 만약 두 분의 의견을 아울러서, 제가 느꼈던 것이 틀림없다면, 그 양쪽의 입장을 종합하면 새로운 문학의 창조가 가능하지 않을까 생각합니다.

과거에 대한 반성

카라시마 현실은 이미 대동아공영권 확립을 위한, 또한 신국민문화건설을 위한 생활이 진행되고 있디고 생각합니다. 그런데 구래의 이념과 감정을 가지고 있는 사람은 이런 새로운 현실에 대해서 마음을 내켜 하지 않는 것이지요. 그런데 새로운 건설적 지성과 함께 감정을 획득한 사람은 이러한 새로운 현실에 대해서 혼을 움직여서 이것을 표현하지 않으면 안 되는 문학적 감회를 가질 수 있다고 봅니다. 이렇게 새로운 감동의 장을 발견해서 새로운 혼을 갖고 이것을 묘사하는 것이 오늘날의 진정한 국민문학이라고 저는 생각합니다. 그런 것을 건설하는 것이, 지금부터 작가의 임무겠지요. 그러기 위해서는 작가자신이 신세계관 파악의 지적인 수업과 함께 실천적으로 일상생활을 변화시켜 나가는 몸가짐[1]의 수업이 되어야 한다고 봅니다. 그 것이 오늘날의 문학자로서의 삶의 방법이 아닐까요.

최재서 말인즉슨 작가로서 금후 어떻게 해야 하는가는 원칙적으로 주가 되었다고 생각합니다만, 우리들에게는 더욱 절실한 문제가 있지 않을까요. 즉 지금까지 조선의 문학은 조선만의 문학으로서 오늘날까지 있어 왔지만, 이제부터는 더욱 커다란 일본 문화의 일익(一翼)으로서 재출발하는 것이야말로 사실은 정말로 중요한 문제가 아닐까라고 생각합니다. 이 점에 대해서 여러분들에게 말씀 부탁드립니다. 테라다 씨 무언가 한 말씀.

테라다 전환해서 새롭게 출발하는 것은 조선문학뿐만 아니라 내지의 문학에서도 마찬가지라고 말할 수 있습니다. 그런데 현재 내지 쪽도 느리기는 하지만 그와 같이 전환하고 있습니다. 단지 내지와 달리 조선은 종래의 조선적이랄까, 향토적이랄까, 그런 성격으로부터 문학이 성장해왔던 것인데, 이제 와서 갑자기 넓은 의미의 일본적, 국책적, 나는 국책적이라는 말이 그다지 좋지 않습니다. 국책(國策)적이 아니라 국시(國是)적이라고 말하는 것이 좋겠지요. 이와 같이 전환한다는 것은 조선인에게는 지금은 다소 무리인 것 같아요. 그러나 이미 이렇게 되어 버려서 언제까지라도 조선적인 것만 추구하는 것은 용서할 수 없게 되었지요. 같은 조선적인 것에 있어서도, 그것이 일본적인 것 속의 조선적인 것이 아니라면 안 된다는 식으로 되어 버렸다고 생각합니다. 그래서 카라시마 씨의 말씀처럼, 지성과 감정 등이 함께 어우러져서, 문학을 문학으로서 표현하기 위해

---

1) '身の置き方'를 몸가짐으로 번역했다.

서, 작가 자체가 실천의 괴로움을 반드시 맛봐야 한다는 것은
당연합니다. 자주 이런 말을 들었지요. 우리들도 시국적인 것
을 쓰고 싶지만 그러나 우리들에겐 그러한 일본적 경험이 없
다. 예를 들어 군대의 일을 쓰고 싶어도 군대의 경험이 없다.
따라서 어떻게든 시국적인 것을 쓰려고 해도 머뭇거릴 수밖에
없다고 자주 말합니다. 물론 그것은 중요하지만 시국적인 것
을 쓰기 위해서 반드시 군대의 일을 써야 하는 것은 아니죠.
어디선가 야채를 팔고 있는 할아버지, 할머니의 생활에도 시
국의 파도가 밀려 들어와 있다고 한다면 그들의 생활을 써도
시국적인 것이 됩니다. 지금은 전환기이기 때문에 군대의 문
학을 쓰고 싶지만 쓰지 못한다는 초조감도 이해됩니다만, 그
것을 핑계로 삼는 것은 비겁하다고 생각합니다. 요전에 『국민
문학』 잡지를 피로(披露)2)할 때에도 말씀드렸지만, 쇼와 13년
10월 내지 문인과 조선 문인이 무릎을 맞대고 좌담회3)를 했을
때였지요. 내지 측 문인이 '당신들은 이미 훌륭한 국어로 일상
적인 회화가 가능하니까 창작도 국어로 하십시오. 그러면 당
신들의 작품이 내지 시장에도 나오고 또 당신들을 인정하는
사람이 지금 이상으로 확대되면서 당신들의 생활 자체도 풍요
해지지 않을까.'라고 말했을 때, 거의 대부분의 사람들은 조선
문학이 가장 조선적인 것이 되지 않으면 안 되는 이유를 말하

---

2) '문서 따위를 펴 보임, 일반에게 널리 알림'을 뜻하는 말이다.
3) 1938년 10월 혹은 11월, 좌담회 「조선문화의 장래와 현재」(『경성일보』, 1938. 11. 29~12. 7)
를 말하는 것으로 보인다. 이 좌담회는 장혁주가 번역하여 일본에서 상연했던 『춘향전』
의 경성 공연을 앞두고, 만주 여행길에 조선에 들른 일본인 문학자들과, 조선인 문학자들
이 한 자리에 모인 것을 계기로 이루어진 문학 관련 좌담회였고, 그 자리에서 일본어 창
작에 관한 근본적인 문제가 다루어졌다는 점에서 문단에 큰 반향을 일으켰다. 이 좌담회
의 핵심적 주제는 조선적인 것이 일본어로 표현될 수 있는가 하는 것이었다(윤대석, 『식
민지 국민문학론』, 역락, 2006, 125면에서 인용함).

면서, 그 문제는 묵살되었다기보다는 오히려 큰 소리로 웃어 넘기는 것 같은 느낌을 받았습니다. 그러나 어쨌거나 거의 3년 가까이 지나는 동안 오늘날에는 국어로 창작해서 중앙의 문학 잡지에 작품을 발표하는 사람이 나타나기 시작했다는 것은 현재 우리들이 목격하고 있는 그대로입니다. 그와 같이 단지 국어문제만 말해도 3년 전에는 불가능하다기보다는 오히려 무모하다고 여겼던 것이 이렇게 변했습니다. 또 시국은 서서히 절박해져 왔고 앞으로는 더욱 긴박해질 것입니다. 그렇다면 결국 조선적인 것은 서로의 생활에서 이미 허락되지 않기 때문에, 혹시라도 과거 자신의 명성이나 지위, 상세하게 말하면 생활이 되겠지만, 과거의 생활에 너무 젖어 있었다면 이제는 시국의 방향으로 서로 실천해 나가야 하지 않을까요.

국민문학으로서의 조선문학

최재서 지금 여러 가지 문제가 제출되었는데요, 우선 과거에 너무 매몰되어 있다는 것이지요. 그것은 당연히 오늘날의 현실에 맞지 않을뿐더러 용납할 수 없는 것이지만 먼저 말씀하셨듯이 조선적인 것이라는 점, 즉 조선만을 고립시킨 조선적인 것이 아니라 넓은 일본문화의 한 일익으로서의 조선적인 것을 생각할 경우, 새로운 각도에서 조선적인 것이 검토될 수밖에 없을 것이라고 생각합니다만, 어떻습니까. 문제를 전혀 새로운 입장에서, 새로운 각도에서 다시 보자는 식으로 실천해 나가야 하는 것은 아닐까요.

요시무라   그것은 물론입니다만, 저의 생각에는 조금이라도 잘못되면 이
상하게 되지 않을까 생각합니다.

최재서   그러니까 그만큼 신중하게 해야 하는 것이지요.

요시무라   정 군이었던가요, 그가 말한 로컬 컬러와도 조금 다릅니다. 근
본은 대체적으로 비슷한 것이지만, 지방색이 조금씩 확장되면
자기만의 존재가 되어 버린다는 느낌입니다.

카라시마   당면의 작가가 진정한 일본인이 되는 것에 철저하다면 아무런
말이 필요 없겠지요. 결국은 거기에 달려있겠죠.

요시무라   그러나 막연하게 로컬 컬러의 의미로 조선적인 특수성이 있다
는 식으로 말하면 이상해지지 않을까 염려스럽습니다. 지금
이 시국에서 시작하는 작가의 입장에서 말하면 문제가 없습니
다. 그런데 조금이라도 과거에서부터 문학을 해왔던 사람은
어쨌거나 이전의 문학적인 자존심에서 그다지 단절되지 않을
경우가 있는 것입니다. 제가 말하고 싶은 것은 그런 생각을 가
지고 있다면, 입으로는 얼마든지 새로운 문학을 제창한다고
해도 진정한 생활을 이해할 수 없다는 겁니다. 따라서 지금까
지의 이론을 모두 벗어던지고, 평범한 사람들이 모두 나라를
위해 최선을 다하는 것과 같은 마음으로 우리들은 붓을 들고
나라에 충성하는 겁니다. 이를테면 지금 저축주간을 선전하고
있다면 작가도 그런 방면으로 나아가는 것입니다. 또는 국민
이 모두 일해야 하는 경우에는 작가들은 작품을 통해서 한가
로운 생활에 빠진 국민들을 자각시킵니다. 지금의 시국에서
국책적인 것을 한다고 하면, 지금까지 문학이라는 고상한 장
소에서 인간의 생활을 내려다보던 입장을 버리고 더욱 겸손한

마음으로 자신도 국민의 일원이라고 생각하지 않으면 진정한 국책문학은 불가능합니다. 목표는 물론 대동아공영권의 확립에 두겠지만, 미세한 지점부터 시작해야 합니다. 나라를 위해서 이런 일을 해야 하지 않겠는가라는 마음을 갖고 한 길로 나아가는 것입니다. 시대는 하루하루 변합니다. 이렇게 해서는 실제로 문학이 될 수 없지 않을까라는 식으로 생각할 여지도 있습니다. 그런데 지금은 그것을 극복해야 합니다. 그러면 더욱 넓은 세계가 전개됩니다. 따라서 재출발하지 않으면 진정 나라를 위한 문학은 이상으로 그칠 뿐 실제로는 실현되기 어려울 것입니다. 이야기가 조금 극단적으로 흐른 것 같지만 실제로 방법은 그것밖에 없다고 봅니다.

최재서 즉 그것은 국가의식을 체득하는 하나의 단계로서는 당연히 그렇게 될 것입니다. 결국 실천을 통해서 가능할 뿐이고, 또 일상생활을 통해서 실천해 나가는 것이 당연합니다만, 조금 전 여기서 문제가 되었던 것은 오늘날 이후 일본문화의 일익으로서 조선문학이 재출발한다, 지금까지 언어는 대체로 달랐지만, 로컬 컬러라고 해도 저는 불만스럽습니다만, 특수성이라는 것도 나는 그다지 적절한 말은 아니라고 봅니다, 오히려 조선문학의 독창성이라고 말할 수 있지 않을까요. 그렇게 생각할 수 있지 않을까 생각합니다.

카라시마 독창성을 추구하기 이전에, 나는 아까부터 되풀이했던 것처럼 새로운 감정을 발견하는 것, 거기에 매진할 수밖에 없다고 봅니다. 그 가운데에서 자연스럽게 조선에 존재하는 것의 맛, 조선의 독창성이 자연스럽게 배어 나온다고 생각합니다.

이원조   조금 전 테라다 씨가 말씀하셨듯이 문학이 재출발한다는 것은 조선문학뿐만 아니라 내지문학도 마찬가지라고 말할 수 있습니다. 그럴 경우, 조선문학은 내지문학의 일익 일환으로서 생각할 수 있을 것인데, 그 경우 조선적인 것을 단적으로 표현한다면 어떤 것일까요. 지금까지의 문학은, 국민적 의식, 국민적 감정을 조직화하거나 국가 목적에 집중시키는 노력보다는, 더욱 개인적이었다는 의미에서 내지문학도 조선문학도 마찬가지로 전환하지 않으면 안 된다는 것은 확실한 것이지요. 그 경우 조선적인 것을 더욱 단적으로 표현한다면 무엇이라고 말할 수 있을까요?

테라다   내가 확실히 해 두고 싶은 것은, 나는 조선어로 읽을 수 없다는 것, 따라서 작품을 읽을 수 없다는 것, 그래서 결국은 내가 귀로 듣는다는 것이지요. 이 이야기도 쇼와 13년의 좌담회 석상에서 주로 들었던 것이겠지만, 단적으로 말한다면 특수성과 로컬 컬러, 독자성 같은 말이 있지만, 일본문학의 일익으로서가 아니라, 솔직히 말하자면 조선은 조선 혼자만 틀어박혀 있다고나 할까, 조선만을 더욱 깊게 파고든다는 기분이 듭니다. 말솜씨가 없어서 모양새가 좀 나쁩니다만.

백 철   그런 측면이 있지요.

최재서   그러나 우리들은 그런 것에 사로잡혀 있을 필요가 없다고 생각합니다. 종래 그런 것이 있었다는 것은 확실히 인정할 수 있지만, 지금 이전의 좌담회에서 그런 것이 명백하게 나타났지만, 그러나 금후 그런 것에 사로잡히지 않을 것이라고 생각합니다.

테라다 그런 것에 사로잡혀 있다고는 말하지 않았습니다.

최재서 그렇습니까. 실제로 그런 것에 사로잡히지 않고, 일본문화의 일익으로서 조선의 문학은 재출발합니다. 그렇다면 지금까지의 일본문화 그 자체가 역시 일종의 전환을 하게 되는 것입니다. 더욱 넓은 것이 되는 까닭입니다. 그렇게 되면 지금까지 내지적인 문화였던 것에 조선문화의 전환에 의해서 어떤 하나의 새로운 가치가 부가됩니다. 그렇지 않다면, 진정한 의미를 가질 수 없다고 생각합니다.

백 철 최 군이 말하는 것은, 조선문학이 일본문화의 일익으로서 출발하는 경우, 그 출발이 어떤 새로운 가치를 더해서 일본문학을 풍부하게 하지 않으면 어떤 의미도 없다는 것인데, 그것은 당연한 이야기죠. 그런데 이전에 테라다 씨가 말씀하셨던 문제가 있습니다. 즉 조선문학에는 하나의 분위기가 있는데, 좀처럼 그 분위기를 타파하여 세상으로 나가려고 하지 않지요. 예를 들어 말하면 여기에 하나의 강이 있어서 그 유역에는 자연적으로 아름다운 풍경도 있고 물의 흐름 자체도 상당히 아름답다, 따라서 문학자는 당연히 그 하천의 특수성을 여러 가지 묘사해 나가야 하겠지만 단지 문제는 그 하천의 물이 흘러 거대한 바다와 맥을 통하여 하나가 되지 않는다는 것입니다. 따라서 제가 주장하고 싶은 것은 그 하천의 흐름을 묘사하기 전에 그 물줄기를 바다 쪽에서 다시 조망해야 한다는 것입니다. 지금까지 강의 흐름 가운데에서만 보거나 느낀 것을, 이제는 바다를 보고 이해하는 입장에서 다시 바라볼 때에야말로 진정한 특수성도 붙잡을 수 있다고 봅니다. 조선문학의 특수성이라는 것도 그런 식으로 주장해야겠지요.

최재서 즉 조금 전부터 말했듯 새로운 각도에서 다시 봐야 한다는 말씀이시군요.

카라시마 오늘날에 있어서 조선적인 것을 일본문학으로 특별히 추가하자는 의식을 강조할 필요는 없다고 생각합니다. 그 점을 강조하는 것에는 어떤 과오가 있다고 생각합니다.

요시무라 그것도 그렇지만, 구체적인 실제 사례가 없다고 오해하기 쉽습니다.

카라시마 자연스럽게 진정한 국민적 작가가 되려는 작가로서의 수업과 각오를 작정하는 것이 우선입니다. 그러는 가운데 일본문학이 풍부하게 되겠지요. 처음부터 조선적인 것을 의식적으로 강조하는 것 자체에는 주의해야 할 경향이 있다고 말하고 싶어요.

최재서 저는 그것을 의식할 뿐만 아니라 가능하다면 그것을 이론화하지 않으면 안 된다고 생각합니다. 말하자면 예술가로서 국민화되는 경우에 그 사람은 구체적으로 어떤 것을 목표로 해야 하는가, 즉 스스로가 천부적인 소질을 잘 살려서 나라의 문화를 풍부하게 하는 것, 그러한 높은 목표가 없이 예술을 창조할 경우 어떤 격렬한 감정은 나타나지 않는 것이 아닐까, 그런 일을 경계한다는 것은 아직 예술가의 국민적 의식이 부족해서 과거의 색채가 여전히 남아 있는 단계에서는 주의해야 하겠지요. 즉 일단 그 사람이 충분히 의식적으로 국민이 되면 그다지 신경 쓸 필요가 없게 되겠지요.

카라시마 국민이 되는 것에서부터 자연스럽게 배어 나오는 것[4]이 오히

려 좋겠지요. 그러니까 오늘날 특히 그런 문제를 제기할 필요
는 없다고 저는 봅니다.

요시무라 그렇죠. 그런 문제를 지금 일부러 확대할 필요는 없지요.

최재서 왜 그런 문제가 제기될 가능성이 있는지 말한다면, 금후 조선
문학이 나아갈 방향에는 두 갈래가 있다고 할 수 있습니다. 하
나는 '조선적인 성격, 자기가 하늘에서 부여받은 것을 완전히
죽여 버리지 않으면 국민화가 될 수 없다.'와 같은 하나의 사
고방법이 있습니다. 또 하나는, '그렇지 않아. 그런 것을 살리
는 것이야말로 나라를 위하는 것이 되지 않을까.'라는, 추상적
일지도 모르겠지만, 그러나 그런 것이 구체적으로 나타날 경
우도 있습니다. 그런 것을 일단 지도이론으로서 생각해 볼 필
요가 있지 않을까, 그런 기분도 듭니다만.

이원조 카라시마 씨가 말했던 것과 일맥상통하는 것이 있군요.

카라시마 그럴까요.

최재서 실제로 구체적인 작품이 있다면 그것을 눈앞에 두고 논의하는
것이 가장 좋겠지만 영국의 작가로 콘라드라는 사람이 있습니
다. 그 사람은 폴란드 사람으로 나이를 먹어서 영어를 배웠고
마침내 영국으로 귀화해서 결국 영국작가로서 남았지만 오히
려 영국인도 쓰지 못한 새로운 경지를 영문학 속에서 펼쳤던
것입니다. 그러니까 역시 지금까지 조그마하고 또 고정되어
있던 조선의 작가가 일본문학의 일익으로서 선다는 입장에서

---

4) 여기서 '배어 나온다'는 표현은 '染み出る'를 번역한 것이다. 카라시마는 앞에서도 이 말
을 썼는데, 조선 작가가 일본 정신을 일상화함으로써 그것이 자연스럽게 '배어 나와야'
조선문학의 특수성도 가능하다는 맥락에서 이 말을 사용했다.

는 결국 일본문학 속에서 어떤 새로운 분야를 개척하는 것이 되죠. 그런 높은 의미에서 공헌을 하는 것이기도 하고요, 그것을 약간 쉽게 생각하면 결국 지금까지 자기가 가진 모든 것을 버려야 한다는 의문을 품는 것입니다. 이것은 오늘날의 젊은 이에게는 커다란 고민이 되는 문제라고 생각합니다. 그런 사람들에게는 역시 어떤 확고한 목표와 자신을 줄 수 있는 것이 특히 필요하다고 생각합니다.

카라시마 조금 전까지 말했듯 오늘날의 조선작가는 그런 특수한 성격을 특히 제기하자는 노력보다는, 먼저 시대를 공부하고 시대의 감정을 획득하는 것에 모든 정력을 다해야 합니다. 그러는 가운데에서 그런 것이 자연스럽게 나올 겁니다.

최재서 실제는 그렇게 될지도 모르겠네요. 다시 국민문학의 입장에서 자기비판을 해 보자. 그것도 결국 필요한 단계가 아닐까 생각합니다.

자기비판

백 철 지금, 최재서 씨의 이야기는 젊은이들이 지금까지 가지고 있던 것을 모두 일단 버려야 한다면 상당히 나쁜 영향을 미칠 것이라는 이야기지만, 그것은 우리들이 몸에 지닌 교양이나 기술이 거의 근대적인 것, 신변소설적인 것이기 때문에 우리들이 일단 그러한 것을 체질하듯 골라내지 않으면 안 된다는 말이 아닐까요.

최재서 교양의 문제와는 다소 다릅니다. 한마디로 말하면 반도작가의 예술적 특질이라고 말할 수 있는 것은 이 기회에 크게 조장해야만 하지 않을까, 그것은 물론 국책을 목표로 한 이야기지만. 국민화할 경우, 지금까지의 문화를 전부 죽여 버리지 않으면 안 되는 것처럼 이해되었는데, 그런 것이 오히려 장애가 되는 것이 아닐지 생각하고 있지요.

백　철　그 욕망을 단념하여 버리고 지금부터 새로운 문학을 해 나가자고 할 경우, 지금까지 몸에 지녔던 것을 하나하나 아까워하는 것으로는 진정한 문학이 생겨나지 않는다고 봅니다. 그러한 새로운 입장에서 진행하지 않으면 안 됩니다. 자신은 일본의 현재 대작가들에게 알려지지 않아도 좋다, 다만 장래의 문학을 위해서 디딤돌이 되자는 다짐이 아니라면 새로운 문학이 수립될 수 없습니다.

요시무라　내가 말했던 것이 그것입니다. 훨씬 겸손해져야지요.

이원조　그 문제와는 약간 다른 측면을 가지고 있지는 않을까요. 예를 들면 풍토적인 것, 혹은 풍속적인 것, 이런 것들은 어떻습니까.

요시무라　결국 우리들의 생활을 되돌아볼 때 갖가지 다른 특수한 것이 있습니다. 그러나 앞으로 미래를 조망해 볼 때 점점 그런 특수성은 사라져 버릴 것입니다. 생활양식에 있어서도 이미 사라진 것이 대부분입니다. 그러니까 그런 것만 신경 쓰는 것은 새로운 의미에서 출발하자는 사람들을 갈팡질팡하게 하는 것이라고 생각합니다.

이원조　조선의 예를 들지 않더라도, 내지에서도 큐슈, 칸토우, 칸사이의 이런 저런 풍습이나 관습은 다릅니다. 그런데 그것을 도쿄 중심으로 체질하듯 걸러내는 것은 문제가 되지요.

최재서 즉 지방문화와 국민문화의 문제가 되는 것입니다.

요시무라 내 생각에는, 물론 여러 문학작품에 있어서 갖가지 구상이 나올 것이라고 생각합니다. 예를 들어 말에 있어서도 방언을 사용할 수 있습니다. 그러나 그런 것 자체가 문제는 아니지요. 그런 형식을 통해서도 마침내 우리들이 목표로 했던 지점으로 간다면 그것으로 좋지 않겠습니까. 그러니까 방법은 여러 가지가 있겠지만, 그와 같은 사소한 부분만을 가지고 커다랗게 확대를 하면 문제는 어렵게 되지요. 반면 그것을 자연스럽게, 우리들이 각자의 사상을 표현하기 위해서, 목적을 향해 전진하기 위해서 사용한다면 그것으로 좋은 것이 아니겠습니까.

이원조 나는 최 군의 생각을 이렇게 해석합니다. 하나의 목적을 향한 표현의 방법에는 당연히 배제시키지 않으면 안 되는 것이 있겠지만, 조선의 독자적인 것 가운데에 좋은 것도 있다. 그것을 살려내지 않으면 안 된다, 이런 말이 아닙니까.

요시무라 물론 조선의 특수성을 부정하지는 않습니다. 그 문제는 당연하지요, 그런데 그것을 지나치게 생각하면 이상하게 변해버립니다. 예를 들면 비상소집을 할 경우에, 내지인도 조선인도 하나의 장소에 모입니다. 그러면 국민복을 입고 오는 사람도 있고 조선옷을 입고 오는 사람도 있겠지요. 일본옷으로 오는 사람도 있을 것이구요. 그러나 언젠가는 그 사람들의 의복이 통일될 겁니다. 미래에는 통일되지 않으면 안 된다는 의미보다도, 현재는 그렇게 옷을 입고 있어도 어쨌거나 그 사람들은 같은 목적을 향해 나갑니다. 그것만으로도 괜찮다고 생각합니다.

최재서 그렇게까지 가면, 더욱이 이런 문제가 생깁니다. 장래의 일본

문화를 생각할 경우에 획일적인 것이 되어 버리지 않을까. 혹은 그렇지 않고 변화무쌍하고 다양한 문화를 포용할 어떤 통일성의 원리에 의해서, 일본정신에 의해서, 그들 다양한 문화를 통합해서, 그렇게 일본문화를 이루어 나갈까. 결국 이 문제는 문화정책적인 측면까지 나아갈 것이라고 생각합니다만, 자유주의적인 교양이나 그런 것과는 문제가 다릅니다.

요시무라 이번에 시골에 가봤더니, 조선 부인들의 신발은 옛날에는 화려한 꽃무늬를 수놓은 것들이 많았는데, 그러던 것이 지금은 완전히 사라져서 내지인처럼 게다를 신고 있더군요. 이것은 정말로 비근한 예이지만, 그 점을 우리가 묘사할까 어찌 할까는 작가의 자유입니다. 뭐 자꾸만 그런 점만을 보는 것은 아닌지 모르겠지만, 오히려 옛날의 그러한 신발을 신은 부인의 어리석음을 그려야 한다고 생각합니다.

백 철 꽃모양의 신발을 그리는 것에 의해서, 반도의 것에 대한 영탄적인 무언가를 표현하는 것에 의해서, 조선적인 것을 그려 나가자는 특수의 태도를 부정하자는 것입니까.

요시무라 그것은 변해 가는 것이니까요. 즉 새로운 감정5)을 품으면 영탄적인 것으로 우리를 감동시키고 싶어도 그렇게 하지 않고 이를 악물고 견디면서 하나의 게다로 통일되겠지요. 그렇게 변해 가고 있는 새로운 장면에 우리들이 자연스럽게 감동하게 됩니다. 그런 식으로 생겨나는 것이 진정한 국민문학이라고 봅니다. 그러니까 작가 자신이 변한다면 로컬 컬러와 같은 문제를 새삼 논할 필요도 없겠지요. 다만 다른 입장에서 생각한

---

5) 일본이나 일본정신을 마음으로부터 이해하는 것을 말한다.

다면, 하등의 문제없이 솔직한 기분으로 꽃모양의 신발을 자연스럽게 그릴 수 있는 시대가 올 것입니다. 그런데 특수한 로컬 컬러를 강조하려는 마음이라면 그것 자체는 강조하지 않는 쪽이 좋지 않을까요.

카라시마 그것으로 문제는 해결되었네요. 다시 문제를 되돌릴 필요가 없다고 생각합니다.

시대와 작가의 고민

백 철 그러나 역시 그런 문제는 일단 구체적으로 받아들이는 것이 좋지 않습니까. 작가는 현실적으로 고민하지 않으면 안 된다고 생각합니다. 고민이 해결된다고 해도 일단 묵묵하게 쭉 생각하고 고민하는 생활을 해 보지 않으면 안 됩니다. 지금 우리들이 그 문제의 중심에서 함께 이야기하고 있는 것도 문제의 해결을 위해 고민하는 모습으로서 생각할 수 있으니까. 그러니까 이러한 논의는 결국 수용없는 짓이 아닙니다.

요시무라 지금 우리들이 처한 단계에서 하나의 특수성으로서 필요 없는 것을 받아들이기만 하면 안 됩니다.6) 능동적이지 않으면 안 되지요. 그러니까 우리들의 사명은 국가가 그런 것을 시키니까 어쩔 수 없이 하는 것이 아니라 국가의 정신, 일본정신의 아래에서 위에서의 명령이 아니라도 자기 스스로 해 나가는 마음, 그런 마음이 이 시대에 처해 있는 우리들 작가에게 부과

---

6) 조선문학의 특수성을 고민하기보다는 일본정신을 마음에서부터 파악해야 한다는 것이 요시무라의 생각이다.

　　　　된 임무라는 것을 이해해야 한다고 생각합니다.

백　철　실천하는 도중에 고민해야 한다는 카라시마 씨의 말씀도 요시무라 씨가 그와 같은 사명을 파악하여 출발하지 않으면 안 된다고 말하는 것과 결국 마찬가지라고 생각합니다.

요시무라　어폐가 있겠지만, 고민도 지나치면 곤란합니다. 시대의 고민은 밖으로 표현할 필요가 없지요.

최재서　그러나 그것이 그렇게 될까요. 당신처럼 말하면 상당히 경박한 것밖에 할 수 없습니다.

요시무라　그것은 어쩔 수 없습니다. 먼저 개척자의 다짐으로 하지 않으면 안 됩니다.

최재서　그런 논의야말로 파악되어야 한다고 생각합니다.

요시무라　우리들이 그 시대를 만들어 갈지, 다음 시대 사람들이 만들어 갈지, 모르겠네요. 한번은 러시아에서도 슈프레히코르7)은 문학이 아니라고 말했던 적이 있었는데, 그 당시로서는 어쩔 수 없었던 것입니다. 우리들이 모여서 이런 주제로 말하는 것도 시국이 긴박하기 때문으로, 따라서 그런 것을 쓰는 사람이 있다고 해도 14년, 15년 후의 사람이 비웃어도 어쩔 수 없습니다. 그런 자각도 해야 한다고 봅니다.

카라시마　슈프레히코르의 문제는 백철 씨가 말했던 선전과 계몽의 국책 문학과 연관해서 생각할 수 있겠는데, 문학을 매우 넓게 생각하는 것도 충분히 문학이겠죠. 그러나 문학의 본도(本道)는 역

---

7) 제1차 세계대전 후 노동자의 집회에서 주로 사용했던 무대예술의 기법. 시구(詩句)나 대사 같은 것을 효과적으로 전달하기 위하여 간단한 리듬이나 억양을 붙여 집단적으로 제창하는 방법이다(네이버 두산동아 백과사전 참조).

시 다른 곳에 있다고 생각합니다만.

백　철　저의 말에 전후 모순이 있는 듯이 들리니까 여기서 일단 그치겠습니다. 아까 제가 계몽문학과 선전문학을 말했던 것은 결과적으로 그렇게 된다는 의미로, 나 자신이 선전문학과 계몽문학을 제창했던 것이 아닙니다.

요시무라　지금부터 출발해서 점점 발전하면 새로운 의미의 올바른 길이 되겠지요.

이원조　요시무라 씨가 말했던 것은 백철 씨와 조금 다르지 않을까요. 고민이라고 말할 경우, 진정으로 고민하는 것이 아니라, 고민 속에서 즐거움을 느끼는 고민이라고 생각합니다만, 예술이나 위대한 시대의 탄생 전야의 고민, 그런 것도 말할 수 있다고 생각합니다.

백　철　요시무라 씨가 말했던 것은 실제적인 이야기인지도 모르겠네요. 지금은 진지한 문학을 쓰는 것도 인정받을 수 없을지도 모르니까요. 그와 같이 진지한 시대의 구체적인 것을 쓸 수 없다는 고민을 통해서 목적지에 도달하지 않으면 안 되는 것입니다. 그러나 진실한 문학의 수립은 생활양식이 통일되어 있을 때의, 있는 그대로의 과정을 그려야 하겠지요. 역시 현실의 과정을 비약하면서까지 생활을 통일된 것으로 해 버리면 추상적인 문학이 될 수밖에 없습니다.

국민화의 구체적 방책

최재서 문학을 국민화하는 구체적인 방책에 대해서 누군가가 말씀해
주시죠. 박군이 말했듯, 우리들이 우선 능동적으로 실천하면서
그 정신을 확실하게 파악한다면, 결국 이것이 근본이 된다고
생각합니다만.

이원조 제 대답이 적당한 것일지 모르겠습니다만 평상(平常)이라는 것
을 한번 생각해 봅시다. 새로운 문학이 발생할 경우 두 가지
경향으로 나타날 것입니다. 하나는 이론이 먼저 확립되고 난
후 생활이 뒤를 잇는 경우, 또 하나는 그 반대로 생활이 진행
되어도 이론이 확실히 확립되지 않는 경우. 이런 경우는 문학
이 새롭게 발생할 경우 자주 생기는 예이지만, 문학의 진정한
존재 방식을 고려할 때, 역사적으로 일정한 문학관 가운데에
그 시대의 구체적인 성격 혹은 정열이 농익지 않으면 건전한
문학이라고 할 수 없습니다. 그것을 문학의 이상으로 삼아서
지금의 내지 혹은 조선의 문학을 볼 경우 국민의 생활은 이미
진행하고 있는데 문학은 오히려 늦습니다. 문학보다도 문학이
론이 늦어진다는 것은 조선뿐만 아니라 내지의 문학에 있어서
도 볼 수 있는 경향으로 작가가 국민생활의 뒤를 쫓아가면서
실천할 경우에, 진정한 문학의 창조적인 역할은 다할 수 없다
고 생각합니다. 오히려 이것은 주제넘은 말일지도 모르지만,
문학이 마땅히 가져야 할 성격으로서 국민생활을 지도해 나가
지 않으면 안 된다고 생각합니다. 그런 경우 국민감정의 조직,
국민심정의 통일, 그러한 것을 작가가 하게 되는데, 작가 그
자신이 역사적인 문학관을 수립하지 않으면 안 된다고 생각합

니다만, 현재 조선문단에 있어서도 작가들의 국민생활은 소재로서는 충분히 토대를 준비하고 있습니다. 이것을 작품화하기 위해서는 일정한 관점, 일정한 문학관을 수립해야 한다고 생각합니다. 그러니까 오히려 새로운 문학을 국민화하는 것보다도 작가자신이 새로운 문학관을 수립하지 않으면 안 된다고 생각하지요.

카라시마 동감입니다. 따라서 문인협회의 문학부분에서는 가능한 한 여러 작가들 및 비평가 여러분이 모여서 바라건대 지배원리의 수립에 매진해 나가야 한다고 생각합니다.

최재서 여러 가지 구체적인 방책도 있겠지만, 결국 국민의식을 확실히 획득하는 것이 근본문제가 되는 것이죠.

이원조 문인협회가 좀 더 활발하게 활동해 줄 수는 없습니까.

카라시마 에, 작가분들을 혹은 광산으로 혹은 농촌 또는 수산학교가 있는 곳으로 보내서, 생산 부분에 가능한 한 많이 접촉할 수 있도록 기회를 만들고 싶어요. 체험으로부터 새로운 것이 생겨나겠지요. 그 결과는 『국민문학』에도 자연 나타나게 될 것이라고 생각합니다.

작가의 조직과 동원의 문제

최재서 그러면, 작가의 조직과 동원이 구체적인 방법으로서 문제가 됩니다. 실제로 갈기갈기 찢겨져 있다면 커다란 효과를 거둘 수 없다고 생각하는데요, 우선 작가의 조직과 동원을 문인협회와 결부시켜 실천해 나가면 어떨까요.

테라다 극단적인 말이라도 해볼까.

최재서 간사를 호되게 꾸짖어 볼까요.(웃음)

요시무라 결국 작가가 지금 이 시대를 잘 표현하고 또한 국가를 위하게
되는 것을 목표로 삼아서 나아간다면 오히려 이론뿐만 아니라
실천에도 문제가 없겠지요. 시국을 측면에서 바라보는 태도는
안 됩니다. 이것 역시 비근한 예이지만 실제니까 어쩔 수 없습
니다. 작가로서 마을 상회(常會)나 애국만의 상회, 그런 말단의
사람들이 일하는 생활양식, 거기서 시작해서 여러 가지 시국
적인 움직임 및 국민으로서의 의무와 책임을 스스로 실천하고
싶은 것이죠. 거기서부터 실감이 나오지 않을까요. 이것은 예
전과 같은 상상만으로는 부족합니다. 실제 지금의 생활을 묘
사한다면 작가 자신은 작가가 아니라 국민으로서 먼저 체험하
지 않으면 안 됩니다. 구체적인 방안은 또한 별개입니다만, 그
런 의미로 우선 작가를 실천적으로 협회가 동원하는 것보다도
개개인들이 그런 마음가짐으로 해 나갔으면 합니다.

최재서 그런 것과는 다르죠. 각자에게 반성을 촉구하는 책임을 가지
는 것도 말할 것 없이 필요한 것이지만 조직의 문제는 당연히
있을 것입니다.

요시무라 그러면 그런 문제로부터 하나의 조직이 생겨나겠지요.

카라시마 작가 개개인이 애국반의 일원이 되는 것은 말할 필요도 없지
만, 그 밖에 문인협회 조직이 있는 것입니다. 그러면 거기에서
함께 모여 동원된다는 것에 의해서, 인간이 가지고 있는 뇌동

성이랄까, 모방성과 같은 그런 하나의 분위기로부터 역시 새로운 추진력이 생겨난다고 생각합니다. 그러니까 역시 조직은 필요해요. 조선신궁 앞에서 모두가 함께 맹세하는 것도, 또한 지원병 훈련소를 견학하거나 관병식에 참례하고 호국신사에서 근로봉사를 하는 것도 모두 충분히 의의가 있는 일이라고 봅니다. 각자가 책상 앞에서 공부하는 것에 의해서 새로운 세계관을 수립하는 것도 물론 필요하지만 그것과 함께, 행동하고 실천하는 가운데에서 단적으로 의식을 형성하는 기회를 가지는 것도 절대적으로 필요하다고 생각합니다. 여러 가지 경우를 두루 체험함으로써 새로운 시대의 작가적 정열을 불태울 기회가 자연스럽게 조직될 수 있는 것이지요. 인문사도 이런 기회를 만드는 것에 협조해 주십시오.

최재서   물론입니다. 그래서 저는 결국 문단인의 한 사람으로서, 또 겸하여 편집자로서 느낀 것을 말씀드리겠습니다. 현재 시인이나 작가로서, 평론가로서, 스스로의 집필 태도에 대해서 반성을 가하지 않는 사람은 하나도 없다고 생각합니다. 단지 확실하게 확신하고 있는 사람도 있다면 아직 거기까지 가지 못한 사람도 있습니다. 따라서 문제는 작가의 조직입니다. 일단은 방황하고 있다고 볼 때, 작가들은 무언가 전진하고 싶다는 뜨거운 희망이 있어도 방황하고 있는 것입니다. 그런 문제에 대해서는 역시 조직의 힘이 아니면 안 된다고 생각합니다. 즉 문인협회라면 문인협회로서, 조직을 꾸려서 실천의 방향을 확실하게 제시하고, 그렇게 하면서 이끌어 나가는 것입니다. 그것을 위해서는 명확한 지도 이론을 일단은 준비해야겠는데, 모든 경우에 합당한 것까지는 바랄 수 없지만, 몇 개의 강령이나 목표, 직접 문학적으로 번역할 수 있는 구체성과 사실성을 가진 지도이론을 준비해서, 그것으로써 조직체를 운영해 나가는 것이죠. 개별 작가의 반성을 촉구하는 것도 필요하지만 하나의 조직체를 마련하는 것이 국민운동과 그 부면(部面)에도 통하는 것이 아닌가 생각합니다. 단지 문학 방면은 복잡하고 이론이 많으니까 손을 대지 않는 것이지만, 그렇게 되면 시간이 얼마간 흘러도 결국 효과를 거둘 수가 없지요. 여기저기서 전쟁이 일어나서 작가를 동원하지 않는 국가가 없는데요, 내지에서도 조선에서도 작가를 동원하고는 있지만 특히 조선에는 명확함이 부족하다고 할까, 금후 서로 그런 방면으로 노력해야 하지 않을까요.

백 철 지금까지는 문인협회로서의 조직성이 상당히 약했던 것이 사실입니다. 그러나 다른 조직형태를 만들 것까지는 없겠고, 문인협회를 강화하는 것이 좋겠지요.

최재서 저는 문인협회를 논하는 경우 두 가지 논점이 있다고 생각합니다. 하나는 작가들이 얼마간 도피적 태도를 가져왔다는 것, 또 문인협회로서는 광범위한 문인 전부를 조직화하는 것에서 출발하지 않았다는 것입니다. 양쪽 측면에서 모여서 실천한다면 활동력 있는 단체가 되지 않을까 생각합니다.

백 철 문인협회 측으로서는 겸손한 입장이기 때문에 우리들8)이 약했다고 말했겠지만 그 대신 문화인들의 편에서 따라오지 않았던 경향도 있었지요.

요시무라 제 입으로 이렇게 말하는 것이 이상한데요, 작가들이 자발적

---

8) 조선문인협회를 말한다.

으로 나오지 않을 경우 협회가 아니라 연맹이 움직여도 따라오지 않는 사람은 어쩔 수 없지만, 지금까지의 상태에서 탁 털어놓고 말하면, 그 정도로 무책임한 사람들은 없었습니다. 그러나 물론 협회 자신도 힘이 부족하다고 말할 수 있지만 작가들도 상당히 관심을 가지지 않았던 것은 사실입니다. 요즘에는 조금 나아졌지만.

최재서 역시 문인협회 내부에서도 세 가지 부문을 두는 것이 어떨까요. 별개의 단체가 아니라, 문인협회 내부에서 작가는 작가만이 모이고 시인은 시인만 모여서 공통의 문제를 해결해 가는 것과 같은.

카라시마 실행합시다. 모두가 파벌 심리를 버리고 함께 모이는 기분이 될 수 있다면 아무런 문제가 없습니다. 사실은 문인들의 집필 태도에도 불안을 가지고 있었는데, 오늘 이 자리에 와서 상당히 확신하게 되었습니다. 지금부터 힘차게 함께 해 나가고 싶습니다. 정직하게 말씀드립니다. 그 점 상당히 기쁩니다.

백 철 이 좌담회를 통해서 수필을 쓰는 사람들에게 원하는 것이 있습니다. 어쨌든 수필을 쓰는 경우에 파리가 많아서 곤란하다거나 하는 신변적인 것이 많아서 편집자가 곤란합니다.

최재서 편집자로서 원고를 의뢰할 경우 이런 것은 곤란하다고는 말할 수 없습니다. 그러니까 이런 것은 문인협회가 작가를 모을 수 있는 기회에 부탁하는 것 말고는 방법이 없습니다. 테라다 씨 한 말씀 어떤가요?

테라다 문인협회 자체가 약했고 또 회원 자신이 권리와 의무만을 말하고 따라오지 않았다는 것이지요. 협회로서는 힘이 약했기 때문에 적극적으로 손을 쓸 수 없었는데, 지금까지는 활동할 무대가 없었기 때문에 어쩔 수 없는 측면도 있었습니다. 음악, 영화, 연극, 연예협회는 화려하게 일을 진행하고 있지만 문인협회는 무엇을 하고 있는가라는. 그러나 그들은 원래 그런 곳에서 출발하는 것이니까. 그 점은 조직으로서 문인협회가 가능하기는 해도 일로서는 역시 개인의 일이지요. 그 개인이 따라오지 않았다면 공연히 다른 협회와 비교해서 무엇을 하고 있는가를 말한다고 해도 문인협회는 근로봉사를 하는 것만이 문인협회의 일은 아닙니다. 결국 무대가 있어서 그 사람들에게 쓰게 하지 않으면 안 됩니다. 그러나 그 무대가 없었을 경우, 예를 들어 신문 등으로부터 부탁받았을 때에 얼마만큼 협력했던가, 물어본다면 협력하지 않았지요. 이것은 상품매매가 되겠지만 사실입니다.

최재서 러시아의 실천 방법에도 비슷한 점이 있다고 생각합니다. 확실하게는 모르겠지만 작가대회를 열어서 여러 가지 문제를 토론하고요, 그리고 논의의 여지가 없는 목표가 있어서 그것을 어떻게 문학적으로 평가하고 표현해야 하는가와 같은 문제를 연구하지요.

테라다 지금부터 합시다. 그래도 따라오지 않는다면 낙오되는 것이죠.

작가의 활동과 발표기관

최재서 문인협회가 결성될 무렵은, 아직 임전체제가 아니었기 때문에 여러 가지 문제점이 있었던 것이지요. 다음으로 이것은 『국민문학』에 직접 관계가 없는 것인지도 모르겠지만, 용지 절약으로 잡지가 점점 줄어들고 있어서 작가의 생활과 발표기관의 문제, 논의해도 어쩔 수 없는 문제일지도 모르겠지만, 되도록 주어진 조건에서 맞추어 살려나가는 것도, 결국 하나의 사명이라고 생각합니다만, 그 점에 대해서 테라다 씨는 어떻습니까?

테라다 상당히 예외적인 논의가 아니라 당연한 논의라고 할 수 있겠지만, 현재로 올수록, 잡지로서는 우선『국민문학』밖에 없다고 보아도 좋겠지요. 그렇다면 결국『국민문학』으로 등장하지 않으면 안 되는 것처럼 되지요. 그런 경우에 누구라고 말할 필요도 없이 여기에 등장시키기 위해 사람을 고르는 것이 필요한 법이지요. 그것은 어떤 인물을 뽑을까와, 조금 전부터 계속 말해 왔던 것처럼 그런 시세가 되었기 때문에, 저쪽 방향에 있는 인물뿐만 아니라 이쪽 방향에 있는 사람들도 들이지 않으면 안 됩니다. 그리고 그들에게는 적어도 종래 이상의 원고료를 지불해야 하고, 그 사람들을 치우침 없이 모든 기회에, 모든 사람을 동원할 수 있어야겠지요. 그리고 젊은 사람을 모아야 합니다. 이런 것은 적어도 예외적인 것이 아니라 당연한 것이지요.

이원조 그 구체적인 방책으로서 조금 전에도 요시무라 씨가 말했지만 문학상이나 문화상과 같은 상금 제도를 장려하는 방법이 있겠네요.

카라시마 그렇군요.

최재서 실제로 편집 방법이 변해서 솔직히 저 스스로 갈팡질팡하고 있지만 어쨌든 잡지 한 호를 편집하기 위해서 각 방면의 권위

자를 망라한 위원회에서 합의를 거쳐서 결정한다는 것은 실제로 지금까지 몽상도 할 수 없었던 것인데, 이것이 현실적으로 문단에 영향을 주어 이상적으로 실천해 나가면 좋은 결과를 얻을 수 있다고 생각합니다만. 이렇게 말하는 것은 종래부터 잡지를 만들어 오다 보니, 편집에 대한 여러 가지 이상(理想)이 머릿속에 충분히 있기 때문이지요. 그런데 그것이 잡지로 나타나느냐 하면 그렇지 않습니다. 그 이유를 곰곰이 생각해 보면, 스스로 편견에 사로잡혀 있다는 점은 확실히 인정하지만, 그 밖에 우연하게 원고를 부탁해도 받지 못하거나 해서 저의 이상대로 할 수가 없습니다. 그래서 종래 자유주의 시대에는 원고료를 후하게 줘서 좋은 작가를 잡을 수 있었지만, 그렇게 하나로 종합해서 중지를 모아서 편집하게 된다면 상당히 괄목할 만한 결과가 나오지 않을까 생각합니다. 결국 발표기관이라는 것도 다른 정책을 가지지 않을까 생각하지만, 지금까지는 어떤 사람의 의도에 의해서 편집되던 것이 많은 사람의 합의에 의해서 편집되는 것이니까.

카라시마　모든 것이 총력의 시대가 되었습니다. 다만, 모처럼 작가가 새롭게 바로 서서 진지한 작품을 생산해도 그것을 발표할 장소가 조금씩 제한되어 가는 것이 아닌가 걱정되네요. 신문잡지도 매수가 줄어들었지요. 물론 우리들이 협력하지 않으면 안 되지만, 일면 문학이 가진 임무의 중요함을 느끼면 느낄수록, 매수를 줄이는 것만이 국가 목표에 연결되는 것이 아니라 어떤 경우에는 오히려 매수를 늘릴 필요가 있겠죠. 낭비와 역효과를 가져오는 것만은 반성하더라도 유효한 부분은 중점적으로 매수를 늘리는 것을 지금부터라도 고려해야 한다고 생각합니다. 그 외에 문학이 영화나 연극, 연예 혹은 라디오와 같은 방면을 향해 직접 진출하는 것도 필요하죠.

이원조　　그것은 새로운 행동방법이네요.

테라다　　그쪽에서 상당히 연락을 취해왔습니다. 문인협회에서 꼭 협력해 달라고 말해 왔던 것이지요.

백　철　　'문학청년란' 같은 것도 설치하면 어떨까요. 『매일신보』에 직장문학이라는 것을 만들었더니 각지의 농촌, 회사, 공장에서 일하고 있는 사람들로부터 꽤 좋은 것들이 모였습니다. 이것은 새로운 문학을 시작할 때, 역시 요시무라 씨가 말했던 국책적인 생산에 종사하고 있는 사람의 글 등을 참고하는 것이 상당히 좋다고 생각합니다.

카라시마　　신인을 인정하는 것도 상당히 필요하다고 생각합니다. 게다가 더욱 선전계몽의 문학, 그런 방면도 부정하지 않고 이 기회에 힘차게 강화시켜 그런 계획에 참가시킴으로써, 문학을 비하하는 것이 아니라 소위 양도(兩刀)를 사용한다고 합니까, 그런 것을 헤 나가지 않으련 안 된다고 생각합니다.

최재서　　긴 시간 동안 감사했습니다.

■ 국민문학, 1942. 1.

문예동원을 말한다

참 석 자

카라시마 다케시(辛島驍, 경성제국대학 법문학부교수)
시마모토 스스무(嶋元勸, 경성일보 편집국장)
테라다 에이(寺田瑛, 경성일보 학예부장)
쓰다 카타시(津田剛, 녹기연맹 주간)
나가사키 유조(長崎祐三, 경성보호관찰소장)
백철(매일신보 학예부장)
후루카와 카네히데(古川兼秀, 총독부 보안과장)
혼다 다케오(本多武夫, 총독부 도서과장)
호시노 상하(星野相河, 배상하, 녹기연맹)
마쓰모토 야스오(松本泰雄, 최운하, 총독부 보안과)
야나베 에자부로(矢鍋永三郎, 국민총력연맹 문화부장)
하찌만 창성(八幡昌成, 노창성, 방송국 제이방송부장)
임화(평론가)
최재서(본사 측)

문예동원의 의의

최재서   아시다시피 지금 국민개로운동(國民皆勞運動)이 전개되어 총후
의 개인생활이 일대 변혁을 맞고 있는 요즘, 말하자면 전선에
있는 군대와 마찬가지로 총후에 있어서 과학적인 기술과 노동
력이 동원되는 형국입니다. 그렇다면 남는 것은 문예방면의

지력(智力), 말하자면 창조적인 지력이 남았다고 말할 수 있는 것입니다. 이제 문예계에도 한 사람의 유휴인력 없이, 한 사람의 낙오자 없이 전원 일어나 국가에 봉사해야 합니다. 이제 문인 각자가 반성하고 열정을 보여야 하는 것은 물론이지만 또한 조직과 동원의 문제도 엄연하게 있습니다. 이런 문제를 중심으로 해서 문예동원의 목표, 방법 등에 대해서 오늘은 주로 당국(當局)의 여러분들의 의견을 듣고자 이렇게 모여 주십사하고 말씀드렸던 것입니다. 솔직하고 기탄없이 듣고 싶습니다. 그럼 문예동원의 의의부터 시작해 보겠습니다만, 어떻습니까? 카라시마 씨부터.

카라시마　문예운동이라는 것은 말할 것도 없이 문예가를 고도국방국가의 건설에 동원하는 것이지만 조선의 상황에서는 두 가지 방면에서 생각해야 합니다. 원래 문예가의 본령은 문필로써 자기의 정신을 대중에게 전해서 그들을 지도해 나가는 것이라고 생각하지만 오늘날의 경우에는 당연히 쓰는 것 이외에도 해야 할 일이 여러 가지가 있지 않겠습니까. 문예가의 동원이라는 것은 쓰는 것 이외의 일도 포함해서 생각해야 합니다. 먼저 첫째로 당면 문예가가 그 시대의 지도자인 경우와 지금부터 그 지도자가 되는 수업을 받아야 하는 경우, 두 가지 경우가 있겠는데요, 제1의 경우에는, 그 작가가 강력한 건설적 정신을 가지고 대중을 이끌 훌륭한 작품을 발표하는 것이 자연스럽게 문예동원에 참가하는 것이 되겠지만, 그것과 함께 어떤 지방에 나가서 연필이 아니라 입으로 자기의 정신을 설명하는 것도 일종의 동원참가의 길이 되겠지요. 또한 지방의 특수한 생산부면 가운데로 몸소 뛰어들어서 신시대의 작가적 기백을 가지고 그곳에서 활발하게 활동하고 있는 국민의 진지한 모습을 잡아내서 그것을 소설이나 시가로 표현하는 것에 의해서 다른 대중을 고취하는 것도 방법이겠지요. 혹은 이동극단을 따라다니면서 지방의 문화 현황을 중앙에 보고하는 것도 보다 적절한 문화정책의 수립에 기여하는 길입니다. 이상은 주어진 작가가 시대의 지도정신을 내장하고 한뜻으로 문필보국의 열의를 가지고 있는 경우입니다. 제2의 경우에는, 당면의 작가가 국민적 의식 형성을 위해서 더욱더 자기를 수련할 필요가 있는 경우로, 내지의 성지순례 여행에 참가하거나 당지(當地)에서 병영생활을 하고, 또 근로봉사에 참가하거나 지원병 훈련소를 견학하거나 미소기행1)에 가담하는 등, 여러 경우와 방법이 있겠죠. 결국 대중을 지도·계발하는 입장에서의 동원과 자기수양, 자기재건을 위한 동원, 두 가지 행동방법이 문예동원에 대하여 생각할 수 있는 것이 아닐까요.

최재서 즉 문예운동이란 넓은 의미의 시국동원에 포함되는 것이 아닌가 생각하는 것이지요. 단지 과학자를 동원할 경우와 문예가를 동원할 경우는 자연스럽게 다르겠지요. 그 차이점을 어떻게 구별할지도 문제가 된다고 생각합니다. 그 점은 어떻습니까.

동원과 자기수양

카라시마 동원을 당장 외부로 작용시켜서 효과를 거두는 것만을 생각하면 안 되지요. 문예가의 경우는 곧바로 사용할 수 없는 동원도

---

1) 禊ぎ(みそぎ)行 : 죄나 부정을 씻기 위해서 냇물로 몸을 씻는 행위를 말한다.

필요하다고 생각합니다.

시마모토 카라시마 씨의 말씀은 상당히 옳다고 생각합니다. 말하자면 문예동원이란 결국 동원되는 기분인가, 아니면 스스로 동원하는 기분인가, 거기에 상당한 차이가 있지요. 그 차이에 의해서 소위 대중에게 정신적인 감화를 전하거나 영향을 주는 것도 스스로 결정하는 것이 아닐까요. 여기서 제가 특히 조선에서 강조하고 싶은 것은 남지나(南支那)에 찾아가서, 그곳에 살고 있는 조선 사람 여럿을 자주 만나보면서 재삼 이야기를 해봤습니다만, 우리들의 지금까지의 경험으로는, 조선에서 바깥으로 한 발짝이라도 나가보면, 어딜 가나 반도인의 악한 측면에 대해서 듣게 됩니다. 그리고 좋은 면은 나중에 들립니다. 혹은 자기들이 발견합니다. 그런데 남지나에서는 어디엘 가도 칭찬받고 있습니다. 이것은 실제로 칭찬받을 정도로 훌륭한 행동을 했기 때문인데, 거기에 반도인 제군을 돕고 있는 회령 사람이 있었습니다. 그 사람이, '우리들이 지금까지 남양(南洋)에서 20년 동안 살고 있는데, 그동안 가장 감동했던 것은 반도에서 어떤 거두(巨頭)가 전향했다는 것을 들었을 때로 그때 서로 얼싸안고 울었습니다. 나는 해외에 있기 때문에 일본의 고마움을 몸으로 흠뻑 느끼고 있습니다. 어떤 이유로 반도에서 그렇게 사상운동이 일어났을까, 상당히 유감으로 생각했었습니다. 그러던 것이 전향했다는 말을 들었을 때, 상당히 기뻐서 안고 울었지요, 그리고 처음으로 일본인으로서 어깨가 으쓱해지는 듯한 느낌이었습니다.'라고 말하는 겁니다. 그렇듯이 사상운동은 말할 것도 없이, 문예운동도 그래야 한다고 생각합니다. 소위 동원되는가, 스스로 동원하는가, 문예가 자신의 시국에 대한 인식, 소위 일본인으로서의 정신력의 정진, 기백의 웅대함이라는 것에 의해서 스스로 결정하는 것이 아닐까요. 카라시마 씨가 말했던 후자의 문제가 역시 이와 같은 뜻이라고 생각합니다.

카라시마 문예가 동원의 경우에, 문예가가 지도자로서의 입장에서 생각해 나가는 행동방법은 아직 시기상조입니다. 문예가 자신의 자기건설 문제가 그 전에 가로놓여 있다고 생각합니다.

최재서 그것은 결국 실제의 경우에 쌍방이 서로 어울려서, 어느 한쪽에 결함이 있어도 다른 한쪽이 완성되지 않는다, 즉 문예가는 자각이 되지 않으면 아무리 동원되어도 소용없다는 의미입니까.

카라시마 문예가에게 자각을 부여하기 위하여 동원한다, 그런 동원도 있다는 의미입니다.

최재서 사실은 그렇지 않을까요. 동원되는 것에 의해서 문예가의 자각을 더욱 일층 촉진시킨다는.

카라시마 문예가의 동원이 대중에게 영향을 줄 경우에 상당히 고려할 필요가 있지요.

최재서 그 말씀은 어떤 의미신지요.

카라시마 이 시대를 건설해 나갈 총후(銃後)의 작가 자신이 정당한 지도적 입장을 갖고 대중에게 임하면 그것으로 그만이겠지만, 한 걸음이라도 틀리면 잘못될 위험도 있습니다. 그러므로 끝까지 확인하지 않으면 안 되지요. 문인협회가 책임을 맡아서 작가를 지방 강단에 파견하는 것은 작가들이 어느 정도 지도적인 역할을 다 할 수 있다는 견지에서 동원한 것이며, 또한 지원병 훈련소를 견학하거나 근로봉사를 하거나 하는 것은 작가 자신의 수양에서 느낄 수 있는 것에서 다시 새로운 전진을 작가 자신이 이루게 되겠지요. 그런 것은 제2의 자기수양이라는 점에서 기획된 하나의 예이지만, 동원은 그렇게 두 가지 면에서 생각해야 한다고 봅니다. 이것을 후자 쪽에만 집중하는 것은 아무래도 비굴한 방법이기도 하고 또 지도적 역할을 다하면 된다는 안이한 태도만을 생각하게 하는 위험이 있다고 생각합니다.

최재서 그렇다면 동원을 생각하기 전에, 작가의 자기수양이라는 단계가 필요하다는 것이군요.

카라시마 아니죠. 자기수양을 돕기 위해서 동원하는 것도 동원의 한 방식이 되겠지요.

최재서 결국 포함할 수 있지 않을까요.

카라시마 두 가지 방법을 포함해서 생각한다면 좋겠지요.

최재서 즉 상대에 따라서 방법을 달리 한다는 뜻이군요.

카라시마 그렇습니다. 그러나 누구라고 해도 수양하지 않으면 안 됩니다. 그것은 분명한 이야기예요.

최재서 다른 분은 이 문제에 대해서?

조선문단의 움직임

후루카와 역시 자세하게 분석해 보지는 않았지만 어쨌든 동원이라고 말한다면 보통의 사태와는 다르겠지요. 돈이 있는 사람은 돈, 물건이 있는 사람은 물건, 재능 있는 사람은 재능을 용기 있게 내어놓아야겠지요. 그래야 하지 않겠습니까. 그런데 문예인에 대해서는 저는 상당히 인식이 부족한 것인지 모르겠지만, 무언가 부족한 것 같습니다. 가장 예민한 머리, 민중의 마음을 알고 있는 사람, 시대에 대해서 가장 민감한 사람이 어딘가 용기가 없지 않은가 싶다는 거죠. 용기가 없으니까 용기를 가지게 하기 위해서는 자기수양을 주로 한 동원도 필요할 것이며, 또한 그런 의미에서 가두운동과 근로봉사도 하는 것이죠. 본인이 황민인식, 시국인식을 통해서 민족사상의 잔존을 일소하는 것이 필요합니다. 동시에 그가 하는 일 자체가 대중에 대한 하나의 지도적 역할을 다하는 것이 됩니다. 무언가 근본적인 것까지 말하게 된 것인지 모르겠는데요, 양자 모두 필요하지 않을까 생각합니다. 어쨌거나 세상을 지도해야 할 사람들이 자꾸 앞뒤를 재고 또 새로운 일에 적극 나서려고 하지 않아요. 소리를 지르면서 가두에 서지 않습니다. 무언가 동료들로부터 나쁜 말 듣는 것을 싫어합니다. 그리고 단지 관청에서 누군가가 국가운동, 애국운동을 한다고 비판만을 일삼지요. 결국 그런 것으로는 오히려 지도되는 쪽으로, 시국에서 뒤처진 사람이 되지 않을까, 가진 재능을 살려 주고 싶다고 생각합니다.

최재서 지금의 말씀은 전적으로 지당하신 말씀입니다. 실제로 그래요.

후루카와 이제, 문예인이라고 하면 넓은 의미라고 생각하지만, 그런 의미에서 영화, 연극, 연예인들은 무언가 상당한 결심이 섰다고 생각하는데, 어쩐지 문인들 쪽은 부족하지 않은가, 수년 전부터 생각해 왔던 것입니다.

카라시마 최근 <그대와 나>를 촬영한 고협2)의 심영 군은 군속(軍屬)이
되어 지원병 훈련소에서 하루를 보내는 동안, 이 시국하의 연
극인으로서 새로운 길을 발견하면서 과단성 있는 행동이 나왔
다고 말했지만 심영 군은 <그대와 나>의 촬영을 위해서 훈련
소에 동원되면서 새로운 자기를 건설했던 것으로, 이와 같이
어떠한 계기가 예술가를 분기(奮起)시킨다고 볼 수 있지요. 작
년 문인협회의 지방 강연에 참가했던 작가 한 사람이 여러 가
지 심적 동요를 극복하면서 마침내 타고 있던 열차가 출발할
때 '내 길이 정해졌다.'라는 새로운 각오와 희망을 가지게 되
었다는데요, 그 이야기가 창작되어 이번 『국민문학』의 창간호
에 실렸습니다. 연극인도 문예인도 계기가 된다면 진정한 일
본국민으로서 궐기할 수 있다는 확신을 나는 가지고 있습니다.
문예가 동원의 문제는 그런 계기를 문예가에게 부여하는 것에
서 시작하지 않으면 안 되겠지요.

후루카와 제가 조금 전에 말했던 것은 그런 사람이 많기는 하지만 전반
적으로 봤을 때, 삼 년 전과 비교해서 변해 왔다고 할 수 있지
요. 그러나 특히 문인 방면에 있어서 냉담한 태도를 가진 사람
이 있습니다. 잘 모르겠지만 예를 들어, 국책에 기초해서 『국
민문학』이라는 것이 생겼습니다. 거기에 대해서 분명 냉담한
생각을 갖고 있는 사람이 대체로 있다고 생각합니다. 오늘 모
임에도 여러 가지 일이 있었겠지만, 안내장을 받고도 보지 않
은 사람이 있는 것 같습니다. 오히려 우리들부터 말한다면, 생

---

2) 1939년 고려영화협회가 창립한 연극단체를 말한다. 심영, 박영호 등이 주요 단원으로 경
기도 고양군에 고협촌을 만들어 집단생활을 하며 영화 제작과 함께 공연활동을 하기도
했다(네이버 두산동아 백과사전 참조).

각을 가지고 있다면 솔직하게 부딪히는 것이 좋지 않은가, 인쇄물로 만들어진 이후에 무언가를 생각하자는 기분이 된다면 상당히 유감이라고 생각합니다.

야나베 아까부터 대체로 조선문단의 전환이라는 것이 문제가 되고 있는데요, 여쭙고 싶은 것은 이전과 조금도 달라지지 않은 것 아닐까, 라는 의미에서 현재 상황을 본다면, 아무래도 구태의연하다는 느낌이 들지도 모르겠지만, 조금 전에도 여러 이야기가 있었던 것처럼 문인이라는 사람들은 상당히 감각이 예민한 분들이고, 세상의 움직임에 대해서도 보통 사람보다 훨씬 전부터 느낄 수 있습니다. 그래서 상당히 자주 변하지 않겠습니까. 이것을 변화하고 있는 방향에서 검토해서 보면 최근 수년간 조선 문예의 경향이 상당히 변하고 있지 않은가 생각합니다. 이것을 과거의 문예와, 이제부터 추상적으로 마땅히 써야 할 것이라는 하나의 기준을 세워서 볼 때, 그 두 가지를 비교해서 그 기준에서 아직 상당히 떨어지지 않았는가라고 볼 때, 조금도 진전변화하지 않았다는 느낌을 강하게 받지 않을까. 실제 그 정도로 극단적인 예를 들지 않고 변화된 방면을 신경 써서 본다면, 상당히 변한 것이 아닌가, 단지 보통의 경우에 있어서 사물의 변화라는 것은 몹시 극단적인 것까지 가지 않으면 발견할 수 없으니까, 따라서 문예 등도 변화하고 있음에도 불구하고 아직 발견되지 않고 있다, 혹은 비교의 기준이 너무 높아서 거기에 도달하지 못하고 있다는 느낌이 듭니다만, 어떻습니까.

최재서 무척 중요한 말씀을 하셨습니다. 실제 이상을 목표로 해서 말하면 도대체가 절망적인 느낌이 듭니다만, 또한 변했다는 느낌도 있는 것입니다.

야나베 해야만 하는 이상이나 표준적인 지점까지 움직여 나아갈 수 있도록, 모든 사람이 노력해야 하는 것은 당연하지요.

후루카와 저는 절망적이라고는 생각하지 않아요. 3년 전과 비교하면 상당히 변했다고 생각합니다. 다만 단순히 지금 취체(取締)에 걸리지 않으면 된다는 것만으로는 아직 부족하지 않을까요. 취체에 걸리지 않아야 한다는 생각 정도에서 취체선상을 방황하고 있는데, 그것으로는 부족합니다. 더욱 적극적인 태도가 필요합니다. 그렇게 되지 않는 것에는 여러 가지 원인이 있겠지요. 어떤 경우에는 시국이 더욱 엄중해진다면 우리들이 하지 않으면 안 되는 일도 마음속에 담아두고 있는 것이 아닐까요.3) 그렇다면 조금 더 힘을 낸다면 좋겠지만, 역시 약합니다. '아무것도 말할 수 없는 시대다, 자유 따위는 없다'라고 미리 생각해 버린 것이 아닐까요. 이 점은 다시 생각해 봐야 합니다.

혼 다 지금 절망적이지는 않다고 말씀하셨는데요, 사실은 최재서 씨가 『국민문학』을 창간해서 운영하고 있기 때문에 일 관계로 최재서 씨의 여러 가지 생각을 여쭈어 본 것이지만, 솔직히 말하자면 사실은 우리들의 옛 검열당국의 입장에서 생각해보면, 예를 들어 과거의 『인문평론』 혹은 『문장』은 신문으로 생각해 본다면 『조선일보』, 『동아일보』와 같은 느낌이라고 말해도 과언이 아니라고 생각합니다. 결국 작년의 언문신문의 통제에

---

3) 시국이 더욱 엄중해지기 때문에 해야만 할 일을 마음속으로만 품고 있어야 한다는 뜻일 수도 있고 시국이 더욱 엄중해질 때까지 해야만 할 일을 마음속에 품고 있다가 실천하겠다는 뜻일 수도 있다.

의해서 그 두 개의 신문이 없어졌고 『매일신보』는 진정으로 새롭게 태어났지요. 형태가 같지만 내용적으로 새롭게 태어난 아이인 것입니다. 이것이 튼튼한 아이로서 성인이 되느냐 아니냐는 지금부터 서로의 노력에 달려 있는 것이라고 생각합니다. 그런 의미에서 볼 때 최 씨가 새로운 잡지에 있어서의 『매일신보』를 만든다, 게다가 새로운 『국민문학』 가운데 문인 모두가 떨쳐 일어서서 더욱 깊어져 간다는 이야기를 알고 우리들은 상당히 공명하여, 적어도 『국민문학』은 문예인 동원의 하나의 기연(機緣)이 될 것이라는 확신을 가질 수 있었던 것입니다. 그런데 거기에 대해서 최근 여러 방면에서, 예를 들면 문인협회가 개조되었지만 그것이 한, 둘의 간부만으로 하고 있는 것은 아닐까, 혹은 『국민문학』이 문인의 총동원이라는 의미로 창간되었다고 말하지만 그것은 우리들 전체의 것이 아니지 않을까라는 기분이, 지금 일본인 사이에서 말해지고 있다는 것을 들었지만, 결국 『국민문학』 자체가 최재서 씨의 손에 의해서 조선문인의 총동원을 도모한다는 기분으로 한다면, 그런 의미로 저는 『국민문학』의 탄생에 관계한 관계자로서, 서로 간에 최재서 씨의 기분과 『국민문학』 자체를 활성화해서 문인총동원의 하나의 수단으로 해나갈 수 있도록, 적극적으로 해주십사하는 느낌과 희망을 말씀드립니다. 그리고 최근 종이가 상당히 모자라서, 소위 발표기관이 줄어들고 있는 것도, 문예동원에서 하나의 지장이 되고 있다고 생각하지만 종이가 모자라는 것은 국가의 자원이 그런 범위에 의해서 어쩔 수 없이 절약을 요구하는 것이니까 결국 모자라는 자원을 가지고 어떻게 좋은 것을 만들어 가느냐, 마느냐는 지금부터 문인들에게 상당히 커다란 문제가 아닐까요. 더욱더 이 기회가 진정한 총동원을 해 나가는 가장 중요한 시기가 아닐까, 그런 기분도 드는 것입니다.

자유주의의 청산

나가사키 요즘 저의 기분을 솔직히 말씀드리자면 문예가는 지금까지 자유주의적인 교육을 받았으니까 준비가 되지 않았을 거란 말입니다. 국가 이상으로 영원한 것, 국가 이상으로 무엇인가 있다는 기분을 가지고 있으니까 힘차게 나아가지 못하는 것이 아닐까요. 스스로를 지나치게 높게 평가하고 있으니까.

후루카와 그것이 문제니까 지금 카라시마 씨가 말한 것처럼 수양시킬 필요가 있다고 생각합니다. 나의 직업적 습성인지는 모르겠지만, 어쨌든 자기들이 최후의 진영이고 자랑하고 있는 것과, 또 자기들이 연화(軟化)되거나 전향하면 자기가 사라지니까 그것을 지켜 나간다고 생각하는 것이지요. 나약합니다. 그런 생각을 흔들어 놓을 수 있는 동원도 필요하다고 생각합니다.

최재서 조금 전에 말씀하신, 국가 위에 더욱 영원한 것이 있지 않은가는 생각에 대해서 반성, 비판하는 것에 대해서 임화 군 어떻습니까. 작년 말부터 작업해 오지 않았습니까. 논문 같은 것을 발표해오셨지요.

나가사키 우리들 자유주의 시대의 교육을 받은 사람들의 사고방식은 그렇게 변하지는 않았습니다. 문인은 입을 다물고 10년 정도 자기를 수양하는 것이 좋다는 사상은 신시대에는 맞지 않기 때문에 그런 것에서는 좋은 예술이 나올 리가 없겠지요. 우리들은 법률적 사고방식이 상당히 자유주의적이라서 고민하고 있습니다. 아마도 문인들도 그렇지 않을까 생각합니다. 따라서 역시 문예운동은 조금 전 말했던 것처럼 최고의 고도국방국가 건설이라는 목적에 집중해야 합니다. 그 이외에 문예가를 동원할 필요가 없다고 생각합니다. 사상 선도의 입장에서 제가 최근 느끼는 것인데요, 하야시 후사오(林房雄) 씨의 「전향자에 대해서」[4]라는 소논문을 읽었습니다. 임방웅 씨는 잘 아시는 것처럼 우리들과 같은 무렵 학교를 졸업한 사람으로, '동정자'로서 주장했던 남자이지만, 그 사람이 말했지요, 자기는 상당히 일본주의를 멋대로 생각했다, 그러나 진정으로 일본주의를 자유자재로 다룰 수 있기 위해서는 형무소를 나와서 10년간 좌선(坐禪)을 하거나 여러 가지 책을 읽거나 해서 고심한 끝에 겨우 일본정신을 알게 되었다는 기분이 들었다고 합니다. 그래서 전향하는 것에는 적어도 10년이 걸린다고 말하고 있는 것인데, 저 자신도 역시 보호관찰소의 일을 진정으로 하고 일본정신을 불어넣는 것에 신념을 가져 말하게 된 것은 극히 최근입니다. 지금부터 생각해도, 보통 사람 이상으로 신경이 예민한 천재적인 문인의 마음에는, 우리들 보통사람들도 자유주

---

4) 나프가 해체된 이후 만주사변으로 대두된 청년 장교의 테러리즘, 그리고 이에 놀란 인텔리겐챠들의 일반적 위기의식이 고조되는 가운데 이른바 전향 문학에 대한 논의가 진행되었다. 1934년 이후 본격화된 전향 문학에 대한 논의는 나프의 경직된 지도 방침에 대한 반격으로 하야시 후사오나 도쿠나가 스나오의 평론, 다케다 린타로와 다카미 준의 작품에서 맹아를 발견할 수 있다. 그러나 최초의 전향문학은 무라야마 도모요시의 「백야(白夜)」(『중앙공론』, 1934. 5)이다. 하야시 후사오의 「전향에 대하여」는 이와 같은 문단적인 흐름의 하나를 형성하고 있는데, '마음에 없는 전향'에서 '마음에서 우러나온 전향'의 단계를 보여준다고 히라노 겐은 말하고 있다(히라노 겐, 고재석·김환기 옮김, 『일본 쇼와문학사』, 동국대학교 출판부, 2001, 207~210면).

의나 다른 주의와 사상이 상당히 깊게 들어 있으니까, 더욱 심하게 들어있지 않을까요. 그것을 탈각하려면 문인은 피나는 노력이 필요하겠지요. 그러니까 공산주의를 하나의 원인으로 생각해 보면, 공산주의에 대한 책을 읽었기 때문이다, 가와카미(河上) 선생의 유물 사관론을 읽었기 때문이라고 말해 왔는데, 다시 생각해 보면 그것보다는 오히려 우리들이 소설을 읽어서 그리 된 것이 아닌가 하고 생각합니다. 우리들이 공산주의에 흥미를 느꼈던 것은 고등학교 무렵 자연주의 문학이 상당히 유행하면서, 사물을 적나라하게 관찰하는 것이 진정한 사고방법으로서 인간은 동물과 같이 생식의 노예라는 식으로 간주했습니다. 고귀한 것들도 아무것도 아니라는 생각을 하면서 사회나 국가의 모든 윤리적인 것을 완전히 부정했던 것입니다. 우리들이 공산주의로 나아간 도정(道程)은 적나라한 사물을 관찰하는 자연주의적 방법에서 비롯되었던 것입니다. 현재 우리들의 관점은 인간을 인간답게 보자는 것이지요. 저는 문학이란 거짓말을 해도 좋지 않을까 생각합니다. 저는 특별히 문학적 진실이라는 것은 붉은색을 붉은색이라고 믿지 않고 붉은색을 흰색이라고 봐도 좋은 경우가 있다고 생각합니다. 일본인이라는 입장에서 본다면 그런 것은 아무래도 좋다고 보는 것이지요. 따라서 자연주의적 관찰법을 배격하는 것도 문인이 생각해야 할 점이 아닐까요.

지금이야말로 일반 문인들은 사물의 관찰법을 바꾸어서 조금 전에 말씀드린 것처럼 초자연적인 현상을 보는 방법을 갖춘다면 예술은 영원한 것과 모순되기도 하지만, 예술가적 양심에 접촉한 작가가 있다면, 설령 국가주의적인 사고방법을 가진다고 하더라도 진정으로 혼에 접촉한다면 괜찮다고 생각합니다. 여러 편의 소설을 읽어도 우리들의 혼에 접촉하지 않는다면 그것은 작가에게 진실성이 없거나 심각한 양심이 없기 때문이 아닐까요. 지금부터 보름 정도 전에 부민관에서『국민문학』의 피로(披露)를 할 때에 경무국의 어떤 분이 말하기를, 문인은 상당히 거북하고 답답한 입장에 있겠다고 했지만 결코 거북하고 답답하지 않습니다. 사물을 표현하는 사람이 진정으로 국가주의나 일본정신의 파악에 심각함이 없으니까 결과가 천박하게 나오는 것이죠. 다른 것을 쓰면 더 잘 쓸 수 있는데도 일본정신을 쓰지 않는다는 의미에서 궁색한 것이라고 말했던 것이 아닐지. 말하자면 문인이 심각한 체험이랄까 국가주의적인 체험, 내지는 일본정신의 체험을 진정으로 파악하지 않으니까 그런 말이 나오지 않았을까 하는 것입니다. 쓸데없는 말을 했습니다만 지금부터 국어 강습회 발회식이 있어서 가봐야 합니다. 이것으로 실례하겠습니다.

국가와 문예

혼　다　저는 작년 일본출판협회에서 나온 일본 독서신문을 읽어 보았는데, 독일 점령 후「파리의 문화생활」이라는 제목으로 몇 가지가 실려 있어서 읽어보았습니다만 결국 독일에 점령된 파리의 모든 문화는 아주 음울하게 되었더군요. 다만 유행하고 있는 것은 흥행장으로 옛날 십수 년 전에 파리에서 유행하던 것들만 하고 있다더군요. 결국 새로운 의미의 문화는 생겨나지 않아서 영화관에 가 보아도 모두 새로운 영화가 아니라 옛날

영화를 재상영하고 있답니다. 따라서 역시 소설도 종래 프랑스의 유명한 작가가 새로 쓴 소설은 없고 설령 출판 단계에 있다고 해도 검열 때문에 중단되는 등 상당히 음울한 상태라는 거죠. 또 작년 겨울 동안 거의 연료가 없어서 가정에서는 물론 극장 등에서도 스팀이 나오지 않기 때문에, 사람의 체온이나 훈김을 좇아서 모두 모이는 비참한 상태라고 합니다. 그 기사를 읽고 생각한 것은 요전에 마부찌(馬淵) 보도부장이 나라가 망하면 문화가 존재할 수 있을까, 조국이 망하면 문화는 없다고 했던 말이 상당히 통절하게 다가왔습니다. 아까부터 조선의 문인이 지금 완전히 완성되어 있는가, 시국하에 있어서 민중의 지도 및 자기 자신을 수양하는 것이 진정으로 가능한 것일까라는 문제가 나왔지만 실제로 생각해 보면 전쟁이 시작되어 5년이 지나 모든 방면에서 동원이 이루어지고 있는데, 조선에서 가장 높은 계급에 있는 문인이 아직 일어나지 않는다면, 그 점에 대해서는 서로 한층 더 생각해 볼 필요가 있다고 생각합니다. 물론 검열하는 입장에서 최근 문예방면을 생각해보면 취체(取締)해야 하는 사례가 상당히 줄어들었습니다. 이것은 전체적으로 문인 문예가가 착실하게 일어나고 있다는 의미겠지만, 그래서는 과거의 소위 자유주의적인, 또한 민족주의적인 색채가 농후했던 시대, 상당한 활동을 펼치면서 조선의 모든 방면 특히 젊은 청년층에 커다란 영향을 끼친 사람들이, 지금 과연 옛날과 같은 열정을 가지고 젊은 청년층을 지도하고 있는지 어떤지의 지점이 되면, 우리들 검열실의 좁은 범위에서 보면, 모르겠지만, 무언가 부족하다는 기분이 드는 것입니다. 그런 의미에서 소위 금일 완성되지 않은 사람이 있다면 그 사람 자신이 완성되도록 노력해야 할 것이고, 완성된 사람은 지금과 같은 사람을 이끌고 가는 것이, 검열의 입장에서 생각할 수 있는 것입니다.

최재서 쓰다 씨, 무언가…….

쓰 다 대체로 지금까지 문화인 특히 문학인과 국방 내지는 국책은 관계없다는 듯이 사람들이 생각하지 않았을까요. 특히 문화인이라면 국방과는 어느 정도 관계하지 않는 편이 본질이라고 생각하는 사람도 상당히 많습니다. 그리고 막상 국가총력을 맞이하여 일어서지 않으면 안 될 때에, 문학 쪽의 뒤늦은 대응이 특히 눈에 뜨이지 않는지 생각합니다만, 그것은 결국 근본적으로 고도국방국가 체제하에서 문인에 대한 사고방식을 문인 스스로가 고치지 않으면 안 된다는 것이지요. 대체로 자연주의나 공산주의 혹은 사회주의 문학에서도 그랬지만 종래의 문학은 사회의 움직임을 민감하게 느끼고 시대의 흐름을 재빨리 파악해서 사회적 동향을 묘사하고 사회를 지도하는 것이라고 생각했습니다. 그러니까 사회적 전환에서 선도적인 역할에 힘써야 한다고 생각했던 것인데, 이번에는 문학의 선도성이라는 것을 놓쳐 버린 것 같아요. 이 점은 조선뿐만 아니라 일본 전체의 문학에서도 결점입니다. 문제는 그 결점을 어떻게 고칠 것인가가 되겠지요. 문단인 자신이 어떠한 문화관을 가질 것인지, 소위 자기를 수양해서 오늘날의 총력 체제의 수준에 도달한다는 것이 하나의 문제가 될 것입니다. 그리고 대체로 문학이란 어떤 시대에서도 사회적 기분의 흐름을 본능적으로 찾아내서 묘사해야 하는 경우가 많은데요, 그것이 문학의 선도성입니다. 문학이 그런 역할을 잘 해나가는 것이 문화 동원에서 가장 중요한 점입니다. 그 점 최근의 독일 작가가 어떻게 하고 있는지, 지난번에 어떤 독일문학 연구자에게 들었던 적이 있었는데요, 어쨌든 최근의 경우 그렇게 확실히 하지 않는다는 답을 듣고 실망했습니다만, 러시아에서도 그런 것 같습니다. 그래서 오늘은 전문가들로부터 독일 및 러시아의 문학계가 최근 어떤지 듣고 싶은데요, 어떻게 알려주시지 않겠습니까. 최근 영화계에서 선전대 사람들이 탱크 위에서 촬영했던 것이 서부전선의 <승리의 역사>라고 들었지만, 역시 국가 총동원이라는 입장에서 보면 문인은 전쟁에서 군대가 철포를 메고 척척 행진하는 것처럼, 그런 지점으로까지 진출하지 않으면 총력 국가의 문단은 형성될 수가 없겠지요. 만약 그런 국가목적에 도달하지 못하면 문단 전체가 불우한 입장에 놓여도 어쩔 수 없다고 보는 사람도 있습니다. 그런 문제를 둘러싸고 특히 긴박하게 돌아가고 있는 일본 사회 상황에 대해서, 특히 특수한 사정에 놓여 있는 조선문단이 어디까지 진출할 것인가, 어느 정도까지 능동적으로 좋은 문단을 만들어 나갈 수 있을까라는 것이 금후에는 커다란 문제가 될 것이라고 봅니다. 이 점에 대해서는 껍질을 벗는 작업이 확실하게 이루어져야 할 겁니다.

카라시마 원칙론으로서 상당히 좋지만, 단지 나는 지금 시기가 시기이기 때문에, 살릴 것이라면 가능한 만큼 살리고 싶어요. 그래서 고도국방국가 건설에 한 사람이라도 더 참가하게 하고 싶은 것이지요. 그것이 고도의 국방국가를 건설해나가는 길이 아닌가, 그것을 염원해서 노력하고 있지만, 대체로 그런 차원에서 동원에 대한 개략의 방향도 있어서 조금이라도 인재를 살려 나가는 수단 방법에 대해서는…….

최재서 조금 전 카라시마 씨가 말씀하신 것에서 생각나는 것인데요, 오직 동원만을 본위로 해서는 안 되겠지요. 역시 자기수양이라는 문제도 있습니다. 물론 그것은 동원이라는 문제의 범위 안에 드는 일이지만, 원칙적으로 전체를 살려 나가는 것이 결론이 된다고 생각합니다. 그 실천에 대해서 지금부터…….

호시노 실천에 대해서 말하기 전에 한 말씀 드리고 싶은 것은, 지금 대체로 여러분들이 알고 계시듯 문예는 동원하자고 해도 무엇인가 불확실한 측면이 있지요. 특히 조선의 문예가 그렇다고 할 수 있기 때문에 나아가 그것을 어떻게 하면 좋을까라는 방법론으로 옮겨 가자는 것인데요, 그 중간에 있어서, 왜 문예는 확실히 실행하지 않았는가, 특히 왜 반도 문예는 그렇게 되었는가라는 원인을 생각할 필요가 있습니다. 그것은 이전부터 계속 생각해왔던 것인데요, 조금 전 최재서 씨가 이야기 했지만, 문예의 동원이라고 하면 그것은 곧 지식 동원의 일부분이라고 말할 수 있다는 것은 지당합니다. 지식 동원의 일부로서 먼저 생각할 수 있는 것은 문예 동원과 비교해서 과학의 동원이라는 것을 생각할 수 있겠는데, 과학 동원은 비교적 확실히 되고 있지만, 그럼에도 불구하고 문예 동원은 확실하게 실행되지 않습니다. 왜 그럴까요. 과학이라는 것은 고래 과거에서부터 점점 진보해 왔다는 특수성을 가지고 있는 것에 반해서, 문예는 그러한 진화, 진전이라는 것이, 눈앞에서 확실하게 파악되지 않습니다. 그 결과 문예는 과거의 상당히 먼 옛날의 것도 현대인이 동경할 수가 있는 것입니다. 단적으로 말하자면 회고적이라는 것이지요. 옛날로 젖어든다는 특수성이 있다고나 할까. 그리고 또 하나는 과학은 대체로 어떤 객관적인 목적을 갖고, 그 목적을 위해서 연구되지만 문예는 물론 객관성을 가지기는 하지만, 주로 창조하는 인간의 주관이 그것을 만들어 가면서 생기는 즐거움이라는 주관성이 농후하지 않을까, 그 두 가지 원인이 있어서 문예의 동원은 복잡기괴한 길을 밟고 있지 않을까 생각하고 있습니다. 거기에 덧붙여서, 조선에 있어서는 조금 전에 쓰다 씨가 말한 것처럼, 이중 삼중의 성질이 달라붙어 있습니다, 그것을 청산하는 것은 상당히 커다란 고통과 노력을 필요로 하지만, 그 회고성과 주관성이 달라붙어 있다는 것이 문예운동을 복잡하게 하는 커다란 원인이 된다고 생각합니다.

동원의 방법과 목표

최재서 그것은 결국 방법론에 달려 있는 문제로, 동원되기 위해서는 문인 자신이 철저하게 자각을 하지 않으면 안 되는 경우도 있지만 말하자면 동원이라는 것은 국가가 필요한 경우에 필요한 인원을 배치하는 것으로, 과학의 경우는 주관성이 희박하니까 비교적 간단하게 할 수 있고, 또한 목표도 제대로 설정할 수가 있지요. 따라서 오늘날 보는 바와 같이 과학 동원이 가능한 것입니다. 그러나 문학의 경우 주관적인 요소도 많으면서 더욱이 그런 목표가 서 있지 않으니까 더욱 늦어지는 것이 아닐까요. 그러니까 양면에서 볼 수밖에 없지 않을까 생각합니다. 따라서 그 목표가 절실하게 연구되어야 하지 않을까 생각합니다.

호시노 문예동원의 목표는 새삼스레 여기서 검토하지 않아도 지금 우리들이 직면하고 있는 객관적 현실이 목표가 아닐까요.

최재서 아닙니다. 그것은 전체적인 목표고, 문예동원에도 조금 구체적인 조항을 쓴 목표 같은 것이 필요하다고 생각합니다.

백 철 조금 전부터 야나베 선생과 보안과장의 이야기를 듣고 느꼈습니다만, 물론 이상(理想)으로서는 우리들의 급한 부분까지 즉시 이야기하면서 실천하고 싶습니다. 행동도 하면서 가고 싶다고도 생각하지요. 단지 그 경우에 이전에도 최재서 씨가 말한 것처럼 꽤 신경이 쓰이는 것을 과장해서 말씀드리면, 문화인들은 우선 위축되어 버리는 경향이 있지 않을까라는 것을, 신문사 학예부의 일을 하면서 느낀 것입니다만, 문인들이 지금까지 개인주의와 자유주의적 경향을 청산하고 새로운 국가 관념 아래에서 고도국가 체제의 일익으로서 전진하는 것은 상당히 커다란 열의와 그만큼의 실천이 수반되지 않으면, 진정한 실적은 거둘 수 없겠지만 그 전에 문인들을 그것까지 지도해 나가는 방법과 수단을 생각하지 않으면 안 됩니다. 저는 그 경우에 대해서 이렇게 생각했습니다. 일단 평범하다고 할 수 있는 과제를 문인 앞에 부여해 보고, 그러는 가운데에서 진정으로 문화인적인 실적을 올리면 좋지 않겠는가고. 그것을 위해서 지방문화의 건설이라는 구체적인 방법을 생각해 보고 싶은 것입니다. 저는 이 전에 연극협회에서 이동극단을 할 때, 시골에 가서 실제로 느꼈지만 시골 사람은 문화와 오락에 상당히 굶주려 있어서, 이동극단은 내용이나 형식에서 보아도 그렇게

우수하지 않았지만 그래도 민중들은 기쁘게 매일 밤늦게까지
초만원의 성황을 이룬 상태였습니다. 그래서 각 지방 사람들
이 얼마나 문화, 오락에 굶주려 있는가를 직접 보았는데, 우리
들은 그런 민중과 접촉함으로써 스스로가 늦었다는 것을 통절
하게 느낀 것입니다. 또 지금까지의 문화가 민중생활을 버리
고 개인주의적이었던 것은 문화가 도시편중의 경향을 띠었기
때문이라고 생각합니다. 그래서 진정한 국민문화를 세우기 위
해서는 지방문화 진흥의 문제에 일단 주의를 기울여야 한다고
생각합니다. 물론 큰 결의와 행동으로서 해 나가기 위해서는
자기수양과, 또 지도적 행동을 민중에게 제기하는 것은, 시비
할 필요도 없겠지만, 이 경우에 역시 구체적인 일을 통해서 행
동해 나가지 않으면 진정한 실적이 불가능하지 않을까 생각합
니다. 우리들은 지방문화, 직장에서 일하고 있고, 국가적인 생
활에 관계하고 있는 사람들을 통해서 문화를 일으키고 가르치
거나 배우거나 함으로써 진정한 문화적 사업을 구체적으로 해
나갈 수 있지 않을까 생각하고 있습니다.

최재서 지금 백철 씨가 말한 테마의 문제는 실제로 중요한 문제입니
다. 그 점에 관해서 방송국의 입장에서 무언가 의견이 있습니
까. 하찌만 씨.

하찌만 즉 방송국으로서의 문예는 각 방면에 관련해 있기 때문에, 문
예 방면도 필요하고 다른 방면도 필요합니다. 따라서 문예만
이 아니라 전부에 걸쳐서 동원이라면 어폐가 있을지도 모르지
만 거의 모든 방면의 문예인에게 신세를 지지 않으면 안 되는
내용이 있습니다만, 방송편성의 성질상 우리들이 고민하는 것

은 같은 문예에 있어도 하나의 테마가 필요하다는 것이지요. 말하자면 두 가지 종류라는 것이지요. 테마로 가는 것과 순문예로 가는 것. 그러나 테마를 전달받으면, 순문예 방면의 작가는 문예로서의 가치가 없어진다고 말합니다. 이것은 진정한 문예에서부터 생각하면 그렇지만 소위 국민문화, 국민문예라는 것에서부터 본다면 테마가 없으면 안 됩니다. 그래서 우리들의 입장에서 문예인에게 희망하는 것은 다소 '나'를 죽이더라도 전달할 수 있는 테마에 따라서 제작해 주셨으면 하는 것입니다만, 즉 그것이 동원의 안목이 아닐까 생각합니다. 국가의 필요에 응해서 자기 자신의 마음에 다소 들지 않는 일이라도 한다, 그런 의미에서 일을 해야 합니다, 그런 식으로 각 방면의 문예인들의 힘을 빌리고 싶은 것이지요. 그러면 동원을 위해서는 어떻게 하면 좋을까요? 여기서 국민문예라는 것에 어떤 하나의 목표가 부여되지 않으면 안 됩니다. 목표가 결정되어야 비로소 동원이 가능한 것이기 때문에, 먼저 목표를 정할 필요가 있습니다. 그리고 문예의 내용에 있어서 목표가 가능하다면 일단 그것을 세 가지 단계로 생각해야 한다고 봅니다. 즉 남자를 향한 국민문학, 부인을 향한 국민문학, 그리고 학생의 문예, 학생도 물론 남녀가 있겠지만 대체로 그 세 가지로 나누어서 생각할 수 있습니다. 그러니까 이것은 저 개인의 생각이지만, 역시 지금은 전시니까 전쟁문학이라는 것이 어느 정도 대중의 마음을 끌 것입니다. 예를 들면 이것은 군인이 아니면 쓸 수 없을지도 모르겠지만 사쿠라이(櫻井) 중좌의『육탄』이 있고, 혹은 지금『경성일보』에 장기간 연재되고 있는『삼국사』와 같은 것들이 있지요. 이런 것들은 어디에 의의가 있는가 하면, 이른바 전시니까 건전한 사기를 고무시킨다는 의미에서 거기에 의의가 있겠지요. 그러한 재밌고 사기를 고취하는 것이 역시 국민문예라고 말할 수 있다고 생각합니다.

최재서 예를 들어 외국 같은 곳에서는 연속 강연이 있는데, 우리들로부터 말하면 성전의 목적 같은 것을, 문인을 동원해서 몇 주간 연속으로 강연하는 것이 될 수 있겠는데요, 장래 그와 같이 필요한 테마를 선택함으로써 적당한 사람을 뽑아서 집중적으로 효과를 거두는 것도 생각할 수 있지요. 그 경우 방송국으로서 어떻습니까.

하찌만 그런 경우에는 물론 방송국에서 할 수 있는 것을 해보겠습니다.

최재서 지금 실천 항목에 대해서 이야기하고 있는데요, 총력 연맹의 실천 항목으로서 몇 월 며칠부터 국민개로를 실시한다고 결정되었던 것은 꽤 오래 전이라고 생각합니다. 이런 경우 문인협회 혹은 문화협회에서 사전에 이러저러한 취지로 국민개로를 실시한다고 알리고 상당기간 문인에게 연구시킵니다. 그리고 평론가는 평론, 소설가는 소설, 시인은 시를 씁니다. 일이 그렇게 제대로 진행될 것인지는 모르겠지만, 그런 식으로 조금씩 해나가는 것도 하나의 방법이라고 생각합니다. 따라서 동원된 작가도 국가의 의사와 처음으로 일체가 되어 구체적으로 일하면서 국민의식을 체득하는 것도 가능하다고 생각합니다. 다른 방법도 있겠지만 저는 그것도 하나의 방법이라고 봅니다.

야나베 그렇지요. 결국 민간이나 문인 동료들에게도 병적인 것이 있어서, 병적인 것은 어떻게든 배제시켜 나가야 합니다. 그렇지 않다면 카라시마 씨도 말씀하셨지만, 조금씩 자기수양이라도 해 나가지 않으면 안 됩니다. 그러나 또한 자기수양에만 만족할 필요는 없습니다. 여러 가지 연결, 그 밖의 방법에 의해서 적극적으로 동원해 나가지 않으면 안 되는 경우도 있습니다. 문인협회나 국민문학이 생기고 또 미술협회, 음악협회와 같은 여러 단체의 통일조직이 생기는 것도 그 목적은 국가를 어떻게 생각하는가 혹은 총력연맹이 무엇을 생각하고 있는가와 같은 것들과 충분히 연결하는 것에 있습니다. 국가나 연맹이 지금 어디에 중점을 두고 있는가를 충분히 알게 된다면, 거기에 순응해서 문예인들이 움직여 나감으로써 문예 동원의 목적이 달성된다고 생각합니다. 그래서 지금 말씀드린 것처럼, 연맹으로서는 국민개로운동을 열심히 하고 있는 것입니다. 그러나 문인 방면으로는 아무래도 전혀 그 방면으로 접촉하지 않아서 좋지 않다고 생각합니다. 연맹이 그렇게 하고 있을 때 문예는 스스로 연맹의 실천을 도우면서, 그런 방면으로 실천해서 나아가게 하고 싶은 것이지요. 문인 스스로도 그렇게 생각해서, 또 연맹 측에서도 연락을 해야 하고 또 연락시키는 것까지 실천하지 않으면 안 된다고 생각합니다.

최재서 그 문제에 대해서 마쓰모토 씨는 어떻습니까.

마쓰모토 지금까지는 문인으로서 어떻게 움직일까라는 것에 대해서 당국으로서는 그와 같은 지도 방침을 수립하지는 않았지요. 즉 사상의 근저가 되어야 할 방침을 수립하지 않는다면 문인은 그다지 순순히 따라오지 않을 것입니다. 조선 문인은 아시다시피 조금 전 말씀하신 것 같이 수동적이랄까 혹은 나쁜 의미에 있어서는 영웅주의적입니다. 그들은 감정적으로 복잡하게 얽혀 있기도 하지요. 아직은 체면이라는 것도 있습니다. 그러나 그들을 진정으로 비상시국에 있어서 국방문학의 전위로서 활용하는 것, 말이 지나친 것인지도 모르겠지만, 먼저 그들이 적극적으로 나올 수 있도록 당국의 마음을 표시하지 않으면 안 된다고 생각합니다. 조선문인에게는 어떤 정도 현실적으로 생활에 맞아 떨어지는 듯한, 즉 향토문학이라는 것을 인정해서 형식적으로는 그러한 형식을 취하게 하면서, 내용적으로는 어디까지든 황도정신, 내선일체라는 것을 얽어 넣게 할 수 있겠지요. 그렇게 처리하는 것이 좋을 것이라고 봅니다. 지금까지는 사상적으로 전과가 있으니까라고 하면서 흐리거나, 그런 사람의 작품을 상당히 위험하게 보고 또한 그런 사람에게 붓을 쥐어 주는 것을 위험하게 생각했지만, 조선문인 중에서 가장 인기 있는 사람들은 그러한 방면이 많아서, 그들을 진정으로 국방문화의 중진으로서 일을 시키기 위해서는, 어느 정도까지 당국은 적극적으로 그들에게 붓을 들게 하고 지도해야 할 점은 지도하고 시정해야 할 점은 시정해서, 진정한 문필봉공에 매진시키는 방법이 가장 현명한 방법이 아닐까 합니다.

백　철　현실이 작가보다 앞서 진행되는 것은 확실합니다. 작가를 지도해 나가는 것은 당국이 지도해 나가는 것도 중요하지만 직접 시골에 나가서 민중 생활의 실제를 접촉시켜서 생활을 함께함으로써 거기에서 감격을 받는 방법이 강하다고 생각합니다.

종합기획

최재서 결국 지금까지 문인협회, 문화부에서 실천해 왔던 것은 문인 동원이며, 또한 신문잡지에 시국에 관한 기사를 문인들에게 쓰게 하는 것도, 어떤 의미에서는 문예동원이라고 생각합니다 만, 목표는 결국 같은 곳에 있으므로, 이번 기회에 종합적이고 계획적으로 해 보고 싶습니다. 물론 문인도 누구도 360일 그 것만 하는 것이 아니라 소위 문인이 아닌 사람이 개로(皆勞)에 최선을 다하는 것과 같은 기분으로, 문예가도 그와 같은 일꾼 으로 적극적으로 참가하는 것이지요. 그런 것을 전제로 하는 이야기인데요, 그와 같은 것들을 종합적으로 기획해서, 어떤 방면으로 일해 나갈까를 종합적으로 연구하는 것이 필요하지 않을까요.

후루카와 종합적인 조직이 가능하다면 좋겠네요.

최재서 『매일신보』도 움직이고, 『삼천리』도 움직이고, 그 밖의 잡지도 움직여야죠. 실제로 실천한다고 생각하면, 각 출판기관과도 연 락을 가지고 해야 하겠지요. 실제로 어떤 테마를 가지고 하면 되겠지요. 그런 식으로 먼저 잘 해 온 것이 일본의 의학계가 아닌가 하고 생각합니다. 순수 의학자의 연구와 비교하는 것 은 맞지 않다는 것을 잘 알고 있지만, 행동 방법으로서 공동의 기획으로 하나의 테마 아래에서 적재적소에서 실천한다면 좋 은 효과를 거두지 않을까 생각합니다. 그러니까 그것을 위해 서 특별한 기관을 설치해서 보다 종합적으로 기획하는 방법이 좋습니다.

임 화 금융조합연합회에서 작가를 5~6명 파견했습니다. 여러 가지 질타를 받아서 면목이 없게 되었는데요, 저의 느낌을 솔직히 말씀드리자면 조금 전 카라시마 씨가 말씀하신 것처럼, 물론 경우에 따라서는 일단 질타를 받을 수밖에 없다는 점도 있겠습니다만, 파견된 사람들이 쓴 작품이 꽤 좋게 나왔다고 생각합니다. 작가는 결국 사용방법이라면 어폐가 있을지도 모르지만 실천의 방법에 있어서는 어떻게든 된다, 걱정했던 것보다는 좋은 작품이 나오는 것이 아닐까 생각하지만, 우리들 문학자의 입장에서 생각해보면 시국에 대한 문학관이라는 것은 근로봉사를 하는 것만이 아니라 일반 국민이 전시하에서 노력할 것을 장려하는 것이 쉬운 일이라고 생각합니다. 다만 오늘밤의 테마도 그런 의미의 동원보다는 지적인 행동, 즉 문학자가 가지고 있는 기능을 그 경우 더욱 유효하게 사용하는 것이 주안이 아닐지 생각합니다만, 그렇게 되면 더욱 핵심으로 파고들어서 문학의 실체를 다시 생각하게 된다는 것이 당면할 것이라고 생각합니다. 일반 국민으로서 생각해야 할 경우 즉 애국반원으로서, 관정의 관리로서, 학교의 교원으로서, 그런 직장에 근무하는 사람들과 마찬가지로, 작가로서도 그런 의미로 여러 가지 생각한다면 결코 부끄러운 것이 아닙니다. 단지 자기가 가진 기능을 가장 유효하게 사용하는 방법, 거기로 오면 누구라도 일단 생각해 봐야 하지 않을까요. 왜냐하면 문제를 조금 다른 각도에서 보면, 내지의 문단 혹은 조선의 문단, 특히 조선의 문단에 있어서 최근 4, 5년간 시국적인 색채를 가진 문학작품도 있었다고 생각하지만, 유감스럽게도 좋은 작품이 만들어지지 않았지요. 결국 좋은 문학이 만들어지지 않는 것은 그런 좋은 작품, 즉 광범위한 의미의 국민문학을 창작하기 위해서는, 물론 작가의 자기수양도 있고, 또한 일반국민으로서의 충실한 생활도 있어야겠지요. 단지 가장 중요한 것은 지금까지보다는 더욱 새로운 국책에 가까이 가는, 그런 길을 생각하지 않으면 안 됩니다. 그것은 곁에서 보면 어슬렁어슬렁 놀고 있다는 오해를 불러일으키기 쉬운 점은 어쨌든 있습니다만, 실제는 그렇게 마음 편했던 것은 아니라고 생각합니다. 그런 의미에서 효과의 면에서도, 지금 가능한 방법으로서 조금 전에도 여러 가지 이야기가 있었던 것처럼, 작가를 파견하는 것이지요. 즉 그들이 국민으로서 부끄럽지 않은 생활을 하도록 노력하는 것에 의해서, 지금까지보다 규모가 큰 문학이 생겨날 수밖에 없는 지반을 서서히 성장시켜 나가는 것도, 저는 문학의 건설적 방면이라고 생각합니다. 이번 기회에 저는 저 자신으로서도 자각하고 또한 당국에 부탁하고 싶습니다. 지금부터 동원의 방법으로서 다음에 구체적으로 말씀드리겠지만, 단순히 누구에게도 가능한 임무 이외에, 작가에 상응하는 임무랄까 방책이라는 것을 일단 고려해서 실천항목으로서 생각한다면 상당히 좋다고 생각합니다.

야나베 동원에 의해 문학이 매력을 잃지 않도록 하는 것, 그것이 어렵습니다.

최재서 강권적으로 문예를 동원하는 것은 실패라고 생각합니다.

야나베 문학의 매력을 발휘하도록 하는 것은 가장 필요하지만 그 힘을 죽이는 것이 된다면 큰 문제입니다.

최재서 당국이 명령하고 문인은 거기에 복종한다는 사고방법으로는 진정한 문예운동이 가능하지 않다고 생각합니다. 결국 종합적인 기획, 종합적인 목표가 선다면 거기에 협력해 갈 수 있겠지요.

임　화　자발적인 협력을 이끌어 내기 위해서는 어떤 계기가 필요한 것일까요?

백　철　행동해 보는 것이 필요하겠지요.

야나베　자칫하다가는 죽여서 사용하는 것이 되니까요.

최재서　지금 문제가 되는 것은 그것이 아니라, 하나하나 호령에 의해서 문학이 움직이는 것과 같이 해석되면 곤란하다는 것입니다.

쓰　다　그 점에 대해서 주목해야 할 하나의 경향이 있는데요, 내지에는 소인문학이 번성하고 있습니다. 새로운 암중모색이 일종의 소인문학의 흐름으로 나타나게 되었다고 생각합니다. 예를 들어 「병원선」이나, 그런 기성문인 이외의 것이 하나의 분위기를 가지고 등장하고 있습니다. 그것이 이후 결과적으로 문인으로 자라날 것인지, 아닌지는 잘 모르겠지만. 조선에 있어서도 그러한 동원을 하는 것도, 동원의 방법이라고 생각합니다.

카라시마　그 문제를 최후의 카드로 남겨 두었지요. 저는 지금 그것에 대해서 진지하게 생각하고 있습니다.

쓰　다　게다가 또 하나는, 조선문단은 더욱 모험을 해야 할 필요가 있다고 생각합니다. 예를 들어 프로문학의 발흥기에는 작품으로서 윤이 없고 예술의 수준도 낮고, 그런 시대가 어느 정도 계속되었는지 모르겠습니다. 열정만 먼저 달려가서 문학작품으로 보기엔 견딜 수 없는 것이, 프로문학의 초기에 횡행했다고 생각하지만, 그런 수준을 뛰어넘어 프로문학을 그곳까지 움직여간 것은 작가들의 노력이 아닙니까. 그런데 지금의 반도에 있어서는 또 다른 의미와 목적에서 그런 노력을 하고 있다고 생각합니다. 여러 의미에서 각도가 다르기 때문에 오랜 여유가 있어서 차분하게 할 수 있지요. 문학적으로 봤을 때 조잡하게 보이거나 침착하지 못하게 보이는 점은 과도기로서 어쩔 수 없습니다. 그것을 뛰어넘어 새로운 고도국방 국가체제하의 문단재건을 위해서 모험이랄까 노력을 맹렬하게 해야 할 때가 되었다고 생각합니다.

최재서　지당하신 말씀입니다. 결국 그렇겠지요. 그것은 기껏해야 이면으로, 커다란 목표로부터 그렇게 되겠지만, 조선 문단은 눈앞에 다가온 동원을 실행할 필요가 있습니다. 그런 원칙적인 대국론도 필요하지만 눈앞에 다가온 동원을 위한 구체적인 방책도 실제로는 생각해야 합니다. 그 경우에 일단 쓰다 씨가 말했던 것을 항상 염두에 두면서 거기서 새로운 정열과 새로운 기운을 만들어 가는 것도 물론 필요한 것입니다. 그러나 지금의 문단을 어떻게 할 것인가도 상당히 절실한 문제라고 생각합니다.

조직의 문제

혼　다　조직의 문제겠지요. 우리들도 문화부의 참사이지만 노력이 상당히 모자라서 얼굴을 내밀 기회도 없지만, 문화부가 중심이 되어서 조직의 문제에 대해서 여러 계획을 하고 있다고 생각하는데, 그것과 연관해서 사실은 우리들의 쪽에서, 예를 들어 조선출판문화협회의 설립을 차차 준비하고 있습니다. 이것은 잘 아시는 바와 같이 내지에서 전국의 출판업자를 회원으로 해서 일본출판문화협회를 설치하였고, 그 하부조직으로서 출판배급 주식회사가 생겨났지만 조선으로서도 서적 배급통제와 연관해서 여러 가지 계획을 진행시켜서, 최근에 배급기구의 문제도 해결되는 단계에 근접했습니다. 이와 연관해서 조선에 출판문화협회를 만드는 것이죠. 이것이 내지의 출판문화협회와 긴밀하게 연결해서 소위 출판을 통한 국방국가의 건설에 기여하기 위한 일을 시작하자고 대체적인 방침이 결정되었는데요, 단지 조선의 출판문화업자만을 회원으로 해서 성립할 수 있을지 어떨지는 의문입니다만, 이것은 또한 모두의 지혜를 모아서 설립을 진행하고 싶다고 생각합니다. 이렇게 말했던 것도 가까운 시일 내에 생겨날 것으로 대체적인 방책이 결정되었기 때문에, 조직 수단의 하나로서 어떻게 조직해 나갈 것인가, 그 조직의 활용, 내지와의 연락 방법 등과 같은 문제는, 이 자리에서 말하는 것이 약간 이상하지만, 모두에게 연구를 부탁해서 훌륭하게 만들어 나가고 싶다고 생각합니다. 참고로 말씀드렸습니다. 일이 있어서 저는 실례하겠습니다.

테라다 저는 아직 한마디도 드리지 않았으니까 한 말씀 드리자면 동원의 문제는 조직의 문제도 되는 것이고, 또 여러 방면에서 말할 수 있지만, 결국 문인 자신이 조금이라도 적극적으로 우리들이 떨쳐 일어난다는 것을 실천을 통해서 표현하지 않으면 안 된다고 생각합니다. 그리고 스스로는 떨쳐 일어난다는 기분으로 일어나는 이상은, 주위의 잡음 따위는 제2로 돌려서, 문학적 실천으로 옮겨 가게 하고 싶다고 생각합니다. 이것은 최근 어떤 조선 측의 문인에게 말했던 것이지만, 저의 경우는 국어신문에서 일하고 있어서, 조선 측 사람의 작품을 상당히 환영하고 있으니까, 무엇인가 당신들이 시국적으로 체험한 것도 써 달라고 부탁했을 때, 솔직한 이야기로 저는 국어로 무엇을 말하는 것보다 문장으로 쓰는 쪽이 더욱 확실히 말할 수 있다는 기분이 들어서 쓰고 싶은 마음이 있었습니다. 그러나 지금 와서 국어신문에 자신이 쓰는 것은, 2개의 언문신문이 아직 있는 동안에는 다행이었지만 그것이 사라진 오늘날 다시 국어지에 등장하는 것은 어쩐지 자기의 직장을 잃어버렸으니까 등장하는 것이 아닌지 생각되기 때문에 용서해 달라고 말하는 것이었습니다. 이런 것들은 역시 자기 자신을 비굴하게 생각해서 주위의 잡음에 기를 너무 빼앗긴 결과라고 생각합니다. 누군가가 무엇인가를 한다면, 그것을 여러 가지로 비평하는 사람이 있기 마련이지요. 그러나 그러한 것에 신경을 빼앗기지 않고 조금 더 구체적으로, 조금 더 마음으로부터 실천한다면, 동원의 세세한 것은 별개로 치더라도 비교적 쉽게 할 수 있지 않을까 생각합니다.

최재서 지금의 예는 하나의 예로서 든 것이지만, 극단적인 예가 아닐까요. 그것 때문에 조선의 문필가가 지적하는 것은 도저히 찬성할 수 없습니다. 그것은 저 자신의 기분에서 혹은 저의 주위를 봤을 때에도, 제가 모르는 부분에 그런 것이 있을지도 모르지만, 어느 정도 극단적인 예라고 생각합니다.

테라다 평범한 것을 들면 예가 되지 않으니까, 극단적인 것을 들어 말했지만, 전부라고는 말하지 않았습니다. 실제로 제 쪽에 그런 조선 사람이 등장하고 있으니까.

호시노   동원의 방법론이지만 저는 그렇게 생각합니다. 솔직히 말씀드리지만 조금 전부터 임화 씨와 최재서 씨의 의견을 들으면, 문예라는 것은 시국적인 것으로부터 채찍질을 받아서 달려 나가는 것이 되면 안 됩니다. 스스로 본래의 색을 잃어서는 안 되는 것이지요. 거기에 섬세한 관계가 있습니다. 원컨대 양쪽 다 기르고 싶다는 기분이었다고 생각하지만, 그것을 상당히 간단하게 표현하면, 동원된 문예를 주관으로 보고, 동원하기 시작하는 시국의 거대한 흐름을 객관으로 봅니다. 즉 주관과 객관의 관계가 되지 않을까 생각합니다만, 그 경우 문예라는 주관과 문예 이외의 어떤 거대한 객관이라는 관계에 서야만 할 것인가. 물론 누구도 이구동성으로 단언해야 하는 것은, 그 두 가지가 대립하지 않고 혼연일체가 되어야 한다는 것은 부정할 수 없다고 생각하지만, 일체가 되는 경우, 주관과 객관이 반반이 되어도 좋을까라는 의문을 가지는 것입니다. 지금의 우리들에게 임박해 들어오는 객관이라는 것은, 우리들 선조가 아직 체험하지 못한 상당히 거대한 객관이라고 생각합니다. 그것이 크다면 큰 만큼, 그 가운데에 일체가 되어야 할 주관은 작은 것이 되지 않을까 생각합니다. 이것이 이른바 문예라는 주관성을 완전히 없애는 것은 불가능하지만, 가능하다면 객관 가운데에 주관을 줄여서 함몰시킬 필요가 있지 않을까 저는 목소리를 높여서 절규하고 싶은 것입니다. 함몰한다는 것은 반드시 편승하는 것, 시국에 편승한다면 어떻게 된다는 그런 의미는 아닙니다.

마쓰모토   한마디 보태고 싶습니다. 이번에 문인협회가 개조되어 새로운 진용을 갖추어 문예운동에 복무할 수 있게 되었다고 생각하는데, 지금까지 문인협회가 했던 것을 생각하면, 행사에 중점을 둔 것 같다고 생각합니다. 모름지기 본연의 모습으로 돌아가서 지식인을 동원해서 그 사명을 다하듯 해 나가야겠지요. 매우 주제넘은 말을 드렸지만, 저는 문예인 이외의 입장에서 희망을 말씀드린 것입니다.

테라다 그렇게 해 나갈 심산이며 다시 바로 세울 생각입니다. 과거 1년 반 동안 아무것도 하지 않았던 것도 사실입니다. 그러나 여기서 솔직히 말씀드리면, 세간에서는 문인협회는 무엇을 하는지 자주 묻는데, 문인협회는 무엇을 하는가라고 하면서, 영화인협회나 연극협회, 연예협회 등을 예로 들고 있습니다. 영화인협회, 연극협회는 그 자체가 관객 앞에 서는 것으로써 본령을 하고 있고 또 단체행동 등을 해야 하는 사정도 가지고 있으니까 그들이 하는 일은 상당히 화려하게 보이지요. 그러나 문인은 그 방침이 개인적인 것이라는 것, 정확히 그 일 년 내지 일 년 반 동안 문인이 무대로 하는 장소가 점점 좁혀진 것도 사실이라는 것이지요. 조금 전 제가 말했던 문인 각 개인이 적극적으로 움직이지 않았던 문제가 있었으니까 시국이 이렇게 되어서 거기서 가장 빨리 문인협회는 과거의 문인협회에 머무르면 안 된다는 의미에서 이렇게 개조하게 되었다고 생각합니다. 그래서 지금까지는 단지 간사회가 중심이 되어서 여러 가지 행사 등의 안을 짜고 실행했지만 지금부터는 주로 실천에 중점을 두고 기획부가 여러 가지 행사와 사업을 진행하고, 문학부가 서로의 연구와 수양과 지도와 같은 것을 실천해 나가는 것입니다. 아직 결성된 지 1개월 정도 되었고, 관계자가 모두 직업을 가지고 있는 사람이 대부분인 관계로 아직 눈여겨볼 정도는 아니지만, 최근 기획부 쪽에서도 빨리 운동에 관한 상담이 시작되고 있습니다. 그러나 이것은 결국 협회의 간사만이 열심히 한다고 해도, 회원 전체가 움직이지 않는 한, 그 목적을 달성할 수 없기 때문에, 이 기회에 이것이『국민문학』에도 실려서, 회원 각위의 반성이라면 어폐가 있겠지만, 협력을 할 수 있다면 더욱 빛나는 움직임이 될 것이라고 봅니다.

최재서　　그러면 이 정도로. 긴 시간 정말 감사합니다.

대동아문화권의 구상

아키바 다카시(秋葉隆, 경성제국대학 교수)
카라시마 다케시(辛島驍, 경성제국대학 교수)
쓰다 카타시(津田剛, 녹기연맹 주간)
모리다 코로(森田梧郎, 총독부)
최재서(본사 측)

대동아 공영권 내의 민족과 문화

최재서   대동아공영권의 정치적, 경제적인 기초는 발생했지만 차제에 문화적인 기초를 구상하는 것은 당연하다고 생각합니다. 그래서 오늘은 대동아문화권이라는 말을 사용해서, 그것을 가지고 여러분의 말씀을 듣기 위해서 모임을 주최하는 것이지요. 먼저 대동아문화권 내의 민족의 종류 또는 그 문화 상태 등의 예비지식에 대해서 아키바 선생님께 한 말씀 듣고 싶습니다.

아키바   무척 큰 문제군요. 주문하신 문제에 직접 만족스러운 이야기는 불가능하겠지만 일단 문득 떠오른 생각을 말씀드리지요. 대동아문화권이라는 것은 지금부터 만들어가야 할 목표가 아닐까요. 이상적인 것이 아닐까요. 그 이상을 현실로 실행하는 것에는 두 가지 측면이 있지 않을까 생각합니다. 하나는 우리 일본인들이 지나사변이 일어나면서 지나열을 고조시켜 나갔는데, 그 이전에 우리 일본인들은 중국을 그다지 알지 못했습니다. 당연히 카라시마 선생처럼 잘 아시는 분도 계시지만, 일반적으로는 진정한 지나를 이해하지 않았지요. 지금부터 공부한다고 해도 이해할 수 없는 문제도 상당할 것이라고 생각하지만. 이와 같이 지나에 대해서 생각해 보는 식으로 대동아라는 것을 생각해 보면, 남방에 대한 지식이나 이해는 더욱 얕다고 생각합니다. 그러니까 남방 쪽에 대해서도 열심히 공부해야 합니다. 다른 하나는 남방 사람을 교육시켜 나가거나 여러 가지 문화 시설을 통해서 실천하는 측면입니다. 남방을 아는 것과 함께 남방 사람들을 우리의 동지로 만들기 위해서는 여러 가지를 함께 하고 일본을 이해시켜 나가면서, 양쪽이 서로 어우러져서 커다란 문화권을 형성하기 위한 문화정책이 성립되어 간다고 생각합니다. 이를 위해서 우리들은 먼저 그쪽 사람들이 어떤 것을 생각하고 어떤 식으로 행동하는지에 대한 기초적인 지식을 획득해야 합니다만, 현재 여러 연구기관이 도쿄 등지에서 생겨나고 있습니다. 그 하나로 남아시아 문화연구소 등등은 내각정보국의 원조를 받아서 릿쿄 대학에 세워져서 그 방면의 소장 학자들이 모인 것 같습니다만, 그런 것은 상당히 좋지요. 특히 대만에는 남방에 대한 공부를 상당히 빨리 시작한 것 같습니다. 경성 부근에도 그런 연구 기관이 생긴다면 더욱 좋지 않을까 생각합니다.

다음으로 남방에는 어떤 민족들이 있을까라는 것인데요, 일본 민족과 상당히 비슷한 동아리들이 꽤 있습니다. 일본 민족의 구성에 대해서는 여러 가지 논의가 분분하지만, 몽고의 피나 퉁구스의 피도 들어 있습니다. 그와 함께 남방의 피도 상당히 혼합되어 있지요. 이것은 인종적으로도 그렇고 체질적으로도 그렇다고 생각합니다. 거의 안심하고 말해도 좋을 정도라고 생각하지만, 그와 함께 민족 개념의 주요 측면으로서 문화적인 방면을 문제 삼더라도 종교, 풍속, 관습 등에 실제로 유사한 점이 많습니다. 더 구체적으로 말하자면, 이를테면 벼농사를 지어서 쌀을 먹는 것과 같은 경제생활이 그렇고요, 더 나아가서 그런 생활의 일면으로서 벼의 영혼을 숭배하는 것입니다. 일본에도 이세(伊勢)의 풍수대신1)을 섬기는 신앙의 근본, 원시적인 신앙에서부터 공통적인 것이 있지 않을까 생각하고 있습니다. 원시문화는 우연히 어디에서도 동일하다는 설이 있지만, 인간의 생활은 결코 등질적인 것이 아닙니다. 이질적인 것이니까 역시 다릅니다. 그런 점에서 생각해도 이러한 대동아문화권이란 성립의 가능성이 있습니다. 즉 도작(稻作)하는 민족입니다. 조선에서는 남선(南鮮)에서부터 벼의 경작이 들어왔다고 하지만, 일본 내지에서도 역시 남쪽으로 들어와서 북쪽으로 실행되고 있습니다. 근원은 역시 남방이지요. 필리핀, 태국, 베트남, 네덜란드령 인도네시아에서도 모두 쌀농사를 짓습니다. 그런 점에서 하나의 근본적인 가능성이 우리들의 눈앞에 실현되는 것으로서, 그 위로 세워진 신앙이나 생활 등에 공통적인 것을 가지고 있습니다. 이야기를 종교에 국한시켜서 말씀드리

---

1) 이세신궁(伊勢神宮) : 일본 혼슈(本州) 미에현(三重縣) 이세(伊勢)에 있는 신궁이다. 일본 각지에 걸쳐 있는 씨족신을 대표하는 총본산이다. 진구[神宮]로 줄여 부르기도 한다. 『일본서기』에 따르면 기원전 2년에 일본 천황 가문의 선조인 여신 아마테라스오미카미(天照大御神)의 명을 받아 내궁이 세워졌다고 한다(네이버 두산동아 백과사전 참조).

면 회교, 불교와 같은 것은 나중에 들어온 것으로, 그 이전에 종교적으로 커다란 동아권이라는 것이 일면 성립되었던 것이지요. 이것을 육성한다는 입장에서 우리들은 하나의 문화적 건설의 토대가 이미 건축되어 있다고 생각해도 좋습니다. 대동아 문화권의 건설에 직면해서 상당히 희망을 가져도 좋다고 생각합니다.

최재서 역시 장차 문화의 경우에 있어서도 중심이 되는 것은 일만지(日滿支)겠지요. 경제방면으로는 남방공영권이 가능하니까, 여러 문제가 있겠지만 역시 중심은 일만지라는 것이 주장되는 듯한데요, 어떻게 되겠습니까.

카라시마 지금 아키바 선생의 말씀으로는 대동아문화권 건설에 있어서 근본적인 희망은 학문적으로도 가지고 있다는 것인데, 상당히 용기가 나고 또 커다란 기대를 갖게 되지만, 거기에는 지금 최재서 씨가 말씀하신 것처럼 그 근본이 되는 중핵체로서 대동아문화권을 지도해 나가야만 하는 것은 역시 비교적 문화수준이 높으면서, 오늘날의 전쟁 이전부터 깊은 연관을 갖고 있던 일만지의 견고한 제휴의 위에 서야 한다고 봅니다. 근년 남방문제가 사람들의 관심을 끄는 것과 동시에, 가장 중심이 되어야 할 일만지의 문제가 잊히는 것은 상당히 주의해야 합니다. 예를 들어 해군의 위대한 공적 혹은 남방 파견 육군의 엄청난 전과에 대해서는 당연히 감사드려야겠지만, 동시에 차제에 있어서 북만주의 고원이나 평야 혹은 북중국의 산간에서 토지 방어와 건설에 노력하고 있는 황군의 존재도 결코 잊어버려서는 안 되는 것이지요. 일반적으로 새로운 것에 열광하기 쉬운 것이 일본인의 성격이지만 이렇게 실제로 어느 정도 주의하면서 평범한 각도에서의 건설에 노력하지 않으면 안 된다고 봅니다. 그것은 언제까지라도 그 문제에 묶여 있는 것은 아니기 때문이지요. 거대한 스케일 아래에서 일만지를 중심으로 새로운 구상을 생각해야 합니다.

최재서 문화의 정도를 기준으로 말하면 일만지가 중심으로 중추적인 위치에 서고, 남양 부근은 문화적으로는 거의 말할 필요도 없다고 생각하지만, 그 중간에 서 있는 것은 태국이나 베트남이 되는 것이겠죠.

아키바 도오죠 수상의 성명에도 있는 것처럼 적어도 독립은 상당히 존중해야 합니다. 태국, 베트남은 물론이고 그 밖의 지방에도 이쪽에서 지배하는 것은 생각해 보아야 합니다. 힘보다는 문화라는 것이 더욱 중요하지 않을까 생각합니다.

최재서 공영권 내부의 민족은 어느 정도 있을까요. 인도에도 40 정도가 있다고 합니다만.

아키바 대단합니다. 필리핀 부근에도 45종이 있으니까요.

카라시마 그와 같이 남방에서 독립이 인정될 수 있으니까, 조선이 그것을 모방해야 한다는 사고방법은 어느 정도 주의해야 한다고 생각합니다.

최재서 그런 일은 거의 없겠죠.

카라시마 그런 의미에서는 조선은 곧 일본이라는 입장에서 모든 것을 생각해야 합니다. 거기에서 여러 가지 문제도 일어나는 것이라고 봅니다.

쓰 다 대동아공영권 내에서 내선일체의 의의라는 것을 한번 더 생각해야 한다고 생각합니다.

대동아권의 지도원리

최재서 그 밖의 많은 민족을 공영권내에서 통일해 나가는 지도원리, 지도정신은 어떻게 되겠습니까. 쓰다 씨.

쓰 다 어려운 문제가 되어 버렸네요.

최재서 쓰다 씨는 다년간 그런 방면을 연구하셨으니까 말씀하실 수 있겠지요.

쓰 다 대동아공영권 혹은 문화권을 어떤 식으로 건설할 것인가 혹은 건설해 가는가의 문제에 대해서는 역사적으로 고찰할 필요가 있지 않을까 생각합니다. 물론 이것은 몇 천 년, 몇 만 년이라는 거리를 둘 필요는 없습니다. 최근부터 말씀드리면, 만주사변이 이번 대동아공영권의 출발점이 되었다고 생각하는데, 그 만주사변에서 지나사변까지 약 6여 년, 그것이 대동아건설의 제1기적인 시대겠지요. 거기에서 지나사변이 시작되어서 이번 대동아전쟁이 될 때까지의 4개년 정도가 동아공영권 건설의 제2기적인 시기를 지나고 있습니다. 그리고 이번 전쟁이 시작해서 이름도 대동아전쟁으로 바뀌면서, 대동아공영권의 이념 혹은 그 건설을 위한 싸움이라는 것이 대의명분으로서 명료하게 되었다고 생각하지만 만주사변의 해결에 매진했던 6개년 동안, 지나사변의 처리에 매진했던 4개년, 그리고 이번 대동아전, 이것은 내각 쪽에서 10년 정도라는 것을 비유적으로 말하고 있지만, 합해서 20년, 이것을 제1차 계획이라고 말할 수 없을까요. 대체로 그렇게 제1기, 2기, 3기라는 식으로 구별할 수 있지 않을까 생각합니다. 그런 새로운 건설은 독일에서도 하고 있는 것으로 제1차 4개년 계획이 쇼와 8년이었다고 생각하지만, 거기에서 제2차 4개년 계획을 하고, 이후 구주대전을 맞고, 드디어 유럽 신질서의 건설에 적극적으로 나아가는 데까지 역시 14년이 걸리지 않을까 생각합니다. 러시아의 건설은 시시하다고 생각하지만 쇼와 4년이었지요, 제1차 5개년 계획을 하고, 다음으로 제2차, 제3차라는 식으로 건설해 나가고 있습니다. 무엇보다도 거대한 구상에 의해서 거대한 공영권을 만들자는 것이지요. 일본의 구상에 의한 거대한 공영권과 독일의 레벤스라움2)과 러시아의 공산주의적인 건설은 역시 10년, 20년 걸려서 하나의 구상 아래에서 실천해 나가게 되겠지요. 이것이 어떠한 방식으로 될까, 과연 성공할까 하지 못할까는 이데올로기의 가부에 의해서 결정되는 것으로서, 결코 우연적으로 일어나지는 않을 것입니다. 그러니까 갑자기 지나와의 관계가 나빠졌으니까 지나사변이 일어나고, 남방의 문제가 일어났으니까 갑자기 남방으로 간다는 것은, 대동아공영권의 저류에 흐르는 것을 포착하지 못한 것이지요. 그런 식으로는 대동아공영을 어떻게 건설할 것인지 방향을 잡을 수 없어요. 일본의 건설, 도이치의 유럽 건설, 또 러시아의 건설로서 구상이라는 것은 종래의 앵글로색슨이 건설했던 세계제패를 파괴하자는 것으로서, 앵글로색슨의 건설은 별도의 방면으로 해 나가는 것입니다. 이러한 세 가지의 경향이 현재 나타나고 있습

---

2) 레벤스라움(Lebensraum) : 독일 나치스의 이념으로서 생활권을 의미한다.

니다. 그 경향에 대해서 동아공영권이 어떠한 위치를 점하고 어떠한 사명을 가지고 있는가를 적극적으로 인식할 필요가 있다고 생각합니다.

최재서 그래서 결국 어떤 원리로 행하는 것입니까?

쓰 다 그것은 황도(皇道)입니다. 이미 말씀드린 것처럼 지금 세계에는 3개의 새로운 구도가 있는데, 거기에 황도가 가장 우수한 것이라고 주장하는 것이 일본의 입장이라고 생각합니다. 따라서 대동아공영권을 관통하는 것은 황도 일체로, 지극히 명확한 구도를 그려야 한다고 생각합니다. 이것을 임시변통으로 황도생활권 같은 것을 고려하고 싶지만, 황도에 기초해서 그 황도문화권 내에 각양 각종의 민족의 자리를 어떤 식으로 만들어 줄 것인가, 이것이 문화권의 근본문제가 아닌가라고 생각합니다.

카라시마 자리를 만들어주는 것이 근본문제인가요.

쓰 다 그 점 황도에는 천괴무궁(天壤無窮)이라는, 어디까지나 순수한 면과, 팔굉일우(八紘一宇)라는 어디까지라도 확장되는 면이 있습니다. 즉 구심력과 원심력의 두 가지 면이 있습니다. 그런 의미에서 공영권의 건설과 문화건설은 표리일체의 관계에 있다고 생각합니다. 안으로 향해서는 천괴무궁, 밖을 향해서는 팔굉일우라는 면이 지금부터 어떻게 건설해나갈까라는 문화이념이 되고 또한 모든 문제가 거기에 있는 것이지요. 또 거기에 새로운 문화인의 임무가 있는 것이 아닐까요.

카라시마 그것을 지금부터 구체적으로 건설해 나가는 것이 필요하다고 생각합니다.

쓰 다 그와 같이 다른 사회를 어떻게 화합시켜 나갈까가 문제입니다. 내선일체는 국내의 문제지만, 그러나 그와 같이 다른 것들이 조화의 정신을 극도로 발휘하는 것이 내선일체가 아니겠는지요. 그런 의미에서 동아공영권에 있어서도 황도가 나타날 때에, 내선일체가 여기까지 왔다는 것이 움직일 수 없는 사실임을 입증하고 있는 것이 아닐까요. 그 점을 간과하면 안 됩니다. '필리핀을 독립시키는구나, 그러면 조선도 어찌될까'라는 생각은 황도를 전혀 이해하지 못하는 것으로 문제가 될 수밖에 없는 폭론입니다. 그럴까라고 해서 다른 쪽은 어떨까라고 생각하는 것은 문제조. 그것은 각자 기회에 부응하고 문화적인 정도에 부응해서 차례로 움직여 가는 그런 원리가 구체적으로 다른 것이라고 생각합니다.

카라시마 문제는 언제나 구체적으로 생각해야 하는 것이지요. 추상적으로만 생각하면 묘한 방향으로 흘러가지 않을까 생각합니다.

최재서 현재는 블록 이론으로 정리하고 있는데, 러시아 블록, 구주 블록 등등과 대동아공영권과의 근본적인 차이점은 어디에 있는 것입니까. 경제적으로 보면 광역 경제가 되겠지만, 문화라면 지도적 원리 여하에 따라서 상당히 달라진다고 생각하지만.

쓰 다 거기에서 황도의 특징이 나타나는 것이지요. 러시아적 원리로 하면 몽고와 같이 비참한 현실이 나타납니다. 앵글로색슨적인 원리로 하면 일단은 상대를 존중하는 것처럼 보이지만 사실은 떨어져 있어서 영원히 가까워지지 않는 것입니다. 황도의 원리가 되면, 다행히도 일본의 문화는 전부 다른 것과 접촉해서 형성되었기 때문에 진정한 일본문화는 여기에서 그 진수를 발휘하는 것입니다. 지금까지는 형성의 시대였습니다. 어쨌든 전부 일본이 일단 흡수하고 있습니다. 그런데 태국과 미얀마는 독실한 불교 국가인데요, 이번에 태국의 군대가 미얀마를 공격해 들어가자마자 태국에서는 기도를 시작했다는 것이 신문에 나오게 됩니다. 그런 깊은 신앙을 일본문화가 섭취해서 어느 정도의 레벨까지 육성해 나가야 합니다. 그렇게 함으로써 태국이 가진 좋은 점을 다시 생생하게 발전시켜 육성해 나가는 것에서 황도 문화의 특징이 나오지 않을까요. 네덜란드령 인도네시아 부근에 대해서는 잘 모르겠지만, 예를 들어 필리핀 부근은 지금 확실히 아메리카의 세력으로 되어 버렸습니다. 그런 것을 이번에는 진정한 의미로 필리핀의 지리적 경제적 입장이나 현실에서 무한하게 전개시켜 나갑니다. 그러나 아메리카 문화는 좋지 않으니까 무시하는 것이 아니라 일단 흡수한 아메리카 문화의 나쁜 면은 철저하게 잘라 버리고 좋은 점이 있는 문화재는 장래의 필리핀 문화재의 하나로서 흡수시켜 나가는 것이 일본 문화에 의해서 처음부터 가능한 것이 아닐까요. 과거 세계의 문화 흐름에 대해서는 아키바 선생이 전문이지만, 일단 일본 문화에 의해서 키워졌으니까 거기에서 적출된 세계적인 문화재는 여기서 새로운 빛을 띠고, 각 지역마다의 특징을 생성시켜 나가는 것이지요. 그런 식으로 천황의 권위를 그 지역 사람들이 존경할 수 있게 되겠지요. 거기서 우리들의 생활이, 철근 콘크리트와 같이 단단한 생활 공영권이 생겨나오지 않겠는지요. 거기에 볼세비키나 앵글로색슨 나름의, 혹은 나치스가 만들어 가고 일본의 학자들이 추종하고 있는 나치스의 민족론 따위를 훨씬 뛰어넘은 유현(幽玄)하고 불가사의한 황도의 힘이 있습니다. 그것을 키우는 것이 문화인의 책임이 아닐까 생각합니다.

먼저 물질적인 문화에서부터

아키바 그 의견에 찬성합니다. 황도 이데올로기로 해 나간다는 것은 적극적으로 찬성하지만, 문화가 뒤쳐진 민족과 문화가 앞선 민족이 접촉할 때에 통용되는 하나의 사회학의 법칙이 있지요. 이것은 정설이라고 해도 좋아요. 즉 우수한 문화를 가진 민족과 열등한 문화의 민족이 접촉하면 그 문화의 흐름이 물질적인 문화와 정신적인 문화 중에서 어느 쪽이 먼저 흐를까, 물질적인 문화 쪽이 먼저 흐릅니다. 그 문화를 물질적인 문화와 정신적인 문화로 분리하는 것에 대해서는 약간의 의문도 있지만, 종래의 학설로서는 물질문화가 먼저 우수한 민족에서 열등한 민족으로 흘러간다는 것이었습니다. 그런데 황도정신은 굉원(宏遠)하고 거대한 정신문화라고 생각하지만, 그 정신이 스며 있는 물질문화가 먼저 흘러 들어가는 것을 어떤 식으로 활용할 것인가 이것이 구체적인 문제가 되는 것이겠지요.

카라시마 그런 것이군요.

아키바 지금까지는 앵글로색슨이 물질문화로 해 왔지요. 여러 가지 훌륭한 도로를 만들거나 건물을 만들었습니다. 그러니까 일본인이 조금이라도 물질적인 면에서 그들에게 뒤지게 되면 주민들의 이해는 직접 굉원(宏遠)한 일본정신에 끈질기게 달려들어 따지지 않을까요. 거기에서 섬세한 기술이 필요합니다. 황도정신을 주장하는 것은 대찬성이지만, 그런 물질적인 면을 어떻게 사용할까, 그런 기술의 문제를 진지하게 생각해 보아야 하는 것입니다.

쓰 다 그것이 출발점이라고 생각합니다.

아키바 그렇습니다. 그것이 출발점입니다.

종교의 문제

최재서 그런 지도원리가 문화의 각 방면에 있어서 어떤 식으로 나타날까라는 문제는 결정되었다고 생각하지만, 거기에는 여러 가지가 있습니다. 먼저 종교, 문학, 대중적인 영화, 대체적으로 그 세 가지 방면에 한정해서 구상을 알고 싶네요. 종교는 어떻게 되겠습니까. 국내에도 상당히 문제지만 대동아공영권 내에서 현재 신도, 불교, 회회교, 기독교가 있는데, 주된 종교는 도대체 어떤 것일까요.

아키바 인도교도 있지요. 민족 고유의 속신입니다.

최재서 실제 우리들은 그런 방면에는 관심을 가지지 않았습니다. 지금부터 생각하면 아키바 선생의 노트를 더 공부해 두면 좋았다고 생각합니다만.(웃음)

아키바 터부나 토템이라는 말은 보통 듣지 못했지만 최근에는 소설에서도 나옵니다. 안목이 생긴 것이지요.

쓰 다 종교에서 가장 많은 것은 불교입니까.

아키바 그렇습니다. 회회교도 상당히 많지요.

모리다 프랑스령 인도차이나는 기독교입니까.

아키바 불교도 많습니다. 필리핀 쪽은 기독교가 많지만 해부해 보면 역시 토속적인 형식이 많지 않을까 생각합니다. 불교와 기독교를 어떻게 재건시킬까가 문제이지요.

쓰 다 불교와 기독교를 어떻게 재건할까가 문제로군요. 그런 의미에서 먼저 일본 국내의 문화 재편성이 역시 출발점이 된다고 생각합니다.

아키바 기독교의 일본화가 상당히 곤란했던 것은 기독교라는 것이 상당히 순수성을 가지고 있기 때문입니다. 그와 같은 경향은 마호메트교도 가지고 있어서 다른 종교를 배척합니다. 그 점에서 불교는 다소 대범해서 여러 민간의 속신도 어떻게든 포함하게 되었습니다. 따라서 절 부근에서는 불교 이외의 것을 섬기는 일이 자주 있습니다. 그러한 성질을 마호메트교와 기독교는 가지고 있지 않습니다. 그러한 순수성이라는 것은 신앙으로서는 좋은 점이지만 일면 지극히 편협합니다. 따라서 종교의 재편성에서 역시 불교 정도는 비교적 쉽지 않을까 생각합니다.

쓰 다 일본에는 일본정신이 삼천 년 이래 전해져 오면서 거기에 불교, 기독교 등 여러 가지 요소들이 들어가지만 그 정신을 잃지 않았습니다. 일본정신은 이를테면 불교의 근저에서 하나의 기초로 존재하면서 무엇인가의 문화지반을 제공하고 있습니다. 다른 지역에서는 이와 같은 현상이 일어나지 않지요. 어떤 종류의 종교가 들어와도 종래의 정치와 종교 전부가 뿌리 뽑히게 됩니다. 새로운 것이 들어오면 확실하게 뒤집히는 것이요. 일본 정신은 그런 점에서 다른데요, 갑자기 동아공영권의 단계로 넘어가 여러 가지 종교가 들어왔을 때에도 당연히 일본 정신은 그 본질을 잃지 않고 오히려 더욱 풍부해 지고 있습니다. 거기에 종교 재편성의 원리가 있지 않을까 생각합니다. 일본 문화인은 그와 같은 일본적 성격의 연구에 노력하지 않으면 성공할 수 없겠지요.

최재서 언젠가 도쿠토미 소호(德富蘇峰)[3] 선생이 '종교가는 믿는다, 학자는 연구한다, 정치가는 이용한다.'라고 말했지만, 역시 공영권 내에도 제일 먼저 착목해야 할 것이 아닐까 생각합니다.

카라시마 그런 경우에 대해서 저도 많이 생각했지만, 순수성을 가지고 있는 경향의 종교에 급속하게 어떤 변화를 가하면 여러 가지 곤란에 당면하지 않을 수 없다는 것인데 문제는 그들을 긴급하게 어떤 형태로 편성 교체하는 것이 아니라 그것은 그것대로 새롭게 발전시켜 나가는 것, 동시에 종교를 믿는 마음과 마찬가지 마음으로 대동아건설에 열중한다면 괜찮은 것이며, 그것이 일본문화의 위대함을 마음으로부터 이해하고 그것을 중심으로 하여 스스로도 함께 신문화 건설에 매진한다는 결심을 품게 하는 것입니다. 거기에 정책의 근본이 있지 않을까 생각합니다. 그런 식으로 생각해 보는 것이 어떨까 생각해 보았는

---

3) 도쿠토미 소호(德富蘇峰, 1863~1957), 구마모토 출생. 신문기자, 평론가, 사론가. 1887년 민우회를 설립하고 『국민지우』를 창간했고 1890년에는 『국민신문』을 창간했다. 급진적 평민주의를 내세워 평론 활동을 시작했던 그의 글은 청년들을 매혹시켜 메이지기 청년들의 교사를 자임했다. 문학은 그에게 이차적인 것에 지나지 않았지만 그의 초기 평론은 기타무라 도코쿠와 구니키다 돗포를 사로잡았다. 그러나 청일전쟁 후 관계로 나가 국가주의를 신봉하자 변절자로 비난받았다. 소호의 사상적 지도자로서의 역할은 이것으로 끝났으며 이후 그는 천황제 국가체제의 이데올로그로서의 역할을 제2차 세계대전까지 계속했다(고재석 편저, 『일본문학 · 사상 명저 사전』, 깊은샘, 1993, 105면 각주 (1) 참조).

데요. 아직 여러 가지 고쳐야 할 것이 있을지 모르지만, 지금 저는 그렇게 생각하고 있습니다.

아키바 또 하나 제가 말씀드리고 싶은 것은, 종교가 순수성을 가지고 있어도 결국 인간이 품는 신앙입니다. 만주에서 온 것, 지나에서 온 것, 혹은 서양에서 온 것은 각각 색채가 달랐습니다. 그러나 그것이 일본에 오면 순수성을 상실하면서 황도정신 아래에 참가시키는 것이 가능하지 않을까 생각합니다. 같은 기독교를 신앙해도 일본인이 신앙하면 달라집니다. 특별히 정책을 사용하지 않아도 자연스럽게 일본의 전통에 영향을 받지 않을 리가 없습니다. 그와 비슷한 일이 지나에서도 네덜란드령 인도네시아에서도 필리핀에서도 있을 것이라고 생각합니다. 서양인에게 파악되었던 기독교와 필리핀인에게 파악되었던 기독교는 다릅니다. 거기에 일본의 황도정신이 있습니다. 신도 부처도 믿습니다. 서양인에게는 가능하지 않지만 우리들에게는 가능합니다. 그러한 전통이 일본인 이외의 동양인에게도 있지 않을까요.

카라시마 동아인적인 자각을 갖는다면 자연스럽게 종교에 변혁을 가져올 수 있지요.

쓰 다 순수한 종교라면 천국을 지상에 실현시킨다는 생각이 있습니다. 일본인의 역사나 국체라는 것은 붕괴되지 않은 채 그와 같은 세계를 실현시키고 있으니까, 그러한 종교가 묘사하는 천국이나 세계와 정확하게 맞아 떨어집니다.

아키바 이것이 서양이라면 그렇지 않지요. 교회가 국가의 위에 서 버렸으니까, 그것만의 순수한 것이 있습니다.

최재서 독일이 애쓰고 있는 것은 기독교의 국제성인데요, 히틀러를 중심으로 철학자들이 꽤 노력하고 있습니다. 독일적 기독교를 건설하는 것이죠. 점점 정착하고 있다고 합니다.

쓰 다 여러 민족이 묘사하는 이상향을 종교적인 차원에서 지상 낙원으로 만드는 일, 즉 동아공영권 발전의 가능성이 황도에는 있다고 생각합니다.

최재서 요전에 사토 씨가 부민관에서 열린 문인협회에서 말했지만, 불교는 일본 국가와 확실하게 결부됨으로써 그 본질이 변했는지도 모르지만 그 대신 안전하게 남아있습니다. 반면 지나에서는 불교의 순수성을 견지하고 있다가 잃어버렸다는 이야기가 있습니다.

카라시마 그와 같은 일본적인 소화융합의 자태를 설명하는 것에 의해서, 자신들이 실천하고 있는 것을 지금부터 가르칠 수 있다고 생각합니다. 지금까지의 일본의 존재방식이라는 것을 대동아를 향해서 선양하는 것이 근본이 되지 않을까요.

아키바 생활과 종교의 결부라는 문제에서는 분화의 속도가 상대적으로 늦으니까, 종교 전문가들이 관념화되는 일이 자주 일어나지요.

최재서 교회를 위해서라면 나라를 양도해도 좋지 않을까라는 생각은 동양인에게는 없습니다. 동양에서는 그런 일이 있을 수 없어요. 국체와 부응하도록 종교를 믿는 것이지요.

쓰 다 이렇게 말하면 국가사회학 선생이 계시는 곳에서 꾸짖음을 받을지도 모르지만, 국가라는 개념을 서양의 국가 관념과 자꾸만 뒤섞어버리는 사람이 있지요. 그런데 일본 국가는 하나의 생활 공동체로서 서양의 국가와는 다르다고 생각합니다. 불교가 국가와 결부했다고 말하지만 그것은 국가가 아니라 생활과 결부된 것입니다.

최재서 실제로 조선에서 기독교의 예를 들어 볼까요. 확실히 조선의 환경과 맞지 않는 부분을 그대로 실행하자는 것이 조선의 교회라고 생각합니다. 외골수적인 면이 있었는데요, 역시나 관념적이에요. 그런 부분이 시정되어 왔던 것입니다.

국어의 문제

카라시마 그 점 조선의 새로운 진행방법으로서 기대하고 있습니다. 조금 전부터 말씀하셨지만, 일본문화의 선양이라는 것이 서서히 되어 가고 있습니다만, 그 문화 선양의 전제 조건의 하나가 국어 문제라면, 문학이나 영화 등 문화적인 것이 당연히 문제가 되어야 한다고 생각합니다. 모리다 씨, 동아에 있어서 국어정책은 어떻게 됩니까.

모리다 작년에 공식적인 발표가 있어서 잘 아시겠지만, 문부성에서 국어대책협의회를 주최하여서, 각지의 국어교육과 함께 국어보급의 현황 등의 경과를 더듬어 보았지요. 아까 쓰다 씨가 말씀하시기를, 동아공영권의 건설경과로서 제1기, 제2기라는 식으로 나누어서 말씀하셨지만 일본어의 해외진출이라는 문제도 대체로 3기의 단계를 밟아왔다고 생각하는데요, 지금 말씀드렸던 국어대책협회는 지나사변 후 대륙의 경영이라는 견지에서 일본어의 보급문제가 크게 문제가 되어서, 문부성이 주최해서 협의회를 개최했습니다. 그것이 제2기이며, 제1기는 그 이전 언제부터인지 확실히 말씀드릴 수 없지만, 국제문화협회라는 것이 있어서, 일본어의 해외보급을 도모하는 일을 해 왔던 것입니다. 지금은 런던 부근의 대학에서 일본어 강사가 있다는 것을 신문잡지에서 매우 떠들썩하게 취급한 일이 만주사변 이후 있었습니다. 일본어의 해외진출에서 그런 시기가 제1기였다고 생각합니다. 그리고 이번에 새로이 대동아전이 일어나서, 공영권 내의 일본어 진출이라는 것을 생각할 수 있게 된 것이 제3기라고 생각합니다. 제2기 대륙에 대한 일본어의 진출이라는 문제는 한 손에는 칼을, 한 손에는 법전을 가진 마호메트와 같은 것으로서, 전쟁을 해 나가면서 일방으로는 선무반이 점차 들어가서 일본어를 지나 대륙에 보급했지요. 그와 같이 급속하게 요구되었기 때문에 일이 졸속으로 진행된 것이 제2기 일본어의 진출문제에 나타난 문제점이 아닐까 생각합니다. 그런데 이번에는 일본이 대동아공영권의 지도자이자 동아의 맹주로서 일본문화를 공영권 내에 심게 되어서, 결국 문화의 근저를 이루는 것은 언어라고 생각하는데, 그런 의미에서 제2기 일본어 진출의 문제에 대한 태도보다는 이번에는 상당히 침착하게 근본적인 문제부터 대책을 수립해야 한다고 봅니다. 그와 같은 차원에서 아까부터 아키바 선생이 먼저 공영권 내의 민족을 알고 상대를 이해하는 것이 근본문제라고 말씀하셨지만, 일본어 문제에 있어서도 같은 것이라고 생각합니다. 먼저 저는 공영권 내에서 말해지고 있는 각양 각종의 언어를 연구하고 조사하는 것이 선결문제가 아닌가 하고 생각합니다.

또 하나는 프랑스령 인도차이나에 대해서 프랑스가 지금까지 그와 같은 언어정책을 가지고 있었던 것, 태국에 대해서 영국이 영어 보급 정책을 썼던 것 등을 연구하는 것과 함께, 유럽 제국에 있어서 언어정책도 먼저 연구하고 조사하지 않으면 안 된다고 생각합니다. 조금 전 종교의 문제에서 필리핀과 같이 기독교가 성행한 곳에 대해서 종교가 가진 행동방식, 회회교가 성행하는 곳에 대해서 종교가 가진 행동방법은 여기 저기 그 지역에 즉해서 행동하지 않으면 안 된다고 생각하지만, 일본어를 가지고 행하는 것에서도 여기저기 현지의 사정을 충분히 연구하는 것에 의해서 구체적인 정책이 가능하다고 생각합니다.

카라시마 당연한 것이지요. 그와 함께 어떤 인종은 이미 연구하고 있다고 생각하지만, 일반적으로 우리들이 아직 그 문제에 대해서 충분히 연구하지 못했다는 것은 무척 유감이라고 생각합니다. 문화인 전체가 현실적으로 대동아건설의 매진과 함께 전력을 다하지 않으면 안 된다는 것을 통절하게 느껴야 하는 것입니다.

쓰 다 그 문제의 근본은 일본어의 재편성이라는 것에 있습니다. 그것을 해결해야 한다고 생각합니다. 카나 사용법,[4] 한자의 문제 등 여러 가지가 있습니다.

모리다 그 문제는 상당히 큰 문제이지만, 국내 문제로서 국어의 정리통일과 공영권 내로 진출하는 일본어의 정리통일 문제를 같은 방향에서 해 나갈지의 문제는 어떻습니까, 아직 저도 그 점에 대해서 확실히 이해할 수 없습니다만.

---

4) 카나 사용법(仮名遣い).

카라시마   종래에는 각각이었지요.

모리다   그것을 국어교육과 일본어 교육이라는 식으로 저는 구별해서
불렀는데요, 방법적으로 달라야 한다고 생각하지만, 국어의 정
리통일이라는 것을 생각할 때, 그 한 가지로 좋을까 좋지 않을
까에 대해서는 어떻게 해도 제 자신은 확실히 알 수 없어요.
다만, 저의 미숙한 생각을 말씀드리자면 어떻든 현재의 국어
그대로 가지고 간다는 것은 여러 가지 문제가 있지 않을까 생
각하고 있습니다. 예를 들어, 카나표기법의 문제, 용자(用字)의
문제 등 여러 가지 문제가 있다고 생각합니다.

카라시마   국어 정리의 문제는 국내적으로 노력해 나가려면, 역시 조금
전의 졸속주의적인 수단,5) 그런 것이 당면의 시대로서도 필요
하지 않을까요.

모리다   현재 상당히 정리되어야 할 일본어가 그대로 보급되었을 것이
라고 생각합니다. 지금까지 일본인이 상당히 진출해 있으니까
요. 당장 그런 것에 대해서도 정리하고 통일하는 데에 손을 보
태야만 한다고 생각합니다. 영어에 대해서는 최재서 씨가 전
문이지만 지나의 항구에도 피진 잉글리시6)라는 왜곡된 영어가
상당히 행해지고 있습니다. 국어의 문제에 있어서도 왜곡된
일본어가 현재 보급되고 있지 않을까 생각하고 있습니다만,

---

5) 졸속이라는 말은 언어의 자연스러운 혼합과 일본어의 순수성 고수라는 두 가지 상반된
목표를 달성하기 위한 임시방편을 의미한다고 볼 수 있겠다. 어떤 상황에서든 두 가지
언어를 사용하는 사람들이 섞이면 필요와 목적에 따라서 혼합된 형태가 나타나기 마련이
다. 그런데 순수한 민족어를 고집하고 그것을 정책적으로 조장하고 장려하려는 입장에서
보면 그와 같은 혼합 현상은 부정적일 것이다.
6) 피진 잉글리시(Pidgin English) : 중국 연안에서 쓰인 중국어·포르투갈어·말레이어 등이
혼합된 통상(通商) 영어를 말한다.

졸속(拙速)이라는 것을 생각하면 보급하면서 정비하고 통합하는 것을 생각하지 않으면 안 된다고 생각합니다.

카라시마 그 경우에 문학의 문제가 상당히 크지 않겠습니까.

최재서 이것은 만주국의 관리에게서 들은 이야기지만, 만주국에 있어서 순수한 국어를 보급하자는 일파와, 다소 순수함은 잃어도 좋으니까 합리적으로 말하자면서 문법서 한 권이 있다면 거기에 맞추어 가는 국어로 실천해 나가자는 일파가 있어서 서로 논쟁하고 있다더군요.

아키바 그러면 에스페란토와 같은 것이 됩니다.

최재서 거기에 대해서 국학자가 화를 내면서, 어려운 것이 일본어다, 그런 것이 없다면 일본정신은 도망가 버리는 것이라고 했지요. 그러니까 지금의 사투리 문제에서는 말이 그릇되면 문화가 그릇된다는 사실을 고려하지 않으면 안 됩니다. 그것은 그리스의 문화가 식민지에 가서 언어가 변하는 것과 함께 상당히 퇴폐적으로 되어 버렸습니다. 이른바 코이네7)로 되어버렸습니다. 언어가 그릇된다는 것은 그것뿐만이 아니라 문화가 잘못되어 버리는 거예요. 문화가 잘못되면 퇴폐적인 문화가 생깁니다. 그리고 그것이 본지에 역수입됩니다. 민중은 격식을 차리는 것을 싫어하니까 식민지식의 그릇된 문화가 역수입되는 것이지요.

---

7) 코이네(Koinē) : 기원전 5세기 무렵 아티카의 방언을 주로 하여 성립된 고대 그리스의 공통 언어를 말한다. 고대 그리스의 여러 방언 중에서 우수한 방언을 중심으로 여러 방언을 모아 만들었다. 알렉산드로스의 원정으로 동방 세계에 퍼지고 로마 제국이 붕괴할 때까지 동부 지중해 지방의 공통어로 사용되었다. 신약 성경에 쓰인 언어이며, 현대 그리스어의 시조가 되었다(네이버 두산동아 백과사전 참조).

카라시마   차제에 양적으로 진출하는 것도 상당히 필요하지 않을까요. 경제건설을 고려하면서 더욱 빨리 이해하려면, 양적인 진출도 상당히 고려할 필요가 있습니다. 그것을 문학 나름대로 여러 가지 새로운 시설에 의해서 탁한 것을 청소해 나가면서 긴급하게 전개시키는 것이 정책으로서 필요하지 않을까 생각합니다.

모리다   그래서 결국 공영권에 일본어를 진출시키는 것을 생각해 볼 때, 일방으로는 학교 교육이 당연히 고려될 수 있습니다. 그런데 학교 교육 이외에 일본어의 진출은 현실 문제인 것입니다. 또한 지금부터 종래 이상의 기세로 흘러갈 것이라고 생각하는데요, 말하자면 남방으로 진출하는 사람들, 남방공영권 내의 사람들에게 접촉하는 사람들 하나하나가 일본어의 지도자라는 자각을 가지고 실천해야겠지요.

카라시마   대찬성입니다.

쓰 다   고도국방국가적인 일본어라고 하면 이상한 표현이지만, 고도국방국가를 완성해 가고 있다면 지나사변도 어지간히 변해 갈 것이라고 생각합니다. 동시에 문화도 고도국방국가에 상응하여 변해간다면 확실하게 변할 수 있다고 말할 수 있겠지요. 국어의 문제도 고도국방국가와 연관이 있습니다.

최재서   국어의 국내적인 정리는 반드시 하지 않으면 안 됩니다. 이렇게 말하는 것은 과거까지는 이 조선에도 대개가 큐슈 계통이었습니다.8) 지금도 상당히 남아 있지만 그 당시에 그런 자각이 있어서 표준어가 확립되었다면 혼란하지는 않았겠지요.

---

8) 조선에 들어온 일본어가 대체로 큐슈 계통의 방언이었다는 뜻으로 보인다.

카라시마 따라서 해외로 나가는 사람들의, 그리고 일본 전체의 문화 수준을 가능한 한 빠르게 높이는 것이 총후의 임무 가운데 하나겠지요.

모리다 그런 관점에서 보면 국내에서 이루어진 종래의 국어 교육이 한쪽으로 치우쳤던 것입니다. 따라서 이번에 『국민문학』에서 국어교육 문제를 다루었지요. 이번에 개정된 국민학교 교육은 특히 국어교육에 있어서는 상당히 개혁적인 것입니다. 종래 국어교육은 문자 교육에 경주했던 것에 불과했습니다. 음정언어, 말하기 교육에 있어서는 등한시했던 것이죠. 그리고 문자에 의한 의지의 교환은 아오모리와 카고시마에서도 충분히 통하지만 한번 만나서 이야기하게 되면, 같은 내지인이지만 아오모리 사람과 카고시마 사람이 그렇게 아쉬운 부분이 많았던 것이지요. 그런 까닭으로 이번에 국민학교의 국어교육에서는 문자언어는 물론 음성언어 교육을 충분히 해야 한다는 하나의 지도 원리를 제시하고 있습니다. 작년 4월부터 새로운 독본을 문부성에서 출판했는데, 이것은 일본 국어독본의 편집 사상 하나의 에포크라고 볼 수 있습니다. 전혀 문자가 없는 교재, 우리들은 그것을 회화 교재라고 부르고 있지만, 이 교재의 편집 방침은 일본어 속에서 태어나서 자라난 내지인에 대한 것들을 교재에 넣는다는 것입니다. 문부성에서는 결국 종래의 교육을 많이 시정하게 된 것입니다. 그 점은 일본이 지금부터 철저하게 교육한다면 공영권으로 일본어를 가지고 들어가는 데에 있어서 그릇된 말이나 사투리, 혼탁하고 왜곡된 국어가 진출할 것이라는 심려는 할 필요가 없다고 생각합니다만, 지금 제가 대체로 말했던 것도 심히 순수하지 않은 것들이 있는데요, 일반적으로 음성언어에 있어서 순정한 국어의 영역에 도달하지 않는, 그런 교육을 받고 그런 환경 속에서 생활했던 사람들이 남쪽으로 가는 사람들의 대다수이니까요.

카라시마 국어교육을 다시 할 필요가 있습니다. 그것을 위해서는 라디오를 충분히 활용하고 학교교육에서도 일반적으로는 문학의 방법이 있겠지만, 문학과 아울러 영화 토키9) 등 여러 가지를 이용해서 힘껏 해 나갈 필요가 있다고 생각합니다.

언어의 교류

최재서 공영권에 있어서 공통어로서의 일본어라는 것을 생각할 경우, 영어가 먼저 상업어로서 세상에 보급된 것과 같이 우선 경제적인 기초 위에 서서 국어를 대동아공영권의 공통어로 삼는 것이 충분히 가능하다고 생각합니다. 더욱이 문학어, 학술어로서도 동아공영권내의 공통어로 일본어가 되어야 함을 생각해야 합니다. 영어와 독일어가 학술어로서 편리한 것은 첫째, 알고 있으면 그 나라의 저술도 번역을 해서 읽을 수가 있기 때문으로, 금후로는 서양의 여러 가지 학술 서적 혹은 문학작품을 일본어로 번역한다면, 일본어를 학술어로서 확립하기 위해서 필요한 힘이 된다고 생각하는데요, 어떨까요.

카라시마 그것은 필요하다고 생각합니다. 동시에 이후 일본어로 된 발표가 독자적으로 많이 나올 수 있게 될 것이고, 또 지금까지 일본의 학술적인 것 자체에 대한 사고방법이 달라지겠지요.

---

9) 토키(Talkie) : 영사(映寫)할 때 영상과 동시에 음성·음악 등이 나오는 영화를 총칭한다.

외국의 학술이 상당히 우수하고 일본의 학술이 상당히 낮은 수준에 있다고 생각하고 있었지만, 적어도 이후의 전쟁에 있어서, 군사적으로도 어뢰 비행기나 그 밖의 모든 점에서 우수한 것이 입증되었지요. 따라서 그 밖의 측면에서도 학술적인 것을 발표해 가면 상당히 훌륭한 것이 될 것이라고 생각합니다. 그것을 국어로 발표하는 것이 학자로서 필요한 일이 아닐까 합니다. 더욱이 당신이 말했듯이 외국의 유산을 번역해서 일본어로 알리면 모든 나라의 문화에 접촉할 수 있을 것인데, 그런 것도 바람직한 일이 되겠지요.

최재서   제가 그렇게 말했던 것은 무턱대고 외국 작품을 번역할 리가 없겠지만, 세계의 모든 문화가 일본어를 통해서 이해되면 일본어의 보급은 강해질 뿐만 아니라 확립된다고 생각합니다.

쓰 다   그런 의미에서 지나의 청년이 독일어, 프랑스어, 영어에서 일본어로 전환하는 것은 일본어를 통해서 세계의 사상과 문화를 이해하자는 것이겠지요.

카라시마   일본어로도 그렇게 될 수 있다는 것을 이전에는 몰랐던 것이겠지요.

최재서   논문의 술어 등은 대체로 일본어에서 빌려 온 것이 많다는 이야기가 있지 않습니까.

카라시마   어법 등도 점점 일본어적으로 되고 있다던데요.

최재서   이후는 그런 점을 더욱 강화시켜 나가야겠지요.

카라시마   그와 함께 번역하는 대상은 새로운 대동아 공영권의 건설에 올바르게 기여해야겠지요. 그런 점에서 번역국(飜譯局) 같은 것을 만들어서, 좀 더 큰 계획을 세우는 것이 필요하다고 생각합니다.

아키바 지금은 번역서의 범람시대라고 말해도 좋을 정도지만, 번역 즉 오역이라고 흔히들 말하더군요.(웃음) 문화협회 등에서 그런 일로 상당히 머리가 어지러운 모양이에요. 그런 것을 하나씩 정비하지 않으면 안 된다고 생각합니다.

쓰 다 동아공영권 내에서는 일본어만 안다면 세계문화가 이해될 수 있다는 인식이 있어야만……

아키바 그런데 네덜란드어로 읽을 수 있는 사람이 결국 일본에 몇 사람이 있을까라는 것도 지극히 비참하고 쓸쓸한 것이죠.

모리다 저는 학교의 강습 등에서 이야기했지만 조선에서 철저하게 교육을 하려면, 조선어를 알지 못하면 역시 진정한 국어교육은 불가능하다고 말하고 싶어요. 틀림없이 저쪽의 말10)을 열심히 공부하지 않으면 안 됩니다.

카라시마 네덜란드어 공부는 모든 사람이 할 필요가 없지만, 번역에 종사하는 것과 같이 특수한 사람이 그런 특수한 공부를 해야겠지요. 그런 공부의 기획도 하나쯤 있었으면 좋겠어요.

쓰 다 석회나 시멘트도 통제회장이 있어서 거기서 여러 가지 사업을 합니다. 그와 같이 예를 들어 독일 문화 수입회장이라는 것이 있어서 그런 일을 한다면 좋겠습니다.

최재서 그런 일은 결국 관청의 통제와 민간의 창의가 결부된다면 가장 이상적인 것이겠지만.

---

10) 네덜란드어를 비롯한 유럽 언어를 공부해야 하는 뜻인 듯하다.

아키바 지금 번역료가 낮습니다. 번역은 저자의 권리가 있어서 국제
관계로 변합니다. 저작권에 대해서 역시 높은 돈을 지불하지
않는다면 출판업자에게도 상당히 도움이 되겠는데요, 지금은
채산이 서지 않는 것 같습니다. 그런 문제를 해결하기 위해서
열심히 노력하고 있는 것 같지만.

최재서 그것은 결국 서양문화숭배의 흔적이겠지만, 공영권 내의 여전
히 뒤쳐진 사람들에게 서양의 문화를 소개하는 것이 문화적
지위를 높이는 하나의 방법이 된다고 생각합니다.

카라시마 선택하면서 나간다, 그 선택권을 확립시키는 제도의 아래에서
실천할 필요가 있다고 생각합니다.

쓰 다 도쿄대의 총장이 번역국의 총재를 겸하면 좋습니다. 그것은
조금 탈선일까요?(웃음)

대동아 문학권

최재서 지금 동아공영권 내에는 그 자체의 문학이 있을까요. 일본문
학, 그 가운데 조선문학, 만주문학, 지나문학, 안남이 들어가겠
지만, 다른 것은 무엇이 있을까요.

카라시마 인도를 고려한다면 인도에는 어느 정도 있겠죠.

최재서 대부분은 영어겠지요. 그래도 신문을 내고 있는 토착어만도
4~5개 되니까, 토착적인(ヴァ－ナキュラ－)11) 문학이라 해서

---

11) Vernacular : 자기 나라의 말 즉 자국어를 말한다. 또한 지방어, 방언, 사투리를 뜻하기도 한
다. 영어 사전에는 자국의, 토착의, 자국어에 의한, 지방어에 의한 등으로 풀이되어 있다.

상당히 있습니다. 그 가운데에서도 타고르가 최초로 시를 써서 벵골어가 우수한 편이죠.

모리다 태국에서 영국은 영어의 보급에 상당히 열을 올리고 있다고 하지요.

최재서 그런 듯합니다. 인도의 영어정책에 대해서도 영국에는 매콜리12) 시대부터 의회에서 활발하게 논의해 왔다지요.

아키바 그런 것은 이후 어떻게 될까요. 일본의 세력이 들어가면 점점 변해 가겠죠.

카라시마 차제에 신문도 신문이지만, 라디오와 토키 영화도 활용하는 것은 어떨지.

아키바 라디오 아나운서의 영향은 상당합니다.

모리다 라디오를 들으면서 일본인은 말에 대한 감각이 더욱 예민해져야겠지요.

최재서 이것은 제가 겪은 일인데요, 일전 후쿠오카 일일신문의 기자가 갑자기 찾아와서 「대동아의 봄에 보낸다」라는 제목으로 이야기하라고 말해서 곤란했지만, 그때 이렇게 말했지요. 우리들은 금후에도 구미 문화를 흉내 내는 것으로 기뻐해서는 안 됩니다. 그래도 우리들 자신의 문화를 건설하지 않으면 안 됩니다. 그러기 위해서는 먼저 문화를 장려하는 기관이 있어야겠지요. 서양에는 노벨상이 실제로 상당히 큰 힘을 내고 있습니

---

12) 토마스 B. 매콜리(Thomas Babington Macaulay, 1800. 10. 25~1859. 12. 28) : 19세기 영국의 역사가이자 정치가이다. 인도 총독의 고문으로 활동하면서 법 앞에서 만인의 평등, 영어 교육의 중요성, 인도의 형법전 작성 등 영국의 인도 통치상에서 중요한 제언을 했다(네이버 두산동아 백과사전 참조).

다. 그 판단의 표준은 범유럽 중심적인 것이지만, 이번에는 거기에 필적하는 것, 아니 오히려 그것을 능가하는 것을 동아공영권 내에 만들어야 합니다.

카라시마 찬성.

최재서 작품은 가능하면 일본어로 발표해야겠지요. 그러나 반드시 용어에 집착하지 말고 공영권 내에 발표시키는 작품에서, 권위 있는 것에 최고의 문학상을 준다면 어떨까, 그런 의견입니다.

카라시마 훌륭한 의견이라고 생각합니다. 상당히 경의를 표합니다.

최재서 그러면 자연스럽게 대동아 여러 민족의 이상이 문학의 테마로 취급될 것이며 따라서 동양의 문학도 상당한 변화를 맞이하게 될 것이라고 생각합니다.

카라시마 또한 노벨상에 따를 필요가 없어지는 것이지요.

최재서 문화를 향상시키려면 문화인을 국가적으로 우대해야겠지요. 현재 일본은 우대하고 있는 편이지만 아직 미흡합니다.

아키바 실제로 군함 마치의 세토구치(懶戶口)[13] 씨라는 사람이 문화훈장을 받아도 좋아도 생각합니다.

최재서 그렇습니다. 또한 동상을 세우거나 해서, 아이 때부터 자기 자

---

13) 세토구치 토우키치(懶戶口藤吉, 1868~1941), 1868년 출생. 메이지, 다이쇼기의 군악대 지휘자, 작곡가. 카고시마(鹿兒島) 출생. 1882년에 해군군악대에 생도로 입대, 1897년 해군군악대사 시대에 鳥山啓가 작사한 「지킴도 공격함도」에다가 곡을 붙여 「군함(軍艦)」을 작곡했다. 1900년 이것을 「군함행진곡」으로서 개작하여, 또한 그 다음해 「부도함(敷島艦)」을 지었다. 1908~1917년 군악대를 이끌고 도쿄 히비야(日比谷)공원에서 취주악만이 아닌 관현악을 연주하여, 창성기의 양악보급에 힘썼다. 1911년 영국 국왕재관식에는 군악대를 이끌고 참석, 유럽 각지에서 연주했다. 제2차 세계대전 중에 불려진 「애국행진곡」(1937)은 만년에 지은 작품이다.

신은 하나의 위대한 시인이 되자, 극작가가 되자고 하는 야심을 갖게 하지 않으면 안 됩니다.

카라시마 그런 식으로 일본은 문화에 대한 옹호자라는 것을 보여주는 것이 중요합니다.

쓰 다 만엽이나 선집에도 훌륭한 것이 있었으니까요.

최재서 지금까지 퇴폐적인 문학이 나타났던 것은 작가가 불우했기 때문이라고 할 수 있습니다. 그러니까 훌륭한 작품을 쓴다면 작가가 사회적으로 높은 지위를 얻을 수 있어야겠지요.

카라시마 새로운 문학상의 문제는 상당히 찬성합니다. 오늘 무척 즐거운 이야기입니다.

모리다 문화상에 대해서는 아직 국가가 고려하고 있지 않고 있습니다. 아사히(朝日)가 하고 있을 뿐입니다. 그런 점에 대해서나, 국어를 통일하는 문제에 있어서도 프랑스의 아카데미와 같은 것이 일본에도 생기지 않으면 안 됩니다.

최재서 그렇게 하지 않으면 결국 서양문화가 들어옵니다.

영화의 문제

최재서 그러면 다음으로 영화의 이야기를 한번. 카라시마 선생님께서.

카라시마 저는 그쪽의 전문이 아닌데.(웃음) 영화의 문제도 이렇게 봐요. 조금 전 아키바 선생이 말하기를 문화가 흘러갈 때에 정신보다 물질적인 면이 먼저 흘러간다고 했지요. 그것이 큰 힌트가 된다고 봐요. 영화는 일면에서 정신적인 것이 있으면서 동시에 지극히 물질적인 토대 위에 건설된다고 생각합니다. 일본의 필름이 세계적으로도 우수한 필름이라면 좋은 것입니다. 그것을 더욱 확대시켜 우수한 기술로 우수한 기계를 만들어서, 여러 지역으로 더욱 적절한 정신을 가장 적절한 형식으로 가지고 들어가야겠지요. 그 일을 하는 것이 영화라고 생각합니다. 특히 대중성을 가진 영화의 임무는 대동아건설을 향해서 지극히 중대한 의의가 있다고 생각하지 않으면 안 됩니다. 그것과 함께 국어정책이라는 것에도 당연히 영향을 끼치는 라디오와 함께 새로운 임무를 부담하고 있다고 생각합니다. 단지 이 경우에 갖고 들어가야 할 작품이 조금 전 종교의 경우에 문제가 되었던 것처럼, 여러 지역의 성격을 잘 조사해서 거기에 대응하는 작품이지 않으면 안 됩니다. 형편없고 독선적인 입장에서 생각한 작품은 그 효과가 충분히 발휘될 수 없다는 것을 일단 염두에 둘 필요가 있습니다. 그러니까 문학적인 작품인 경우, 그것이 역시 근본적으로 진실하고 우수한 것이 아니라면 효과를 발휘할 수 없습니다. 그 점도 충분히 고려할 필요가 있다고 생각합니다.

문제를 조선의 경우에 국한하면, 조선의 영화계는 대동아 공영권의 건설에 대해서 두 가지 의무가 있다고 생각합니다. 첫째, 조선 영화는 일본 국내적인 입장14)에서, 가능한 한 빨리

---

14) 조선이 일본 국내적인 입장에 서야 한다는 말은 이 좌담회를 통해서 일본인들이 계속 강조하고 있는 사항이다. 이 좌담회는 제국의 영향력이 동남아시아까지 확장되면서, 조선이나 대만과 같은 기존의 식민지배 방식과는 다른 방식으로 이 지역을 지배해야 했던 일본 제국의 고민을 반영하고 있다. 이 좌담회에서도 이야기하고 있듯이 일본은 기존의 식민지에 대해서는 '내지연장주의' 원칙에 따라 직접 통치하고자 했다면 새로 획득한 지역은 자치를 어느 정도 인정하면서도 문화를 매개로 지배하고자 했다. 이때 조선인들이 동남아에 대한 통치 방식을 구실로 조선에서도 자치를 추구할 수도 있었는데, 이에 대해서 일본인들은 조선 문제는 '국내' 문제라는 논리로 이와 같은 가능성을 미리 차단

대동아의 지도자다운 지위에서 모든 사람들을 교육해 나가는 임무를 가져야 합니다. 그 경우 어떤 문화에 나타나는 정황에 부응해서 조선어를 사용하는 것도 충분히 고려해야 합니다. 그와 함께 또한 우수한 영화를 제작해서 그와 같은 현실을 알림으로써 대동아 공영권 내부의 새로운 지도영화를 만들어서 갖고 들어가야 하는 두 번째 임무가 있지 않을까 생각합니다. 그러나 영화는 필름 현상이라는 측면에서 제한이 있기 때문에, 엄정한 기획하에서 지극히 진지한 영화인이 최대의 노력을 다해서 새로운 영화 제작에 착수하는 것 외에는 방법이 없습니다. 이윤주의적인 영화라는 것은 이미 생각할 수 없는 시기에 도달했습니다. 하나의 문화영화, 극영화 그것이 대동아건설에 최고도로 공헌하는 것을 만들어 가지 않으면 안 됩니다. 이 점에서 조선 영화계의 중책이 더욱 크게 다가오는 것이지요. 그와 함께 또 하나의 입장을 펼쳐서 생각할 경우에, 영미계의, 주로 아메리카계의 영화가 대동아공영권에 종래 상당히 범람하고 있습니다. 거기에 감화된 지나 영화가 또 남양방면으로 상당히 노력을 하고 있습니다. 그들을 쫓아내면서 진실로 우수한 영화를 가지고 들어가는 것이 일본 영화계의 새로운 부담이며 임무입니다. 그와 함께 일본문화가 넓게 확대되겠지요. 진실로 대동아공영권에 있어서 일본의 임무는 중대한 입장에 서 있지 않을까 생각합니다. 쓸데없이 회사가 난립해서 자유주의적인 경쟁을 하거나, 슬쩍 신체제적인 냄새를 덧붙여 속임수를 쓰는 것은 안 된다는 것을 통감하는 바입니다. 거기에 대해서 더욱 엄정한 사회적 비판이 있어도 좋겠지요. 그렇다

했다고 할 수 있다.

고 영화의 오락성을 완전히 무시하자는 의미는 아닙니다. 지도성이 있어야 하는 동시에, 넓은 의미에 있어서 문화를 풍부하게 하고 건강하게 하는 것이 아니면 안 된다고 보는 것이지요.

최재서 긴 시간 감사했습니다.

■ 국민문학, 1942. 7.

군인과 작가, 징병의 감격을 말한다

참 석 자

아자이 중좌(淺井 中佐)
마스기 소좌(馬杉 少佐, 조선군 참모)
마키 히로시(牧洋, 이석훈)
아오키 교(靑木洪, 홍종우)
키노시타 슌(木下俊, 작가)
다나카 히데미쓰(田中英光, 작가)
최재서(본사 측)
김종한(본사 측)

드디어 되었다

최재서 5월 11일에 징병제 실시 발표가 있어서 반도의 민심은 감격이라는 말로 들끓고 있지요. 이것은 당연한 것이고 또 기쁘기 그지없는 것입니다. 따라서 우리들 문필에 종사하는 사람들은 그 커다란 국민적 감격을 받아들여 그것을 기념하고 의미를 더해서, 나아가 그것을 영구화하는 것에 노력해야 한다고 생각합니다. 오늘 밤은 특히 군대 쪽의 사람이 오셔서, 우리들의 감격을 전할 수 있는 것과 함께 또한 군대의 생각이나 희망을 듣고 우리들의 교훈이나 참고로 삼고 싶습니다.

정신이 없으시겠지만, 여러분 그 뉴스는 어디에서 들었습니까.
그리고 그때 처음으로 느꼈던 것은?

마 키   저는 신문에 발표 나기 2시간 전에 총독부에 가니 총독부 정
보국에서 그렇게 될 거라는 말을 듣고, 무언가 히레가 상당히
넓어지듯[1] 스스로가 갑자기 위대해졌다는 느낌을 받았습니다.

키노시타 저는 신문을 보고 처음 알았는데, 가까운 시일 내에 곧 그렇게
되지 않을까 생각했지만, 이제 그렇게 되는구나, 라는 느낌을
받았지요.

마 키   이것은 결과적으로 하는 이야기지만, 의무교육이 먼저 실시될
것이라고 생각했습니다. 그런데 의무교육이 22년(1947)에 실시
될 예정이라고 들었으니, 상식적으로 징병령은 22년 이후에나
실시되지 않을까라고 생각했었지요. 그런데 이렇게 상당히 빨
리 실시되다니, 무엇인가 우리들의 지위가 더욱 빨리 향상되
는 것 같았습니다.

김종한   그렇게 생각하셨군요.

마 키   어떤 사람들은 국어를 이해하는 사람과 이해하지 못하는 사람
과는 징병에 있어서 무언가 적절한 조치가 취해지지 않을까
의문을 갖고 있는데요, 어떻게 되는 것일까요.

다나카   저는 처음 신문에서 봤지만 그때는 감사하다고 생각했습니다.
그와 함께 입에 발린 말만의 감사가 되면 안 된다고 생각했지

---

1) 肩巾(ひれ) : 사전에서 이 단어는 "① (명사) 고대에, 해충이나 독사 등을 쫓는 주력(呪力)
을 가지는 것으로 믿어졌던 가늘고 길고 얇은 천. ② (명사) 고대에, 귀부인이 정장할 때
장식으로 어깨에 걸치던 길고 얇은 천. ③ (명사) 의식 때 창(槍) 등에 매다는 작은 기드
림 같은 것"으로 풀이되어 있다. 이와 같이 히레는 장식을 위해서 사용하는 가늘고 긴 천
으로서, 이것이 넓어졌다는 것은 신분이 높아졌다는 것으로 해석할 수 있을 것이다.

요. 역시 감사하다고 생각하는 반면, 거기에는 무엇인가 하지 않으면 안 된다는 기분이 없으면 안 됩니다. 예를 들어 조선인 중에서 국어를 이해하는 사람이 25%거나 30%라고 말하고 있는데요, 국어 상용의 문제, 혹은 장래 자제를 길러야 할 가정의 상황, 즉 조기결혼이나 축첩의 문제를 빨리 해결해야 합니다. 그 밖에 쇼와 19년(1944년)까지 준비해야만 할 문제로서, 더욱 튼튼한 몸을 만드는 것도 중요한 문제가 되겠지만, 그 근본이 되는 정신을 키우기 위해서 반도인들은 물론 우리들 문필에 종사하는 사람들도 무엇인가 노력을 하지 않으면 안 된다고 봅니다.

김종한 그날 저는 경성 호텔 앞을 걷고 있었는데요, 최 주간이 맞은편에서 어슬렁어슬렁 왔습니다. 그리고 갑자기 '들었습니까?'라고 말해, '무엇 말입니까?'라고 되물었더니, '징병제 말이에요.'라고 했습니다. 저는 별안간 아무것도 말할 수 없는 기분으로 1분 정도 서 있었습니다. 이후 최주간이 '오늘은 아이들을 보면 귀여워서 어쩔 줄 모르겠다.'는 것입니다. 저도 거기에서 잠깐 생각했지만, 아이들을 소재로 시를 한 편 쓰고 싶다는 기분이 들어서, 그때의 착상을 키워서 수일 후 「유년」이라는 시를 써 봤지요.

최재서 저는 바로 그날, 보도부장 각하가 신문잡지의 편집자를 소집한 간담회가 있었습니다. 그때에 무언가 발표가 있을 것 같다는 이야기가 있어서 비로소 알았지만 갑자기 아무것도 생각할 수 없었습니다. 그리고 단편적인 생각이 재빨리 머릿속을 지나갔습니다. 그런 상태가 끝나니까 조광사의 이갑섭 군과 잠

자코 있을 수 없어서, 지금부터 무엇인가 하지 않으면 안 된다는 등 여러 가지 이야기를 하면서 돌아왔지요. 돌아오는 도중에 아이들을 보니 더욱 귀엽다고 느꼈습니다.

다나카   정말입니다.

최재서   지금까지도 아이들의 일이 걱정스러웠지만 그러나 그것은 주로 공부 방면으로서 상급학교에 입학하는 것 등이 주였지요. 따라서 단련이나 훈련하는 것은 우선 염두에 두지 않았다고 말해도 좋습니다. 그런데 지금부터는 훈련을 잘 하지 않으면 안 되겠다는 것을 진심으로 생각했습니다. 그리고 마음으로부터 진정으로 아이들이 귀엽다고 느꼈습니다.

국어를 모르는 사람도

마스기   조금 실례하겠습니다. 조금 전에 국어문제에 대해서 말했는데, 국어를 알고 모르는 것은 조금도 문제가 되지 않습니다. 국어를 아는가 모르는가는 징병의 자격에 전연 관계가 없습니다. 현재 류큐 지역 사람 중에서 국어를 모르는 사람도 꽤 뽑혔는데, 그들도 사실 잘 하고 있습니다. '차렷'이나 '쏴'는 곧 알게 되니까요. 군대에 들어오면 열심히 합니다. 초년병으로 들어오면 처음에는 상당히 순진하지요. 어쨌든, 말을 몰라도 걱정 없습니다. 그러나 국어를 모르면 본인이 고통이겠지요. 그것만은 말할 수 있다고 생각합니다. 그러니까 조금이라도 빨리 국어를 알아야 하는 것입니다.

마 키   잘 모르는 사람만 모아서 가르치는 방법을 취하면 안 될까요?

마스기   어떻게 될까, 지금은 잘 모르겠지만, 어떻게든 조치할 것입니다.

다나카   징병제를 위해서 먼저 준비해야 하는 것은 무엇입니까?

마스기   역시 말입니다. 징병령은 메이지 5년에 실시되었는데, 지금은
        병영법이지만, 그 당시 병역법은 먼저 공평하게 국방의 의무
        를 부담시키자는 취지의 법률입니다. 그것을 위해서는 호적의
        정비가 최대의 급무입니다. 그런데 유감이지만 반도인들에게
        호적이라는 관념이 아직 철저하지 않습니다. 사람에 따라서는
        아직 밭을 갈아서 생활하기 때문에 호적이 있어도 없어도 상
        관없습니다. 그런데 넓은 사회에 나가게 되면 호적이 문제가
        되는 것입니다. 의무교육이 실시되면 우선 호적이 문제가 되
        어 정비가 될 것이라고 생각하는데요, 산 속에 있는 사람은 그
        정도로 호적의 감사함에 대해서는 알지 못하지요. 현재 무적
        자가 178만 명 있습니다.

최재서   특히 만주에 많은 것 같습니다.

마스기   호적이 정비되지 않는 경우 징병기피의 기초가 됩니다.

최재서   그런데 징병이 실시되기까지는, 군대 쪽의 분들이 상당한 노
        력과 고심을 다했다고 생각하는데요, 마침내 실시되었을 때의
        감상, 기분은 어떠했습니까.

징병과 군 자신의 감격

김종한   이것은 정말 알고 싶은 것인데, 군에서는 우리들을 어떻게 봅
        니까.

마스기   징병제도를 실시하는 것은 단지 시간문제였고, 실시할까 하지
        않을까가 문제는 아니었습니다. 총독이 내선일체를 제창하여,
        점점 그 과실을 맺어 왔고 더욱이 대동아전쟁이 시작되면서
        내지인만 제일선을 부담하고 있다는 것은 반도의 사람으로서
        는 면목 없는 일로서, 장래를 향해서 아무것도 말할 수 없는
        것이지요. 상당히 커다란 핸디캡이지요. 그래서 지금 징병제가
        희구되는 것은 모든 점에서 봤을 때 일시동인(一視同仁)의 폐하
        의 대어심(大御心)의 표현이지만 시기로서도 가장 좋지 않을까
        생각합니다. 역시 자비로운 대어심으로 좋은 시기에 부여받은
        것이라고 생각합니다. 만약 이것이 시기를 놓쳐서 전쟁이 끝
        나버렸다면 머리를 들지 못했을 것입니다. 정말 좋은 시기에
        부여받았다고 생각합니다.

최재서   결국 「군인칙유」2) 중에서 말씀하신 '너희들을 수족과 같이 의
        지한다'고 하신 대어심에 대해서 감격하고 있습니다. 진실로
        단순한 사실이지만, 그 가운데에는 무한한 감격이 담겨 있습
        니다.

마 키   역시 조선의 청년, 조선의 사람들이 신뢰를 얻고 있다, 그런
        것을 구체적으로 나타내고 있다는 느낌입니다.

---

2) 「군인칙유」는 1882년 시무식날 천황이 직접 육군경 오야마 이와오에게 하사한다고 하는
   극히 이례적인 형태로 반포된 칙유였다. 이후 「군인칙유」는 금과옥조가 되는 동시에 암
   송이 강요되었다(강상중 지음, 임성모 옮김, 『내셔널리즘』, 이산, 2004, 86~87면 참조).
   강상중은 그것을 '마음주의'라고 평가하는데, 그것은 사특한 억지를 버리고 도(道)를 따
   른다는 의미로 해석할 수 있는 「군인칙유」의 마지막 구절에 잘 나타난다고 본다. "너희
   군인이 능히 짐의 가르침에 따르고 이 도(道)를 지켜 행하며 나라에 보답하는 노력을 다
   한다면 일본국의 신민(蒼生) 모두가 이를 기뻐할 것이다. 짐 한 사람의 기쁨만이 아니
   다."(같은 책, 92면에서 인용).

무조건 만세로

다나카   이후 징병제 실행이라는 것이 문학이나 시에 여러 가지 영향을 끼치지 않을까 생각합니다만.

최재서   있겠지요.

마   키   저는 겸손한 태도를 갖자고 『경성일보』에 썼습니다만.

다나카   그렇지요. 권리라고 생각하면 안 됩니다. 오히려 영예를 얻었다고 생각하는 것이 좋겠지요.

마스기   반드시 그래야만 합니다. 우리들이 삼천 년 이래 처음으로 실시하는 병역의무라는 것은 자연스러운 정이자 부모에 대한 자식의 정에 불과합니다. 나라를 지키지 않으면 안 되니까 죽자고 하면 안 됩니다. 폐하가 정복하라고 말씀하니까 정복한다, 그런 기분은 단지 자각 없는 말로 그친다고 생각합니다.

다나카   옛날, 반도인들이 칸토우(關東)로 이주했을 때에 방인(防人)3)이 되어서 상당히 용감하게 움직였다고 하지요.

최재서   지난번 부민관에서 있었던 청년웅변대회에서, 저는 듣지 못했습니다만, 예과 학생이 '고구려 시대에 당나라 군대를 이겼던 그 뜨거운 피가 아직도 우리들 반도 청년의 혈관을 흐르고 있을 것이다. 이것을 폐하를 위해서 바치지 않으면 안 된다.'고 열변을 토로했다고 하는데, 정말로 좋은 말이라고 생각합니다.

마스기   내선일체는 지금 시작된 것이 아니라, 역사적인 것으로서 새

---

3) 옛날 토고쿠(東國) 등지에서 징발되어 기타큐슈의 요지를 경비하던 병사를 말한다. 변방을 지키는 사람이라는 뜻인 '崎守さきもり'에서 온 말이다.

삼스럽게 말할 것도 없지요. 오늘날까지 지나의 사상이 들어오거나 구미의 사상이 들어와서 반도인이 오염된 것입니다. 따라서 반도의 여러분들이 완전히 순화될 것인지는 의문이지만, 일단 그런 경향이 나타나고 있다고 말할 수 있는 것입니다. 진정으로 우리들이 전장에서 죽을 때에는 '만세'입니다. 무조건 '만세'입니다. 죽을 때에 거짓말을 하는 인간은 정말로 대단한 사람이지만, 진정으로 '만세' 소리가 나옵니다. 정말로 폐하의 적자라면, 폐하는 살아 있는 신이기 때문에, 진정한 신이라는 기분이 거짓 없이 나타나는 것입니다.

다나카   뭐랄까, 전장(戰場)의 뿌연 흙먼지 속에서 생각하는 천황폐하군요.

마스기   정말 그렇습니다. 김종한 씨, 무언가 쓰지 않겠습니까.

최재서   「유년」이라는 시를 쓰고 있습니다.

아자이   조금 전에도 말씀하신 것처럼 조선도 내지와 일체가 된 이상, 당연히 언젠가는 징병제가 실시될 것이라는 것은 합병 때부터 이미 메이지 천황의 대어심으로 명료하게 칙어(勅語)로 표현되었다고 저는 생각합니다. 언젠가는 공포될 것이 결정되어 있었던 것이지요. 그러니까, 지금 일부러 공포하는 것이 좋을 것 같으니까, 혹은 지금 공포해야만 한다는 것을 탄원해서 공포하는 것이 아니라, 처음부터 일시동인의 대어심의 발로가 지금 가장 좋은 시기를 맞이하여 발표되었다고 저는 생각하고 있습니다. 게다가 반도 여러분들이 진정으로 황국신민이 되어가고 있다는 흔적이 상당히 많지요. 이것이 그 시기를 앞당긴 첫 번째 원인이라고 할 수 있지만, 그러나 완전하다고는 말할 수는 없어도 우리들이 결코 완전해졌기 때문에, 무엇보다도 불안과 걱정이 사라졌기 때문에 징병제를 공포한다는 그런 이유가 아닙니다. 인간이 부부가 되는 경우에도 처음부터 이런저런 것을 완전히 알고 부부가 되는 것은 아닙니다. 그렇게 서로의 속을 모르는 사람들이 부부가 되는 경우가 많지요. 그러면서 진짜로 믿음을 가지면서 일체가 되어 가는 것입니다. 그와 마찬가지로 징병제도를 공포하는 것은 내선일체를 실시하는 가장 좋은 목표가 되는 것입니다. 대동아건설의 좋은 시기에 반도의 민중에게 중대한 임무가 부여된 것입니다. 민중으로서 그 정도 감격스럽고 좋은 시기가 없습니다. 그런 차원에서 징병제도가 실시되는 것이라고 저는 생각하고 있습니다. 따라서 반도의 일반 민중 여러분이 협력적으로 되어 가는 것은 잘 알고 있으며, 우리들 군의 입장에서도 그 감격적인 광경 때문에 가슴이 뛰고 있습니다. 지금부터 진정으로 내선일체가 가능하지 않을까 하는 기분으로 기쁜 것이지요.

키노시타 신체적으로 조선인은 키가 크지만 가슴둘레가 작다고 하지만, 그것도 군대에 들어가면 점점 좋아질 것이라고 생각합니다. 우리들도 학교에 들어가기 전에는 좋았지만, 내지인은 군대에 들어가면서 조금씩 신체가 건강해질 기회가 있지요, 그들이 원하든 원하지 않든. 그런 기회가 없다는 것을 억울하게 생각했는데요, 역시 신체도 무척 달라질 것이라고 생각합니다.

문화는 어떻게 변할까

다나카 오늘 저는 반도의 어떤 작가와 만나서, 징병제와 문학은 어떤 연관이 있을까라고 말했더니, 무척 관계가 깊다고 말하더군요. 무엇이 어떻게 달라질 것인가 물어보니, '지금까지의 결혼은 집안과 집안의 결혼이었습니다. 지금부터는 적어도 우리들의 아이가 황국의 방패가 될 자격을 갖추게 되었습니다. 거기에서 문학과의 관계도 크게 변해왔다.'라고 말했습니다. 저는 상당히 재미있다고 생각했습니다.

최재서 그렇게도 말할 수 있지만, 저는 다른 견지에서 징병제로 문화가 상당히 변할 것이라고 생각합니다. 징병제가 공포됨으로써 문화인의 생활에서나 일에서도 상당히 커다란 목표를 확실하게 부여할 수 있을 겁니다. 따라서 모든 것이 변해 갈 것이라고 봐요. 아무래도 적당한 말이 떠오르지 않는데요, 현재의 기분은 조국관념이 확실히 생겨난다고 말하는 것이 좋지 않을까 생각합니다. 오늘까지도 그런 생각이 있습니다만 그래도 애매한 일면이 없지 않습니다. 그런데 징병이 공포되면 드디어 그 관념이 확실히 자리 잡히겠지요. 역시 피로써 나라를 지키는 것이 아니라면 진정으로 그런 관념이 생겨나지 않는 것이겠지요. 그 길이 개척되면서 문화에서도 커다란 목표가 생긴다고 생각합니다.

다나카 가장 어려운 것은 조국이라는 관념, 즉 아메리카인에게도 러시아인에게도 조국은 있습니다. 그런데 그 조국은 단순히 조국에 불과합니다. 일본인의 조국은 상어일인(上御一人)[4]에 있습니다. 그런 점에서 이치를 이해하기 어려운 것이지요.

마스기 그들이 생각하는 조국은 반드시 개인, 즉 자기 스스로를 포함

---

4) 천황을 일컫는 옛말이다.

하는 조국입니다. 그런데 우리들이 생각하는 조국은 다만 조국이지, 자기 자신은 아닙니다. 그런 기분이란 뭘까, 자신을 인정하지 않는 것은 아니라고 하더라도 자기가 아니라 조국의 한가운데에서 혼연일체가 되는 것입니다. 조국이 자기 자신과 떨어져 있지는 않지만 또한 조국의 한가운데에 자기 자신이 존재하는 것도 아닙니다. 그것이 상당히 말로 표현하기 어렵지만, 단지 조국인 것이지요. 그런 기분은 유물론 사상과 아주 다릅니다.

다나카 그들에게 물으면, 조국을 사랑하지 않으면 안 된다는 것이지만 우리들이 말하는 것은 다만 조국을 사랑하는 것이지요. 그것은 이유 없는 신앙이자 신념입니다.

마스기 반대로 말하면 그들에게는 자기의 이익에 반하는 조국은 조국이 아닙니다. 그러나 일본인은 이해도 무엇도 아닙니다. 조국이라는 것은 자기 스스로 녹아 들어가 있는 것입니다. 그런 기분은 동양인이 아니라면 이해할 수 없습니다. 동양인은 철학적으로 상당히 강한 민족으로, 서양의 유물론적인 사고로는 이러저러한 기분을 모릅니다. 말로는 표현할 수 없지만 사실이니까 어쩔 수가 없는 것이지요.

다나카 그들은 체념하면서 전쟁에 나가지만 일본인은 용감하게 죽음을 뛰어넘습니다. 무사도(武士道)이지요. 죽을 수밖에 없다고 각오합니다.

마 키 반도의 청년들이 그것을 확실히 파악하지 않으면 안 됩니다.

신화와 역사와

마스기   천황의 본질은 말이에요. 자주 말하지는 않았지만, 『고사기』,
『일본서기』를 빌려서 말하면 신입니다. 그러면 『고사기』는 어
떻게 가능했는가가 문제가 되겠지만, 어떤 사람은 지나에는
역사가 있어도 일본에는 없었다고 하지요. 그러나 일본에서도
글로 표현하지 않으면 안 되니까 만든 것이 『고사기』이며 『일
본서기』라고 말할 수 있는데, 가령 그렇게 만들었다고는 해도
쓰지 않으면 안 되었던 사상적인 근거를 생각해 보아야 합니
다. 이것은 위대한 국민적 감정을 표현하고 있다고 생각합니
다. 태어나면서부터 간직하고 있는 신념이 『일본사기』나 『고
사기』라고 말할 수 있겠지요. 역사는 사람이 만드는 것이 아니
라 역시 국민정신의 표현이라는 흐름이 역사입니다. 그래서
『고사기』를 빌려 말하자면, 먼저 처음으로 아메노미나카누시
노카미(天之御中主神)가 계십니다. 아메노미나카누시노카미(天之
御中主神)라는 신은 육체가 없으십니다. 하늘이라는 것은 대우
주, 즉 대우주의 중심에 있는 신, 말하자면 우주창조의 신이라
고 말해도 좋습니다.

다나카   서양의 시조는 여호와인지 뭔지라고 하지만 모두 인간과 대립
시켜서 생각하고 있지요. 그런데 아메노미나카누시노카미(天之
御中主神)는 어디에도 존재하는 신입니다.

마스기   그리고 아메노미나카누시노카미(天之御中主神)로부터 7대를 지
나서 이자나기(伊弉那岐), 이자나미 미코토(伊弉那美尊)로 내려옵
니다. 이자나기, 이자나미의 나기는 양, 나미는 음입니다. 아메
노미나카누시노카미(天之御中主神)의 하나가 둘이 되면서 음양

이 출현합니다. 사물이라는 것은 음양으로 생겨나서 비로소 일을 시작하는 것이며, 하나의 경우에는 아무것도 없습니다. 부부도 자연스럽게 음양을 나타내고 있고 천지의 모든 것이 음양으로 나타나는 것입니다. 그 모습이 혼연(渾然)으로 되면서, 이자나기, 이자나미 미코토의 나라 만들기가 시작되지요. 수리 고성(修理固成)이라는 말은 표류하는 나라를 견고하게 만들어 세운다는 말입니다. 그러나 이것은 이념의 세계이지 현상은 아닙니다. 이념의 세계, 신의 세계로서 만들어진 것입니다. 그 후에 나타난 것이 황실의 선조이신 아마테라스오오미카미(天照大神)입니다. 아마테라스오오미카미(天照大神)를 현상계에서 보면 태양이며, 그 태양의 이념을 표현하는 신이 아마테라스오오미카미(天照大神)로, 그 아마테라스오오미카미(天照大神)의 자손이 폐하이십니다. 폐하의 육체는 인신(人身)으로 존재하십니다. 그러나 그 폐하의 가운데에 흐르고 있는 것은 아마테라스오오미카미(天照大神)일 수밖에 없지요. 현상적으로 사람의 몸으로 계시지만 진정한 모습은 신입니다. 그것은 당연한 것입니다. 더욱이 세계적으로 보면 기독교에서 말하는 여호와라는 것은 민족이며, 그 가운데에 엘로힘5)의 엘로는 사람이자 복수(複數)였습니다. 근본은 같은 사상입니다. 게다가 회교에는 알라가 있는데, 그것도 엘로와 같이 근원으로 모두 빛이라는 뜻입니다. 인도에 가면 대일여래(大日如來), 비로자나(比盧遮那), 그들은 모두 추상명사지 고유명사가 아닙니다. 게다가 중국에서

---

5) 엘로힘(Elohim) : 헤브라이어로 하나님을 나타낸다. "구약성서에는 이 단어가 약 2,500회 이상 쓰였다. 형태상으로는 복수이지만, 구문에서는 단수를 취한다. 단수동사와 단수형용사가 함께 쓰인다. 참 하나님께 적용된 이 복수형은 위대 또는 장엄을 복수형으로 표현하는 헤브라이어의 관용적 용법에서 비롯된 것으로 보인다(네이버 두산동아 백과사전 참조)."

말하는 하늘[天]이라는 것이 있지요. 그 빛은 대원(大元)을 나타냅니다. 모든 종교, 사상의 근원은 빛, 아마테라스오오미카미(天照大神)입니다. 따라서 일본 천황의 이념이 세계 사상의 근원이며, 그리고 생활의 근원입니다. 말할 필요도 없이 신의 현신이시지요. 그러니 세계의 천황이시며, 세계를 통합하는 존귀하신 분이지요. 이것은 하나의 이론뿐으로 들리겠지만 사실을 확인하면 알게 될 것입니다. 역사에 있어서 수만 년 전부터인지는 모르겠으나 적어도 명료해지기는 3천 년 동안, 일본이라는 나라가 번창하여 내려왔던 것입니다. 그동안 황실이 쇠미해지기도 했지만, 틀림없이 황실이 없었다면 이런 정도로 무가(武家)가 위용을 과시하지도 번창하지도 못했을 것입니다. 무엇인가 목적이 있었다고 하면, 쿄토를 향해서 천황폐하를 모셔두고 일본에 패권을 주창하면서 그렇게 뽐내 보아도 결국 폐하로부터 인정받는 세이이타이쇼군(征夷大將軍)에 불과했던 것입니다.

최재서 조금 전에 말했던 아메노미나카누시노카미(天之御中主神)에 대해서 언젠가 들어보고 싶다고 생각하고 있었지만, 신대 7대의 아마야스카미(天津神)는 일본의 황계를 열었던 선조의 신으로 계십니다. 그 아마야스카미(天津神)를 우주의 신으로 생각하면 안 된다는 사람도 있습니다만 저는 오히려 황실의 선조로 계시면서도, 또한 동시에 우주신이라고 봅니다. 우주의 신이면서 일본 황실을 열었다고 해석하고 싶습니다.

마스기 별다른 지장을 주지 않는다고 생각하지만 그런 해석도 있습니다. 다카미무스비노가미(高皇産靈神), 카미무스비노가미(神皇産靈

神), 이것은 음양입니다. 쿠니노도코타치노미코토(國常立尊), 오
오토노지노미코토(大戶之邊尊), 우히지니(埿土煮尊), 스히지니(沙土
煮尊), 각기존(角機尊), 활기존(活機尊)이라는 신이 계시지만 이것
은 일본의 국민성을 나타내고 있는 사상이라고 말해도 좋습니
다. 즉 아메노미나카누시노카미(天之御中主神)의 모습을 7가지
신의 말에 의탁해서 말하는 것이지요. 저는 이게 상당히 재미
있다고 봅니다.

최재서 아마야스카미(天津神)가 일본의 신으로서 우주의 신은 절대 아
니라는 생각은 편협하다고 봅니다. 저는 우주신으로 생각하는
쪽이 더 좋다고 생각해요.

마스기 그렇게 생각해도 지장이 없다고 봅니다. 결국 작은 일본에 한
정할 필요가 없습니다. 유태 민족은 여호와 신의 선택을 받았
다는 선민으로서, 유태의 아래에 세계의 왕은 고개 숙여 엎드
리게 될 것이라고 말하고는 있지만 그것은 기독교의 영향을
어느 정도 받았다고 생각합니다만, 결국 모략입니다. 실제로
부끄러운 이야기지만 내지인이라도 기독교를 믿고 있는 사람
은 어느 정도 일본에 충의를 다하기는 해도, 천황의 위에 여호
와 신이 있다는 생각을 갖고 있는데, 잘못된 것입니다.

다나카 완전히 일본화되어야 합니다.

마스기 결국 일본에서 나온 것은 일본으로 되돌아오게 되어 있으니까요

제재는 전환되고 있다

키노시타   조금 전, 아자이 씨가 말했던 부부는 시작부터 서로에게 남편
과 처라는 자격을 완전하게 구비하고 있지 않다는 것을 알고
결혼하지 않느냐는 것에 전적으로 동감하며, 반도의 사람들도
지금부터 오히려, 스스로에게 그 정도의 자격이 있을까를 반
성하지 않으면 안 된다고 생각합니다. 그래도 강하고 좋은 처
가 된다는 심산으로 열심히 해 나가고 싶다고 생각합니다. 그
것이 가령 잘 되든 잘 되지 않든, 열심히 하기 전에는 아무것
도 이루어지지 않는다고 생각합니다. 또한 작가로서의 입장에
서 그런 각오를 가진다고는 에둘러 반문할 수는 없지만, 어쨌
든 그런 것을 기대하면서 무엇인가를 쓰고 싶어졌습니다.

다나카   반도에 있는 문학을 생각해 봐도『춘향전』이나『심청전』같은
것이 있어서, 일본에 있는 것과 비교해도『충신장(忠臣藏)』이나
『신황정통기(神皇正統記)』,『일본외사(日本外史)』, 이것은 역사인
지도 모르지만 이런 것들이 일본의 문학입니다. 어쨌거나 겨
냥하는 것이 다르다고 생각합니다. 반도에도 애국문학이 나오
면 좋지 않을까요. 반도에도 어느 정도는 있지만 좋은 것이 나
오지 않았던 것입니다.

김종한   작가로서 생활에 대한 사고방법이 무척 변해 왔다고 생각합니
다. 즉 저는 지금까지는 혼자 있는 쪽이 느긋해서 좋았다고 생
각했지만 징병령이 실시되면서부터는, 여성을 가져야 할 것이
다, 아이도 가져야 한다는 식으로 사고방식이 완전히 바뀌었
습니다. 정말입니다.(웃음) 어떻습니까. 마키 히로시 씨, 아이가
몇 명입니까. 아이를 대하는 부친으로서의 사고방식도 바뀌지

않았습니까.

마 키   조금 전 최재서 씨의 말씀처럼 장래가 촉망된다는 점은 분명
히 있습니다.

다나카   결혼도 더욱 진지해지고 책임감을 가져야겠지요. 키노시타 씨
는 아이가 있습니까.

키노시타   저는 3명이지만 한 명은 대장이 될 자격이 있습니다.(웃음) 한
명은 저와 같이 약한 성질입니다. 어떻게든 군인이 되어 단련
을 해야겠지요.

징병, 알고 싶은 이야기

마 키   징병제가 실시되면 조선인도 내지인과 함께 훈련하는 것입니까.

아자이   물론입니다. 국민개병이니까, 일시동인의 표현이 징병으로 확
실히 나타나는 것 아니겠습니까. 군대에 들어간다면 누구도
구별 없습니다. 외국에서 실시하고 있는 식민지 군대와 마찬
가지라고 생각하면 곤란하지요.

마 키   아직 그런 쪽으로는 캄캄하기 때문에.

최재서   내지출신의 병사와 함께 훈련받는다는 점에 대해서는 상당히
의문을 가지고 있는 사람이 많습니다.

아자이   그런 구별만은 절대로 없다고 단언하겠습니다. 그래도 국어를
전혀 하지 못하는 사람만은, 그대로 들어가도 좋다고 해도, 그
것은 본인이 고생하니까 입영 전에 3개월이나 5~6개월씩 모
여서 확실히 국어를 가르쳐야겠지요. 그런 것은 군에서 베푸

는 친절함이겠지만.

다나카 몰라도 좋다고 방치하는 태도는 잘못된 것이지요.

최재서 적령자가 본격적으로 2년 정도 배운다면 거의 완전히 익히게 되지 않을까요.

아자이 여자중학교를 보내 봐도, 2~3개월 지나면 대체로 쉬운 것은 할 수 있더군요.

김종한 이제부터는 국어를 알자는 마음가짐으로 점차 변해가고 있으니까 곧 내지를 쫓아갈 수 있다고 생각합니다. 그대로 지금까지는 막연하게 있었으니까.

아자이 중요한 것을 깨닫지 않으면 안 된다는 식으로 생각하는 사람도 있을지도 모르니까요. 지금부터 가정에서는 특별지원병에 나갈 사람을 하루 종일 맡고 있다고 느끼고 있고, 젊은 사람들은 순수한 기분에서 열심히 하자고 생각하고 있는데요, 오히려 가정에서 연배가 높은 사람들이 위태롭습니다. 아이들에게 오히려 가르침을 받으면서 억지로 끌려가거나 반대하고 있는 사람이 의외로 많습니다. 이것은 문제입니다. 그런 기분을 당신들이 먼저 포착해서 잘 이해시켜서 인도했으면 좋겠습니다.

최재서 지금은 지원병의 경우와도 달라졌다고 봐요. 여러모로 듣거나 봐서 이것은 확실한데요, 노인들에게는 전쟁이라고 해도 폭탄 한 발 떨어지지 않아 그만큼 편안한 생활이 가능하니까, 황송하지 않은가, 그런 기분이 농후하게 있는 것입니다.

마스기 군역을 꺼리는 기분은 메이지 5년(1872년) 징병령이 공포되기 시작했던 내지에서도 있었는데, 이른바 정부에 반대하는 사람들은 이것을 혈세(血稅)라고 말했고 심지어는 농촌 젊은이들을 채용한 후 머리를 도려내어 피를 모아서 외국인에게 마시게 한다(웃음)고 이야기하는 사람도 나왔습니다. 징병은 곧 죽음, 혹은 고통이나 학대와 결부되어 버렸던 것이지요. 징병을 그와 같이 이해하지 못한 것은 특히 여성들이 정으로만 생각하기 때문에 그럴 것이라고 봅니다. 그러나 결코 병역은 그렇지 않습니다. 이것을 이해한다면 군대에 들어가는 것이 인생의 대학이라는 것을 알게 됩니다. 내지인은 군대를 꺼리는 사람이 한 사람도 없습니다. 특히 오늘날과 같은 시대에 군대에 들어가지 않으면 세상을 향해서 얼굴을 들 수 없게 될 것인데, 이쪽에서도 자연스럽게 그렇게 될 것이라고 생각합니다. 군대에 들어가면 몸도 단련할 수 있습니다. 몸을 단련하지 않는 것에 비해서 상당히 달라질 거예요. 특별지원병의 전형검사에서 봤는데, 농촌 사람들은 몸이 제대로 단련되어 있지 않았다는 것을 알았습니다. 몸은 상당히 곧게 펴지는 것이라는 관점에서 봤을 때, 근육과 뼈가 박약해져 버렸습니다. 사실 내지인과 비교했을 때 결코 체구(體軀)가 나쁜 것은 아닙니다. 단지 단련이 되어 있지 않은 것이죠. 가정에서 군역은 두렵지 않다, 군역을 통해서 젊은 사람은 진정으로 강한 사람으로 거듭날 수 있다는 것을 잘 가르쳐 주셨으면 합니다.
(작가 아오키 교 씨가, 좌담회에 참석하기 위해서 멀리 황해도의 시골에서 상경했습니다. 열차를 타고 경성역에 하차하자마자 오셨습니다.)

김종한 아오키 씨, 금방 오셔서 힘드시겠지만, 이번 징병제 실시의 감격을 단적으로 말씀해 주시지 않겠습니까.

아오키 저도 국민의 한 사람으로서 마침내 징병제가 실시되어 감격해 마지않습니다. 구체적인 것은 당장 말씀드릴 수 없지만 어쨌든 상당히 감격했습니다.

시골 사람들의 기분

최재서 시골은 어떻습니까. 신문이 배달되니까 이미 알고 있겠지요.

아오키 그것은 이전부터 실시될 것이라고 생각했기 때문에 그렇게 놀라지도 않습니다. 저도 도쿄에서 10년 만에 돌아와서 농촌 청소년의 기분을 보게 되었지만, 철저하게 자발적이라고는 할 수 없지만, 그 가운데에는 하고 싶다는 희망을 가진 사람도 많이 있습니다. 저의 고향에도 4명 지원해서 2명이 합격했습니다.

김종한 그렇군요. 저도 잠시 고향에 들렀습니다만 아는 사람 하나가 떨어져서, 상당히 비통한 얼굴을 하고 있었습니다. 젊은 사람이니까 분명 진심이라고 생각했는데요, 저는 여기까지 왔다면 대단한 일이라고 생각했습니다.

다나카 젊은이들은 걱정하지 않아도 된다고 생각합니다. 저도 출장 갔을 때 소학생을 붙잡고 이야기해 봤지만 장래 무엇이 될 거냐고 물으니, 지원병이 된다고 하더군요. 지원병이라는 것을 그들은 악의 없는 마음으로 상당히 동경하고 있었습니다. 걱정되는 것은 중년 이상의 연배, 특히 여자들입니다. 마스기 소좌가 말했던 메이지 6년의 혈세소동 정도까지는 아니라고 해도, 얼마든지 그런 마음이 있지 않을까요.

아오키   지금 마스기 씨가 말씀하셨듯이 가정부인이 얼마간 그런 불안을 갖고 있습니다. 그래서 우리들이 자주 말하고 듣고 있습니다만.

김종한   그러나 그런 것일까요. 불안이라고 해도, 단지 그것이 ○○6) 않는 것뿐 아닐까요. 그러니까 위급할 때에는 그다지 그런 것은 문제가 되지 않는다고 생각합니다.

아자이   2, 3년이 지나서 진실한 모습이 알려지면, 그런 불안은 자연스럽게 해소되겠지요. 지원병 관계로 조금은 알게 되었지만, 진심으로 지원했던 사람은 일부분이며, 또한 지도적인 입장에 있는 사람이 지원병에 나가지 않으니까 제대로 보급되지 않는 것 같습니다. 이번에는 실제로 해 봐서 처음으로 알았습니다. 이것은 예전 류큐의 군인이 들어왔을 때에도 그랬었지요. 언어도 풍습도 모두 다른 그들이 내지보다도 지나라는 생각을 ○7)하고 있으니까요. 그것을 머리로부터 아무것도 차별하지 않는 군대에 채용되었으니까 처음에는 꽤 걱정했던 것 같은데요, 곧 숙달되면 내지의 군대와 융합됩니다. 그러니까 지금 그런 것을 억지로 걱정하지 않아도 좋다고 생각합니다.

토대석은 토대석으로

마스기   제가 초년병 교관을 하고 중대장을 했기 때문에 정말로 병사들에 대한 기분은 동생과 같고 또 아이 같습니다. 그리고 또

---

6) 보이지 않는 글자.
7) 보이지 않는 글자.

자신을 지켜주는 사람, 아무런 조건 없이 하나가 되는 기분이
지요. 제가 어느 정도 혼자 힘써 봐도 병사들이 일하지 않으면
작업이 이루어지지 않습니다. 그와 함께 군대는 지휘관이 없
으면 아무것도 되지 않습니다. 그들의 관계가 단지 일체가 되
면 즐거운 전쟁이 가능한 것입니다. 연습할 때에 병사들이 괴
롭다고 중얼중얼 불평을 해도 전쟁에서는 절대로 불평을 말하
지 않습니다, 진정으로 일체인 것입니다.

다나카   그것은 일본의 군대가 가족주의라는 것이겠지요.

마스기   그렇습니다. 혼연일체(渾然一體), 대화(大和)의 정신입니다. 모두
가 일체입니다. 그런 기분이 항상 있습니다. 따라서 군대에서
지위는 공평하지 않습니다. 어떤 사람은 그러한 차별을 철폐
하자고 해도 차별은 어느 정도 생각하지 않으면 안 됩니다. 차
별이 있으니까 평등한 것입니다. 지붕의 기와도, 밑의 토대석
도 벽도 함께 하는 것이 일체가 아닙니다. 지붕의 기와는 지붕
의 기와, 토대석은 토대석으로 있으니까 질서가 유지됩니다.
장교, 하사관, 중대장, 소대장, 분대장의 차별이 있지만 일체입
니다. 이것이 혼연일체(渾然一體)를 이루고 있는 것입니다.

김종한   즉 직역봉공이네요.

마스기   인간의 본성은 주어진 것입니다. 인간은 빼앗으면 빼앗을수록
슬퍼집니다. 인간에게 기쁨을 주는 것은 좋은 것인데, 만약 빼
앗기면 사람은 불행해집니다. 서로 힘을 완전하게 내는 것이
자유인 것이며 평등인 것입니다. 평등을 자기 멋대로 행동하
는 것이라고 생각한다면 그것은 잘못된 것으로, 근본적으로
고쳐야 합니다. 자기 능력을 얼마든지 발휘하는 것은 자유입

니다. 그것이 또한 인간의 본성이지요. 자기 자신의 직역에 있어서 완전하게 능력을 발휘하는 것, 이것이야말로 평등이라고 할 수 있지요.

문학과 군인 숭배

최재서 즉 병역에 대한 공포 내지 오해는 있다고 생각하지만 우리들 문학에 종사하는 사람들이 해야만 하는 것은……. 즉 군인 숭배의 생각을 키우는 것으로는 문학이 가장 좋다고 생각합니다. 예의 나치스 독일의 철학자 뒤르크하임, 그 사람이 「독일인은 일본인을 이해할 수 있는가」라는 논문에서 말하고 있는 것은 첫 번째가 군인 숭배입니다. 영국인과 프랑스인은 군대는 개인의 자유를 속박하는 것이 될 수 있기 때문에 그 범위를 제한하는 것이 좋다고 생각하지만 일본과 독일은 근본적으로 생각이 다르다는 것이지요. 군인은 목숨을 걸고 민족 혹은 국가의 가치를 옹호하기 때문에, 가장 존엄한 존재라는 것입니다. 그런 생각을 가지고 있으니까 독일인은 일본인을 이해할 수 있다고 말했습니다. 그래서 생각한 것이, 조금 전 조선에는 고전적인 이야기가 있었지만, 군기물(軍記物)이 있었다고는 해도 대체로 공리주의가 농후해서 출세미담이 대부분이지요. 출세의 목적은 무엇인가 하면 대체로 대장(大將)입니다. 그러니까 대장(大將)을 찬미하는 마음입니다. 그런데 병사는 존중하지 않는 경향이 있습니다. 이것은 모순인데요, 결국 지나의 사상에서 왔습니다. 즉 목숨을 바쳐서 나라의 가치를 옹호한다는 조국관념을 문장에 의해서 보급하는 것이 우리들의 금후의 일이 아닐까 생각합니다.

다나카 서양 문학은 군인을 경멸하고 군인은 문인을 경멸합니다. 그런 곳에서 발생하는 문학이 있겠지만, 일본문학은 문무양전(文武兩全)이지요, 그런 점이 다르지 않을까 생각합니다.

최재서 뒤르크하임도 말했지요. 영국인과 프랑스인은 독일인을 군국주의적이라고 말하지만 자신들은 결코 군국주의가 아니다. 단지 조국의 가치를 옹호하기 위해 하는 것이라고.

마스기 지금 말했듯 병역은 숭고한 의무입니다. 권리와 의무를 대립시킨다는 관점에서의 의무가 아니라 단지 의무입니다. 단지 국민으로서 최선을 다한다는 기분, 그것이 병역의 본질이 아니면 안 됩니다. 또 그것이 일본의 진정한 본질입니다. 그런데 외국에서는 그렇게 하지 않습니다. 자기를 지키기 위한 국가이니까 자기의 권리가 설 수 없다면 의무를 다하지 않아요. 일본의 병역은 절대적으로 숭고한 의무입니다. 이것을 분명하게 하지 않으면 안 됩니다. 조금 전 대체로 말했지만, 군대의 평등이라는 것은 부자나 화족의 아들, 대장의 아들이거나 가난뱅이거나 마찬가지임을 말합니다. 저는 한 사람의 상등병을 만들기 위해서 어떻게 하는가를 쭉 지켜봤습니다. 그리고 중대장이 회의를 열어서 각 반장으로부터 조장, 특무조장, 즉 준위(准尉)가 모입니다. 그리고 교관, 중대 사람들 등이 각각 본 것들을 의논해서 결정합니다. 상등병 한 사람 만드는 것에 절대로 오류가 있을 수가 없지요. 이런 식의 공평한 눈으로 보면서 군대를 만듭니다. 그러니까 불평이 나올 리가 없습니다. 불평하는 사람은 대체로 자기 마음대로 하고 싶으니까 불평하는 것입니다. 자기가 자기의 허점을 파면서 고민하고 있지요. 소위 잘못 파악한 자유로써 하고 있는 것입니다.

다나카 그것이 일본 군대의 좋은 점입니다. 서양에서는 돈으로 사고 판다고 하더군요.

일본의 전쟁문학

마 키 다나카 씨가 말했듯 외국에서는 군인을 바보로 압니다. 그런 점이 문학에 꽤 영향을 주고 있는 것이죠. 패전문학이 많아요.

다나카 독일에는 「베르단 전투의 7인」이라는 것이 있습니다.

최재서 그것은 최근에 나온 것이지요.

다나카 번역된 것은 처음이지만 조금 오래된 것이죠.

최재서 독일에서도 오래된 것으로 취급받고 있지요.

마 키 예의 레마르크의 『서부전선 이상 없다』가 있는데, 이걸 읽으면 전쟁에 대한 공포가……. 염전사상(厭戰思想)입니다.

다나카 일본에서는 일로전쟁 당시에도 사쿠라이(櫻井) 씨의 「육탄」이나, 해군에는 「격멸」이 있었지요. 그런 점이 다르지 않을까요.

마 키 일본문학은 조국과 함께, 조국이 가는 길을 곧장 가는 것이라는 전쟁의 목적이나 국민이 나아가야 할 길을 확실하게 보여주고 있지만, 외국 문학은 전쟁을 비판하는 것이죠.

최재서 다나카 씨는 잘 모르셨겠지만 사변 후 조선 작가는 상당히 고민했습니다. 당국에서는 잡지에 전쟁에 관한 기사가 없다, 작품을 읽어도 전쟁은 어디에 있는가라고, 무엇인가 잘못되었다고 말했지요. 작가는 쓰고 싶습니다. 그런데 역시 집안에서 병사가 나오거나 생활에서부터 그런 분위기가 나오지 않으면 체험할 수 없으니까 어떻게 해도 쓸 수 없다, 그런 고백을 작가들에게 꽤 듣고 있습니다만 그런 고민이 오늘 이후 사라질 것이라고 생각합니다.

마 키 언젠가 잡지에 제일선에 가지 않아도 전쟁문학을 쓸 수 있다고 썼더니 어떤 사람이 상당히 반박했습니다.

다나카 총후문학은 쓸 수 있겠죠. 총후가 없으면 전선이 없으니까.

최재서 아오키 씨, 오랫동안 도쿄에 살면서 총후생활을 봐 왔다고 생각하지만, 여기로 돌아오니 어떤 기분입니까.

아픈 곳은 있지만

아오키 내지 청년과 조선 청년을 대립시켜 보면, 상당히 차이가 나는데 제가 보기에 조선 청년은 나태합니다. 그것은 민족적 전통 때문이기도 하겠지만, 우선 곰곰이 생각해보니 군인정신이 부족하기 때문이 아닐까 생각합니다. 군인정신을 더욱 불어넣어야 합니다.

마 키 저도 스스로 반성한다는 뜻으로 말하는데요, 조선청년에게는 선배라는 관념이 없습니다.

다나카 개인주의의 영향 때문이겠죠.

마 키 그런 관념도, 군대에 들어가서 훈련받으면 달라질 것이라고 생각합니다.

마스기 특별지원병을 보고 느낀 것은 평상시에는 꽤 좋은데, 연습에서도 조금 곤란하게 되면 뒤쳐집니다. 따라서 평소 단련되지 않는 결과가 나타납니다. 역시 정신적 단련이 모자란 것이겠지요.

마 키 스포츠에서도, 야구 시합은 3회 정도까지는 좋지만, 5, 6회가 되면 터무니없이 되어서 지리멸렬하게 됩니다. 즉 근기(根氣)가 이어지지 않지요.

최재서 조선의 장정이 군대에 들어가 훈련을 받음으로써 단결심이 부족하다거나 책임 관념이 없다거나 하면서 지금까지 지적받았던 여러 가지 결점도 점차 시정할 수 있다고 생각합니다. 그리고 이것이 사회 전반에 기풍을 미쳐서 자질을 향상시키는 작용을 하지 않을까 생각하고 있는 것이지요. 지나의 사상이 공리주의였고, 게다가 외국 사상이 들어왔기 때문에 사실은 그 사상들을 마스터했었습니다. 그것은 분명 내지인 이상으로 마스터하지 않았을까 생각합니다. 예를 들어 신불(神佛)에 대해서 조선의 전통적인 가정에서는 아침저녁으로 숭배하지 않습니다. 따라서 징병제 실시의 준비로서 조선의 가정생활에 종교를 주입하는 것을 생각해 볼 수 있겠지요. 오히려 형식이 먼저가 될 수 있습니다. 기도하는 가운데 신앙심도 가능하지 않을까요. 나쁜 짓을 저질렀을 경우 부모는 아이와 함께 용서를 비는 기독교 신자가 부러워지는 것이 바로 그 점입니다.

마스기 그런 일은 참으로 이상한데요, 감사하다 감사하다고 생각하면 실제로 감사하게 됩니다.

김종한 마침내는 고마움의 본질도 알게 되는 것이군요. 재미있네요.

전쟁문학도 쓸 수 있다

김종한   조금 전 전쟁문학의 이야기가 나왔지만 조선에 있어서도 총후 생활을 취재한 것으로 정인택 씨의 「청량리 계외」나 마키 히로시 씨의 「고요한 폭풍」과 같은 작품이 있습니다. 그런 것들을 더욱 전개시켜야 합니다. 즉 징병제까지 공포되었으니까, 작가는 그 전의 것을 잡고 간다, 그런 것만으로는 힘이 될 수 없겠지요.

마 키   구체적으로 말해보면 「고요한 폭풍」은 2편까지 썼지만 3편은 12월 8일8)까지 쓰고, 제4편은 12월 8일 이후의 상황과, 징병제 실시 전후의 상황을 쓴다는 구상을 가지고 있습니다.

다나카   옛 문학자들의 나쁜 경향은 전쟁문학에 편승하겠지만 그것은 결코 솔직한 기분이 아니겠지요. 여전히 껍질에 틀어박혀 있는 증거라고 생각합니다. 그런 점에 대해서는 더욱 솔직하게 되어야 하겠지요.

김종한   지금의 시세에 있어서 우리 같은 젊은이들은 처음으로 할 수 있는 말인지도 모르지만 한국 병합 후 30년간 조선 지식인의 사상은 항상 부유(浮游)하고 순례(順禮)했습니다. 그러나 끊임없이 마음의 고향을 구하기를 그치지 않았다고 생각합니다. 이것이 어떤 시기에 있어서는 좌익이 되었거나 데모크라시가 되거나, 모더니즘이 되었습니다.

다나카   내지 사상계의 영향을 상당히 받았기 때문이지요. 내지가 흔들리고 있는 동안 이쪽도 흔들렸습니다. 내지가 확실히 한다

---

8) 태평양전쟁이 발발한 날짜이다.

면 여기도 확실히 할 것입니다.

김종한   그런데 징병제 선포라는 관점에서 보면 확실히 마음의 고향을, 조국을 붙잡았다는 기분이 되는 것이죠. 그러니까 부유도 순례도 이제는 없습니다.

소리 높여 말해도 좋다

마스기   일본 사람들은 원래 큰 소리로 말하지 않는 국민입니다. 이유를 따지지 않는 국민인 것입니다. 그러니까 오늘날과 같이 이유가 많은 시대에는 어떻게든 ○인9) 것입니다. 따라서 일본이라는 것이 엄연하게 구별되는 것이지만, 그러나 이것으로는 안 되기 때문에 이 시대에는 큰 소리로 공언(公言)하지 않으면 안 된다고 생각합니다. 그 점 모두가 가장 일본적이라는 것을 이해할 수 있으며, 또한 이해하려고 노력할 수 있다고 생각하지만, 진정으로 일본을 이해하자는 외침을 사방으로 전하는 것이 상당히 필요하지 않을까 생각하는 것이지요. 요시카와 에이지(吉川英治)10)였던가요, 그 사람은 자유주의 문학에서부터 상당히 낡아버렸다고 생각합니다. 역시 파악할 수 있는 것을

---

9) 보이지 않는 글자.
10) 요시카와 에이지(吉川英治, 1892~1962), 가나가와 출생. 소설가. 본명은 히데쓰구. 어려서 가세가 기울어 1903년 고등소학교를 중퇴하였으며, 이후 머슴, 점원, 활판공, 급사 등 다양한 직업을 전전했다. 그동안 하이쿠(排句), 센류(川柳) 등에 탐닉했으며 현상소설에 응모했다. 이후 『깅구』, 『오사카 마니니치 신문』 등에 분방한 상상력이 충분히 발휘된 파란장만한 전기(傳奇)소설과 예리한 인간관찰을 보여준 자전적 소설 『굴뚝청소부 노래부르다』, 유머 소설 『알프스 대장』 등으로 대중작가가 되었다. 이후 인간의 내면을 파고 들어가 오직 자기완성의 길에 정진하는 인생구도소설 『미야모토 무사시』(1935~1939)에 작가의 생명을 걸고 대중문학의 신경지를 개척했다(고재석 편저, 『일본문학·사상 명저 사전』, 깊은샘, 1993, 641면).

파악한다면 여러분들도 반드시 활기찰 수 있고, 또 사람을 활기차게 하는 것도 가능하다고 생각합니다. 그 점에 있어서는 우리들 내지인 스스로 상당히 부끄러운 점이 있습니다. 메이지 유신 이래 흡수했던 서양사상, 특히 유대사상이지요. 거기에 상당히 혹했습니다. 그 흔적이 모든 방면에 아직도 남아 있습니다. 일본인의 본질을 안다면, 반도라는 것이 어떻게 존재해야 할 것인가를 명료하게 알게 됩니다.

국민문학과 외국문학

최재서 조금 전 이야기지만, 프랑스에는 폐병파라는 것이 있었습니다. 일부러 폐병이 된 사람도 있다고 합니다. 천재라고 불리기 위해서. 내지에도 상당히 있지 않을까 생각합니다.

다나카 다다이즘은 상당히 낡은 것입니다. 조이스의 「율리시즈」는 의식을 해부해서 소위 구석구석까지 해부해 들어갑니다. 무엇인가 있을까 없을까라고 해부하면서도, 그와 같은 해부하는 것에 피곤해져 버렸습니다. 복잡하게 되거나 고급스럽게 되었다고 말해도 사실은 상당히 병이 무섭게 들었던 것이지요. 일본의 문학자들도 한때는 그쪽으로 심취했었지요.

최재서 우리들도 환자였으니까요.(웃음)

다나카 직감적이고 구체적인 것이 아니면 안 된다고 생각합니다.

마 키 그 점에서 우리들의 문단이 내지의 문단보다 앞서 나가는 것 같다고 생각할 수 있습니다. 그 병세가 가볍기 때문에.

최재서   저도 학교에 있을 때 외국문학의 이론만 공부했지만 학교를
         나와서 문단에 들어왔을 때 어떤 문제에 부딪혀도 학교에서
         공부했던 이론으로 설명하려고 했지요. 그런데 일단 국민문학
         의 일을 해 보니, 어느 것 하나 정해진 의견이 없습니다. 국민
         문학이란 무엇일까라는 것에 대해서 조금이라도 가르쳐줄 수
         있는 외국문학 교육은 없다고 생각하지만, 그런 문제에 부딪
         혀 가다 보면 전혀 짐작할 수가 없지요, 그래서 결국 스스로
         절실하게 하는 것 말고는 달리 방법이 없다는 결론에 도달하
         지요.

마 키   영문학이라면 영문학 하나의 방면만 안다고는 해도, 진정으로
         이해하지 않으면 안 되는 일본 고래의 문학의 모습을 파악해
         야 한다는 논의가 최근에 나타나고 있습니다.

다나카   국민문학은 이와 같아야 한다는 것을 가르쳐도 소재가 없다면
         쓸 수 없다고 생각합니다. 역시 스스로 발견하고 단련시킨 소
         재가 우선이겠지요.

최재서   쓰고 싶지만 본보기가 없습니다.

마 키   야스다 요주로(保田與重郞)[11]의 작품은 대화 민족의 순결한 혈

---

11) 야스다 요주로(保田與重郞, 1910~1981), 나라 출생. 평론가. 1934년 도쿄대학 미학과를
   졸업. 재학 중 오사카 고등학교 동료들과 동인지 『코기토』를 창간하여 중심인물이 되었
   다. 이 잡지는 마르크스주의문학 해체 이후 신문학 재건을 목표로 했으며 특히 독일 낭
   만파의 영향 밑에서 일본고전문예의 참신한 부흥에 힘을 기울였다. 당시의 낭만주의는
   좌익문화의 괴멸기에 처한 청년들의 정신적 공백과 패배 의식, 그리고 불안에 호소하는
   분위기를 잘 보여준다. 1935년 가메이 가쓰이치로 등과 『일본낭만파』를 창간했으며 고
   향인 나라에서 길러왔던 일본의 고전적인 소양을 중핵으로 반진보주의, 반근대주의의
   입장에서 혈통과 계보의 확립을 목표로 평론을 발표했다. 전쟁이 진행되면서 만연된
   일본주의 이데올로기와 함께 저널리즘의 총아가 되면서 급격하게 우경화되었다(고재석
   편저, 『일본문학·사상 명저 사전』, 깊은샘, 1993, 637면).

통을 지키는 것인데요, 역시 좁은 사고 방법이라고 생각합니다만.

다나카 작품을 쓸 때는 반도인, 대만인이라는 것을 의식하고 쓰지 않으니까 그렇습니다.

최재서 전부 신경 쓸 필요가 없다고 생각합니다. 내지에 있는 비평가와 작가는 모릅니다. 즉 염두에 두고 있지 않습니다.

다나카 큰 강연회에 반도인이 없다고 생각해서 야스다 요주로(保田與重郎)가 말했던 것이지요.

마 키 그러나 그런 사람이 쓰면…….

최재서 그것은 우리들이 하지 않으면 안 됩니다. 현재 일본은 정치적으로 이미 만주에서 실험하고 있습니다. 문화든 산업이든 그 무엇도 자만하지 않고 자신을 가져야 하지 않을까 생각합니다. 오히려 혁신적 문학은 경성쯤에서 나오는 것이라고 생각하지 않으면 안 됩니다.

남방에 가고 싶다

다나카 내지의 작가는 보도반으로서 남방에 상당히 파견되고 있지만 반도의 작가를 동원한다는 말은 없습니까.

마스기 반드시 없지는 않겠지요.

김종한 반드시 가고 싶어요.

다나카 그리고 될수록 위험한 곳에서 하게 되면 연성이 됩니다.(웃음)

마스기　하고 싶은 것을 하늘을 향해서 큰 소리로 말하면, 반드시 들어
　　　　주실 겁니다.

김종한　그런 사람이 하나 둘 전선에 갔다 오면 예를 들어 아무것도
　　　　하지 않았다고 하더라도 갔다 온 영향만으로도 상당히 크다고
　　　　생각합니다.

최재서　그런 주장은 『국민문학』에서 하면 좋겠습니다.

아자이　확실하게 해 주십시오. 지금 여러분들이 하고 있는 주장은 매
　　　　우 필요합니다. 지금부터 군대에 들어가지 않으면 안 됩니다.
　　　　그러니까 진정한 기분으로 보거나 듣고 와서 여러 가지 주장
　　　　을 하시는 것이 중요하다고 생각합니다.

최재서　그럼 여기까지. 장시간 감사했습니다.

■ 국민문학, 1942. 11.

국민문학, 1년을 말한다

참 석 자

모리 히로시(森浩, 조선총독부 도서과장)
유진오
백철
스기모토 나가오(杉本長夫)
미야자키 세타로(宮崎淸太郎)
다나카 히데미쓰(田中英光)
마키 히로시(牧洋)
최재서
김종한

시국을 파악하는 방법

최재서　추운데 감사합니다. 이번 10월로『국민문학』창간 만 1년을 맞이한 오늘, 총결산할 작정으로 이 좌담회를 마련했습니다.『국민문학』이 나올 때까지 국민문학에 대해서 상당한 논의가 무성하게 행해졌는데요, 어떤 논의가 있었는지 검토해 봐야 한다고 생각합니다. 백철 씨, 어떻습니까.

백　철　그렇습니다. 1년 지나서 되돌아보면 작가들은 제재에 끌려 다니면서 최선을 다하지 않았다고 생각합니다. 말하자면 작품으로서는 도리어 수준이 떨어지고 있지 않은가라는 인상을 받았습니다. 그 원인으로서 여러 가지를 생각할 수 있지만, 금후는 조선문학의 의의를 생각해서, 일본문학으로 존재하면서 동시에 조선문학이 가져야 할 새로운 가치를 찾아가는 것에 조금 더 눈을 돌리지 않으면 안 됩니다. 새로운 사람들이 『매일신보』에 원고를 여러 편 싣고 있지만 너무 시국적인 제재만 쓰려고 하기 때문에 더욱더 광범위한 소재로 눈을 돌리지 않으면 안 되는 것입니다.

마 키   지당한 말씀인데요, 그래도 역시 일단 시국에 부딪혀 보고, 그 이후에 하나의 평정한 단계가 가능하지 않을까요. 역시 국민문학의 테마는 일단 시국적인 것을 취급할 수밖에 없다고 생각합니다.

다나카   그런 것을, 다만 관념적으로만 생각해서 시국적인 것이 우리들의 세계 이외에 있다고 생각하니까 안 되는 것입니다. 결국 시국적인 것을 쓴다고 해도 지금의 시국의 영향을 받아서 자연발생적인 것을 쓴다면 가장 시국적인 것이 되지 않을까 생각합니다.

백 철   제가 말했던 것은 시국을 파악하는 방법입니다.

생활자로서의 작가

다나카   시국이 어느 정도까지 진전되었는가를 생각하지 않았고, 더욱이 시국적인 것을 개념적으로 만들어 가 보자는 태도가 지금까지는 불가능하지 않았는가, 생각합니다만.

마　키　그러나 작품이 많이 나오지 않았던 데다가 그 적은 작품 가운데에서 시국을 고집스럽게 고수하려는 작품도 있었지만, 그것으로 괜찮은 것 아닐까요.

다나카　대체로『국민문학』에서 채택한 것들이라고 해서 더욱 시국적인 것은 아닌 것 같습니다.

최재서　아까 당신(백철에게)이 말했던 것처럼 시국적인 것을 취급했기 때문에, 그 수준이 떨어지거나 조잡하게 된 사례는 없었다고 생각하지만, 어딘가 시국적인 것이 나오면 그것으로 좋다고 생각해 버리니까.

백　철　읽어보면 역시 조잡함을 느낄 수 있습니다. 그리고 진정으로 자기화함으로써, 윤리적인 입장을 발견하는 발랄함이 부족하지 않은가 생각합니다. 그런 점에서 제재를 더욱 넓게 생각할 필요가 있다고 생각합니다.

다나카　푸른 과일이 성숙을 갖고 오는 법이지요.

유진오　정치적인 소설도 있으면 좋다고 생각하지만 생활에서 벗어나 있는 것은 안 된다고 생각합니다. 그러나 작가들이 필요 이상으로 정치성에서 도피하고 있다는 것은 말할 수 있다고 봅니다. 조금 전 다나카 씨의 말과 같이, 정치가 생활 가운데로 스며들어 가지 않으면 안 됩니다. 그렇게 되면 생활을 보여 주는 가운데 자연스럽게 정치성을 가지게 된다고 생각합니다. 그 점 정치와 생활을 떼어 내어서 생각한 결과, 그런 원망이 있지 않을까 생각합니다. 말하자면 정치적인 것이니까 안 된다는 것뿐만 아니고, 역시 정치적인 것을 쓰고 있지 않으니까 나쁘다는 것도 아닙니다. 말하자면 작가 자신의 근본적인 마음가짐이 어디에 있는가, 그것이 문제입니다.

다나카　그렇다고 생각합니다.

최재서　당신(다나카를 향하여)은 국민문학론이라는 것을 어딘가에 발표했었지요.

다나카　예, 썼습니다. 그것은 지금 말하는 정치성도 무엇도 고려하지 않는, 예술적으로 세련되고 생활에 충실한 것을 쓴다면, 그것이 그 자체로 국민문학이 된다고 썼지요. 예를 들어 만엽에는 작가가 누구인지 모르는 노래가 있습니다. 그런 것이 훌륭한 국민문학이거든요.

최재서　즉 생활에 충실한 점에서 국민문학이라는 것이군요.

다나카　그렇지요.

최재서　생활에 충실하다는 것은 결국 어떤 생활을 말하는 것일까요.

다나카　실제의 생활이 아니라, 윤리로서의 생활입니다.

최재서　마키 히로시 씨도 『녹기』[1]에 두세 번 썼던 것 같습니다.

낭만정신과 조잡

마 키　어떤 시대로든지 다른 시대로 옮겨 가게 될 때에 작가가 곧

---

1) 조선에 건너온 일본인을 중심으로 한 사상단체 녹기연맹의 기관지이다. 녹기연맹은 1933년 2월에 발족한 일본인의 사상, 문화단체로 1939년 이후에는 내선일체, 대륙병참기지, 일본어 사용, 창씨개명, 신사참배, 지원병 등을 적극적으로 주장했다. 문인으로서는 쓰다 테라다 에이, 쓰다 카타시, 카라시마 다케시 등이 적극 가담했다(임종국, 『친일문학론』, 민족문제 연구소, 2003, 233면 ; 다카사키 소지, 「녹기연맹과 황민화 운동」, 『삼천리』, 1982, 가을호 참조).

그 시대를 자신의 것으로 변화시킬 수 있다면 그 시대와 함께 나아갈 수 있지만, 시대와 함께 가지 못하거나 그 시대를 충분히 소화하지 못할 때에는 작품이 조잡하게 되겠지요. 역시 과도기의 현상으로서는 조잡하게 되어도 좋습니다. 다만 그것을 뛰어넘었을 때에 진정으로 자신의 몸에 익숙해지는 것이 가능하다고 생각합니다. 지금 정치성에 대한 논의가 나왔지만, 역시 저는 이와 같은 시대라는 것, 조선에 있어서는 역사적으로 하나의 거대한 시대이기 때문에 정치성이라는 것을 작가가 어느 정도는 강조하지 않으면 안 된다고 봅니다. 물론 너무 정치적인 것으로 치닫는다면 비난을 받습니다만, 저로서는 그런 단계를 통과하여 뛰어넘지 않고 어디까지나 비판으로 남겨두는 것은 안 된다고 봅니다. 작가는 극단에서 극단으로 달려 보지 않으면 안 됩니다. 그것을 통과해서 뛰어넘지 않고 냉정하게 생각하는 것은 실천이 아니라고 생각합니다. 다소 오류가 있고 행동이 지나치더라도 그 뒤에 올 침착함에 의해서, 진정으로 작가의 몸에 익숙한 것을 쓸 수 있지 않을까 생각합니다.

다나카   역시 작품을 쓰는 태도[2]를 어떻게 가질까 그것이 문제라고 생각합니다만, 예전 순수문학 작품의 현실성이나 자연성, 그리고 그런 것만을 취급했던 태도에서 본다면 마키 히로시 씨가 말한 것은 현재는 리얼리즘의 시대보다 로맨티시즘의 시대니까 지금까지와 같이 자연적이 아닌가, 혹은 현실적이지 않다는 식으로 비평하는 것은 조금 이상하지 않을까요. 물론 자연적이다, 내지는 현실적이라는 것도 중요하지만 작가의 의욕을

---

2) 속도(速度)로 표기되어 있지만 태도의 오식으로 보인다.

뭐랄까 포용하는 분위기가 있어야 좋다고 생각합니다.

마 키 역시 그런 작가의 의욕이라는 것이 단지 종래의 리얼리즘만으로는 만족할 수 없다고 생각합니다. 지금의 시대에는, 무엇인가 거기에 거대한 로맨티시즘이랄까, 꿈이라는 것이 고양되지 않으면 안 된다고 생각합니다.

백 철 제가 조잡하다고 말했던 것은, 특별히 리얼리즘 문학이니까 긴밀하고 로맨티시즘 문학이니까 조잡하다는 것이 아니라, 전쟁터의 일을 읊는 것도 좋고 쓰는 것도 좋습니다. 다만, 전쟁터 속에서도 한 순간의 여유가 있는 법인데, 그런 여유가 모자라지 않을까 싶은 것이죠.

다나카 그것은 전쟁터에서도 아름다움을 볼 수 있다는 것이지요. 그러나 역시 용감하게 하지 않으면 살해당해 버리니까요.(웃음)

또 한 가지의 근본적인 문제

미야자키 국민문학 작품의 현재 상태에 대해서 조금 이야기가 되돌아간 것인지는 모르겠지만, 제 생각에는 국민문학 국민문학 말을 내뱉기 때문에 작품의 질은 오히려 떨어졌다, 조잡하게 되었다고 말할 수 있다고 생각합니다. 조선의 작가들도, 내지의 작가들도 거의 그런 의미에서 좋은 문학은 적어도 작품으로는 아직 나오지 않고 있다고 생각합니다. 그 이유는 여러 가지 말할 수 있겠지만, 윤리를 파악하지 않았다는 것이 원인이 아닐까요. 저는, 국민문학이라는 것을 이해한 작가도 그런 윤리성을 파악하여 황국신민이라는 훌륭한 개념이 있다고는 해도,

작품으로서 문학적인 것이 창작될 수 없었기 때문에 지금까지는 문학 그것이 가능하지 않았다고 생각합니다. 그것이 우리들의 문학 교양 그 속에 존재하지 않았던 것이지요. 그렇다는 것은 우리들이 받아왔던 문학 교양에 의해서 만들어졌던, 지금까지의 좋은 작품이라는 것은 모두 국민문학이 요구하는 건설적이고 적극적이면서 명랑한 인물을 아직 대부분의 작가가 묘사하는 데에 익숙하지 못했다는 뜻이지요. 오히려 그 반대로 소극적이고 약한 인물을 표현해 왔습니다. 그것은 일일이 예를 들지 않아도 일본 메이지 이래의 문학을 봐도 그런 문학이 전부라고 말해도 좋을 정도로, 소설적인, 말하자면 몽유인(夢遊人) 타입의 인물을 아름답게 썼습니다. 그런 의미로 볼 때, 그와 같은 문학적 교양에 의해서 '문학이란 이런 것'이라는 분위기 속에서 자라난 것이 우리들이 지금 좋은 문학을 쓸 수 없는 커다란 원인이 아닐까 생각합니다. 우리들도 조금 전에 화제가 되었던 윤리관을 확실히 가지고 있습니다. 그러나 막상 쓰려고 붓을 잡으면 지금까지의 교양이 방해해서 작품의 수준이 떨어진다고 느끼는 것이지요. 그래서 전쟁이 시작되고 국민문학이라고 부르짖는 소리가 높아감에 따라 국민문학을 쓰지 않으면 안 되게 되었지만, 그 이전에 문학만이라도 그런 것은 모두 청산해서 더욱더 윤리의 또 다른 측면인 명랑함을 가진 작품을 써야 한다고 생각하면서도, 그러나 어쩔 수 없이 외계로부터 선수를 당하는 모양으로, 국민문학을 맞추어 나가는 것이기 때문에, 개념으로서는 근본부터 그런 건설적이고 명랑한 것을 쓰자는 의식은 있어도 쓸 수가 없었던 것이 아닐까요.

다나카 저는 고다마(兒玉)3) 씨의 말에 대해서 두 가지 점에 반대입니다. 문학이라는 것은 책을 읽거나 스스로 쓰거나 하는 것으로 배우는 것보다는, 오히려 자기의 생활 가운데에서 배우는 것이라고 생각합니다. 본보기대로 쓴다면 문학은 소용없는 것이 아닐까요. 도스토예프스키가 그렇게 썼으니까 나도 그렇게 쓰자는 방식은 아무런 의미가 없지요. 옛 고전을 읽어도 그 당시의 생활에 대한 사고방식과 보는 방식을 모범으로 삼아서 어떻게 창작하는지, 어떤 소재로 쓰는지와 같은 것을 본보기로 해야만 하지 않을까요.

최재서 국민문학 작품의 질이 저하되었다거나 조잡하다는 것은 내년이나 후 내년에 논의해야 할 문제입니다. 국민문학으로서 해야만 했던 것은 전환이었지요. 내지에서 국민문학이라고 말할 경우는 여기서 말할 경우와 다릅니다. 지금까지 조선문학은 국가적이지 않았다는 준열한 비판이 내려졌던 것을 국민문학의 이름에 어울리고 국가의 목적에 즉응하는 문학으로 만들지 않으면 안 된다고 보면서, 잡지로서의 『국민문학』뿐만 아니라 진정한 국민문학이라는 것이 만들어졌던 것입니다. 그렇다면 당분간 국민문학의 이름에 어울리는 문학이 나왔는가, 나오지 않았는가, 어떤 작가의 집필 태도가 어떻게 변했는가, 그것이 문제가 될 것입니다. 작품이 조잡하다는 것은 기술적인 문제일 뿐이지, 영구히 다룰 문제가 아닙니다. 지금 그런 문제를 다룰 수는 없지요.

마 키 최재서 씨가 말한 것에 동감하지만 역시 내지에서의 국민문학론과 조선에서의 국민문학론이 근본적으로 다른 점이 있습니

---

3) 고다마 긴코(兒玉金吾). 미야자키 세타로(宮崎淸太郎)의 본명이다.

다. 우리들이 지금까지 국가의식을 가지지 않았다는 것, 그것
만으로도 다른 것입니다. 그러던 것이 지금 이와 같은 시대가
되면서 국가의식을 가지게 되었기 때문에 내지의 국민문학과
다소 성질이 다르다고 봐야겠죠.

일본적 세계관의 흐름

유진오　과거의 문학, 르네상스 정신이라는 것은 언제나 부정적이고
비판적인 것이었습니다. 즉 그 시대의 세계관이 그러했다거나,
그 시대의 사람들의 생활이 그러했다는 것이죠. 그러던 것이
갑자기 그 생활관이나 세계관도 모두가 바뀌게 되어서 문학정
신 그것도 전환하지 않으면 안 되게 되었지요. 우리들도 그런
식으로 전환하지 않으면 안 된다고 생각하지만, 지금까지의
문학작품은 아직 성숙하지 않다고 생각합니다.

다나카　일본 고전에 대해서 생각해 봐도, 『고사기』, 『일본사기』, 『만
엽집』, 그리고 『겐지이야기』와 같은 것이 있어서, 그런 문학은
불교가 들어오기까지는 상당히 건전하고 소박한 것이었다고
생각합니다. 그러다가 불교가 들어오고 유교가 들어오면서 사
상이 변하게 되고 패도정신(覇道精神)이라는 것이 들어와서 일
본문학의 자양이 되었던 것은 사실인데요, 그러나 인생에 대
한 어두운 사고방식인지도 모르지만, 그 ○4)에 일본문학의 전
통인 밝음과 건강함이 자연스럽게 흐르고 있었습니다. 그것이
어떤 경우에는 요곡(謠曲) 백번이 되고, 어떤 경우에는 바쇼(芭

---

4) 잘 보이지 않는 글자.

蕉)5)의 하이쿠(排句)가 되고, ○○6)의 노래가 되면서 흘러왔다고 생각합니다. 이런 것은 전혀 주류를 변화시키지 않으면서 일본문학의 저류가 되었다는 것을 생각해야겠지요. 「보리와 병사」7) 등도 고전이 된다고 생각합니다.

마 키 조금 전 최재서 씨가 말했던 것처럼 작품의 가능 불가능을 논하는 것보다, 작가의 태도가 종래와 어떻게 달라졌는가가 문제라고 생각합니다.

스기모토 작가의 태도뿐만 아닙니다. 무엇인가가 움직이고 있지요. 그것을 급하게 전환하는 것이 어려운 것입니다. 특히 작가의 경우 그럴 것이라고 말할 수 있습니다. 그러니까 저는 작가가 국민문학을 형성해야 할 근본적인 소인이 되어야 할 정신을 잃어버리지 않고 지니고 있는 것이 ○8)한 것입니다. 그렇게 생각하고 싶습니다. 따라서 결국 나와야 할 시기가 올 때까지, 상당히 소극적이었기 때문에 적극적인 모습을 보여주지 않았던 것입니다.

---

5) 요곡(謠曲)을 말한다.

6) 잘 보이지 않는 글자.

7) 히노 아시헤이가 1938년 8월 잡지 『개조』에 발표한 소설. 그 후 1939년 말까지 전선에 있으면서 「땅과 병사」, 「꽃과 병사」 등 이른바 병사 3부작을 발표했다. 이 소설들은 스스로 전선에서 실제 일어났던 전투나 장병의 활약상을 생생하게 기록하고 있다는 점에서 '살아 있는 병사'나 문학자의 현지 보고와 다른 박력을 갖고 있으며, 모두 발표 직후 개조사에서 출판해서 베스트셀러가 되었다. 「보리와 병사」의 성공으로 병사 작가들이 쓴 '진중(陣中)소설'이 유행하게 되었다. 당시 일본 국민들은 이것이야말로 진실의 기록이라고 믿었기 때문에 이 전쟁 소설들을 다투어 읽고 감동하여 전의를 불태웠다고 한다(호쇼 마사오 외, 고재석 역, 『일본 현대문학사』 상, 문학과지성사, 1998, 218면). 이 소설의 성공은 1939년 일본 작가들의 종군은 이 시대 문학의 특성을 상징적으로 보여주는 사건이라고 한다(히라노 겐, 고재석·김환기 옮김, 『일본 쇼와문학사』, 동국대 출판부, 2001, 216면).

8) 잘 보이지 않는 글자.

준비의 문학

최재서 아무도 말씀이 없어서 제가 말씀드리겠습니다. 저는 이렇게 봅니다. 1년간의 작품을 보면 대부분 준비의 작품9)이 나왔다고 생각합니다. 마키 히로시 씨의 작품을 봐도, 작가의 준비를 보여 주는 것으로 그 생각을 썼다고 봅니다. 그러나 승부의 문학이 나오지 않은 것은 진정한 것이 아니라고 생각합니다. 이것이 「고요한 폭풍」10)에 대해서도, 「아이와 함께」11)에 대해서도 말할 수 있다고 생각합니다. 그렇다고 해서 승부의 문학은 하나도 나오지 않았다라고 하면, 그렇게 생각할 수 없습니다. 예를 들어 조용만 씨의 「배 속에서」는 승부의 문학입니다. 그리고 다나카 히데미쓰 씨의 전쟁물도 일종의 '치고 들어가는'12) 작품이라고 생각합니다. 그러니까 그런 식으로 단계적으로 보면 1년간의 흔적이 그렇게 가벼웠다고만은 볼 수 없겠지요. 그래도 승부의 문학은 없지는 않았지요.

미야자키 조금 전 말했던 것은 결국 제 자신에 대해서 말하는 것이 되었는지도 모르겠지만, 우리들이 준비의 문학을 쓰려고 했던 것이 아니라 승부의 문학을 쓰려고 했지만 쓰지 못했다는 것입니다. 이것은 윤리관이 부족했기 때문이 아니라 지금까지 가지고 있던 문학적 교양이라는 것이, 거기까지 발전하지 못

---

9) '構への文學'을 번역한 말이다. '構える'는 '차리다, 꾸미다, 상대를 향하여 자세를 취하다, 태세를 갖추다' 등의 의미로 쓰이는 말이다. 따라서 준비의 문학은 본격적으로 전개되기 전에 자세를 취하거나 태세를 취하는 단계의 문학을 의미한다고 하겠다.
10) 이석훈의 작품.
11) 미야자키 세타로의 작품.
12) 斬り込む : ① 칼을 빼어 들고 적진으로 쳐들어가다. 치고 들어가다. ② (비유적으로) 매섭게 상대의 약점을 찔러 공격하다. 매섭게 따지다.

해서 쓰지 못했다고 저는 생각합니다.

최재서   그러니까 거기서 표현되는 것은 불만을 토로하는 것만이 아닙니다. 이것이 국민문학으로서는 아무것도 아니라고 말할 수 있을 지도 모르지만, '국민문학을 써야 한다, 확실히 준비하고 있음을 인정해야 한다.' 이런 생각만으로도 좋지 않을까 싶은 것이죠. 이 이상을 원해서 너무 급하게 하는 것은 불가능하다고 봅니다.

스기모토   준비를 철저하게 한다는 것은 사람들이 쳐들어갈 틈도 주지 않는 것이지요.(웃음)

마 키   준비의 문학이라면 역시 틈새 없는 완전함이라고 생각합니다. 그것이 있는지, 없는지가…….

준비에도 종류가 있다.

스기모토   준비라는 것도 단지 형태만이라고 생각하지만 준비하는 것에서도 공격할 틈도 없는 문학도 있고, 지팡이와 같이 단지 준비하고 있는 문학이 있습니다. 그러나 이것은 하나의 개념에 의해서 형성된 문학이지요. 그것이 아니라, 진정한 국민적 생활의 속에서 준비하는 문학이 아니면 안 된다고 생각합니다.

최재서   그래서 한번 생각해 보았는데요, 소설에서도 그렇게 자세를 준비할 수 있겠지만 싱가포르 함락을 축하하는 시도 마찬가지겠지요.

스기모토   그런 생각으로 시를 썼는데요, 축하는 시로 표현하기가 더욱 쉽다고 생각합니다. 소설과 달리 시는 상당히 직접적인 것이니까, 그 사람의 시적 감동이 진실한 것이라면 그것은 직접 표현된다고 생각합니다. 저는 김종한 씨의 작품이 그런 의미에서 좋다고 생각합니다.

다나카 마키 히로시 씨의 것도 좋지 않습니까.

마 키 역시 커다란 의미로는, 국민문학이라는 것은 준비의 문학이 아닐까 생각합니다. 언제까지라도 준비만 하면 안 되겠지만. 예를 들어 독일의 다리제의 「성난 파도」라는 작품을 연구하는 마음으로 읽었는데, 그런 것도 준비의 문학이 아닐까 생각합니다.

자연성과 문화성

김종한 유진오 씨의 「남곡 선생」에 대한 비평을 최근 다시 생각하게 되었는데, 나치스 독일에서 국민문학이라고 말하면서도 그런 작품 같은 것에 대해서, 합리주의적인 문화성에 대항하고 피와 흙에 근거한 자연성 및 신화성을 강조하고 있었습니다. 어떻습니까. 유진오 씨는 의식적으로 그것을 강조하기 위해서 그런 작품을 썼습니까.

유진오 그렇지는 않습니다. 그것은 사실 뭐냐 하면, 무리하지 않고 우리들의 새로운 방향을 지시하는 작품을 쓰겠다는 생각이었고 테마는 상당히 예전부터 흥미를 가지고 있었던 것이지만 결국 지금 일반적인 조선 사람들의 생활을 보고 있으면, 상당히 옛날부터 좋은 인정 혹은 아름다운 정신을 가지고 있었지요.[13]

풍부하게 가지고 있습니다. 그런 것을 지금 우리들의 생활에 끌어 들이려는 흥미를 갖고 썼습니다. 이것은 직접적인 시국적 테마를 취급하지 않고, 특히 자연성도 담아내지 않았다는 비평도 있지만, 작가로서는 반대였습니다.

최재서　작가가, 작가로서의 주석을 조금이라도 달 수밖에 없다고 생각합니다. 즉 그런 식으로 읽어야 한다는 것을 어딘가에 암시해서 반성시키는 듯이 써 준다면, 더욱 좋다고 생각합니다. 즉 그대로 표현해서 독자에게 제출하는 것과 같습니다. 그러니까 독자는 여러 가지 해석을 내리는 것입니다. 작품을 쓴 주인공의 해석이 작품을 통해서 조금 더 확실하게 표현된다면 좋겠지요.

김종한　지난번에도 다나카 히데미쓰 씨가 말씀하셨지만, 로컬 컬러를 나쁘다고는 말할 수 없습니다. 누구라도 읽으면 좋은 것이지요. 단지 소위 로컬 컬러를 위한 로컬 컬러는 불만스럽습니다. 「남곡 선생」에는 그런 점이 없습니다.

다시 준비에 대해서

백　철　조금 전의 이야기지만 준비라는 것이 문학에 들어가는 걸까요.

김종한　우리들이 체험했듯, 이번 사변에 직면하면서 확실히 작가가 어떻게 해야 할까라는, 일종의 준비된 자세를 가지게 되었다는 것은 사실입니다.

---

13) ‘아름다운 정신을 가지고 있지 않았냐고 한다면, 반드시 그렇지는 않지요.’라고 말했는데, 정리해서 ‘아름다운 정신을 가지고 있다.’고 번역했다.

백 철   그것은 개인의 문제지 작품의 문제는 아니라고 생각하는데요.

다나카   준비의 문학은 이렇게 말할 수 있겠지요. 예를 들어 풍경을 그
리다고 할 때 어떤 방향으로 하자는 구도(構圖)가 정해졌다고
하더라도 색이 부족하거나 해서 형태가 제대로 나오지 않을
경우가 있지요. 그럴 때에도 어쨌든 구도만은 일정한 방향이
정해져 있는 것이지요. 그런 것이 준비의 문학이라고 볼 수 있
습니다.

백 철   그것은 준비라기보다는 이념이라고 생각합니다.

다나카   데생도 회화의 범주에 들어가니까요.

최재서   조잡한 대조라고 불만이 있을지도 모르지만, 그것은 예를 들
어 제1차 구주대전이 끝나고 10년 지나서 전쟁문학이 나왔습
니다. 그와 마찬가지로 지금 우리들이 호흡하고 있는 공기가
내일 문학작품이 된다는 것은 무지한 생각입니다.

미야자키   이런 식으로 해석하면 어떻습니까. 준비라는 것을 한정하는
것입니다. 즉 작가가 써야할 것이 있다면 부정적인 것을 부정
한다, 이렇게 해서는 안 된다는 마음가짐은 좋지만, 어쨌든 이
야기의 재료로서 이것도 저것도 적절하지 않다면, 자기가 묘
사하려고 하는 주인공의 행동에 대해서 부정적인 것을 부정하
는 것이 준비다……14)

---

14) 미야자키가 정확하게 무엇을 말하고 있는지 파악하기 어렵다.

조선문학의 지위

최재서   반도에도 국민문학의 체제가 갖추어졌지만 거기에 비해서 반
         도문학의 지위가 재검토되지 않았다고 생각하는데, 그 점에
         대해서 생각이 없으신지요.

다나카   좋은 작품을 쓴다면 자연스럽게 지위는 결정된다고 생각합니다.

김종한   좋은 작품을 쓰지 않으면 안 된다는 것은 대의명분입니다. 그
         것이 아니라 좋은 작품이 탄생할 분위기를 어떻게 양성해 나
         갈까가 문제의 초점이 있습니다.

최재서   지방문학으로서의 조선문학의 지위는 어떻게 되어야 할까요?

다나카   조선의 자연스러운 생활의 아름다움, 인정의 아름다움을 가지
         고 쓰는 것이 나오지 않으면 안 된다고 생각해요.

김종한   유진오 씨가 어딘가에서, 내지에 없는 것을 창조해서 일본문
         화에 첨가해 가는 역할을 하지 않으면 안 된다는 식으로 말을
         했지만, 구체적으로 말하면 어떻게 되는 것입니까.

유진오   단순하게 로컬 컬러를 중심으로 해서 일본문학의 울타리 밖에
         서 있다고 보는 지금까지의 생각은 이제부터는 어쨌든 용서할
         수 없습니다. 이제부터는 단순히 로컬 컬러의 지방문학으로는
         안 됩니다. 무엇인가 철학적인 새로움과 가치를 가진 것이 아
         니면 안 됩니다. 그런 의미였던 것입니다. 좋은 것은 살려 나
         가는 행동방식을 취하는 것이 좋다는 의미로.

스기모토   그런 사고방식은, 최재서 씨가 이번 달 『국민문학』의 논문에
         서 조선문학이라는 것이 내지의 큐슈 문학이나 홋카이도 문학

과는 조금 다르다는 것을 말했던 것과 마찬가지 아닙니까.

최재서   저는 대체로 비슷하게 들리는데요.

백 철   그렇습니다. 여러 가지 청산해야 할 것도 있지만, 아름다움이나 가치를 가진 것은 살려가는 것이 좋습니다.

스기모토   그렇네요.

내지인의 반도작가[15)

김종한   사토 키요시 씨의 시집이 회사에서 나오게 되었는데요, 그 원고를 재미있게 읽었습니다. 반도에 살고 있는 내지인으로서의 생활이 어떻게든 몸에 배어 있고, 게다가 고도로 예술화되어 있습니다. 반도의 자연에 대한 섬세한 애정, 풍속과 고미술에 대한 느낌, 그러한 것이 반도 시인 자신과는 약간 다른 방식으로 표현되어 있습니다. 이제부터는 조선문학의 개념 속에 반도의 지리에 안심입명하자는 내지인 작가도 덧보태야 하지만, 그 경우 역시 반도 생활에 철저할 각오로 보태야 합니다. 그렇지 않으면 의미가 없다고 생각하는데, 혹시 반도의 땅에 철저할 용기가 없다면 역시 동경에서 해야겠죠. 류큐의 민예(民藝)가 어떻게 우리들을 즐겁게 해주는가를 생각하면 알 수 있습니다. 그래도 류큐의 민예(民藝)는 이미 류큐만의 것이 아니지요.

다나카   저는 조선이나 전쟁터 혹은 도쿄에서 쓴다고 해도 하나의 전통을 몸에 익히고 있습니다. 미야자키 세타로 씨가 쓴 것은 조

---

15) 조선에 살고 있는 일본인 작가를 말한다.

선에 와 있는 내지인의 대표적인 타입이라고 생각합니다. 저도 내지에서 조선으로 와서 작업하고 있는 내지인의 어떤 타입이라고 생각합니다. 그래도 조선에 계속 살고 있는 내지인에게는 조선에 뿌리를 내린 아름다운 것이 있다고 생각합니다. 그것이 커다란 일본문화의 일익으로서 앞으로 나아가는 것이죠. 거기에 차이가 있다고 생각합니다. 김종한 씨의 지론과 같이 내지 작가가 반도에서 문학하는 의미를 세 가지 경로로 나누면, 하나는 반도인의 생활을 쓰는 것, 또 하나는 내지의 작가가 조선에 살면서 그 특수한 생활감정을 쓰는 것, 또 하나는 내선문화의 교류(交流)를 쓰는 것이라고 말할 수 있는데, 원칙적으로 그것은 정당하다고 생각합니다. 그러나 그것이 원칙이라고 하더라도 저는 그렇게는 말할 수 없다고 생각합니다.

마 키 다나카 씨는 조선의 생활이 익숙해지지 않으니까 조선을 쓸 수 없는 것이 아닐까요. 예를 들어 펄 벅은 지나 이상으로 지나를 썼습니다. 지나인과 같이 쓰지 않는 부분도 있었겠지만.

유진오 지나에서 대학을 나온 사람들은 그 의견에 찬성하지 않습니다.

다나카 쓸 수 있어요. 쓸 수 있지만 조선에서 오래 산 사람이 아니라면 쓸 수 없는 부분도 있습니다.

특수성의 문제

유진오 조선의 고소설 외에는 유머가 있습니다. 내지의 문학에는 볼 수 없는 대륙적인 분위기의 긴 유머가 있습니다. 그런 것을 살려 나가는 것은 진정으로 좋다고 생각합니다. 오래된 신라시대의 전설 등에는 상당히 아름다운 것이 많이 있습니다. 현재 우리들이 가진 전면적인 마음의 자세가 나타나고 있는 이때에, 그런 것들을 모아서 다루는 것은 상당히 의미가 있다고 생각합니다. 왜 그런가 하면 우리들이 종래 문학의 껍질을 버리고, 일본문학으로서 재출발하게 되면 자칫하면 조선적인 것을 완전히 버리고 내지적인 것만 받아들이게 됩니다. 결국 그렇게 되면 작품에도 도쿄의 이류를 가지고 항상 만족하거나, 도쿄의 작가가 되기 위해 준비하는 것에 지나지 않는다고 봅니다. 그것은 의미가 없습니다. 우리들의 작품을 도쿄에 내놓아도 무언가 의미가 있는 특수성을 가지지 않으면 안 됩니다.

김종한 그런 것을 발견해서 나가지 않으면 반도의 작가는 존재이유가 없다고 생각합니다.

유진오 그 전제로서 더욱 강조되어야 하는 것은 작가의 태도겠지요. 내지에서 멀어지려는 차원에서 조선의 아름다움을 찾자는 것이 아닙니다.

백 철 1년 전에 좌담회를 했을 때, 특수성을 볼 경우에는 바다를 보지 않은 채 바다로 통하는 하천을 본다. 즉 하천만이 아니라 바다도 보고 강도 본다, 그런 점에서 특수성을 키워 나가야 한다고 말했던 적이 있습니다.

역사소설 시비

김종한 조용만 씨의 「배 속에서」를 읽었습니까. 어떻습니까.

다나카   재미있다고 생각했습니다. 소재도 재미있고요. 조금 전에 말했던 준비의 문학으로서도 좋다고 생각했는데요, 조금 색깔이 부족하다고 생각했습니다.

스기모토   저는 감정이 다소 강하지 않았나 싶었는데요.

마   키   대체로 재미있게 읽었지만 역시 무언가 작품으로서 미완성인 점이 있다고 생각했습니다.

다나카   그런 점에서, 조선의 작가가 실천해 나가는 경향은 확실히 좋다고 생각합니다.

백   철   조선 작가가 다룰 만한 문제로서 좋은 것이라고 생각합니다. 그만큼 감정의 흐름도 부자연스럽지 않고. 거침없이 흐르는 것이 친숙함이 있습니다.

마   키   제 생각에는 말이죠, 역시 역사를 소재로 쓰는 사람을 비방하는 것 같기는 하지만, 역사를 쓴다는 것은 현실을 쓰는 것보다 어려운 것이라고 생각합니다. 역사를 쓰는 것이 가능한가 불가능한가는 부차적인 문제지요.

다나카   역사소설론이 문제가 되는군요.

마   키   내지의 작가들이 역사로 일단 도망가는 것은 역시 일종의 도피입니다.

다나카   도망가는 것이 아니라 이런 시대가 되면 역시 선조(祖先)를 생각하지 않으면 안 되는 것입니다. 도망간다는 것은 옛날식의 사고방식으로 쓸 수 없으니까 유머 소설을 쓴다는 사고방식과는 다릅니다. 지금까지보다 선조의 역사적 존재방식에 대해서 충분히 생각하게 되었던 것이지요.

마　키　　역시 의외로 쉽지는 않은 걸까요.

다나카　　오히려 이런 방식에 대해서 자기들의 선조가 무엇을 했는가, 선조에게 배워야 하는 것이 무엇인가를 발견하는 것이 진지한 마음이라고 봅니다.

백　철　　조용만 군의 경우는 도망갔다고 말할 수는 없지요.

마　키　　도망가지 않았지만 어느 쪽인가 말해보면, 작가의 태도로서는 제이의적인 태도지, 제일의적인 태도는 아니라고 생각합니다.

최재서　　「아이와 함께」는 어떻습니까.

스기모토　　「아이와 함께」와 「여행의 소식」(吉川江子) 두 편은 모두 아이를 대하는 애정을 취급한 문학으로서 상당히 특수한 문제가 아닌가 생각합니다. 취급방법이 단순히 애정이 아니라 더욱 큰 입장에서 볼 때 상당히 교훈적인 부분이 있는 작품이 아닐까 생각했습니다.

최재서　　저는 이런 입장에서 봤습니다만, 2년 후에는 우리 아이들이 징병이 되지요. 그런 점에서 상당히 교훈적이며 감명 깊은 것이 있었습니다.

백　철　　단편으로서 상당히 ○16) 있습니다. 그러나 그것을 읽고 상당히 피곤했습니다. 왜 그럴까 여러 가지 생각을 해봤지만 신문기사와 뉴스가, 다소 많이 나오지 않았는가 생각합니다.

최재서　　거기에 대해서는 미야자키 세타로 씨, 어떻게 볼 수 있을까요

미야자키　　일종의 편법이지요. 결국 전쟁에 나가지 않은 사람의 작품인

---

16) 보이지 않는 글자.

것이지요.

마 키   작품으로서 조금 더 테마가 필요했다고 생각합니다.

시단의 경우

최재서   조선시단의 움직임은 어떻습니까. 무언가 새로운 시도가 있었
          습니까. 국민적 행사에 대한 축하시가 많았다고 생각하는데.

스기모토   그래도 내지보다 많지 않았습니다.

백 철   『매일신보』를 읽지 않아서 그래요.

스기모토   연맹에서 시를 뽑고 있는데요. 투고 작품이 오는데, 싱가포르
          함락17) 때 많았습니다. 그런 것을 봐도, 반도인이 얼마나 국민
          적 감격을 느꼈는지 알 수 있었습니다.

최재서   그런데 그런 축하식이 끝나면, 국민적 감격이 사라지거나 혹
          은 옅어진다는 것은 시인으로서 생각하지 않으면 안 되는 것
          아닐까요.

스기모토   그것은 단순한 감격이지, 진정으로 객관화되어서 하나의 시적
          가치까지 고양된 것은 아니겠지요.

최재서   시라는 것은 흥분이 가라앉은 뒤에 반복해서 쓰는 것이지, 흥
          분했을 때에 쓴 것은 아니라고 말하고 있지요. 그렇게 보면 싱
          가포르의 함락으로 흥분했던 것이 오랜 이후 감동으로 남지
          않고, 축하식 이후에 사라진다는 것은 시가 아니라고 봐야죠.

---

17) 1942년 2월 영국이 차지하고 있던 싱가포르를 일본군이 함락시켰다. 이 사건을 계기로
    일본은 영국을 제치고 동남아시아까지 세력을 확장할 수 있었다고 한다.

스기모토   그런 것들은 다만 절규에 지나지 않는 것입니다. 따라서 작품으로서는 실제로 훌륭한 것이 나오지 않았다고 생각합니다. 김종한 씨의 시에 대해서 말한다면, 씨의 논문에 대해서 말할 필요는 없겠는데요, 사실 저는 김종한이라는 사람을 잘 알지 못했습니다. 단지 시를 통해서 김종한 씨의 사고방식에 대해서 이렇게 저렇게 상상했는데요, 이번에 김종한 씨의 시적 태도를 보니 지금까지 생각했던 것과 상당히 일치하네요. 이것은 카네무라 류사이(金村龍濟) 씨의 행동방식과 반대인데, 즉 생활을 파악하고 생활 그 자체를 취급해 가는 행동방식이 아니면 진정한 것이 아니라고 생각합니다. 시의 경우에는 우리들이 받은 감동이 단적으로 파악되지 않고는 진정한 시가 나오지 않습니다. 그것을 객관적으로는 우리들이 말을 수련하고 있으니까 말이 나오기는 하겠지만, 생활 가운데에서 파악해 낸 것이 아니면 안 되는 것이지요. 그것이 김종한 씨의 시에는 잘 나타납니다. 일견 나오지 않는 것처럼 보여도, 진정한 진실성이라는 것이 있습니다. 예를 들어, 아이가 글라이더를 날리고 있는 「유년」과 같이, 침착한 기분 속에는 진실성이 있습니다. 지극히 간단한 표현이지만 상당히 좋다고 생각합니다.

김종한   감사합니다! 기억에 남은 시인으로서는 카와바타 슈조(川端周三)가 있습니다.

최재서   과장님, 무언가 의견이나 희망이 있으면 말씀해 주시면 좋겠습니다만.

당국자로서

모 리 의견은 아니지만, 조금 전부터 이야기를 들으면서 가장 먼저 나온 국민문학이 조잡하다는 것, 또 하나는 준비의 문학이라는 것을 말했지요. 그러나 국민문학이 조잡해도 좋다는 것은 절대로 아니라고 생각하지만 현재의 경우 조잡한 것은 어느 정도 어쩔 수 없는 것이 아닌가 합니다. 장래는 별개로 해도 현재는 어느 쪽인가 하면 조잡해도 좋지 않을까라고 생각합니다. 아주 조잡한 것에서 시작해서 점점 조잡하지 않은 것으로 가는 것이 목표입니다. 지금까지는 그 조잡함의 가운데로 뛰어드는 것을 두려워하여, 꽁무니를 쫓아간 사람이 많았지요. 게다가 그것보다 더 나쁜 것은, 그것을 구실로 해서 조잡함 가운데로 뛰어들지 않는 사람이 많다는 생각이 듭니다. 오히려 조잡함을 통과해 나갈 수 있는 힘을 가지는 것이 필요하지 않을까요. 준비의 문학이라는 것도 마찬가지라고 생각합니다. 일단 진검승부를 할 때에는 준비하지 않으면 안 됩니다. 준비하지 않고 단지 얼떨결에 하면 진검승부를 할 수 없습니다. 준비는 진정으로 생각에서만 나오는 것이 아닙니다. 생활에서 나오지 않는 것을 비판해서, 준비 그 자체를 하지 않는 사람도 있지 않을까 생각합니다. 그런 사람보다는, 어쨌든 준비만이라도 해 두자는 기분을 가진 사람은 하나의 진보가 아닐까 생각합니다. 그런 사람을 조잡하다거나 형식적이라는 이유로 덮어버리는 것은 잘못이라고 생각합니다. 결국은 작가의 마음가짐이 문제겠지요. 국민문학이라고는 해도, 아직 1년의 실적으로 지금 국민문학이 좋다, 나쁘다고 비평하는 것은 조금 이르다고 생각합니다. 결국 방향이라는 것은 좋은 방향으로 나가는 것으로 정해지는 것이니까 그 방향으로 나가면서 스스로 비판해가는 것이 필요하지 않을까 생각합니다. 여기에 모여 있는 사람들은 잘 알고 계시다고 생각하지만, 국민문학에 대해서 일종의 걱정을 가지거나 머리부터 냉소하는 태도를 가지고 있는 사람을 국민문학적인 방면으로 끌어들이는 것이 제일 먼저 생각하지 않으면 안 되는 문제라고 생각합니다.

최재서 그럼 이것으로. 추운데 장시간 감사했습니다.

■ 국민문학, 1943. 2.

시단의 근본문제

참 석 자

사토 키요시(佐藤淸)
카네무라 류사이(金村龍濟, 김용제)
데라모토 키이치(寺本熹一)
조우식(趙宇植)
스기모토 나가오(杉本長夫)
최재서
김종한

국어 시단의 현황

최재서　작년, 『국민문학』이 국어잡지가 되면서부터 국어창작이라는 것이 가장 긴요한 과제로서 문단에서 취급되었지만, 시단에 있어서도 국어시단의 확립이라는 것이 현재 우리들이 가진 가장 큰 과제라고 생각합니다. 참고로 말씀드리면 작년 1년간 『국민문학』 지상에 작품을 발표한 시인은 30명, 작품은 대체로 100편 가까이 되며 내지인과 조선인 반반씩입니다. 편집 당시에 누구도 그런 비율을 고려하지 않았지만 딱 반반이 된 것은 재미있다고 생각합니다. 그리고 또 하나, 잡지를 만들면서 느낀 것은 반도인 측에서는 예비군이 상당히 있는데, 내지인 측에는 그다지 보이지 않습니다. 왜 그럴까요, 테라모토 씨, 주변에 시를 공부하고 있는 사람이 없습니까.

테라모토 저보다는 스기모토 군이…….

스기모토 저도 잘 모르겠는데, 역시 발표기관이 적은 것이 아닐까요. 공부하고 있는 사람은 상당히 있다고 생각합니다. 방금 말했듯 반도인 측에서 신인, 중견을 망라하여 예비군이 풍부한 것은 조선 문단의 현재 사정 때문이겠지요. 내지인 측에도 예를 들면 『국민총력』에 투고되는 시를 볼 때 좋은 작품은 아니지만 계속 투고하는 내지인이 꽤 있습니다. 다만 그런 사람이 어떤 하나의 잡지에 기반을 잡는다고 해도, 그것을 도장(道場)으로서 공부할 수 없습니다. 예전과 같이 여전히 그런 혜택을 누릴 수 없지요. 용지 관계랄까…… 내지에서도 작품을 발표하는 면면을 보면 신인보다는 중견 혹은 그 이상의 사람들이 일을 하고 있고 상당히 오랫동안 붓을 꺾고 있던 사람들도 최근 상당히 쓰기 시작하면서, 그 사람들만으로 상당한 수에 이르기 때문에 신인이 나올 방법이 없습니다. 그런 두 가지 이유 때문에 막혀 있지 않을까요. 요전에 테라모토 군과도 이야기했지만 그런 의미에서 총력연맹의 문화부 측에서 그런 사람들이 공부할 수 있도록 고려하거나 훌륭한 국민시를 뽑겠다는 차원에서 시를 현상모집한다면 재미있지 않을까 생각했습니다.

카네무라 먼지 내지인 시인이 모여 시회(詩會) 같은 것을 여는 것이 어떨까 싶습니다만, 그런 사람들이 지금 어떻게 되어 있습니까.

스기모토 결국 지금 하고 있는 사람들은 거기서 출발해야겠지만, 역시 응소(應召)[1]하거나 지방에 가 있어서 뿔뿔이 흩어져 있습니다.

최재서 그렇게 흩어져 있군요. 내지인 측은 그런 이유로 흩어져 있고 언문시를 쓰는 사람들도 다른 쪽에 있어서 결국 오늘날 내선 시인이 일체가 되어 국어시단을 확립하자는 열렬한 움직임이 없는 것이군요. 그것이 상당히 큰 원인이 아닐까요.

스기모토 즉 국어작품이 나오지 않는다는 말입니까.

최재서 예. 잡지가 적은 것도 문제지만, 더 본질적인 것은 건설의 의욕이 부족하다고 생각합니다. 더 솔직하게 말하면 반도인 측에서도 상당히 역량이 있는 사람이 아직 국어시를 쓰고 있지 않고 내지인 측은 기왕의 동인잡지가 없어져서 방황하고 있다는 것입니다.

테라모토 카네무라 씨가 알고 있는 젊은 조선 시인은 어떤 생각을 가지고 있습니까.

카네무라 제가 알고 있는 사람은 모두 알고 계시겠지만 옛날 사람들이 아니라 새로운 사고방식을 가진 사람들입니다. 제가 『동양지광』에 있을 때 투고했던 사람들을 보면, 거의 조선인으로 국어로 시를 쓰는 사람들이었습니다. 그것은 조선인이 경영하고 있는 잡지니까 내지인이 적지 않을까 생각하겠지만 『녹기』에 와서 봐도 역시 조선 사람이 많습니다.

국어로 쓴다는 마음

테라모토 소설 투고와 시 투고 중 어느 쪽이 많습니까.

---

1) 소집에 응하는 것을 말한다.

카네무라　시가 많습니다.

테라모토　최근 시의 투고가 현저하게 많아진 것은 아닌지요.

최재서　그렇지는 않습니다. 대체로 시의 투고는 예전부터 많았습니다. 단지 국어시가 오는 것은 말할 것도 없지만.

스기모토　국어로 쓰겠다는 마음이 서서히 생겨나고 있군요.

카네무라　그것은 이미…… 특히 젊은 사람들은 각오가 되어있지요.

최재서　제가 말하는 것은 중견의 문제입니다. 국어시단을 확립하는 것은 역시 중견이 움직이지 않으면 안 됩니다.

카네무라　단순히 국어와 조선어의 문제가 아니라 역시 사상적인 것이 연결되어 있는 것이 아닙니까. 조선어로도 새로운 국민시를 쓸 수 있는데, 쉬고 있는 사람이 많습니다.

최재서　많습니다.

카네무라　그런 사람들은 역시 국어의 문제, 문학을 대하는 사고방식, 이 두 가지로 방황하고 있지 않을까.

스기모토　다만 어떻게든 국어로는 발표할 수 없는 사람이 있겠죠. 정도의 문제일까요.

최재서　그럴 수도 있겠네요. (사토 씨를 향해) 조선에서 국어시단의 창설자이신 선생님의 의견은…….

사　토　그렇군요.

국어시단의 맹아시대

최재서 그 당시의 분위기랄까, 일치된 마음은 어디에 있었습니까.

사 토 그때는 조선에서 태어난 사람이 아니라도 유년기에 여기로 와
서 살고 있는 사람들이 시를 쓴다, 그리고 내지 쪽 시단은 역
시 문제 삼지 않겠다는 기분이었습니다. 물론 그때는 내지인
으로만 구성된 그룹이었지요.

카네무라 선생이 『경성일보』의 선자(選者)가 되셨고 우치노 켄지(內野建二)
씨가 잡지를 내셨지요.

최재서 즉, 조선에도 국어시의 뿌리를 내리자는 기분이셨습니까.

사 토 그런 사람들이 모였으니까 역시 조선의 풍토에서 태어나 성장
한 것들을 해야 하지 않을까라는. 한편으로는 내지 시단에 조
금 희귀한 것이 있으면 곧 캐어 올 사람도 있었지만요.

스기모토 우리들의 시절에는 내지 것만 한다는 의미가 아니었기 때문에
지금은 당분간 미루어 두었지만, 김소운 씨의 시를 잡지에 실
었던 적도 있었고 국어로 시를 쓰는 시인이 있다면 함께 해
나가자는 기분이었습니다. 다만 그런 사람과 우리들은 접촉할
기회가 없었지요.

최재서 그 당시 기분과 지금 함께 시단을 확립하자는 기분은 어떤 관계?

스기모토 그것은 역시 조선의 향토적인 것이겠지요. 지금 사토 선생의
말씀대로 조선에서 생겨난 것들을 주제로 하여 시를 짓자는
것입니다. 조선 사람들에게는 고향이니까 아마도 그런 기분이
일층 강하겠지요. 그런 점에서 상당히 연관이 있습니다. 다만

이전에는 그것뿐이었지만 대동아전쟁이 발발하여 우리들이 시를 쓰는 경우, 국민시라는 것을 항상 염두에 두어야 하겠죠. 그런 점에서 조선의 시인도 내지의 시인도 더욱 일본적인 자각 아래에서 국민시의 확립이라는 거대한 열의에 불타야 하지 않을까, 그러면 거대한 이상이 열리지 않을까 생각합니다.

사 토 단지 그 당시는 지금의 국민시의 기분과는 아무런 관계가 없었습니다.

카네무라 그렇군요. 국민시를 짓자는 기분, 그것은 반드시 향토적인 것을 필요로 하지 않는군요.

스기모토 국민적이라는 점에서 조선의 특수한 지위가 큐슈 및 홋카이도와는 달라서, 우리가 조선에서 오랫동안 살아 왔다는 기분, 이것은 국민의식이라는 것으로부터 더욱 강화되어야 하지 않을까, 그러니까 관계가 없는 것이 아니라 더욱 깊어져야 하는 것이 아닐까 생각합니다만.

사 토 그 당시의 기분은 무척 조심스러웠다고나 할까, 다만 시를 짓는다, 짓는다면 여기서 지어야 하지 않을까, 그런 식으로 국민의식은 거의 없었습니다. 국민의식은 즉 지금과 같은 의미지요.

조우식 지금 사토 선생의 말씀처럼 그 당시를 돌아봐도 지금 같은 의미의 국민의식이란 없었다고 보는 것이 진실이겠죠. ‘경일시단’, ‘조선시단’을 봐도 그렇지 않고 단지 시가 좋아서 모여 시를 짓지 않겠느냐는 식으로.

카네무라 더욱더 그때에는 내지든 어디든 이런 식의 국민의식은 아니었으니까요.

사 토   단지 그 당시 내지의 것을 여기서도 유행시키는 것에 저는 찬
성하지 않아서 그것은 경계하기도 했고 경고도 했습니다.

스기모토   예를 들어 내지에서 초현실파가 상당히 유행했지만 우리들은
그런 것을 상대하지 않았다는.

사 토   이른바 신즉물주의를 제창했을 때가 있었는데, 이것은 내지에
서 하기 전에 우리보다도 전에 여기에 왔던 사람들로, 그런 것
을 부르짖어 앤솔로지 같은 것을 낸 사람이 있었습니다. 우리
들은 알아차리지 못했지만.

대동아전쟁이 발발하면서

스기모토   대동아전쟁이 발발하면서, 역시 아까 말했던 것처럼 일종의
외국에서 빌려 온 것들은 점점 영향력이 사라지고 있습니다.
그리고 역시 일본의 전통적 아름다움이랄까, 향토랄까 그런
것을 노래한다는 기분, 전쟁에 참가했던 사람은 전쟁시를 쓰
고 그렇지 않은 사람은 지금 말했던 것을 주제로 해서, 넓은
의미의 국민시를 건설하자는 기운이 일반화되지 않았습니까.

최재서   그러나 그것만으로 국민시가 조선에 건설될 수 있을까요. 저
는 더욱 명확하게 통일된 기분이나 정신이 전반적으로 지배하
지 않으면 안 된다고 생각합니다. 솔직히 말하면 지금 시인들
은 단지 아쉬운 대로 해 나간다는 느낌입니다. 예를 들어 싱가
포르가 함락되면 그 축하시를 쓰고 또 12월 8일이 되면 대동
아전 일주년 기념시를 쓰는 정도인 것이죠. 무엇인가 통일적
이고도 확실한 목표가 없으면 진정한 국민시가 불가능하다고

생각합니다. 어떻습니까. 이전에는 조선에 와 있으니까 조선에서 취재한 시를 쓴다는 기분이었을지도 모르지만 오늘에 이르러 보면 그런 정도의 기분으로 해 나갈 수 있을까요.

사 토   그것은 우리들 쪽에서 말하면 내선융화의 정신을 어떤 형식으로 포착할 것인가, 조선 측에서 말하면 일본정신을 더욱 확실하게 잡아내자는 그런 것이 아닐까요.

최재서   예, 어쨌든, 그런 확실한 목표를…….

스기모토   그러니까 최근에 와서 일본의 전통에서 시 정신을 파악하자는 것이 특히 조선의 젊은 시인들 사이에서 불타오르고 있는데 거기에 내지 측 시인과 조선 측 시인이 함께 해 나가는 계기가 있지 않을까요.

김종한   이것은 제가 항상 생각하고 있었던 것인데요, 조선에서 국어에 의해서 새로운 시단이 확립된다고 생각할 때, 역시 지금까지 내지인 측도 조선인 측도 서로 부족한 점이 있었다고 생각합니다. 내지인 측 시인의 부족함이란 역시 무언가 이국정서라는 것, 단지 희귀한 사례로서 사토 씨의 『벽암집』과 같이 그러한 한계를 벗어난 것도 있지만, 일반적으로는 역시 조선에 와 있다는 것에 대해서 여기는 일본의 한 지방이라는, 그러므로 이 지방 시인으로서 안심입명(安心立命)하겠다는 기분이 없지 않았나 생각합니다. 또한 그것이 가능한 객관적 정세(情勢)도 있었습니다. 그리고 조선인 측의 경우에는, 이것은 무리가 아닌데, 전쟁이 일어나기까지는 역시 암암리에 민족주의, 그것까지는 아닐지 몰라도 어쨌거나, 그런 볼품없는 기분이 아직 충분히 청산되지 않고 남아 있었지요. 그런데 그것이 지금의 전쟁으로 확실히 청산하지 않으면 안 되는 처지에 서게 되었습니다. 더욱이 우리들은 그런 것을 청산한 다음, 점차 다음 단계로 진입하게 된다고 생각하는데, 따라서 그런 것을 결정하는 것은 시인의 객관적인 생활 배경입니다. 그것이 선행하고 있고 또 지금 그런 것이 확실히 발생하고 있기 때문에 역시 문제로 삼지 않아도 훌륭한 국어시단이 가능하다고 생각합니다.

사 토   저는 이미 될 수 있다고 생각합니다.

김종한   조선인과 내지인이 손을 맞잡고 출발하고 있다는 것이네요.

시론과 지도자

사 토   즉 벌써 한 발짝 나갔다기보다는 적어도 『국민문학』이 나온 후 1년, 1년 이상이 되었지만 벌써 일제히 출발했다고 나는 생각합니다. 그 밖의 잡지와 신문에도 시를 쓰는 사람이 있는 것 같고, 즉 이것으로 결말을 지어줄 사람이 있다는 것입니다. 누군가 확실히 시를 비평하는 사람이 나왔으니.

김종한   그런 의미로는…….

사 토   역시 지도자가 필요하지요.

김종한   그렇습니다. 예를 들어 동아공영권에서 뭐라고 해도 문화적으로 도쿄가 중심이니까 시에 있어서도 그곳의 수준을 염두에 두는 넓은 시야의 신뢰 가능한 평론가가 있다면 좋겠다거나 동경의 수준까지 올라가 있는 것 같은 권위 있는 비평을 해

준다면, 시인은 그런 것에 구애받지 않고 단지 시를 쓰자는 순수한 기분으로 시를 쓰지 않을까 생각하지만, 아무래도 신뢰할 수 있는 비평가가…….

테라모토 그런 비평가나 지도자가 나타나는 것은 바깥에서 오는 것이 아니라 역시 우리들이…….

사 토 그러니까 그것은 우리들이 해야지요. 이것은 잡담 같지만 잡지와 신문에 발표되어 여기저기 흩어져 있기 때문에, 예를 들어 스기모토 군이면 스기모토 군이 쓴 시의 성격을 파악하자고 할 경우, 아무래도 상황이 좋지 않아요. 책 하나로 모아 엮으면 좋겠습니다. 이런 노력이 모자라지 않을까요.

스기모토 확실히…….

사 토 확실히 그래요, 시집이 나오면 비평가는 조선시인열전이든 뭐든 쓸 수 있어요.

최재서 작년 이래 국민문학론은 아직 시 분야에까지 구체적으로 들어가지 않았지만 어쨌든 여기까지 와 있습니다. 즉 조선문학은 일본의 국민문학의 일익으로서 국어로 쓴다, 그러나 이것은 엄연히 조선문학이지요. 반도인이 쓰는가 내지인이 쓰는가는 차치하고 조선의 생활과 그 문제를 취급하여, 오늘날 일본이 나아가야 할 길을 걷는다, 이것이 국민문학으로서의 조선문학의 존재 방식인데, 이 경우 반도에 있는 내지인 문인의 누락이 문제가 됩니다. 예를 들어 유진오 씨가 다나카 히데미쓰 씨를 비평했던 것도 그 점입니다.

스기모토 결국 내지로 돌아갈 것이라는 것이네요.

조선시단의 윤곽

최재서   즉, 내지로 돌아가 버리면 결국 조선문학에도 사라지는 것이
되겠는데, 여기에서 나는 양쪽에서 조선문학, 나아가 조선 시
단의 성격이 암시되고 있다고 생각합니다. 즉, 조선에는 국어
로 쓰인 시와 소설과 문학이 있지만, 이 경우 조선의 문제 및
생활을 취급한다는 의미에서 조선문학이므로 결국 도쿄에 있
어도 쓸 수 있는 문학은 그다지 의미가 없다…….

사　토   확실히 그래요. 그것이 제일 문제네요.

스기모토   그렇다고 해서 내지 측의 시인을 부정하는 것은 이상합니다.

김종한   부정하는 것이 아니라, 유진오 씨도 분명 일반적인 것이라기
보다 어떤 개인에 대한 경고겠죠.

사　토   어쨌든 약점을 건드리고 있습니다. 그러나 그 작품에 가치가
있다면 언제까지 거기에 남아도 좋은 것입니다. 사람은 언젠
가 죽으니까.

스기모토   우리들은 오랫동안 조선에서 생활하고 있습니다. 그래서 조선
의 생활 문제를 노래하면 그것으로 조선의 시가 되므로 우리
들이 내지에 가도 그것은 조선문학으로서 여기에 남는 것이죠.

최재서   그래도 그것은 내지인 작가를 여기에 묶어 주자는 것이 아닌
데, 즉 여기에서 조선문학이라는 부분이 확실히 실천하고 있
다면 되는 것입니다. 게다가 넓은 도쿄에서 활동하는 것을 질
투하는 것은 아니지요.

특수성과 보편성

테라모토 그러나 어쨌든 조선문학의 특수성이란 없어진 것이죠. 큐슈 문학이나 홋카이도 문학이라고 말할 때, 단지 지역으로서 그런 것을 말할 수 있을지 모르지만 진정한 의미로 큐슈 문학, 홋카이도 문학이라는 것은 존재하지 않는다고 봅니다. 그러므로 조선의 경우에도 그런 특수성은 사라지는 경향이 있다고 생각합니다. 예를 들어 조선이 지금까지 외지(外地)로 있었지만 어느새 내지권에 들어왔다고 할 수 있죠. 그것은 조선이 아니라면 쓸 수 없는 것이 있을 것이라고는 해도, 그러나 그것이 예전부터 조금씩 진행되어왔습니다. 무엇보다도 국민의식이 크게 앙양되었습니다.

김종한 저는 그렇게 생각하지 않습니다.

테라모토 그렇습니까.

김종한 낡은 의미에서의 특수성이라는 사고방법을 가져서는 안 되는데, 사실 그것은 최근까지 청산되었다고 생각합니다. 그러나 새로운 의미의 특수성이 나타나지 않았을까요. 이것은 어떤 의미에서 세계사의 동향이기도 한데, 세계주의에서 일종의 새로운 지방주의로 전환되었지요. 그래서 향토적인 것이 더욱 강조되고 있다고 생각합니다. 단지 그것을 이룰 마음가짐이 문제가 아닐까요. 그런 향토성이라는 것은 일본문학을 만들어가는 하나하나의 요소, 내지는 단위라고 생각합니다.

사 토 특수성과 보편성으로 이어지는군요.

테라모토 그러므로 조선이라는 특수성이 일본이라는 보다 큰 보편성으로 녹아 들어가는 거죠.

사 토   그런데 그 보편성이 특수성을 부정하는 것은 아닙니다. 보편
성은 즉 국민정신, 애국정신, 혹은 황국정신입니다. 문학은 역
시 특수성에 의해서 성립되는 것이죠.

최재서   테라모토 씨가 말한 특수성은 역시 지금까지의 고루한 사고방
법으로 되돌아간 특수성이 아닐까요. 그런 특수성을 그대로
두면 사멸하는 길밖에 없습니다. 그러나 지금 말하고 있는 것
은 더욱 큰 국민성을 중심으로 존재하는 특수성, 즉 그 가운데
에서 성립되어야 할 특수성이죠. 풍토적인 것, 그러니까 산업
입지의 관점에서 말해도 조선에는 아직 내지와는 다른 생활이
나 문제가 있는 것은 아닐까요. 그런 산업, 풍토, 따라서 자연
그 자체에 대응한 생활이 있기 때문에, 사상적으로 일방적이
면서도 급격하게 일체화되면서도 그런 특수성이 더욱 견고한
지반에 놓이는 것이 아닐까요.

테라모토   그러나 그런 특수성은 어쨌든 조선에만 있는 것이 아니라 확
장된 의미에서 도쿄까지 가는 것입니다. 그러므로 도쿄로 돌
아가는 것을 우리는 걱정할 필요가 없다고 생각합니다.

사 토   그건 아니죠.

스기모토   즉 이식됩니다.

테라모토   그 작가에게는 역시 조선에 있었다는 사실이 따라 다닙니다.

김종한   결국 조선이라는 것을 몸에 새기면 좋은 것이죠.

스기모토   그렇죠, 몸에 새기지 않고 좋은 작품을 쓸 수 없습니다.

최재서   그런데 이런 경우도 있는데요, 도쿄에 가서 갑자기 쓸모없어
져 버리는 경우, 조선이나 내지라고 말할 것도 없이, 문학 그
자체가 점점 나빠지는 경우 그 원인은 어디에 있을까요. 그것
은 역시 실지에 맞지 않기 때문이라고 생각합니다.

테라모토   실지에 맞는 것으로는 확실히 향토도 중요하지만 생활이라는
것이 중요해서, 그런 생각을 할 경우 특히 조선이라는 것에 구
애될 필요가 없다고 생각합니다. 그 생활태도가 문제가 되거
든요, 그것이 진실로 나타나면 그만입니다.

최재서   물론 구애될 필요는 없죠. 그러나 유리되어서도 안 됩니다.

카네무라   조선문학이라는 것은 반드시 조선에서 창작될 필요가 없는 것
으로, 저는 문학에 있어서 제재의 문제, 그리고 조선문학 그
자체에 대한 관념이 뒤범벅이 되어서 논란이 되었다고 생각합
니다. 즉 일본적인 것을 쓰자는 것이 우선이며, 조선의 것만을
노래해야 한다는 말은 아닙니다. 시를 쓰거나 구상할 때…….

최재서   그러면 당신이 일본적인 것을 쓸 때 그런 마음은 어디에서 나
오는 것입니까.

카네무라   저로서는 일본의 황민이 되고자 노력합니다.

최재서   결국 반도 2,400만이 완전히 황민화되고 또 그렇게 되리라는
마음, 그것이 지금의 조선시가 가진 가장 큰 제재며, 그것이야
말로 지금 조선이 시급히 실현시켜야 하는 것이 아닐까, 거기
서 멀어질 경우, 50년, 100년, 200년 전에는 몰랐지만, 현재의
필요와 요구는 일본적인 것을 하루라도 빨리 자기화함으로써
완전히 황민화되자는…….

카네무라 그러니까 저는 그것을 조선문학이라고 규정하지 않고 제재의
문제로 봅니다.

최재서 그러나 그것을 지금의 조선문학이라고 규정하면 조금도 부자
연스럽지 않죠.

카네무라 그럴 필요가 없죠.

테라모토 음, 현재 조선문학의 특질이군요.

최재서 그렇습니다. 그러니까 반도 사람이 도쿄에 가서 현재 조선의
그런 절실한 문제를 완전히 잊어 버려서 완전히 내지인처럼
말하면 그것이 얼마나 가치가 있을까요. 지금 반도의 그와 같
은 격렬한 의욕을 체득하지 않아서 실상에 맞지 않는 것을 쓴
다면, 그것은 정말로 애석한 일이 아닐까요.

사 토 그러니까 결국 여기서 살지 않으면 안 되는 것입니다.

최재서 내지인과 반도인이 함께 여기서 거대한 것을 만들자는 것도
만약 유리되어 쓴다면, 솔직히 말해서 그다지 좋지 않습니다.

테라모토 좋지 않은 게 아니라 안 되죠.

스기모토 조선에 와서 사는 것은 그런 소용돌이랄까, 의욕의 한복판에
있기 때문에 누구라도 느낄 수 있습니다.

혁신의 심리적 과정

김종한 카네무라 씨가 말한 것은 잘 알겠는데, 제 의견을 말하자면 완
전히 일본인이 되지 않으면 안 된다는 마음은 두붓집이나 다

른 가게에서도, 관리나 교사도 그렇게 하지 않으면 안 되는 무언가 공통된 대의명분 같은 근본적인 마음이겠지만, 시인의 혁신이란 그런 것이 아니라고 생각합니다. 국어를 마스터하여 그 기계성(機械性)을 초극하는 것도 혁신이며, 만엽(萬葉)의 정신을 체득하는 것도 혁신의 훌륭한 방법이며, 또 여기(餘技)로 하이쿠(俳句)나 탄카(短歌) 수업을 조금씩 하는 것도 혁신의 구체적인 방법이라고 생각합니다. 어쨌든 구체적이고 실재적으로 혁신하지 않으면서 혁신했다고 하는 선언은 겉도는 것으로, 보고 싶지도 않을 뿐더러 어디까지 신용해야 하는지 모르겠습니다.

최재서 카네무라 씨가 말했듯 더욱 일본적인 것이 되자는 것이 실제가 된다면 더욱 조선적인 문학이라고 생각합니다.

카네무라 그러나 그것을 의식하지 않아도 좋다고 생각합니다, 자연스럽게…….

최재서 어떻게 의식하지 않습니까?

카네무라 자연스럽게 그것이 통하면 좋다는…….

테라모토 카네무라 씨의 이번 시집이 조선의 특수한 것이죠, 이것은 정말로 조선에서가 아니라면 나오지 않는 것이죠.

카네무라 조선에서가 아니라도 나오면 좋다고 생각합니다.

테라모토 그러나 조선에서 나온 것이죠.

김종한 새로운 조선인이라는 것이 조선이 아니라도 나올 수 있다는 것은……?

카네무라 제 시집의 가치와 영향은 별문제지만.

김종한 그것이야 그렇지요. 조선인이 조선에 충실하지 않는 것은 국민으로서도 충실하지 않다고 생각합니다. 혁신을 관념적으로 생각하는 것이니까요.

최재서 제가 말하고 싶은 것은 일본적으로 되는 것이 조선적이라는 겁니다. 그 경우 조선적인 것이 더욱 일본적인 것이라는…… 그런 부인할 수 없는 증거가 될 시집을 생각하고 싶어요.

사 토 그러나 나는 센다이(仙台) 사람이지만 언제나 센다이 사람이란 것을 생각하면서 자거나 일어나지는 않아요.

카네무라 그러니까 반드시 조선문학이란 것을 의식해야 한다는 것은 아니라고 생각합니다.

최재서 지금 말한 것처럼 반도의 의욕과 유리되는 것을 당신이 만약 쓰고 있다면…….

카네무라 그런 의미로 유리된 것은 아닙니다. 조선인이 일본의 역사적인 것을 노래하면, 예를 들어 진무천황(神武天皇)의 동정(東征)2)을 노래한다면, 즉 역사에서 배우는 경우 그와 같은 역사는 조선에는 없으니까…….

최재서 당신의 경우 그런 것을 노래할 마음가짐이……, 그럴 작정이 없는 시는 없다고 생각하지만…….

카네무라 조선 시인이니까 그렇게 할 생각이 없는 것이군요.

---

2) 진무가 B.C. 667년 지금의 미야자키(宮崎)현 지역인 휴가(日向)에서 병사를 이끌고 동쪽으로 출발하여 적들을 소탕한 뒤 B.C. 660년 야마토(大和)의 가시하라궁에서 초대 천황으로 즉위했다고 하는 신화를 말한다(상상중 지음, 임성모 옮김, 『내셔널리즘』, 이산, 2004, 92면 각주 참조).

사 토   그렇게 해서 일본의 역사와 전통을 공부할 수는 없는 것입니까?

카네무라   그것이야 있지요. 숙명이니까.

최재서   거기서 동정(東征)을 노래하자는 당신의 마음은 이미 달라진 면
          을 가지고 있습니다.

테라모토   그러나 유리되었다고는 생각하지 않습니다.

최재서   그것은 물론입니다. 그렇고말고요.

카네무라   그러니까 결국 이것은 조금 전에 말했던 제재의 문제로 보면
          되는 것입니다.

김종한   저는 역시 의식이 됩니다. 조금 전의 토후쿠 사람, 큐슈 사람
          의 경우 이미 같은 레벨로 가고 있다, 그런데 조선의 경우는
          일반적으로 봐서 자연스럽게 어긋난 것이 있으므로 그 거리감
          때문에 일종의 조바심이 생긴다고 생각합니다. 이 거리감을
          묻어버리지 않으면 안 된다, 스스로가 조선인이라는 의식을
          갖지 않으면 안 되는 것입니다.

테라모토   그것을 의식할 필요는 없죠.

김종한   구애받지 않는 것입니다.

사 토   어떤 테마를 발견해서 시를 쓸 때, 쓰기 시작할 때에는 그 혼
          란스러운 감정이 작품 속으로, 의미와 말 이상으로 하나의 어
          조로 나타나는 것입니까.

김종한   그 초조함을, 시 쓰기에 의해서 초극하는 것입니다.

사 토   그러니까 시작(詩作)을 하고 있을 때의 마음, 시작(詩作)을 하고
          있을 때에는 역시 그러한 마음이 있겠지요.

김종한 쓰게 된 경우에는 이미 초극하고 있습니다. 쓸 때의 동기, 모티브 중에 대개 그것이 있는데……. 고도의 정치적인 의미에서 그것을 해부하면, 그런 거리감이 시를 쓰게 하는 기분으로 몰아세운다고 말할 수 없을까요.

카네무라 그 경우에 대해서 제가 말하면, 그것은 내지와의 문화 거리에서 오는 것이 아니라 스스로의 의식에서 온다고 생각합니다. 그런 조바심에서 벗어날 경우 그렇게 의식할 필요가 없습니다.

사 토 그러나 서정시에 있어서는 그 기분이 중요한 것이지요. 의미와 언어보다도 기분이 먼저 나오는 것이죠.

카네무라 저는 이삼 년 전에 그랬습니다만 지금은 조바심을 느끼지 않습니다.

사 토 자기 자신은 시를 쓰고 있을 때, 그런 기분이었다는 것을 쓴다, 초극하는 마음으로. 그리고 그것이 시가 된다.

최재서 그것이 지금 단계에서는 자연스럽다고 생각합니다. 시인은 누구도 시를 정치적인 의식에서 쓰지 않지만 시를 정치적으로 바라보는 것은 가능할 것이고, 시를 또한 정치가가 이용하는 것도 가능하다고 생각합니다. 구체적으로 징병제가 드디어 내년부터 실시되지만, 급속하게 민중을 의식적으로 만들지 않으면 안 된다는 정치적 필요가 있는 것입니다. 그때 시인이 그런 것을 의식하지 않고 그런 시를 쓸 수 있을까, 지금 김 군이 말했듯, 어떤 레벨에 빨리 도달하자는 격렬한 의욕이 시 정신으로 있다면, 그런 시야말로 지금의 조선에서 가장 자연스러운 시가 아닐까요.

사 토   그렇습니다. 초극하기까지의 과정, 그것이야말로 시가 아니겠
         습니까.

스기모토   거기가 반도의 의욕이며, 고민도 있는 것이네요.

카네무라   노래할 대상과 자신이 노래할 마음이 꼭 맞아떨어지느냐 마느
         냐, 노래할 대상이 자기의 감정에서 우러나올 것이냐 마느냐
         가 문제이므로 대중이 고민하고 있는 정도로 시인이 고민할
         필요가 없고, 더욱 높은 정도에서 노래하는 것 자체가 대중의
         고민을 되살리는 것이라고 생각합니다. 저는 관념적인 시만
         써왔지만, 사상적인 것이 아니면 오늘날 국민시가 있을 수 없
         다고 생각합니다.

김종한   그 사상의 내용 및 질에 문제가 있겠지요. 문학에서는 관념이
         란 늘 사상을 죽여 버리는 것이지요.

최재서   국민시라는 것은 도쿄에서도 말하고 조선에서 말하고 있지만
         그 경우 내지에서 쓰이는 국민시라는 것과, 반도에서 쓰이는
         국민시라는 것이 동일하다는 것은, 과연 이를 반겨야할 것인지
         아닌지 말할 수는 없다고 생각합니다. 지금 의식하지 않는 것
         이 좋다는 이야기가 있는데, 이것은 하루라도 빨리 그리 되는
         것이 틀림없이 기쁘기는 하지만, 오늘날의 조선에서 국민시의
         과제는 그것을 확실히 의식하여 끌어올리자는 것으로……

시인으로서의 혁신

김종한   어쨌든 시인은 더욱 고민하지 않으면 안 된다고 생각합니다.
         시인 개인이 혁신하는 것은 어떤 의미에서는 오히려 쉽다고

말할 수 있습니다. 그 외에 또 하나, 자기 자신과 연관된 사람들을 동시에 자기 자신의 레벨로 끌어올리는 것, 거기에서 시인의 책무와 고민이 생긴다고 봅니다. 이것이 시인으로서 제2단계의 혁신이라고 생각합니다. 그런 자기 자신의 발전하는 심리를 쏟아 내는 것에 의해서 자신보다 뒤에 있는 사람들에게, '과연 이 사람들이 이런 고민의 가운데에서 이런 경로를 밟아 나가면서 혁신하고 있구나, 그렇다, 나도 혁신하지 않으면 안 된다.'라는 마음이 들게 하는 것입니다. 현재의 시에 대해서 내가 만족하지 못하는 점은 그런 발전하는 심리가 없다는 것입니다. 물론 그것을 형편없이 표현하면 정치적으로 역효과가 되겠지요.

카네무라 문학에 있어서 그것은 문제가 있지요. 예를 들어 이무영 씨의 「과수원 이야기」에는 이러저러한 괴로움이 적혀 있다가 이후에 새로운 빛이 비춰지는데, 즉 그런 괴로움을 지나서 이런 식으로 되었다고 할 때까지, 어두운 부분이 많아서 밝은 면이 결론으로서 조금 나오는 것은 검열에 있어서도 이미 문제가 되겠지요.

김종한 작품으로서의 투명감(透明感)이 없다는 것은 작품 그 자체의 결함으로, 문학의 본질과는 관계가 없지요.

스기모토 그것은 작가의 취급 방법에 의해…….

최재서 물론 문학은 고통을 위한 것이 아니라 즐거움을 위한 것이지만 그 경우…….

김종한 예를 들어 야스다 요주로(保田與重郎)나 아사노 아키라(淺野晃)[3]를 읽고 우리들이 깜짝 놀라는 것은 그런 사람들마저 그 만큼 고민하고 있다는 일종의 비원(悲願)이랄까, 거기서 우리들도 역시 진정으로 확실히 하지 않으면 안 된다는 기분이 되죠.

최재서   결국, 비중의 문제입니다.

카네무라   그렇습니다. 제가 조금 전에 말했던 것도 그것입니다.

최재서   고통만 보여준다면 한때의 고민문학이 되어버리는 거죠.

카네무라   작가는 얼마든지 고민해도 좋지만, 작품으로서 그것을 써야 한다는 것은 잘못이라고 생각합니다.

최재서   그러나 어필하기 위해서는 그렇지 않다고는 할 수 없습니다. 그리고 문학이 어필하지 못한다면 모든 것을 잃어버리는 것이 되니까요.

어두움과 밝음

김종한   문학에 있어서의 그늘입니다.

사 토   다만 문학은 속일 수가 없지요.

스기모토   보이지 않는 부분이 보입니다.

최재서   음영(陰影)이지요. 어떤 목표가 짠하고 나오는 것이 아니라, 그

---

3) 아사노 아키라(淺野晃, 1901~1990), 시인이자 평론가. 가나자와에서 태어났으며 도쿄대학 법학부를 졸업했다. 도쿄부립일중과 삼고를 거쳐 1922년에 도쿄대학에 입학하였다. 1925년에 도쿄제국대학 법학부를 졸업하였고, 같은 해 6월에 제7차 「신사조(新思潮)」의 동인이 되었다. 1927년 1월 노농당(勞農黨) 본부 서기, 같은 해 2월 일본공산당입당, 관동지방위원회에서 활동하다가 3·15사건으로 검거되어 옥중에서 전향했다. 이후 국민문학의 발흥을 주장하면서 점차 국수주의의 입장으로 나아갔다. 1941년 육군징원, 같은 해 11월부터 1942년 10월까지 제16군선전반(쟈바파견), 1943년 일본문학보국회에서 활동했다(하타 이쿠히코(秦郁彦), 『일본근현대인물이력사전』, 2002, 13면).

이면에 그늘이 있지요. 그것은 시국에 지장을 주지 않는 정도에서 충실하게 묘사되어야 한다고 봅니다. 그것마저도 시국에 방해가 된다면 어쩔 수 없겠지만…… 내선일체라고 하면, 이것은 아름다운 말입니다. 그러나 언어 그 자체만이라면 양쪽으로 진실이 아닙니다.

카네무라 그런 단계에 있어서 그것은 고민이 있지만, 역시 그 단계에 대응하는 밝은 면도 있는 것입니다. 고통을 무시하자는 것이 아니지만 현실에 존재하는 그런 단계에 즉하는 밝고 아름다운 면이야말로 문학이 취급해야 할 것이라고 생각합니다.

테라모토 양쪽이 다 필요한 것이지요.

김종한 그러나 그런 밝은 면만으로 생생한 그림이 되지 않는 경우가 많지 않습니까. 고뇌하는 부분을 조금이라도 표현하지 않는다면, 즉 그 사람은 이 정도로 빼도 박도 못할 길을 걸어서 여기까지 왔다는 것을 빠뜨리면…… 어쨌든 현재 문학자의 임무는 어두운 면을, 문학하는 것에 의해서 밝은 것이 되도록 승화시키는 것에 성실하고 거짓 없는 작가의 길이 있다고 생각합니다.

사　토 그 경우는 결국 작가로서의 역량이 되는 것이죠.

스기모토 괴테의 「헤르만과 도로테도아」는 그러한 상황인데, 그래도 아주 밝습니다. 결국 추상론으로는 안 됩니다.

사　토 마돈나를 묘사할 생각이었는데 창부로밖에 되지 않았던 것이니까, 하하하.

스기모토 재능의 문제입니다. 결국 나온 작품을 읽고 올바른 감동을 전달될 수 있을까 어쩔까에 있으니, 논란만으로 논의가 가능하지 않다고 생각합니다.

사 토   그거야 그렇습니다.

도쿄 시단의 현상

최재서   내지 시단은 어떻습니까.

테라모토   내지 시단은 조금 전 스기모토 군이 말했던 것처럼 신인이 나
오는 것보다 기존의 시인들이 총동원되어 쓰고 있습니다.

카네무라   어쨌든 현대는 역시 시의 시대라고 생각합니다.

테라모토   지금까지 수고했던 사람들이 나타나서…….

카네무라   사토 하루오(佐藤春夫)⁴⁾ 씨인지 누군가 시를 그만둔 사람들이
점차 시를 짓고 있습니다. 이 시대를 위해서 잠들어 있던 시가
되살아나는 것이라는…….

테라모토   반면 신인이 나오지 않는 것이 큰 문제네요.

김종한   단지 전쟁이 나서 나오는 시인데, 상당히 엄격하게 말해서 이
것은 견딜 수 없어서 나오는 시, 스스로가 어떻게든지 거기까
지 갈 수 없는 수준으로까지 가 보게 된 시는 아닙니다.

---

4) 사토 하루오(佐藤春夫, 1892~1964), 시인이자 소설가. 와카야마현 신구에서 태어났으며
게이오 대학 예과를 중퇴했다. 신구중학교 시절부터 문학을 지망했으며 『순정시집』
(1921)을 통해서 서정 시인으로서 일가를 이루었다. 한편 『병든 장미』(1916)를 간행하여
소설가로도 인정받았다. 1937년에는 국책에 협력했던 신일본문화회의 기관지 『신일본』
을 창간했고 1938년 내각정보부의 요청으로 종군작가로서 무한(武漢)작전에 종군하였고
1943년에 말레이시아에 종군하기도 했다. 이후 시, 소설, 에세이, 평론, 평전 등 넓은 분
야에 걸쳐서 다이쇼 중기부터 전후(戰後)에 이르기까지 활동했다(고재석 편저, 『일본문
학・사상 명저 사전』, 깊은샘, 1993, 249~250면, 각주 (6) 참조).

스기모토　신인의 문제는요, 시단의 조직이 나빠서 재조직하지 않으면 신인이 나올 수 없다고 생각합니다.

김종한　지금 중견으로서 힘쓰고 있는 사람들도 원래는 넓은 의미에서 모더니즘의 호흡을 갖고 있다는 것을, 이래서는 안 된다는 마음으로 바로 섰다고 생각하지만, 그뿐만이 아니라 처음부터 국민시를 짊어진 새로운 세대가 나와서 이전의 사람들을 추월하게 되면 통쾌하겠지요.

테라모토　그러고 보니 다키구치 슈조(瀧口修三)[5] 씨나 기타가와 후유히코(北川冬彥)[6] 씨 등을 비롯한 쉬르리얼리즘 시인들이 국민시로서

5) 다키구치 슈조(瀧口修三, 1903~1979), 일본을 대표하는 미술평론가. 시인. 일본에서 정통 쉬르레알리즘을 일관되게 따랐다. 토야마(富山)현 출신. 1921년 토야마현립 토야마 중학교를 졸업 후, 닛신(日進)영어 학교에 다녔다. 1923년 4월, 게이오기쥬쿠(慶應義塾)대학 예과에 입학, 강의보다는 도서관에서 원서를 읽기를 즐겼다. 관동대지진 후 12월에 대학을 중퇴하였다. 해외의 새로운 사조 특히 다다이즘과 쉬르리얼리즘을 본격적으로 소개했다. 자동기술법에 의한 언어실험을 시도하여 특이한 영상미에 넘치는 시를 써서 일본의 전위 예술운동을 이끌었다. 1926년 友人 나가이 타츠오(永井龍男)가 추천하여 동인지 「산견(山繭)」에 참가하였으며, 같은 동인인 니시와키 준자부로(西脇順三郎)를 만나, 서양의 최신 모더니즘시의 운동에 대해 듣고 관심을 갖게 되는 등 영향을 받았다. 1927년 니시와키를 중심으로 쉬르레알리즘시 「馥郁タル火夫크」(앤솔로지)를 간행하였다. 또한 시잡지 「시와 시론」의 동인이 되었다. 1929년 「쉬르레알리즘・안티내쇼널(シュルレアリスム・アンテルナショナル)」을 제창하는 한권의 앤솔로지로 끝났다. 전쟁 후, 주로 평론가로서 활약하였으며 실험공방을 주최하는 것과 함께 미술평론을 다수 저술하였다. 마르셀 뒤샹(マルセル・デュシャン)을 시작으로 하여 해외 작가와의 교류도 하였다.

6) 기타가와 후유히코(北川冬彥, 1900~1990), 시인, 영화비평가. 시가현(滋賀縣) 오오츠시(大津市)에서 태어났다. 본명은 타구로 추히코(田畔 忠彥). 도쿄제국대학 프랑스문법과를 졸업하고 계속해서 프랑스문학을 전공하였으나 중퇴하였다. 1924년(다이쇼 13년) 중국의 다이렌(大連)에서 야스니시 후유에(安西冬衛) 등과 『아(亞)』를 창간하였으며, 다음해엔 첫 시집인 『三半規管喪失』을 내었다. 한편, 후쿠노미 세이지(福富菁兒) 등과 『面』을 내었다. 『붉은 문』, 『일본시인』, 『청공』 등을 거쳐, 1928년(쇼와 3년) 9월의 『시와 시론』에 참가하였다. 그 가운데, 단시운동에서 신산문시운동에로, 전위시운동을 정력적으로 전개하였다. 맑스 자코부 산문시집 『주사위통』(1929)을 번역하여 출판, 안드레 브루통의 『초현실주의시론』(1929)을 번역하여 소개하기도 하였다. 신 산문시운동 이후, 시네포엠론과 신서사시운동 등을 제창했다. 점차 좌경화해서 『시와 시론』을 떠나 칸바라타이(神原泰) 등과 1930년 『시・현실』을 창간하고 따로 『시간』, 『빵』 등을 일으켰다. 제2차 세계대전을 거

고전적인 것을 쓰고 있네요.

사　토　　고전적입니까? 하하하…… 과분한 말씀입니다.(웃음)

스기모토　그러나 모더니즘 시인들도 정신으로서 그런 전통적인 것을 가진 사람들이 있는 것이지요.

테라모토　그러나 어쨌거나 표변(豹變)이네요, 상당히 변했어요.

카네무라　상당한 표변이라고 생각합니다.

사　토　　작품이 좋다면 표변도 좋지요.

김종한　　표변이라는 것을 독자에의 영향 면에서 생각하면, 그 작가가 일관된 마음으로 그런 경지에 도달한 경우에는 좋은 영향을 줄 것이라고 생각하지만, 그 심리과정이 애매한 경우 ‘무슨 말인 거야’라는 반감을 일으킵니다. 거기에 시인으로서의 윤리적인 문제가 있으며 이것은 시인으로서의 생명적인 문제입니다.

시의 세계 진출 등

최재서　　조선시단은 어떤 상황입니까.

사　토　　조선에서는 신문에 시를 그다지 싣지 않습니다. 도쿄나 내지에서는 신문에 상당히 많이 싣는데도. 거기에 대해서 조선의 신문 관계자는 별다른 감정이 없는 것 같습니다. 그런 이유가 아닐까요.

처, 전후에도 네오리얼리즘론 등, 왕성하게 활약하였다. 시집으로 『전쟁』(1929), 『불쾌한 신』(1936) 등이 있다. 시론서, 영화평론서도 많다(『일본대백과전서(1900~1990)』, 소학관, 참조).

카네무라 『매일신보』에서 약간 하고 있지요.

최재서 매신에서는 처음에 시를 많이 실었지요. 그런데 독자가 그런 보잘 것 없는 것을 싣지 말라고 하여 갑자기 그만두게 되었습니다.

테라모토 그러나 어쨌든 시의 세계는 확대됩니다. 예전에는 범위가 좁고 자기만족적인 것으로 알기 어려웠지만, 지금은 알기 쉬워졌습니다.

사 토 그래서 모두가 좋아하고 있지요.

스기모토 예전 동양극장의 낭독회 같은 것은 좋았지요.

테라모토 평판이 좋았죠.

스기모토 매월 해도 좋지 않겠어요?

김종한 상당히 좋겠지만 시인도 이런 시대가 되면 사회적인 책무가 있다고 생각합니다. 그때 낭독된 시 가운데에는 꽤 무책임한 시도 있었던 듯해요. 그러면 거기에 왔던 관중에 대해서 시인은 무책임한 행위를 하는 것이 되죠. 확신을 갖고 좋은 시를 쓰지 않으면 안 되는 시대가 되었다고 생각합니다.

조우식 국어로 시를 쓴다거나 무엇인가를 해도 신문이나 잡지에 맞는 원고를 쓸 것이 아니라 성실하게 해야 합니다. 이에 관해서는 이런 이야기가 있어요. 어떤 신문에서 전화로 삼십 분에 시 한 편을 써 달라고 하는데, 어쨌든 써 주었다는 거지요. 스스로도 불만투성이였기 때문에 민중에게도 좋지 않은 영향을 주겠죠.

테라모토 그것이야 개인의 문제죠, 시간의 문제는 아닙니다.

김종한 저널리즘의 잘못도 있습니다.

조우식 어떤 감동이 있어서 그것을 삼십 분 만에 쓸 수도 있겠지만 다른 사람에게 재촉당해서 쓸 때는 어떻겠습니까.

최재서 저는 문외한인지라…….

카네무라 아닙니다. 문외한이 아니죠. 비평 쪽으로 꽤 하셨지요.

최재서 지금 시의 현저한 경향으로는 장식성……. 시가 그런 장식성을 띠고 있다고 말할 수 있습니다.

테라모토 치장한다?

최재서 즉 시가 시국에 추수하고 있지요, 그것이 협력한다는 의미에서 상당히 좋은 것이지만 동시에 이쪽에서 하나의 시가 지도성을 회복해야 한다고 생각합니다. 시는 원래 지도적인 것이니까 조금 전에 말했듯 시가 일반화되어 민중이 기뻐하고 있다는 것은 좋지만, 지금과 같은 전쟁기에는 민중이 당연히 알고 있고 느끼고 있는 것에 대해서 시가 단지 장식할 것이 아니라 한 걸음 더 나아가 민중을 지도하는 시가 필요한데요, 그런 시가 부족한 것이죠.

카네무라 그것이 말이죠.

김종한 예를 들어 시인이 '걸어라, 걸어라'라는 시를 쓰면 이것을 읽은 사람이 걷고 싶은 마음이 되는, 그런 시가 나오면 진짜인 것이지요.

테라모토 지금의 이야기는 그보다 한 발짝 더 앞서 가지 않으면 안 된다는 것이겠지요.

최재서   어쨌든 우리들은 지금 거대한 의욕으로 가득합니다. 거기에 방향을 부여하는 듯한…… 단순한 목표나 슬로건이 아니라 진정한 의미에서 방향을 부여해야 하지 않을까…….

테라모토   대시인이 요망되는군요.

최재서   아니, 반드시 대시인일 필요는 없지요. 그러면 절망론(絶望論)이 되어 버립니다.

김종한   어차피 매우 훌륭한 시인이 나오지 않으면 곤란하지요. 그리고 관념적으로 문화를 리드하는 사람들이 구체적인 시의 문제가 되면 그 시인에게 상담해야 하는 식이 되지 않으면 안 된다고 생각하는데, 지금 조선의 문화계는 어디에도 거기까지 간 것은 아닙니다.

신간시집 이모저모

최재서   선생 면전에서 『벽암집』을 말씀드리는 것도 뭣합니다만. 저는 모르겠습니다, 여기서 이삼 년 조선에 있어서 국민문학이란 것을 생각해 온 저로서, 그 시는 지도적이었다고 생각합니다. 그렇다는 것은 선생이 역사의 세계로 들어가서 거기서 확고한 것을 파악하여 노래하고 계신다는 것이지요. 편수로는 그다지 많지 않지만 구구한 이론보다도 거기에서 하나의 빛이 비춰지는 듯한 것을 느꼈습니다. 반드시 그런 것만을 말하고 있다고는 할 수 없지만, 그런 의미에서 민중이 나아가야 할 길을 지시하는 시가 나오지 않으면 안 된다고 생각합니다.

카네무라 선생의 시는 그것으로 상당히 훌륭한 작품이라고 저는 생각하
는데, 다만 건방진 일이겠지만 선생이 그런 것뿐만 아니라 현
재 조선의 현실 문제를 더욱 노래해 주시면 좋겠다고 생각합
니다. 존경하는 대선생님이시기에 그런 것도 해 주시면 감사
하다는…….

스기모토 그런 의미에서는 그 「싱가폴 함락」 등은 낡은 질서가 무너지
고 새로운 세계가 오는 기분을 잘 노래하고 있습니다.

카네무라 즉 그런 것을 많이 써 주시면 하는 것입니다.

김종한 『벽암집』을 읽으면 저도 상당히 감동하는데, 거기에는 역시
우리가 노래해야 할 세계가 확실히 따로 있다는…… 하하하.

사 토 그거야 그렇지 않으면 안 됩니다.

최재서 결국 연설을 들어도 이론을 읽어도 어쩐지 도무지……라는 기
분이지만 시를 읽으면 확실하게 되는, 그런 시를 원합니다.

사 토 내 시집을 갖고 있는 사람이 학교 선생으로 계신 어떤 조선
분에게 빌려줬더니, 그 시를 읽은 그 사람이, 그 분은 시를 잘
모르는 분이지만 학교 선생님이니까. 그 사람이 말하기를, 조
선의 자연을 노래하고 있는데 조선의 인간에 대해서는 한마디
도 말하지 않고 있다고 했습니다.

카네무라 그것이 적중하고 있는 것인지.

김종한 그것은 제가 어딘가에서 주장했던 것으로, 지금까지의 시인은
살아가고 있는 시대와 연령에서 대체로 자연이나 풍속을 노래
한 시가 많았지만, 우리들의 마음으로서는 역시 전쟁이나 인
간을 노래하고 싶어집니다.

최재서 그러나 초조할 필요가 없습니다. 내 생각에는 이렇게 격렬하게 움직이는 과도기에는 무언가 그런 확실한 것을 파악하자고 할 경우, 일단 역사의 세계로 돌아가서 거기서 확호(確乎)한 것을 파악하는 것이 고려될 수 있다고 생각합니다. 사람을 노래하는 것도 좋지만 그보다도 먼저 발판을 자연과 역사에서 구하는 것이지요. 사람을 노래하지 않았다는 것은 저도 좀 섭섭했습니다.

사　토 사람의 시를 쓰는 태도가 중요한 거겠죠.

스기모토 무리해서는 시를 쓸 수는 없으니까요.

조우식 저도 선생의 『벽암집』은 감동적으로 읽었는데, 그것과는 별개로 조선에서 왜 조선의 사람을 노래하지 않았는가는 문제가 아니었는지요.

김종한 지금까지는 조선 그 자체를 노래하는 것조차 경원(敬遠)하는 듯한 시기마저 있었으니까, 자기 자신의 마음을 끊임없이 정리했던 일도 있었죠.

최재서 그리고 또 하나 작년 시단에 수확이 있었는데, 『아세아 시집』—이 시집은 쇼와 14년부터 4년간이었죠. 그런데 그렇게 지속적으로 시를 쓴 것은 조선에서는 드문 일인데 (카네무라 씨를 향하여) 그것을 쓴 당신의 기분은…….

카네무라 저는 도쿄에서 돌아와서 『동아일보』나 『조선일보』에 옛날식7)으로 얼마간 썼습니다. 정확히 13년 9월 경 『동아일보』에 김남천 씨의 고발의 정신이라는 것을, 역시 옛날의 기분으로 비

---

7) 昔なりのもの.

평하기 시작했던 일이 있었는데, 그때 5회 가량으로 쓰기 시작해서 2회까지 썼는데, 우연이었지만 급히 생각나는 것이 있어서 신문에는 폐를 끼치면서 그만두었습니다. 쓰지 못하게 되어서……. 그리고 13년 하반기에는 꽤 고민한 이유로 약 반 년 동안 침묵했고 14년 정월 한 가지 해 보자는 마음으로 시를 써냈는데, 그때부터의 시를 모은 것이 이번 시집입니다. 스스로 생각해도 굉장히 관념적인 것이 많다고 생각합니다만.

최재서　「가을의 속삭임」이란 작품은 관념적이지 않다고 생각합니다만 그것은 당신의 새로운 방법을 암시하는 것이라고 해도 좋겠습니까.

카네무라　글쎄요, 어떨지. 이런 것도 나오고 저런 것도 나오는 법이니까요

최재서　자, 이것으로. 정말 감사드립니다.

■ 국민문학, 1943. 3.

신반도문학에의 요망

참석자

기쿠치 칸(菊池寬)
요코미쓰 리이치(橫光利一)
가와카미 데쓰타로(河上撤太郎)
야스다카 도쿠조(保高德藏)
후쿠다 기요토(福田淸人)
유아사 가츠에(湯淺克衛)
최재서

조선문단의 현상

최재서　여러분, 바쁘신데 대단히 감사합니다. 거두절미하고 최근 조선 문단의 움직임을 간략하게 말씀드리면, 조선문단이 확실히 전환 체제를 잡은 것은 쇼와 15년 신체제운동 이래로, 이후 대동아전쟁, 징병제 실시라는 식으로, 조선으로서는 진실로 획기적인 사건이 일어나서 혁신의 도를 높이고 있고, 작년 경부터 완전한 국민문학의 체제를 정비하고 있습니다. 국민문학에 대해서는 종종 논란도 있는 것 같지만 요약하자면 반도의 문학자도 내지의 문학자들과 같은 이상과 목표 아래에서, 같은 국어를 사용하여 이 시대를 헤쳐 나가자는 문학이 국민문학이라고 우리들은 단적으로 생각하고 있습니다. 그렇다면 종래보다 더욱 긴밀하게 도쿄 문단과 연결을 취해서 종종 지도나 가르침이 없으면 안 된다고 생각하는데요, 일본문단의 선배들로서 희망이나 주문 혹은 의견을 기탄없이 말씀해 주셨으면 합니다.

가와카미 저널리즘 쪽에서 말하면, 조선문단이라는 것은 어떤 식으로 생겨났습니까. 작가로서 대체로 어느 정도의 사람들이 먹고 살 정도로 생겨났습니까.

최재서 지금까지 조선문단이라는 것은 두 개의 언문신문을 중심으로 약 7, 8종의 언문잡지와 그 외의 15~16개의 단행본 출판실이 있어서 꾸려 왔습니다만, 일면 문단인이라고 칭해지는 사람은 유명무명 합하면 200명 정도이고, 그 중에서 문학으로 먹고 사는 사람은 그 5% 정도로 10명 정도 될까요 다음은 모두 이외에 직업[1]을 가지고 문학 활동에 참가하는 사람으로, 그래도 꽤나 활발하게 하고 있습니다. 그런데 2~3년 이래 신문잡지의 정비가 단행되면서 활동의 무대가 협소해진 것과 함께 다른 직업을 얻은[2] 문인도 생겨나서 언문문단이 상당히 쓸쓸하게 된 것은 사실입니다. 그러나 다른 방면으로는 국어문단의 확립이라는 것이 상당한 기세로 진행되고 있는데, 단지 지금은 다소 슬럼프 상태를 드러내고 있지만, 2~3년 지나는 동안 분명 활기를 나타낼 것이라고 생각합니다. 그러나 뭐라고 해도 언어의 문제는 심각해서 상당히 역량이 있는 작가가 언어 때문에 낙오되고 있습니다. 그와 같이 개인적인 정으로 볼 때는 진실로 참을 수 없는 부분도 있지만, 그러나 전체적인 흐름이 있으니까 거기서 강행해 나가는 것입니다.

---

1) 잘 보이지 않음.
2) 잘 보이지 않음.

국어창작의 문제

기쿠치   저는 언문으로 문학을 쓴다는 것도 좋은 것임에는 틀림없겠지만, 어쨌든 독자를 기른다는 점에서 말하면, 확실히 국어로 쓰는 쪽이 결국 좋지 않을까 생각합니다. 조선이 가진 맛 등을 확실히 표출하는 것은 언문이 편리하겠지만, 그러나 조선문학을 진흥시키기 위해서는 역시 시장이 넓은 국어로 쓰는 것이 좋지 않을까 생각합니다.

최재서   대체로 그런 생각이 지금 지배적입니다.

기쿠치   저는 언문을 잘 모르겠지만, 당신이 생각하기에 상당히 문학적인 말인가요?

최재서   소설에 대해서는 그렇게 말할 수 없지만, 시의 언어로서는 우수한 것이라고 생각합니다.

기쿠치   일본어의 형용사와 같이, 종종 언문에 없어서는 안 될 미묘한 형용사가 많습니까?

최재서   형용사의 수는 비교적 적지요.

기쿠치   그러면 힘찬 표현이 가능할까요.

최재서   오히려 그런 방면의 표현에는 비교적 자유롭지만 상당히 섬세한 묘사에는 곤란하지 않을까 생각합니다.

가와카미   야마다(山田) 선생이 언문을 언어로서 상당히 격찬했습니다. 즉 언표문자로서. 로마자 논자(論者)가 된다면, 언문 논자(論者)가 된다고 말했지요.

최재서   언문으로 불가능한 발음은 없습니다, 한두 가지가 있겠지만,

대개의 언어의 발음은 언문으로 표현할 수 있지요.

유아사　근대적인 말은 표현할 수 있습니까.

최재서　근대적인 말이라면 즉 국어에서의 숙어(熟語) 그것을 그대로 가져와서 사용하는 것입니다. 단지 발음이 다를 뿐입니다.

기쿠치　그리고 언문으로만 쓸 수 있는 작가도 상당히 좋은 작품을 쓰게 되면 번역할 수 있는 사람이 몇 명은 있지 않습니까. 상당히 우수한 사람이라면 언문으로 쓰고 친구들이 그것을 번역한다면 좋겠습니다.

최재서　한두 번은 그래도 좋지만 그것으로 작가 자신이 창작을 계속해 나갈 것인지 어쩔지는.

기쿠치　상당히 걸출한 사람이라면 좋습니다. 번역자도 적당하게 얻을 수 없는 작가라면 어차피 대단하지 않은 작가로, 그렇게 슬퍼할 것도 없지 않습니까. 그 사람의 것을 읽고 번역하는 대작가가 나왔으면 좋겠습니다.

유아사　언문으로 문학한다는 것은, 그 정도 긴 전통을 가지고 있을 리가 없겠지요.

최재서　40년입니다. 근대문학을 언문으로. 즉 언문으로 하는 것이 근대문학이지만, 그러나 언문문학의 전통은 더욱 오래되었습니다.

기쿠치　옛날 조선에서는 역시 한문 문학이 상당했겠지요.

최재서　예. 특히 시는 상당한 것이.

기쿠치　소설은?

최재서　소설은 역시 언문입니다.

유아사   언문소설이라는 것은 대체로 구전된 것들이었습니까?

최재서   구전이 아닙니다.

기쿠치   조선의 한문은 내지의 한문보다 발달했겠지요.

최재서   그렇게 볼 수 있습니다. 우선은 음독(音讀)이었으니까.

프로세스의 문제

기쿠치   말의 문제도 그렇지만 역시 조금이라도 조선인의 고민이나 고
          통을 쓰는 것을 허락해주지 않으면 좋은 소설은 나오지 않겠
          지요.

최재서   그 점 말인데요. 그러나 그렇다고 해도 점점 안정되고 있다고
          말할 수 있습니다. 결론이 좋으면 그 도중에 있어서 다소 어두
          운 면이 나와도 관대하게 볼 수 있다는······.

기쿠치   그 점은 지금 내지에서도 매우 어려운 점입니다. 결론이 좋으
          면, 중도는 아무래도 좋다고 말하는 것은 잘못된 것이니까. 공
          산주의자 등이 얼마든지 개심을 해도, 공산주의였던 한에는
          바람직하지 않은 것이니까.

최재서   지금 가장 델리키트한 문제는 향토색이라고 말할 수 있는데,
          그것이 자주 문제가 되었습니다. 예를 들면 『국민문학』에 김
          사량 씨의 「물오리」라는 작품이 실렸는데, 그것이 아마도 향
          토색을 가진 작품으로 부분적으로는 민족주의의 잔재가 아닐
          까, 그렇게 볼 수 있었습니다. 그것은 결코 그렇지 않다고 역
          설해서 지나갔지만, 그렇게 볼 수 있는가 없는가는 결국 무엇

보다도 역시 작품을 쓴 당사자의 문제라고 생각합니다.

기쿠치   그러나 향토색이 상당히 나타나지 않으면, 조선문학의 특징도 될 수 없으니까요. 내지의 작가도 같은 것을 쓰고 있다는 것은……

최재서   그러니까 우리들은 조선문학이 일본문학과 대립하지 않고 일본문학의 일환으로서 그 속에서 충분히 조선문학으로서 독자성을 가질 수밖에 없다는 사고방법을 갖고 있습니다.

유아사   향토색의 문제는 아니지만 새삼스럽게 옛날 풍속에 들러붙어서, 그런 방향만을 뒤쫓아 가는 것은 역시 문학으로서도 어떨까 생각하고 있는 것이군요. 지금 시대는 상당히 변했으니까요.

최재서   결국 양식의 문제가 아닌가 생각합니다. 중요한 것은 전체적인 국민의식이며, 향토의식은 아니니까. 다만 향토적인 것부터가 아니면 건전한 문학은 나타나지 않는다고 말하는 것도 역시 틀림없는 사실이니까, 거기에는 작가자신의 양식으로써 처리하는 것 이외에는 방법이 없겠죠. 단지 조선이 조선만으로 존재하는 듯이 쓰는 것은 역시 비판받을 여지가 있다고 봅니다.

조선문학과 중앙문단

가와카미   『국민문학』이라는 잡지 말인데요, 『국민문학』 나름대로 작가를 몇 명이라도 담당하고 있는 것인데요. 그 작가들은 그렇게 조금씩 지원하고 육성해 나갈 작정으로 하고 계시는 것인지요. 또 그런 희망은 있습니까. 즉 그것을 발판으로 삼아서 중앙문단에 송출(送出)하는 것을 고려할 수 있습니까?

최재서 물론 그럴 생각입니다.

가와카미 대체로 독자의 수에 대해서 말해도 성장할 수 있겠습니까.

최재서 조선만으로도 일단 성립될 희망은 충분히 있지만 물론 중앙을 무시해서 하지 않습니다. 희망이라면 어디까지나 조선의 땅에 발을 붙이고 있는 문학이 중앙의 문단에도 인정될 수 있다면 좋겠습니다. 그렇게 하고 싶습니다. 지금까지와 같이 경성에서 공부해서 조금 쓸 수 있게 되면 모두 도쿄에 가서 활동하고 돌아오는 식은 그다지 기쁘지 않습니다. 그래서 저쪽의 국어 신문에도 반도인 작가에 대해서 지면을 제공하는 것을 진지하게 고려하고 있으며 실제로 『경성일보』와 『부산일보』에는 장편소설을 시험적으로 쓰게 하고 있는 것입니다.

기쿠치 그러나 조선에서도 조금 우수한 작가가 제재나 관점을 바꾸거나 해서 내지에서도 상당히 애독되는 사람이 한두 사람 나오면, 그것은 역시 내지에 진출하는 훌륭한 사례가 되겠지요.

가와카미 그것은 무용에서 최승희의 경우가 상당히 좋은 비교의 대상이 될 수 있겠지요. 뭐, 그것과 별개로, 바이올린을 켜도 복싱을 해도 좋습니다. 모두 공통의 재료입니다. 상당히 우수한 사람이 나오는 것입니다. 그러한 것이 문학에도 있다면 좋겠습니다.

최재서 그것이 지금까지는 역시 언문으로 했기 때문에, 조선문학이라는 것은 반도인이 반도인을 위해서 쓴다는 것이었지요. 따라서 이곳 사정은 전혀 염두에 두지 않습니다. 공부는 도쿄 문단을 통해서 했는데, 게다가 일방적이었지요. 그것을 방출(放出)

한다고 전혀 생각하지 않았던 것입니다. 그런데 지금 이곳에서 다른 분야와 비교해서 많이 늦지는 않았지만, 이것을 급속하게 만회하지 않으면 안 되니까……

기쿠치 그것은 소위 국어가 발달해서, 국어로 쓴다는 것이 10년, 20년 수련을 요구하는 것이니까요. 그러니까 지금부터 4~5년 이내에 상당히 그 쪽으로 신경 쓴다면 어느 정도 작가가 나오지 않을까 생각합니다.

가와카미 그렇습니다. 내지에서도 여러 예술부문 중에서 악단(樂壇)만이 상당히 늦어졌지요. 그것은 양악(洋樂)의 센스가 몸에 배어 있어서 상당히 곤란했기 때문입니다. 미술도 문학도 모두 서양 형식으로 점점 발달했지만, 그래도 악단(樂團)은 가장 최근 상당히 현저하게 발달해왔습니다. 그와 같은 일이 조선의 문학에도 일어나고 있지 않을까. 몸에 배는 것이 상당히 중요한 것으로서, 익숙해진다면 분명 '노스'인3)이 나올 것입니다.

후쿠다 지금 제가 조금 관계하고 있는 일본대학의 예술과에 조선에서 상당한 학생이 와 있습니다. 그들이 단편이라도 써서 가져옵니다만, 표현이 그다지 달라지지 않습니다. 조금 전 지방색의 문제가 있었지만 그들은 아직도 조선의 것을 쓰지 않고 있습니다. 무엇인가 내지에 와서 내지의 젊은 여성과 연애하는 소설이 그 중 많습니다. 4~5년 전과 기분이 꽤 달라졌지요. 4~5년 전에는 역시 상당히 암울한, 조금은 니힐리즘적인 기분을 가진 학생들이랄까, 혹은 중도에 그만두는 학생이 많았지만 최근에는 그렇지 않습니다.

---

3) ノス人. 무슨 뜻인지 알 수 없다.

최재서 역시 반도의 실정을 반영하는 것이네요. 반도에서도 니힐리즘 문학은 전혀 없으니까요.

기쿠치 저는 조선문학이 내지에서 애독되려면 역시 조선에서 하지 않으면 안 되는 것을 잘 써야한다고 생각합니다. 역시 어쨌든 조선에서가 아니라면 안 되는 인간이나 환경을 잘 쓴 소설이 결국 내지에서 가장 환영받지 않을까 생각합니다. 그래서 이와 같은 시대이기 때문에 현재의 의식이 그 속으로 흐르면서 조선을 잘 묘사한 작품이 가장 빨리 내지에서 환영받을 수 있지 않을까 생각합니다.

유아사 그럴 수도 있겠지요. 마침 쓰보타(坪田) 씨의 소설을 봐도, 현재의 사누키(讚岐) 사람들의 환경이나 생각을 직접 접하지 않아도 정확한 것을 쓰고 있는 것이지요.[4]

기쿠치 그것만으로는 잘못된 것이겠지만, 그것은 어떻게든 인물과 풍경은 조선적인 것이 아니면 안 되겠지요. 사상(思想)은 시세(時世)와 공통적인 사상을 가지지 않으면 소용없는 것이겠지만.

후쿠다 저는 조선에 2~3년 전에 갔었는데요, 그때와는 꽤 달라졌습니다. 그때 함께 갔었지요. (유아사에게) 그때는 반도의 지식인들을 상당히 많이 만났지요.

유아사 꽤나 고민을 하고 있었습니다.

---

4) 쓰보타 조지(坪田讓治, 1890~1983)로 추정할 수 있다. 쓰보타는 소설가, 아동문학자로서 오카야마(岡山)에서 태어났고 1915년 와세다 대학 영문과를 졸업했다. 한때 와세다 대학 도서관에서 근무했으나 귀향하여 기업에 종사했다(고재석 편저, 『일본문학·사상 명저 사전』, 깊은샘, 1993, 589면 참조). 여기서 말하고 있는 가가와현(香川縣)의 사누키(讚岐)는 쓰보타의 고향 오카야마와 인접해 있다. 따라서 유아사의 이 말은 쓰보타의 소설을 보면 사누키 지방 사람들의 환경과 생활을 정확하게 알 수 있다는 것을 의미한다고 하겠다.

후쿠다   그리고 모두 내지의 것만 바라봤지요. 지금은 물론 꽤 달라졌
          지요.

유아사   이미 그 당시와는 매우 달라졌지만 역시 지금 내지에서 어떤
          식으로 평가할까가 상당히 커다란 역할을 하고 있습니다.

기쿠치   저는 조선문학의 진흥은 내지의 동료들이 가능한 한 편의를
          주는 것이 제일이라고 생각합니다. 물론 조선만 걸어 나가지
          않는 것은 당연하기 때문에 내지가 손을 내밀어 노고를 치하
          하지 않으면 소용없다고 생각합니다.

유아사   그 점에서 아까부터 문제가 되는 향토색 말인데요, 그런 것들
          도, 어쩐지 내지의 문단에 나오기에는 향토색이 중요하다면,
          우리들이 조금 지나치게 생각하고 있는 부분이 있겠지요. 예
          를 들어 이태준의 작품 등에서 옛것을 취급해서 노스탤지어가
          드러나는 작품이 있는데요, 여기에서도 비교적 인정받았지만,
          그런데 만약 현대적인 고민을 겪으면서 상당히 대범한 지점으
          로 나오는 것을 쓴다고 해도 예상 밖으로 내지 사람들은 제대
          로 알아주지 않습니다. 아귀가 맞아떨어지지 않는 부분이 있
          다는 것이지요. 그렇기 때문에 역시 작가는 노력하기 전에 이
          태준 씨과 같이 비교적 용이한 방향으로 가자는 경향이 최근
          까지 있지 않았을까요. 그래서 그다지 향토색으로 포착되지
          않으면서, 전일본적인 것, 무엇을 해도 좋지만, 그런 방면으로
          더욱 노력해 주는 것은 어떨까 생각합니다.

기쿠치   저도 역시 반도인들을 내지인과 동등하도록 여러 가지 편의를
          부여하는 것이 반쪽짜리가 되면 반도의 황민화도 소용없다고
          생각합니다. 그런 의미에서 도쿄 등에서도 반도출신의 실업가

와 각 방면에서 활동하고 있는 사람이 상당히 있어야 하는 것이 가장 중요한 것이라고 생각합니다.

최재서 그 점은 지금 저쪽에서도 열심히 생각하고 있습니다. 특히 이전 총독이 실업가들을 모은 좌담회 석상에서 그런 부분을 채택해서 반도청년의 등용을 종용했으니까 은행이나 회사의 수뇌부도 진지하게 생각하게 되었지요. 상당히 좋아질 것이라고 믿어요.

야스다카 그런 의미에서 제가 생각하는 것인데, 조선 작가로서 이전에 조금 했던 일 때문에 상당히 관헌의 기휘(忌諱)를 건드리고 있습니다. 현재는 그렇지 않지만 과거의 일이 빌미가 되어서 상당히 불편하게 느끼는 사람이 있지요. 따라서 그런 사람은 작가라는 입장에서 특별히 봐서 이제는 어떤 일이라도 할 수 있도록 쓰게 하거나 또는 내지에서 편의를 제공해도 좋다고 생각합니다.

최재서 그 점은 대체로 잘 되어가고 있지요. 당국에서도 물론 그런 사람들의 적극적인 분기(奮起)를 바라고 있을 정도로, 특별히 제한을 가하거나 하지는 않습니다.

기쿠치 다만 이런 시세(時勢) 때문에 잡지의 매수가 적어지게 되었으니까, 그런 점은 상당히 곤란합니다. 내지의 작가도 실제로 쓰지 못하게 되었으니까요.

유아사 그런 경우가 있습니다. 조선의 작가들이 거취 때문에 방황해서 상당히 암울하게 되었을 때, 국어 창작을 통해서 반도작가의 나아갈 길을 확실히 보여준 작가가 있었습니다. 꽤 혁신적인 작품이었지만 예술작품으로서 그렇게 높은 수준이 아니었기 때문에, 여러 가지로 말할 수 있겠지만, 그런 경우에도 내지 측에서 그런 고민을 이해해서 소개해 주지 않으면 안 된다고 생각합니다.

기쿠치 작품으로서 상당히 우수한 것이 나왔다면 그것은 문제가 안 됩니다. 단지 어지간한 수준이 되는 작품을 소개하기는 어렵지요. 직품으로서 아주 우수한 것이 있다면 그것은 아무리 잡지의 매수가 적어졌다고 말해도 그 잡지에도 기꺼이 실어 준다고 생각합니다. 단지 그 정도로 우수한 것을 만들기 위해서, 게다가 상당히 무언가를 준비하면서 해 나가는 것은 어렵게 되었다고 봅니다.

최재서 조금 전 유아사 씨의 말씀대로, 향토색에 구속된다고는 하지만 거기에 대해서는 도쿄의 저널리즘도 어느 정도 책임을 져야 한다고 생각합니다. 그렇다는 것은 종래, 반도작가가 다루어질 경우 특히 그런 작품만을 우대했다는 식으로 볼 수가 있는 것이니까요. 그렇게 말할 수 있기 때문에, 대개 조선의 작가를 조장(助長)해 나가고 싶고 어디까지나 엄격하게 키워 나가고 싶다고 말씀 드리는 것입니다. 즉 그렇게 색다른 재료라는 이유로 응석을 받아 주는 것이 되지 않도록. 보통 그렇게 되면 역시 고민이라고 했던 것을 새삼스럽게 강조하는 결과가 되지는 않을까라고 생각하게 되지만요. 예를 들어 여기에서 어떤 잡지가 어떤 작품을 실었다는 것은, 그것은 무언(無言)의 표준이 되니까요.

야스다카 그렇게 되겠네요. 그러나 상당한 평가를 받은 작품은 물론 지금까지의 작품이라고 해도 엄격하게 꾸짖어야 한다고 생각합니다.

반도의 지식인

가와카미 이야기가 되돌아가는 것인지도 모르겠는데요, 언젠가 이광수 씨와 만나서 그의 가장 큰 고민이 무엇인지 물어봤더니, 여기저기서 말꼬리를 잡으려고 노리고 있는데, 잡히지 않는 채 걸고 있는 것이 괴롭다고 말했습니다. 그러니까 그 괴로움에 비하면 그에게 있어서 대화민족으로 다시 태어나거나 좋은 문학을 쓰는 것이 더 쉽다는 것이죠. 따라서 여기저기에서 말꼬리를 잡고 늘어지지 않는 것이 국민문학이라고 착각하지 않도록, 그것은 우리들도 응원할 테니까, 그런 착각이 저는 가장 위험하다고 생각합니다. 말꼬리를 잡지 않는 것이 즉 국민문학이라는 것입니다.5)

기쿠치 그러나 말꼬리를 잡는다는 것은 우리들에게도 마찬가지입니다. 말꼬리를 잡히지 않을까, 그런 기분이 문학을 위축시키고 있습니다. 내지에도 조선에도, 그것은 마찬가지입니다.

최재서 그러나 그러한 것도 작년 징병제 실시의 발표가 있은 후부터, 싹 사라지지 않았을까요. 그것이 문단에 한정되지 않고 문화의 세계, 폭넓게는 지식인 사회에 부여한 영향이라는 것은 이쪽에서 상상할 수 있는 것 이상으로 거대해졌다고 생각합니다. 즉 지금까지 그런 고민이 젊은 작가들에게 존재하지 않았을까요. 무언가 하지 않으면 안 되는데, 어떻게 해도 열기를 띨 수가 없었다, 내부로부터 뿜어져 나오는 열정이 없다, 자기는 물

---

5) 말꼬리를 잡히지 않도록 조심하기 때문에 토론이 이루어지지 않는 상황을 비판하고 있는 듯하다. 국민문학에 대해서 여러 가지 의견을 제시하면서 맹렬하게 토론하는 분위기가 되어야 한다는 의미인 것이다.

론 가족과 친지 사이에서 전쟁에 나간 사람도 없다, 그러니 결국 기껏해야 총후의 봉공이라는 정도로. 아무래도 열정이 나오지 않았던 것이지요. 그런데 징병제가 돌연 발표되었습니다. 거기서부터 그러한 기분이 일변했던 것입니다. 기분도 일변하는 동시에 무언가 내부에서 열정이 터져 나왔습니다. 그것이 드디어 일본에 대한 신념이 되고 조국관념이 되었습니다. 그래서 조선의 지식인들도 더는 좌고우면(左顧右眄)할 필요도 없다면, 말꼬리를 잡히지 않으려는 것에 신경 쓸 필요도 없어져 버렸다고 생각합니다. 그것이 조선문화, 조선문학의 성격을 근본적으로 정정했다고 생각합니다.

유아사　　뭐, 징병제 실시의 발표는 당시 적령기 전후의 사람들에게 상당히 커다란 쇼크를 주었습니다. 그와 함께 나이 많은 사람들도 드디어 이로써 진정한 역할을 맡게 되었다는 기분이 들었습니다. 그런 사람들로부터 문학이 생겨나리라는 것도 생각할 수 있고, 또 생활 그 자체가, 시골 생활이 변해 왔던 것입니다. 일전에 야스다카(保高) 씨 등과 함께 북선(北鮮) 등지에 갔을 때 본 것인데요. 북선 어느 농가를 가도 아이들이 징병 보험을 이미 갖고 있었습니다. 상당히 가난한 농민들이었지만 그런 사람들이 1년에 30원 정도 불입하는 징병보험에 들어 있었던 것이지요. 게다가 지원병이 2명이 나오는 등 그런 곳에서까지 무언가를 하고 있었습니다. 그렇다면 농촌과 마찬가지로 상회(常會)에서도 사소한 이야기를 하면서도 꽤 변했던 것입니다. 여기저기서 그렇게 변화된 상황을 보여주고 있는데요, 작가들이 그런 것을 대상으로 취급할 경우, 예를 들어 후쿠다 군이 조금 전에 말했던 일본 대학의 학생들이 조선을 취급하지 않는다는 것은 쓰는 것 자체가 번거롭게 되어서 곤란하다거나 하는 우려도 있을 것이라고 생각합니다. 그러나 전반적으로 생활 자체가 새로운 방향으로 나아간다면 작가도 상당히 사기가 올라서 아주 멀리 떨어져 있는 시골 농촌의 생활 하나를 묘사해도, 이전에는 비애(悲哀)만 쓰던 경우에도 이제는 무언가 하나의 줄거리가 통하게 될 것이라고 생각하는데요. 물론 조선 작가의 제재에만 구속될 필요는 없지만, 재료 자체도 상당히 변해 가고 있고 또 변해 가지 않으면 안 된다고 생각합니다. 지금까지 기회를 타고나지 못했기 때문에 조선 작가들이 자기 주변의 것을 쓰지 않는 경우도 상당히 있었던 것과 마찬가지로.

최재서 그러나 조금 전의 학생들이 그랬던 것은 아직 관념적인 것이겠지요.

가와카미 그러니까 일본의 화가가 파리에 가서 프랑스 여자를 그리거나 발코니를 쓰거나, 그런 멋 부리는 기분으로.

후쿠다 조금 전 가와카미 씨가 말했던 인텔리의 위구(危懼)라는 것은 아직 상당히 있습니다. 우리들이 그전에 갔을 때 상당히 놀란 것은 조선의 인텔리라는 사람이 사실은 자주 논의하는 것이었습니다. 논의하지 않으면 일이 안 되는 것이죠. 뭐 대동아전쟁 후 저는 그런 논의라는 것은 상당히 줄어들고 있지 않을까 상상하고 있지만.

유아사 그것은 사실입니다.

후쿠다 그러니까 역시 내지 쪽만 신경 쓰고 있는 것이지요. 그렇다는 것은 더욱 후방을, 만주나 지나 혹은 더욱더 남쪽을 그다지 보지 않으면서 내지와 반도의 것만 본다는 것입니다. 내지는 어떨까만을 지나치게 생각하고 있지는 않습니까.

유아사 이제는 그럴 시기도 아니죠. 전향을 확실히 맹세할 뿐입니다.

반도의 작가들

요코미쓰 이번 『국민문학』에 실린 단편을 좀 봤지만 상당히 재미있다고 생각했습니다. 우리들은 조선을 모르는 사람들인지라 잘 모르겠습니다만.

최재서 이태준 씨의 「석교」는 어떤 인상을 주었습니까?

요코미쓰 그것도 재미있었습니다. 그러나 그것이 진정한 조선인의 생각인가 아닌가는 모르겠습니다. 예를 들어, 아무도 모르는 사람이 읽어도 이것이 조선의 생활이구나, 그렇게 느낄 수 있는 것을 저희들은 읽고 싶습니다. 체홉을 읽으면 그것으로 러시아라는 것을 곧 알게 됩니다. 그런 것을 저는 골라서 읽고 싶습니다. 거기에 나오는 할아버지의 설교 등은 역시 조선다운 것입니까?

최재서 뭐랄까, 설교는 조금 인텔리 취향이지만 다만 그 사고방식이 조선적입니다. 즉 견실한 조선의 중견(中堅)이지요. 대지주도 아니며 소작인도 아닙니다. 그런 사람들이 조선의 무엇인가를 구성하고 있습니다. 설교는 다소 좋지 못한 버릇입니다.

요코미쓰 조선을 잘 알고 있는 사람이 보면 그것은 좋지 못한 버릇으로 보이는 것이군요.

최재서　뭐 그렇게 볼 수 있습니다.

요코미쓰　조선 작가는 회화를 길게 쓰는 버릇이 있는데, 그것은 어떻게 볼 수 있습니까. 역시 민족성입니까.

최재서　그것은 하나의 전통입니다. 예를 들어 아오키 교의 「밭가는 무리」를, 이토 씨였던가요, 전혀 일본적이지 않은 (나쁜 의미가 아니라), 일본인답지 않은 소설이라고 평했습니다. 무언가 유럽의 소설을 읽고 있는 기분이 든다는 것입니다. 그것도 긴 회화가 계속되는 점을 지적하고 있는 것 같지만, 그것이 확실히 조선문학의 전통이라고 생각합니다. 예를 들어 유명한『춘향전』에 대해서도 요즘 말이 많은데요, 『춘향전』은 완전히 낭독문학입니다. 그것은 그냥 읽는 것이 아니라, 마을에서 꽤 괜찮은 응접실이나 살롱 같은 데에서 저녁밥을 먹으면서 모두 모이죠. 모인 사람 중 하나가 낭랑하게 읽으면 십수 명이 귀를 기울여 듣습니다. 그것이『춘향전』입니다. 그런데 근대문학이라면 그런 전통의식으로 구성되어 있는 것이 아니라고는 해도, 결국 낭독하는 것에 좋은 점이 많지요. 그런데 젊은 작가들 사이에서 묘사에 대해서 떠들썩하게 말하고 있고, 또 노력하는 사람도 있을지도 모르겠지만, 무엇보다도 묘사로는 아직 좋은 작품이 나오지 않았습니다.

기쿠치　일본의 기다유부시(義太夫節),[6] 죠루리(淨瑠璃)[7]와 흡사하군요.

최재서　예, 결국 그것이 자신 있는 부분이지요. 아오키 교(靑木洪)의 작품에도 나옵니다. 반 매 정도 대단히 힘주어 말하고 있습니다

---

6) 타케모토 기다유(竹本義太夫)가 창시한 죠루리의 한 파.
7) 샤미센 반주에 맞추어 특수한 억양과 가락을 붙여 엮어 나가는 이야기의 일종.

만, 그런 것이 오히려 정채가 있으면서 선명한 묘사라고는 아
직 말할 수 없습니다. 어려운 부분도 있습니다.

야스다카   묘사의 경우에도 역시 이야기로 하여금 묘사하게 하는군요.

기쿠치   그러나 거기에 특색이 있으면 괜찮겠지요.

야스다카   「밭가는 무리」는 거기에 특색이 있었습니다.

최재서   그것은 황해도였지요, 저도 황해도이지만, 그것으로 잘 알 수
있지요. 그런 것이야말로 진정 조선적인 것입니다.

후쿠다   가와카미 씨. 언젠가 『문학계』에 미요시(三好) 군이 조선의…….

가와카미   김삿갓?

최재서   내지에서 말하는 쿄쿠(狂句)[8]와 같은 것이죠. 그것은 지금도 여
전히 읽히고 있습니다.

후쿠다   쿄쿠보다 더 고상하지요.

가와카미   보들레르와 같은 점도 있습니다.

후쿠다   그러니까 잇사(一茶)[9]와 비슷한 점도 있고.

기쿠치   그것은 일종의 형식적인.

후쿠다   한시죠.

최재서   한시를 모방한 것입니다.

기쿠치   형식은 어떤?

가와카미   한시입니다.

---

8) 넨가(連歌)나 하이카이(俳諧)에서 익살스러운 구절을 말한다.
9) 고야바시 잇사(小林一茶, 1763~1827), 에도시대에 활약했던 하이카이시(俳諧師).

후쿠다   옛날 사람이니까.

최재서   그렇습니다. 그리고 그는 몰락한 사람이어서 풍자 같은 것을
         했지요.

기쿠치   그는 언제 사람?

최재서   140년 정도 전에 태어난 사람인데, 민중 시인입니다.

야스다카   조선의 사람들 사이에 상당히 회자되고 있죠.

최재서   그의 시가 책으로 나온 것은 최근 출판사가 생겨난 이후부터
         죠. 원래는 기억으로.

가와카미   그러면, 일반적인 조선인들이 한시를 읽을 수 있습니까.

기쿠치   지식계급은 내지와 같겠죠.

최재서   지금 젊은이 가운데에서 가장 조선적인 사람은 역시 아오키
         교(靑木洪)나 김사량이 아닐까요?

야스다카   저도 그렇게 생각합니다.

기쿠치   김사량이라는 사람은 지금 무엇을 하고 있습니까.

최재서   시골에 내려가서 작품을 쓰고 있습니다.

기쿠치   어디 사람인가요?

최재서   평양입니다.

야스다카   작년에 잠시 그쪽에 가 봤습니다.

유아사   조선적이라는 것도 저는 여러 가지가 있다고 생각하지만 예를
         들어 황해도에서 평양에 걸쳐서 독특한 조선적인 것이 있습니
         다. 신라 계통은 조선적이라고 말할 수 없는 기질이 있고, 그

리고 백제 계통의 선사(禪寺) 등지에 사는 사람은 더욱 온화한, '시코쿠(四國)'와 같은 느낌을 주는 사람이 많습니다.

최재서 그 두 사람의 공통점은, 격정성에 있다고 생각합니다. 그것이 두 사람만이 아니라 조선문학 전체의 특질도 된다고 생각합니다. 예를 들어 이태준, 유진오에 대해서 말하자면, 남방계 쪽으로, 상당히 은둔적이랄까 성질이 유순한 사람이지만, 반드시 작품에는 격정적인 부분이 있습니다. 연극이 그런데, 예를 들면 <여로>라는 영화가 이쪽으로 왔었지요, 할아버지를 쳐들어서 박살냅니다. 유치하니까 그럴 것이라고 말할지 몰라도, 세련된 작품의 가운데에도 그런 것들이 나옵니다. 그것이 좋은지 나쁜지는 잘 모르겠지만.

기쿠치 유진오라는 사람은 소설을 쓰고 있습니까.

최재서 쓰고 있습니다.

후쿠다 그 사람은 조금 아베 토모지(阿部知二)[10]와 흡사합니다.

최재서 물고 늘어지는 점은 없습니다만.

---

10) 아베 토모지(阿部知二, 1903~1973), 쇼와시대의 소설가, 평론가, 영문학자. 오카야마현 출신. 중학교 선생님이었던 부친을 따라 시마네현, 효고현의 히메지시 등으로 이주하였다. 1927년 도쿄제국대학 문학부 영문학과를 졸업했다. 재학 중부터, 『붉은 문(朱門)』, 『푸른 구름(靑雲)』의 동인으로서 소설을 발표, 1930년의 「일·독 대항경기」에 의거 문단에 등장하여 같은 해 간행된 평론집 『주지적문학론』에 의해, 주지주의라는 이름이 부여되었다. 주로 조이스와 프루스트 등의 방법론에 입각하여 감정과 정열, 그리고 정서가 혼돈된 심연에 지성의 빛을 던지며 새로운 합리성을 추구하려고 했다. 뒤에 『행동』, 『문학계』의 동인이 되어, 1936년의 장편 『겨울 여인숙』에 의해 세평이 정해졌다. 1939년의 『풍설』은 전쟁기의 자유주의 지식인의 저항을 다뤄 주목받은 작품이다. 태평양 전쟁 하에서는 자바나 상해에 건너갔으며, 1940~1945년까지 히메지에 살았다. 전후에는 진보파 진영의 한사람으로서 평화론을 설파, 국내외의 사회활동에 적극적으로 참가하였다. 전후의 대표작은 「일월의 창」(1959년), 「하얀탑」(1963년) 등이 있다. 문화학원, 메이지 대학 등에서 근무하였으며, 영문학자로서의 연구, 번역 등이 많다. 『아베 토모지 전집』(전 30권)이 있다(고재석 편저, 『일본문학·사상 명저 사전』, 깊은샘, 1993, 625면 참조).

후쿠다　인텔리의 나약한 면이 있습니다.

야스다카　아오키 교 군이나 김사량 군과는 정반대이군요.

후쿠다　대체로 단편입니다. 장편도 있습니까.

유아사　있습니다.

후쿠다　상당히 하이칼라입니다.

논의와 연극

가와카미　조금 전부터 국민문학이라는 말이 나왔지만, 역시 이런 시세(時勢)니까 조선에서도 그 점을 열심히 생각하지 않으면 안 되겠지만, 그러나 역시 답답하게 생각하는 것은 매우 좋지 않습니다. 개념을 정해 두고 그것에 꼭 맞는 문학을 창조하는 것이 가능하지 않으니까요.

대체로 지금 일본문화의 상태에서는 중앙에서 무턱대고 활자만 보내기 때문에, 인간의 마음과 언어는 해협을 넘어오지 못해서 그 활자만 읽고 있으면 부자연스러운 정의 등에서부터 지나치게 생각하게 되어 버립니다. 저는 작년 한 해 정도 조선에 살았는데요, 조선을 활보하면서 전쟁에 대한 문화인의 각오 같은 것을 이야기했지요. 그런데 그 이야기가 내지보다도 더욱 잘 받아들여졌습니다. 왜 그랬는지 말해 보면 언제나 보고 있는 활자가 아니라 보통 우리들의 화화에서, 우리들의 일상의 마음가짐 속에서 그런 각오가 이야기되고 설명되고 있다는 것을 듣고는 상당히 마음이 든든했습니다. 저는 그런 식으로 해석했는데요, 활자를 통해서 그런 식으로 받아들일 수 있다는 것은 상당히 어색하고 또 지나친 해석일 수 있지요. 평소에 그런 것이 있지 않을까, 저는 걱정했던 것입니다.

최재서 그런 점은 확실히 있겠지요. 게다가 조금 전 후쿠다 씨가 말씀했던 것처럼 반도의 청년들이 논의를 좋아한다는 점도 확실히 있습니다. 그러나 그 논의를 좋아한다는 것은 결코 뿌리가 얕은 것이 아닙니다. 옛날 지나에서 한문이 유입되었을 때에도 반도의 학자들은 상당히 논의했는데, 오히려 지나 이상으로 논의한 결과, 성리학이 조선에서 상당히 발달했던 것입니다. 또 근대문학도 대개는 도쿄를 통해서 들어왔지만 그것이 반도에 들어와서 상당히 논의되었습니다. 그 중에는 논의를 위한 논의로 끝난 것도 있었지만, 그러나 그것이 반도인 청년의 지식을 단련시켜서 문학의식을 높였다는 점도 있습니다. 따라서 오늘날 국민문학에 있어서도 제일 먼저 개념론에 머리를 싸고 있는 것처럼 보이는 부분이 있을지도 모르겠지만, 이것이 반도의 현상으로서 오히려 자연스럽기도 하고요, 그러는 동안 우수한 결과가 나오지 않을까, 그렇게 보고 있습니다.

기쿠치 조선의 연극은 어떻습니까, 근대극은.

최재서 연극은 꽤 성행하고 있습니다. 이번 시국이 시작되면서부터 향상된 것은 연극뿐이라고 백철 군이 말할 정도이지요. 그렇다는 것은 당국에서 상당히 공을 들이고 있는 까닭입니다. 그래서 여러 가지 기회를 줌으로써 연극을 동원하고 있습니다. 그리고 연극에 관계하고 있는 사람들도 진정으로 새롭게 태어나고 있기 때문입니다. 작년 가을, 총독부의 정보국 주최로 콩

쿠르가 있었습니다. 5개의 극단이 제각기 종래에는 없었던 호
성적을 거두었지요.

기쿠치 그래서 좋은 각본이 나오지 않는 것인가요?

최재서 각본이 가장 큰 고민이라고 합니다. 그런데 각본은 소설 이상
으로 제한이 있습니다. 그러나 그것이 시대의 요구이니까, 그
런 시대의 요구에 부응하는 좋은 각본이 나오지 않으면 안 되
는데, 그런 각본이 나오지 않고 있습니다. 그러나 연극 전체가
향상된 것은, 그것은 공평하게 봐도 문학은 위축되었지만, 연
극만은 향상되었습니다.

기쿠치 좋은 각본이라도 나오게 되면 다음에는 조선문학이 흥성할 기
운이 될지도 모르겠네요.

야스다카 김사량 군이 290매의 희곡을 『문학계』에 싣고 있습니다.

최재서 「새벽녘(夜明け)」입니다. 그것은 곧 단행본이 되어 나온다고 합
니다.

역사문학으로

요코미쓰 역사물을 쓰는 작가는 없습니까.

최재서 있습니다. 단지 전부 언문으로 되어 있지요. 조선의 신문소설
이라는 것은, 십중팔구 역사소설입니다. 더욱이 그러한 역사소
설은 소위 이쪽의 대중문학이 아닙니다. 그쪽에는 소위 대중
문학이라는 것이 없습니다.

기쿠치 조선에는 전혀 대중문학이라는 것이 없군요. 근대소설이라도

만만한 것이 아닙니다.

최재서   있기는 하지요. 예를 들어 연애를 재료로 하는 것으로 「들장미 (野バラ)」 등, 시간이 지나도 인기가 떨어지지 않습니다. 소위 대중소설은, 역사소설이 되면 전부라고 말해도 좋을 정도로 언문입니다. 젊은 사람들이 점점 역사 쪽으로 옮겨 가는 경향은 확실히 있습니다.

유아사   조용만이라는 사람…….

최재서   「배 안에서」 말씀이십니까.

야스다카   김옥균의 일을 제재로 했지요. 저도 읽었습니다.

최재서   지금 가장 요망되고 있는 제재가 즉 내선일체입니다. 그런데 현대에서는 꽤나 쓰기 어렵습니다.

야스다카   쓰기 어렵기도 하지만 의외로 잘 되지 않았습니다.

최재서   그렇게 되면 합병 이전이나 더욱 되돌아가서 신라, 백제로 가면, 자연스럽게 교류가 있었으니까 정치적인 협잡물도 없지요. 거기에서 제재를 취하는 것입니다. 그것은 자연스러운 행동방식이라고 봅니다.

기쿠치   그 시대에서는 어떻게 서로 이야기했을까요.

최재서   통역자가 있었겠죠.

기쿠치   그러나 그 말은 어떤 언어였을까요.

유아사   일본어는 우랄 알타이어 계통이니까 백제시대에는 서로 잘 통하지 않았을까요.

기쿠치   그것은 통역자들에게 맡기지 않을 정도로 해서 그쪽으로 갔겠지요. 백제가 멸망할 때, 이쪽으로 이천 명이 넘게 왔으니까, 그래서 백제 등과 교섭은 그 당시 무언가로 이야기했겠지요. 혹시라도 한문으로 이야기했을지도 모르겠네요. 홍법대사(弘法大師) 등도 통역을 붙여서 왔다는 이야기가 없으니까 결국 한문으로 대화를 이어갔겠네요.

유아사　언어 계통으로 말하면 조선어와 일본어와는 상당히 가까운데.

기쿠치　가깝거나 같은 계통이라고 해도, 그것은 수천 년 전에 갈라진 말입니다. 유사(有史) 이래 갈라진 것은 아니지요.

후쿠다　역시 한문일지도 모르겠습니다. 마치 영어와 프랑스어가 어떤 시대 국제어가 되었던 것처럼.

최재서　만요우가나(萬葉假名), 이것은 결국 조선의 이두입니다. 그러니까 결국 그렇게 해서 뜻을 구별했겠죠.

야스다카　그렇죠.

기쿠치　조선 전설 중에서 아직 일본에 전해지지 않는 것이 있습니까.

최재서　전해지지 않은 것은 없지 않을까 싶은데요.

기쿠치　조선 신화 등에서 상당히 문학적으로 취급한다면 갈채를 보낼 만한 것이 있습니까.

최재서　다루기에 따라서는……. 보내 드린 잡지에 실려 있는 「에밀레종」이 있지요. 그 전설을 바탕으로 쓴 5막 짜리 희곡이 있지요. 쓴 사람은 젊고 아직 미숙한 점이 있습니다만.

기쿠치　그것은 지나에서 온 것이 아닙니까.

최재서　그것은 신라의 전설입니다. 즉 종 만들기로 끝나는 전설로, 조선인으로서 신앙심에 불타올랐던 것은 신라인뿐이었지요. 그런 아름다운 신앙의 세계를 가진 것은 그 이래 없었습니다. 그것이 현실적으로는 종으로 남아있고 전설로도 남아있습니다.

가와카미 그것은 불교가 아닙니까.

최재서 물론 불교입니다. 신라에는 상당히 아름다운 전설이 있습니다. 개국 전설에는 너무 합리적인 것이 있어서, 지나와 흡사하지 않을까 생각하게 되기도 하지만 불교에 관한 전설에는 순수한 것이 있습니다.

고대로 돌아가자

유아사 저는 조선 작가들이 지금까지는 역사의 상당히 가까운 것만을 보고 있다고 생각하는데요, 이제는 더욱더 일본의 고대에서 신화 등에 대한 정열을 가지고 간다면 좋겠다고 생각합니다.

최재서 일본의 역사에도, 조선의 역사에도 보통 이상의 친밀한 교류가 있었던 것 같습니다. 그런데 그런 사실을 지금까지는 서로 감추어 왔다고 생각합니다. 특히 합병 전후의 역사 등은 거의 사라져 버린 모양입니다. 그래서 『고사기』 등에도 교류를 표현하는 부분이 몇 군데 있으면, '그랬던가'라는 식으로 오히려 놀라죠. 그런 일면이 말살되어 왔던 것입니다. 따라서 그것들은 내선교류 융합의 일면을 강조하는 역사의 근본으로서 계속 나타날 수밖에 없다고 생각합니다.

기쿠치 뭐라고 해도 일본과 조선은 더욱 친밀했던 것이, 역시 왜구(倭

寇) 때문에 잘못되어 버렸네요. 그것과 히데요시(秀吉)의 일 때문에. 그 이전에는 사이가 좋지 않았을까 생각합니다.

최재서 그러니까 일단 그 중간을 뛰어 넘어서, 역시 고대로 귀환해서 진정으로 먹구름이 없는 기분이 된다는 것이 오늘날 작가에게는 어떻게 하든 필요한데, 그것이 아니라 근세에서만 포착하려고 하면 분명 그 작가는 절망하게 되지 않을까 생각합니다.

유아사 그렇다고 생각합니다. 그러니까 그것이 조선의 문제만은 아님을 저는 만주에 가서 절실히 느꼈습니다. 지금 만주에서는 건국신궁(建國神宮)을 조영(造營)하고 있지만, 그것이 종국의 목표를 암시하고 있다고 생각합니다. 소위 협화(協和)라는 것으로도 도저히 그 종국(終局)을 예정할 수 없는 협화라는 것은 이상하지 않을까요. 역시 종국이 있을 것인데, 그것을 이후 거대한 템포의 관점에서 말하면 협화나 친선(親善)이라는 것도 단순히 그 자체만은 아니라고 생각합니다. 그러니까 점점 일본적인 것으로 되어 간다는 것은, 결코 이후 직할지(直轄地)가 된다는 의미에서가 아니라, 대동아 전체가 하나가 되어 간다는 관점에서 확실히 파악될 수 있다고 저는 느꼈던 것입니다. 그것은 건국사를 확실히 읽으면 그럴 것입니다. 그 밖으로 현대를 여러 가지 각도에서 공부해도 알 수 있다고 생각합니다.

최재서 긴 시간 매우 감사했습니다.

국민문학, 1943. 5.

농촌문화를 위하여
∴ 이동극단, 이동영사대의 활동을 중심으로

참석자

이가영죽(李家英竹, 이동극단 제2대)
오가타 준이치(岡田順一, 조선영화배급사)
유치진(극작가)
스시다 마사오(須志田正夫, 조선영화배급사)
최재서(본사 주간)

최재서　근로문화는 여러 가지 어려움이 있지만요, 어쨌든 지금까지 문화 즉 문학, 연극, 영화, 음악, 미술 등이 소비자의 여가의 도구가 되어왔다고 생각합니다. 그것을 우리들은 지금 근로대중을 위한 문화로 전환하지 않으면 안 된다, 또한 그렇게 함으로써 문화 그 자체도 건전하게 만들어야 한다는 생각으로 문학 등을 열심히 하고 있는 것인데요. 특히 오늘은 연극, 영화 등의 임무를 가지고 더욱 직접적으로 지방근로대중에게 접촉하고 있는 여러분들로부터 그동안의 체험과 의견 등을 여쭙고 싶다는 생각에서, 모여 주십사 했던 것입니다.

이동극단이라는 것이 시작된 것은 언제부터였던가요.

이 가 내지 쪽에 대해서 저는 잘 모르겠지만, 조선에 있어서 이동극
단은 현재 제1대, 제2대가 있는데요, 제1대는 쇼와 16년(1941
년) 6월, 지금의 조선연극문화협회의 전신인 조선연극협회 직
속으로 생겨났고 9월부터 출동했습니다. 이번에 신태양사의
조선예술상 단체상을 탔는데요, 대장은 류천장안(柳川長安)[1] 씨
입니다. 제가 속한 제2대는 작년 6월에 생겨나서 역시 9월경
부터 일을 시작했는데요, 대체로 이 일은 농촌과 산촌, 어촌,
광산과 같이 정말로 문화 수준이 낮다고나 할까, 오히려 전혀
없다고 해도 좋은 곳에 건전한 오락을 제공하는 것과 함께 반
도의 황민화를 위해서 적극적으로 활동하는 것에 주안점을 두
면서 생겨났습니다. 그러니까 그런 점, 내지와 조선의 이동극
단 사이에는 그 목적에서 상당히 다른 것이지요. 내지 쪽은 단
지 건전한 오락―내일의 근로를 위한 영양소를 공급하는 것
이지만 조선에서는 더욱 적극적으로 소위 시국성을 자각시키
지 않으면 안 되는 것입니다. 따라서 작가나 연출, 연기자로서
일하는 데 있어서 곤란한 것이 있는데, 대원의 생활 그 자체가
문화지도의 역할을 하지 않으면 안 된다, 따라서 항상 흩어져
서 행동하는 것이 아니라 단체적 규율이 있는 생활을 합니다.
시골에 가면 대원의 행동이 곧 눈에 띠게 됩니다, 경우에 따라
서는 20~30호 정도 되는 작은 부락에 갈 수도 있으니까. 말
투나 걸음걸이, 아무튼 우리들의 사고방식이나 생활태도 등을
지방민의 생활이 되도록 해야 하니까……. 의기 있게 말하면,

---

1) 연극인이자 영화감독 유장안의 창씨명이다.

연극뿐만 아니라 우리들은 그런 면에도 역할을 해야 하는 것입니다. 그리고 저녁에는 연극을 합니다. 제가 듣기로는 4리나 되는 먼 곳에서 저녁에 도시락을 싸서 보러 오는 노인네들이 있습니다. 태어나서 처음으로 연극을 본다더군요. 뭐랄까 색다른 구경거리라고 생각했는지, 원숭이가 몇 마리나 나오는가 싶어서, 즉 무엇을 보는지도 모르는 채로 오는 경우가 있습니다. 어쨌든 그런 구경거리에 상당히 굶주려 있습니다. 군이나 면 소재지라면 포스터를 붙이는데요, 그것이 또한 바뀌어 있더군요, 문화극단 내지는 문화극단 실연대나 심한 곳에서는 소녀가극단 따위로. 역시 우리들이 하는 일을 잘 알고 있지는 않습니다. 대체로 3시에 공개연(公開演)을 하고 그것이 끝나면 전원 모여서 짐을 꾸리는 등 다음날의 준비에 만전을 기하여 겨우 숙박지로 돌아와서 잡니다. 그리고 다음날 또다시 다음 지역으로 향하는 것입니다.

최재서 공연물은?

이 가 제1대는 연극인데요, 우리들 제2대는 가극(歌劇)입니다. 우리들은 주로 가수를 중심으로 조직되어 있어서. 지금까지 했던 것은 (1) 푸른 언덕(錄の丘), (2) 마을의 영광(村の榮光), (3) 버라이어티(ヴアラエテエ) 등으로 꾸며져 있습니다. (1) <푸른 언덕>이라는 것은 이농문제를 다룬 것인데, 작년 3월 어떤 지방에 갔을 때입니다. 지방에 가면 면 사람들이나 경방단(警防團), 감시소(監視所) 사람들과 모여서 이야기할 기회가 있는데요, 그때 나온 이야기로, 여기는 상당히 곤란하다, 우수한 농촌청년이 점점 도회로 나가간다는 이야기를 여러 번 들었는데, 거기에

서 힌트를 얻어 창작된 작품입니다. 어떤 농가의 가난한 청년이 경성으로 나와서, 어떤 독지가의 도움을 받아 전문학교를 나온다는 틀에 박힌 이야기지만, 그 독지가에게는 아름다운 딸이 있었는데 청년이 학교를 나오자 농촌 건설에 뜻을 두고 귀향합니다. 그리고 야학을 만들어서 국어를 가르치고 가뭄을 막기 위해서 저수지를 건설하고 국민개창(皆唱)운동으로 국민가요를 마을 사람들에게 가르쳐줍니다. 그런데 어느날 독지가의 딸이 그곳을 방문하게 됩니다. 그리고 어떻게든 경성으로 돌아가자고 하지만 청년은 자기의 신념을 지키면서, 그대도 마음으로부터 자기를 사랑한다면 이 순박한 시골 사람들을 위해서 일해 달라고 하니 그 딸도 청년을 따릅니다. 사치를 일삼거나 제멋대로 구는 것도 그만두고 함께 농촌을 위해서 일합니다. 그리고 독지가도 전재산을 농촌으로 갖고 와서 '당신들을 돕겠다'고 하니 '고맙습니다, 고맙습니다.' 하게 되는 것입니다. (2) 〈마을의 영광〉은 서항석 선생의 작품인데요, 지원병을 테마로 하고 있습니다. 그런 테마는 지금까지 너무 딱딱하게 취급되었기 때문에 그런 테마에 웃음을 한번 가미해본 것입니다. 지원병이 전지(戰地)에서 돌아온 날부터 연극이 시작되는데요, 돌아온 지원병의 환영 때문에 마을 구장과 어떤 영감이 서로 다투게 되지요. 즐겁고 명랑한 싸움이라 좋은 의미라는 것입니다. 영감은 반드시 자기 딸을 시집보내려고 정해놓았는데요. 이에 대해서 구장이 여러 번 좋지 않은 소리를 해서 연극이 재미있게 진행됩니다. 그러나 정작 지원병 당자는 신부를 맞아들이고 싶지 않다, 다만 자기 고향이 여기뿐이라는 심정으로 돌아왔지만, 그러나 자신은 한 번 더 국가를 위해

서 일할 생각으로 남방으로 가게 되었기 때문에, 새삼스럽게 신부를 맞이할 이유가 없다고 잘라 말합니다. 영감의 생각은 확실하게 마무리됩니다. 따라서 싸움 상대인 구장이 중재하는 것입니다. 사실 영감님은 이미 당신을 자기의 사윗감으로 정해놓고 보니 아주 좋아서 어쩔 줄 모르게 되었다는 것을 말했지요. 그러자 자기가 남방에 가더라도 역시 괜찮다고 생각하면 감사하게 딸을 맞이하겠다고 하니, 그 아가씨는 아가씨 나름대로 그동안 마을에서 국어를 가르치거나 자기대로 일하며 기다리기로 하면서 연극이 끝납니다. 버라이어티(ヴァラエテエ)는 거의 애국가요를 활용하고 있는데요, 그 주제는 이번 전쟁에서 대동아공영권의 모든 민족이 히노마루(日の丸) 아래에서 열심히 일하자는 것으로, 지금까지의 가극단과는 그 형식에서부터 상당히 다릅니다. 이른바 인기 있는 스타나 특정한 가수를 중심으로 하는 것이 아니라 하나로 통일된 주제 아래에서 노래하거나 춤을 춥니다. 독창이나 독무(獨舞)도 있지만 합창과 군무(群舞)도 있지요. 이것을 30~40분 정도 한 후에 공연을 마칩니다. 뭐 이런 정도입니다. 어느 것이든 시국성을 가지면서도 즐거워야 한다는 것이 목표인데요, 지금까지의 작품이 나쁜 것은 아니지만, 새로운 방식을 통해서 좀 더 지방의 여러 가지 실생활을 파악한 연극을 위해 협회해서는 여러 가지로 애쓰고 있습니다.

오가타 그러면 이동연극대는 지금부터 몇 반을 더 만들려고 합니까.

이　가 그런 경리면(經理面)에 대해서는 제가 잘 모르겠습니다만. 다만 지금까지 그 일은 경영적으로는 결손이 계속되고 있습니다.

오가타   그런 일이 경영난을 겪다니 곤란한데요.

유치진   말씀드리자면 1대가 20여 명, 2대도 그 정도니까 아무래도 인원이 많지 않습니까. 지금의 경비 문제라는 것도 결국 사람 수가 너무 많기 때문이 아닐까요. 좀 더 적은 인원으로 간편하게 운영하면서 빈틈없이 하는 것이 좋다고 생각합니다만. 지금까지 그런 활동을 보면, 역시 본격적인 연극을 그대로 들고 가서 농민에게 보여주자는 경향인 것 같은데요, 지금으로서는 그것이 어떨지 생각해야 합니다. 그것도 좋은 것임에는 틀림없지만. 지금으로서는 텐트를 치고 하고 있는데, 그것이 시골의 작은 집보다 오히려 클 정도니까요.

이 가   보통 무대가 다섯 칸 정도입니다.

유치진   도회에서 하는 것처럼 본격적인 연극을 하는 것은…….

오가타   그렇게까지 한다면 괜찮기도 하겠지만 아직은 너무 이르네요.

유치진   설비 관계도 이르지만, 농민과 노동자 계급은 아직 본격적으로 연극의 아름다움을 모릅니다. 그것을 알기 위해서는 역시 연극을 보고 익숙해지지 않으면 안 됩니다. 즉, 향수(享受)하는 일에도 연습이 필요한 법이지요. 그 점은 영화도 마찬가지입니다. 영화나 연극의 표현 테크닉이나 기술을 일단 이해하지 않으면 그 아름다움을 알 수 없습니다.

최재서   그런 것이라면 가극(歌劇)이 좋겠네요.

유치진   어쨌든 그런 사람들이 이해할 수 있도록, 거기다가 연극이 나쁜 길로 가지 않도록 하지 않으면 안 됩니다.

이 가   요전에 진주, 밀양, 동래 등 소도시를 중심으로 약 2주간 경남을 돌았던 일이 있었는데요, 진주의 평이, 이른바 도시 성향으로서는 시골 냄새가 나지만, 그리고 입에 발린 말인지도 모르겠지만, 전원이 어떻든 열심히 해서 일을 훌륭하게 해냈던 것입니다. 서장(署長)도 인사말로 이렇게 말했지요. 수고가 많았다. 사실은 나도 연극은 조금씩 보고 있다, 이로모노(色物)[2] 등은 한 달에 10번은 돌아다니고 있지만 그것은 조금도 재미있지 않다, 구체적으로 어떤 점이 재미없는지 나는 잘 모르겠지만, 그러나 당신들이 와주어서 조금이나마 도움이 되었다고. 그런 식으로 신용이 있습니다. 제 입으로 말하는 것이 이상합니다만.

최재서 서장님께서 칭찬하신 이야기도 좋지만 관중들은 어떻습니까.

이 가 일반인들은 무조건 환영합니다. 노래하거나 무언가 이야기하면 아주 좋아합니다. 그만큼 그런 것을 요구하고 있는 것이지요. 사실은 그런 것들이 우리들에게 여러 가지로 생각을 하게 만들지요. 우리들에게는 위험도 있으니까요.

최재서 여자들도 오나요.

이 가 여자들이 반쯤 되지요. 대체로 1회에 2,500~3,000명이 동원되는데요, 아이들이 500명 정도고 다음으로는 남녀 반반입니다. 여자들이 꽤 환영합니다.

최재서 시골 부인들은 연극을 보는 일 자체가 드문 일이니까요.

이 가 옷도 예쁘게 차려입고 치장도 하고는 '왔냐, 왔냐' 하면서 옵니다.

---

2) 요세(寄席)라는 연예장에서 공연되는 만담·야담·요술·노래 등의 대중연예물.

스시다　　전부 조선말로 합니까.

이　가　　연극은 조선말, 노래는 국어입니다. 제일 먼저 이동극단의 소
　　　　　개부터 시작합니다. 그리고 한 사람이 스토리를 말합니다, 그
　　　　　리고 이를테면 '행진, 행진'이라고 하면 행진하는 장면이 됩니
　　　　　다. 영화 기술을 가져와서, 커트와 백이 빈번하게 있지요.

스시다　　영화에서 회상수법(ナラタージュ) 같은 것이네요.

이　가　　그 정도까지는 아니지만, 원작자가 그런 것을 시도했을 지도
　　　　　모르겠네요. 그리고 노래 등은 농촌, 어촌에서 특별한 종류의
　　　　　노래를 부릅니다.

스시다　　노래는 그전부터 불러왔던 것을 부르는 것인가요.

이　가　　새로운 노래도 조금 있지만 일반적으로는 거의 국민가요를 부
　　　　　릅니다. 산업전사의 노래나 전지의 노래, 군가 등등.

스시다　　그와 같이 새로운 가요는 처음으로 연극을 보는 노인네들은
　　　　　잘 모르겠지요. 다만 진귀한 것을 보니까 계속 머물러 있지 않
　　　　　습니까. 그런 사람들에게는 어떻게 합니까, 조선가창단입니까,
　　　　　옛날 조선의 가극……

유치진　　창극말인가요, 옛날 노래, 그것도 좋지만요.

오가타　　내지에서도 말이죠. 시골에서는 시대물이나 옛날의 인정물(人
　　　　　情物)의 내용이나 의리인정 따위를 이해하여 감동하지만, 새로
　　　　　운 것이라면 전혀 감동하지 않아요.

최재서　　재래의 것을 되살려서 오늘날 시국에 상응시키는 것은 불가능
　　　　　할까요.

스시다 내지에서도 그런 것은 없는 것 같더군요. 토사마와리(土佐まわ
り), 그런 것도 이동극단이지만.

오가타 내지에서 시골을 돌아다니는 것은 대체로 시대물입니다. 그것
들은 대체로 이해할 수 있고 내용도 쉬운 것들인데요, 그것을
시국에 부합하도록 개작하고 있습니다. 그렇게 하지 않으면
안 됩니다.

스시다 다만 조금 전에 말씀했듯 황민화운동이 작업의 중심이 되면서
부터는 낡은 것만으로 할 수 없지요.

오가타 예를 들어 『춘향전』 같은 것도 현대적으로 고칠 수 있다고 생
각합니다.

유치진 제가 관계하고 있는 현대극장에서는 일전에 총력연맹의 의속
(依屬)으로 남선 지방을 돌아다닌 적이 있었는데요, 그때의 테
마는 일하지 않는 자는 황민이 아니라는 것이었지요. 근로강
조주간이라서 그런 테마로 공연했는데, 지금 나온 말씀처럼
옛날 것을 중심으로 해서 레퍼토리를 만들었던 것입니다. 조
선의 일반 민중에게는 무조건 재미있는 <놀부, 흥부(흥부전)>
가 있는데요. 형인 놀부는 게으르면서 심성이 나쁘고 아우인
흥부는 착하고 열심히 일한다는 것으로 권선징악으로 끝나면
서 최후의 승리는 아우에게 돌아간다는 내용인데, 창극을 넣
어서 해봤더니 상당히 좋아했습니다.

오가타 그런 것이 이동극단에서도 하나의 목표가 될 거라고 봅니다.
이동영사대에서도 말할 수 있는데요, 잘 모르는 것을 그저 한
다고 하면 감격은 옅어진다고 할 수 있어요. 옛날 것을 개작해
야 합니다.

최재서   내지에서는 『토카이도츄히자쿠리게(東海道中膝栗毛)』3)인가요, 그
         정도라면 어떻게 해서든 돌아갈 수 있습니다.

스시다   그렇습니다, 결국 문제는 야지키타(弥次喜多)4)이니까요. 그것이
         나와서 무엇이든 할 정도로는 어떤 것이든지 끼워 넣을 수 있
         으니까요.

최재서   노래도 국민가요만이 아니라 조선 노래를, 그것도 단지 끼워
         넣을 것이 아니라 어떻게든 살짝 비틀거나 한다면 훌륭하게
         오늘날에 맞게 될 수 있겠지요.

스시다   그렇습니다. 단순히 보는 것만이 아니지요.

유치진   정말로 무대와 함께 호흡하는 것이 되지 않으면.

오가타   도회적인 것을 다만 보여주는 것만으로는 그런 감동은 없겠지요.

이 가   어촌이나 광산촌, 그런 재래적인 것들이 넉넉해지면 좋겠습니
         다. 그런데 제가 말씀드리는 것이 이상하겠지만, 대본이 정리
         되어 있지 않아요. 각 지방, 또는 여기 저기 산업부문에 걸쳐
         져 있으니까요.

스시다   여기에도 각본 기근인가.(웃음)

이 가   내지에서는 극단에 그와 같이 각 방면에서 신청이 들어오면,
         훌륭하게 해 나갈 수 있습니다. 지방의 여기저기로부터 와도
         어떤 것이든 할 수 있지요. 예를 들면, 광산 쪽에서 신청이 들
         어오면 거기에 꼭 맞는 것을 가지고 갑니다. 대본의 스톡(stock)

---

3) 1802년에서 1814년에 걸쳐서 초판 인쇄된 골계본(滑稽本)으로, 대중 작가 짓펜 샤이쿠(十
   返舍一九)가 지었다.
4) 『토카이도츄히자쿠리게』의 등장인물 야지로 베이(弥次郎兵衛)와 키타 하치(喜多八)의 준
   말이다.

이 있는 것이지요. 우리들은 설령 신청이 들어온다고 해도 곤란합니다. 정해진 것 하나밖에 없기 때문이지요.

오가타 내지에서는 그와 같이 지방을 위한 극대본을 모아서 출판하고 있습니다. 시골 사람들이 어떤 것을 요구하는가, 그것을 확실히 파악하는 것이 우선 가장 중요합니다. 다만 국민가요를 장려하는 것만이 아니라, 지방에 원래부터 있던 정서를 풍부하게 살려내면서 실천하고 싶은 것이지요.

이 가 우리들이 작가를 현지에 보내서 생생한 소재를 붙잡아 돌아왔으면 해서 몇 번이나 시도했지만. 지금 현재 쓰고 있는 대본도 그렇게 해서 만든 것인데…….

최재서 작가는 지금까지 실제, 근로나 농촌에 관해서는 한두 명의 작가는 별개로 해도, 완전히 동떨어진 존재였기 때문에 노동하는 사람들의 마음을 모릅니다. 그래서 결국 이른바 문화라는 것이 이와 같이 동떨어져 버린 것입니다.

유치진 이동연극의 작품에 대해서는 제가 알기로 시골에 가보면 도회보다도 소위 지도(指導)라는 것이 용의주도하게 행해지고 있습니다. 예를 들면, 면이나 농회 등지의 증산 및 근로생활의 지도에 있어서는, 볍씨는 어떻다, 논갈이는 어떻게 하라, 비료는 어떻다, 가마니를 짜라, 새끼를 꼬아라, 등등 하루하루가 이러한 지도인데요, 어쨌거나 이론만으로 생활하고 있는 것 같기 때문에 순연(純然)한 근로계급에게 보여줄 연극은 이론을 제외한 것, 도회의 부박함을 제외한 것을 시골로 가져가야 하겠는데요, 그렇게 반동적이지 않은 한 이론을 제외한 즐거운 연극물을 보여주고 싶다고 생각합니다.

최재서   이런 테마는 어떨까요. 자기 노동의 의미, 그 이치가 이런 것
이다 저런 것이다 말하지 않고, 예를 들어 쌀을 한 섬 수확하
면, 그것이 지금 어떤 의미를 가지는가, 그것을 구체적으로 보
여줍니다. 산업전사(産業戰士)의 경우에도 그렇겠지만 자기 노
동의 큰 의미를 깨닫는 것에 의해서 자랑스러움을 느낄 수 있
겠지요. 그런 방법이 어떨까요. 그것은 대동아공영권과 연결되
어도 좋습니다. 그런 웅대한 테마를 취해도 좋겠지요. 지방으
로 가는 연극이므로 통속적이어도 좋겠지만, 어쨌든 그런 웅
대한 테마가 필요하다고 봅니다.

유치진   그다지 이론이나 교훈이 아니라도……. 그렇게 하면 곤란하다
고 생각하는데요, 예를 들어 암거래와 국민의 경제생활 문제
라도 받아들이는 입장에서는, 연극으로서도 문제겠지만, 잘못
활용되면 큰일입니다.

오가타   건설적이고 명랑한 것이라면 그 자체가 신체제적인 것이니까
논리적으로 가르치기만 하면 안 됩니다.

스시다   영화의 경우에는 내지 필름(영화) 그대로 갖고 움직이니까 끼워
넣는다고 해도 한계가 있습니다. 기껏해야 조직 편집만으로
기교를 부릴 뿐입니다.

오가타   연극은 내용에 있어서 그것이 가능합니다.

최재서   저는 요전에 진남포 알루미늄 공장을 보러 갔었는데요, 각양
각색의 직공들에게 들었습니다. 공장 측에 무언가 요구할 것
이 없는지 물으니 그런 것은 없다, 단지 자기들은 최선을 다해
서 일하고 있는데, 뉴스 영화만은 반드시 자주 보여 달라는 것
입니다. 농촌의 경우에도 서장이나 면장의 훈시만 하는 것보

다는 뉴스영화를 보여 주는 편이 좋다고 합니다. 그런 측면도 생각해 볼 수 있겠지요.

오가타 연극에 대해서는 이동극단도 상당히 좋지만, 또한 소인(素人)연극5)을 내지처럼 조금이라도 활성화하면 좋겠다고 생각합니다. 농한기 무렵에, 좋은 지도자를 모시고 지방 사람들이 스스로의 힘으로 연극을 합니다. 연극 하나를 공연하는 것 그 자체가 신체제의 지방문화의 역할을 다한다고 봅니다. 자기들끼리 모여서 스스로 하는 연극이 그 지방 사람들에게는 가장 감명이 깊겠지요. 각도에 반(班)을 한두 개 만들어서 하면 좋겠습니다.

유치진 경상남도에는 극단이 하나 있다는 이야기를 들었습니다.

최재서 서선(西鮮) 지방의 가면극…….

유치진 글쎄요, 당신이 잘 아시겠지요. 봉산, 사라원이 본고장이니까.

최재서 그 공연을 보면 굉장합니다. 소박한 민속적인 행사지만 전부 자기를 잊고 즐기고 있습니다. 작은 산이 주렁주렁 매달려 있는 것처럼6) 보이지요. 공연하는 사람도 보는 사람도 하나가 됩니다.

이 가 그렇습니다. 하나가 됩니다.

최재서 그것들을 그대로 하는 것도 방법이 되겠지만 무대에 올려서 공연하는 것도 가능하다고 생각합니다. 그것도 물론 권선징악이 테마지만, 결국 노래와 춤으로 즐거워집니다. 훌륭한 소인 극단이 나오면 좋겠습니다.

---

5) 비전문가들의 연극을 말한다.
6) 비유적인 표현인 것 같다. 그럴 정도로 행사에 몰입되어 있다는 뜻이다.

오가타 제가 전라북도에 있을 때, 방공훈련을 주제로 공연했던 적이
       있었는데요, 자기 마을 사람인 이 남자도, 저 아가씨도 나오기
       때문에 흥미도 있고 감명도 깊었습니다. 그래서 방공훈련의
       주제가 제대로 이해되었습니다. 뭐라 해도 모두가 참가해서
       열심히 하지 않으면 안 된다는 것을 잘 이해했던 것입니다. 이
       렇게 볼 때, 여러 가지 문제에 대해서 ― 생산확충이나 사상선
       도의 문제 등도 ― 이렇게 하면 좋겠다고 생각합니다.

유치진 지금도 시골 청년들이 자기 손으로 소인 연극을 하나 해보고
       싶다거나 하고 있으니까 지도해달라거나 각본을 제공해달라고
       하는 상담이 저희들에게 들어옵니다만, 지도라고는 해도 이것
       이 민간인의 입장에서는 상당히 곤란합니다. 결국 우리들이
       어느 정도 사상적으로 지도할 수 있을까, 그런 점이 곤란한 것
       이지요. 미숙하면 큰일이 나니까요. 예전에도 연극운동이 여러
       차례 있었지만 어쨌거나 어렵습니다. 지금이야 여론이 통일되
       어 있고, 이것이 하나의 연맹으로서 각 지방과 연락되어 지방
       에서 연극을 장려하고 소인극단 같은 것을 만들어 해 나가면
       좋지 않을까 생각하고 있지만. 각본도 전문가에게 쓰게 해서
       배포하는 등 어쨌든 그래서 모든 것을 합니다. 그것이 불가능
       하다고는 보지 않아요.

오가타 조금 전 말했던 전라북도의 경우는 각본을 모집했는데, 순진
       하고 재미있는 것이 30편 가까이 모였습니다.

이 가 내지에는 소인극단에 각본이 순조롭게 제공되고 있지요. 우리
       들로서도 이동극단의 임무를 열심히 하고 있지만 모든 지방
       및 부문에 손이 닿지 않습니다. 손이 닿는다 해도 그 사람들이

스스로 함께 즐기면서 실천해 주면 좋겠습니다. 그러니까 우리들의 임무는 하나의 쇼크를 주는 것에 지나지 않지요. 신청이 들어와서 평안남도에 갔을 때, 그곳의 농무과장이 말했지만, 자기들도 1년에 두 번씩 공연을 하는데 대본을 알선해 달라, 그리고 전문적으로 하는 여배우를 한 명 소개시켜 달라고 해서 대본은 만들어 준 적이 있습니다. 1대에서도 그런 적이 있었던 것 같습니다. 1대가 황해도를 순회한 직후, 그곳 사람이 극단을 만들어서 지금 돌아다니고 있다는 뉴스를 들었습니다. 이동극단을 탄생시킨 이데(井手) 씨가 그곳에 살고 있으니까 가능했겠지요.

오가타 이동극단은 자기들 스스로 하는 것은 물론 그렇게 다녔으면 좋겠습니다.

스시다 <농민극장>이라는 문화영화가 있었는데, 그 주제를 다루고 있었습니다. 어떤 부락의 청년이 연극을 하고 모두가 울거나 웃거나 하면서 보는 장면이 있는데 꽤 재미가 있었지요.

최재서 요전에 동경에 가서 좌담회를 했을 때, 키쿠치 씨가 말씀하셨는데요, 지금의 조선에도 좋은 연극이 나온다면 조선의 새로운 국민문학운동도 본격적으로 진행될 것이라고 했었는데, 전문가답게 문제의 핵심을 파악하고 있었다고 생각했습니다. 사실 저는 그 정도까지 생각하지는 못했는데, 좋은 연극이 나온다면 비로소 새로운 문학이 성립된다는 것인데요, 그것은 문학을 해도 민중으로 침투시키지 않으면 문학이 성립될 수 없다는 말이죠. 소수가 읽거나 보는 것이 아니라 연극이, 혹은 그런 것이 연극이 되어서 순조롭게 시골로 갑니다. 그래서 그 연극 속의 인물과 일체가 되어서 울거나 웃거나 하는 것에 의해서, 비로소 그 문학의 내용이 결실을 맺는다고 할 수 있겠지요.

오가타 시가에 있어서도 연극에 있어서도 전문가가 단지 자기들만을 위해서 창작하면 잘못입니다.

이 가 지금까지의 문학은 그랬지만 지금부터는 달려져야 합니다. 대중으로 침투시키려는 노력이 더 있어야 합니다. 그렇기는 하지만 그것이 문학자만의 책임이라고는 볼 수 없겠지만요. 우리들이 경성에서 공연하면 오히려 고생스럽습니다. 연극이 서툴러 보였는지도 모르겠지만, 시골로 가면 훨씬 잘 웃고 또 훨씬 즐거워합니다. 더욱 활발하게 일하는 보람을 느낍니다.

최재서 지금 시골에서 인기 있는 것은 무엇인가요.

유치진 내용으로 말하면 일반적으로 연애 이야기입니다. 옛날부터 그것은……(웃음)

최재서 책도 그런데요.

유치진 아이들이나 노인들도 그러니까…….

최재서 연애물이 인기 있는 것은 한편으로는 상관없겠는데, 다만 연애소설이 조금씩 변하지 않으면 말이죠. 거기에 무언가 포함시키지 않으면. 예를 들어 지방인이나 산업전사의 진지한 생활 속에서 연애가 있는 것이지요. 끊임없이 연애 이야기만 한다면…….

오가타 영화에서도 확실히 변하고 있습니다.

최재서 조선의 독자나 관중들이 상당히 뒤쳐져 있습니다. 10년 전의 작품을 완전히 넉다운시킬 정도로까지 해도 좋으니까요.

이 가　다른 의미에 있어서의 영웅화……. 그것이 있어도 좋다고 생각합니다.

오가타　『심청전』을 모두가 나쁘다고는 해도 조금 바꾼다면 좋은 것이 될 것입니다.

최재서　오늘날까지 이동영사대를 본 사람은 몇 명 정도 됩니까.

오가타　35만입니다. 15개 반이 한 달에 25~26회 정도 해왔으니까.

스시다　최고 31회 입니까, 대개 하루에 2회 합니다. 매일 노리우치(乗り打ち)[7]하는 것은 불가능하지만, 대체로 그렇습니다.

이 가　1회에 몇 명 정도가 오지요?

스시다　평균적으로 실외가 500~600명, 실내가 300~400명 정도입니다. 대동아전쟁 일주년 기념사업으로서, 작년 12월 8일부터니까 12, 1, 2월이라 날이 추워서 실력을 제대로 발휘하지 못했습니다. 그럴 수밖에요.

최재서　이동극단 쪽은 어떻습니까.

이 가　1대는 공연이 210개 장소, 회수가 259회로 42만 9천 명, 2대는 99개 장소, 118회로 29만 5천 명이라는 계산이 나옵니다.

오가타　우리들은 극영화가 한 편, 뉴스가 두 편으로 상영하고 무료관람을 원칙으로 하고 있습니다.

스시다　1회 30원으로 빌리는데요, ○○[8] 기계를 지고 움직이는 두 사

---

7) 사전의 뜻은 "(귀인·신사·절 등의 앞을) 말·가마를 탄 채 지나가는 행위"를 말한다. 그러나 여기서는 다른 뜻으로 사용된 것 같다.
8) 잘 보이지 않는 글자.

람의 운임비 등 기타 실비는 받고 있지만.

최재서 역시 선전성이 가장 강력한 것은 영화군요, 직접 호소할 수 있다는 점에서도.

스시다 단지 그것은 뭐라고 해도 내지의 영화를 그대로 가지고 오기 때문에 그 점 좀 더 생각할 여지가 있습니다. 게다가 지금 필름이 없습니다. 이동영사에 활용할 필름이 없어서 곤란한 것이지요. 되도록 농촌 쪽으로는 신경을 쓰고 있기는 하지만.

최재서 여기서는 만들지 않습니까.

오가타 그게 아직입니다.

스시다 시보(時報) 등은 경성과 동시에 시작하는 경우도 있습니다. 2편 정도는 여유가 있으니까. <지금 우리들이 정벌한다(今ぞ我等征)>, <쇼와 19년> 등 문화영화는 동시 개봉하지요. 조선에 필름이 충분히 있다면 좋겠지만, 아직 제작회사가 탄생한 것도 얼마 되지 않았으니까. 지금까지의 조선영화를 돌리면 좋겠지만, 쓸 수 있는 것이 없지요.

전강 저도 영사대를 따라 다녀 봤지만, 화면은 보지 않고 기계 쪽을 보면서 어떻게 저것이 사진이 되기도 하고 소리를 내기도 하는지.(웃음) 건너편을 보라고 말해도 제대로 보지 않습니다. 아직 수준이 그 정도인 곳이 많습니다. 그러나 어쨌든 이동연극단이 생겼고 이동영사단도 생겼습니다. 조선도 2~3년 안에 획기적으로 발전할 것이라고 봅니다.

이 가 그것도 한도가 있겠지만 연극의 기초 정도는 알아가고 있습니다.

최재서 사변(事變)이 일어난 후 진보했다는 것은 연극, 영화 부분이지

요. 연극만은 확실히 향상하고 있습니다. 당국의 힘을 업은 것
도 있겠지만.

이 가 이것은 여담인데요, 우리들이 선전을 다니지만 연극이 끝나면
다음 지역으로 걸어서 갑니다. 1대의 최고 기록은 이틀이 걸
려서 12리를 걸었던 적이 있었습니다. 우리들은 6리를 걸었던
일이 있습니다. 그래서 다음날 또 연극을 합니다. 충청북도에
홍수가 났을 때, 경찰 쪽 사람이 친절하게 대해주시고 버스도
있었지만 우리들은 힘을 내서 걸었습니다. 그런데 상당히 괴
롭지요. 제 자신도 괴롭지만 그럴 경우 불쌍한 것은 여자들입
니다.

스시다 그렇습니다. 그런데 또 다음날 연극을 하지 않습니까.

이 가 모두들 기진맥진해서 여자들은 '대장님 이제 못가겠어요.'라고
울상을 짓습니다. 그러나 우리 극단은 대장이 있고 반장이 있
습니다. 연기면 연기, 우라카타(裏方)9)면 우라카타 각각 반장이
있어서 대장의 명령 하나에 절대적으로 복종합니다. 따라서
연극이 끝나고 피곤하더라도 다음날의 준비를 위해서 어떤 일
이라도 합니다. 그래도 인간이기 때문에 처음에는 원망도 했
지만, 1~2개월 해 나가는 동안 동료 의식이나 애정도 생기고
자기가 하는 임무에 신념도 생겨납니다. 어쨌든 그때는 괴로
웠습니다. 그래서 연극에 싫증이 나면 어떻게 할까 걱정도 했
지만 신기하게도 그 밤의 연극이 좋았습니다. 단체로서의 의
기가 충만했습니다. 예를 들어 점심 전에 목적지에 도착했을
때, 무대 가설 등 일이 있어도 역시 시간에 여유가 있지요. 책

---

9) 무대 뒤에서 일하는 사람.

을 읽는다거나 분장을 한다거나, 그런 것은 묵인하고 있거든요, 제 나름대로 시간을 보냅니다. 그런 밤에는 오히려 연극이 느슨해져 버립니다. 그러나 어쨌거나 우리들 대원의 생활은 완전히 노동이에요. 그래서 가끔씩 고기가 배급되고 술도 나옵니다. 협회 돈을 사용하지 않고 대원들이 후생회를 꾸려서 자기 돈으로 하니까 즐겁습니다. 왠지 모르게 몸이 이상하고 나른할 때에도, 관중을 보면 힘이 납니다, 신념이겠지요. 어쨌거나 그런 임무는 직접적으로 국민에 대한 애정이 없다면 불가능한 일입니다. 저는 제가 무대에 나가지 않고 관객석에 있을 때, 관객의 심리를 파악하기 위해서 할아버지와 할머니들에게 이것저것 물어봅니다. 그 사람들은 4리나 5리 길을 도시락을 갖고 오는데요, 그 도시락 대신 옥수수를 먹으라고 합니다. 제가 사양하면 '내 것이 더러우니까 먹지 않는 거냐.'고 합니다. '아니요, 그렇지 않습니다.' 하면서 저도 함께 옥수수를 씹으면서 연극을 봅니다.

오가타 극단에서 여배우로 와달라고 해서 데려오는 아가씨가 있습니까.

이 가 없습니다.

최재서 자각이 그 정도인 것이지요. 시대의 분위기가 아직 멀었습니다.

이 가 단지 당국자의 생각 여하에 따라서 극단의 평가가 가지각색이지요.

오가타 영사대 쪽도 힘을 써주시는 분에 의해서 달라집니다, 성가신 말을 듣는 날에는 망치게 됩니다.

최재서 잡지 쪽도 그렇습니다.

오가타 지도하는 쪽이 일에 대한 인식이 없으면 안 됩니다.

이 가 이쪽을 보면 구걸 비슷하게 되기도 합니다. 그것은 주로 아랫
사람이지만. 우리 쪽은 보안, 고등 양쪽으로 신세를 지고 있습
니다만.

오가타 뉴스 같은 것도 그렇지만, 오는 사람의 반은 본 일도 없는 사
람입니다. 그런 사람들에게 연설하고 돌아다녀봤자 소용이 없
는 짓이지요.

최재서 실제로 하와이라고 해도 그것이 어디에 있는지 모르는 사람이
많기 때문에 결국 보여줍니다.

오가타 뉴스를 30만 명에게 보여준다면 그것은 결국…… 자기 자신을
선전하게 되는 건가요.(웃음)

최재서 일반적으로 연극이 번창한다는 것은 어떠한 형태로든지 국민
적 정열이 타오르고 있을 때지요. 3~4년 전에 연극이 번성했
을 때와는 다르지만. 그런 분위기를 조성해 나가야 합니다.

이 가 내지의 어떤 사람이 연극을 좋아하는 국민은 전쟁에서도 강하
다는 말을 했지만, 국민사상이 상당히 앙양될 때에는 연극이
번성합니다. 무언가 집단적인 즐거움을 요구하는 것입니다.

최재서 셰익스피어의 연극이 생겨난 시대도 역시 당시 세계를 장악했던
스페인의 무적함대를 영국이 정복하여 비로소 국민적인 자신이
붙은 시대였지요. 그때까지는 이류(二流) 국가였지만. 그 국민적
인 기분을 셰익스피어가 연극으로 만들었던 것이지요. 어떤 정
치적인 의미로 그것을 선전하지는 않았지만, 이른바 국민연극이
되었고 게다가 세계적인 것이 되었습니다. 작품에는 하품(下品)도

있고 상품(上品)도 있지만 그래서 결국 국민적 정열, 그것이지요.

이　가　그리스, 로마 시대에도 그랬지요.

최재서　결국 좋은 작품만으로는 좋지 않습니다. 문제는 국민적인 열정이 식지 않도록 하는 것에 있습니다.

오가타　끊임없이 거대한 열정을 가지도록 하지 않으면 안 됩니다.

이　가　지금은 평범한 정열이 아니라 정돈된 정열이어야 합니다.

오가타　그렇게 모든 것이 동원되어야 한다고 생각합니다.

최재서　선전계몽 연극이나 영화도 중요하지만, 아직 대중을 위한 연극이 확실히 정착되지 않았습니다. 단순히 시국적인 것을 쓰고 있는데요, 유치진 씨, 한편 어떻습니까, 굉장한 것을 쓴다면. 그렇게 거대한 것이 영화가 되고 연극이나 가극이 되고, 버라이어티가 되는 식으로.

오가타　거기다 말이죠, 조선 작가 중에는 아직 하나의 극을 하면서 신체제적인 것을 특별히 조립해 넣지 않으면 안 된다는 식으로 생각하고 있지는 않을까, 신체제 한 건(件)을 넣지 않으면 안 된다는 식이지요. 그러나 모든 것이 그대로 신체제적인 것인데.

유치진　그것이 조선 극작가의 고민입니다. 신체제의 이념을 어떤 방식으로 작품화할 것인가, 지금도 그렇지만, 머리로는 그것만 생각하고 있습니다. 그것은 최근 2~3년 동안 작가의 정열이나 당국의 지시 등이 상당히 거대한 것이었지만 사실은 연극 그 자체의 내용이나 기술, 그런 것이 아직 민중과 맞아 떨어지지 않았던 것입니다. 지도이론이 나쁘기보다는 그것을 담아내는 방법, 즉 예술적으로 문제가 남아 있었던 것입니다.

최재서   그것은 작가가 너무 진지하기 때문이라고 말할 수 있지 않을까요.「사과나무」그 작품은 총독상을 받았습니다, 그러니까 당국의 의사가 가장 잘 표현되어 있는 것이라고 볼 수 있는데, 그래도 새삼스럽게 시국색이 제대로 표현되어 있지 않다고 생각한 것이지요. 그것을 작가가 어쩐지 자랑스러워합니다, 불안해하지 않으면 안 된다는 식으로……(웃음) 잡지 쪽으로 보내온 원고도 그렇습니다만.

오가타   역시 예술적으로 우수하지 않으면 안 되지요.

최재서   내선일체가 아니면 안 된다, 그래서 내선결혼 이야기……(웃음)

오가타   정말이지, 아무것도 없는 곳에서 국기를 내 보이거나 말도 안 되는 부분에서 군인이 나오거나, 그런 것은 진정한 의미에서 존엄함도 없는 것이지요. 정말 곤란합니다. 그러므로 이런 일에는 예산 등의 측면에서 지도하는 쪽으로 해야 합니다. 더 생각해야 합니다.

최재서   그렇습니다. 이동극단이나 이동영사와 같은 임무는 경영난으로, 더 해나갈 수 없게 되면 안 되니까요.

수지덕   이동영사도 지금 16미리로 이행하고 있습니다. 필름 절약이나 운송관계로 더욱 간편하게 지방으로 가지고 갈 수 있도록 하지 않으면 어렵지요.

오가타   그건 그렇고, 그런 문화적인 임무에는 그 건설적인 의의를 인정해서 돈을 더 내야합니다.

최재서   그럼 이 정도로.

■ 국민문학, 1943. 6.

전쟁과 문학

참 석 자

우에다 히로시(上田廣)
이노우에 야스부미(井上康文)
카라시마 다케시(辛島驍)
유진오
마키 히로시(牧洋)
스기모토 나가오(杉本長夫)
미야자키 세타로(宮崎清太郎)
최재서
김종한

문학을 보는 척도

최재서   여러분 정말 감사드립니다. 그러면 시작하겠습니다. 오늘의 제목은 「전쟁과 문학」인데요, 그것은 어쨌든 이번에 우에다 씨, 이노우에 씨가 군보도반원으로서 남방(南方)에 가서, 뭐랄까 조금 이상한 말이지만, 문학자로서는 상당히 좋은 기회라고 생각합니다. 그곳에서는 전지(戰地)로서 여러 가지를 느낄 수 있다고 할까, 문학자로서의 마음, 그런 것을 우에다 씨부터 한번……

우에다   솔직히 말하면 우리는 문학자로서의 기분은 상당히 작았습니다. 그러니까 우리들이 전쟁에 참가해서 전쟁을 통해서 몸으로 익힌 것이 있다면 그것을 종래부터 공부해 왔던 문장으로 단지 표현한다는 기분, 그런 생각이 강했기 때문에 문학자라는 기분은 상당히 작아졌던 것입니다. 우리가 썼던 것에 대한 비판 등이 신문이나 잡지 등에 실려 있는데요, 그 문제점이라고 하는 것은 결국 전기(戰記)일 뿐 문학은 아니라는 것이었습니다. 그러나 우리가 생각하기에는 그것이 소위 문학이 아니라도 좋다, 오늘날 무기가 되고 혹은 그 밖의 임무에 응해서 싸우고 있는 과정에서 전쟁의 실상을 기록함으로써 종래 관념으로서의 문학이 되지 않아도 좋다는 기분이 상당히 강하게 드는 것입니다. 이노우에 씨 어떻게 생각하십니까.

이노우에   저도 지금 우에다 씨 말씀에 동감합니다. 지금 전쟁 중 우리들이 문학이라는 것을 생각한다면 우에다 씨의 말은 상당히 적절하다고 생각합니다. 우리들이 지금까지 가졌던 문학에 대한 사고방식이나 척도에서 그런 전기를 보는 방식으로 문학을 생각하는 것이 아니라, 그와 같은 전기 속에 있는 것으로부터 오히려 새로운 문학의 형태, 정신을 구해야 한다는 것이지요. 즉 문학을 보는 척도가 바뀌지 않으면 안 된다고 생각합니다. 시(詩)를 예로 들어 설명한다면, 육군 쪽에 있다가 최근 귀환한 어떤 시인이 그 전쟁을 1년 겪는 동안 시가 상당히 산문적으로 변해서 시로서의 형태를 갖추지 못한 것은 유감이다, 리듬도 없고 율격도 갖고 있지 않다는 식으로 비난받을 수 있지요. 그러나 현재 요구되는 시는 그와 같이 외형적인 형태로써 쓰는 것이 아니라 내용적으로 추구해야 한다고 생각합니다. 이를 테면 형태적으로는 완전하지 않더라도 시의 정신을 훌륭하게 갖고 있다면 우리들은 그것을 시로 인정해도 조금도 이상하지 않는 것입니다. 그런 식으로 저는 지금과 같이 격렬한 전쟁 가운데에서 창작되는 문학은 상당히 커다란 비약의 모습으로 나오지 않으면 안 된다고 봅니다. 신문기자가 쓴 기록 중에 오히려 문학적인 것이 있다는 식으로 자주 말하고 있지만, 그것과는 완전히 풍취가 다르지 않을까요. 이것이 저나 우에다 씨가 전지에 가고, 또한 다른 작가가 전쟁에 가면 모두가 느끼는 것이 아닐까 생각합니다. 이와 같은 우리들의 사고방식에 대해서는 여기에 계시면서 독자가 되어 주시는 분들의 의견이 듣고 싶은데요. 말씀해 주시기 바랍니다.

최재서   유진오 씨, 어떻습니까. 지난번 『문예』에 시평을 쓰셨지요. 니와 후미오(丹羽文雄) 씨의 「해전(海戰)」 등에 대해서…….

유진오   예. 그러나 그것은 지금의 문제와는 조금 다를 것 같은데요. 저는 오늘은 질문하는 쪽으로. 지금 문학에 대한 사고방식이 변하고 있다, 또한 변해가지 않으면 안 된다는 의견인데요.

시가 나오야(志賀直哉)[1]에 대하여

우에다   시가 선생의 「이른 봄의 여행」, 이것은 시가 선생의 심경이 나타나 있는 훌륭한 작품이라고 생각하는데, 그 가운데에서 뭐

---

1) 시가 나오야(志賀直哉, 1883~1971), 다이쇼, 쇼와기의 소설가. 시가 나오하루(志賀直溫)의 차남. 미야기(宮城)현 출생. 도쿄대학 중퇴. 1910년 잡지 『백화(白樺)』를 창간. 같은 잡지에 「아바시리(網走)까지」, 「크로디아스의 일기」 등을 썼으며, 또한 1912년에 「정의파」, 1913년 「키요헤이에(淸兵衛)와 표주박」, 「거푸집(范)의 범죄」 등을 발표하였다. 같은 해,

랄까 문학의 고향이라 할 수 있는 것을 느껴서 기쁘다고 생각했습니다만, 동시에 그것을 우리들이 느낀 전쟁의 현실이란 면에서 다시 생각해 보면 뭐라고 할까, 역시 그것을 전적으로 받아들일 수는 없게 되어버리거든요. 문제는 역시 그런 것이 아닐까요. (유진오 씨를 향해서) 그 작품을 읽어보셨습니까.

유진오 아니오, 아직 읽어보지 못했는데요.

최재서 그러면 문제는 전지에 갔다 온 작가와 그렇지 않은 작가 사이에 차이가 있다는 것이 되는 것인가요.

이노우에 물론 체험상 그럴 것이라고 생각합니다. 그렇다고 해서 전선(戰線)에 참가하지 않은 작가가 전쟁 중인 국민적 현실을 쓸 수 없는가 하면 결코 그렇지 않습니다. 단지 자연스럽게 몸에 밴 것이 있다는 차이가 있겠지만. 그러므로 이렇게 말할 수 있겠네요. 즉 전쟁이라는 사실과 정면으로 승부하는 작품만이 전쟁문학이 아니라 전쟁 중에 있지는 않지만 넓게 보아 국민생활 중에서 전쟁에 참가하고 있는 국민의 마음이 있다면 그것을 써도 새로운 문학이 되는 것입니다. 그러므로 전쟁에서의 격렬한 싸움만이 전쟁문학의 스타일도 아니며 내용도 아닙니다. 단지 거기서 스스로 전시하 문학의 형태가 나타나고, 사물

단편집 『유녀(留女)』도 출판하였다. 뛰어난 단편작가로서 알려졌다. 좋고 싫음이 분명하고, 유쾌와 불유쾌의 감정이 선악의 판단으로 이어지는 강한 성격과, 예리한 감각 및 신경을 지녀, 그것을 적확하게 긴밀한 리듬의 문체로 묘사하는 것이 그의 독자성이다. 그후 3년간 정도 침묵한 후 발표한 「성의 언덕에서」, 「성격 좋은 부부」, 「화해」 등에서 평온을 구하는 심경을 나타내고 있다. 1922년 명작 「암야행로(暗夜行路)」 전편(前篇)을 출판했다. 1925년경부터 동양의 고미술에 대한 관심이 커지는 반면, 창작활동은 줄어들었다. 다이쇼말기에는 완전히 단편소설의 일본적 완성자라는 평가가 확고해서 많은 문학가들에게 영향을 주었다. 1937년 「암야행로(暗夜行路)」의 후편을 완성했다. 그 밖의 저서로 「시가 나오야전집」(전14권, 별책 1권, 1973~1974)이 있다.

을 보는 방법이 지금까지와 달라지는 것이 당연하다고 생각합니다.

스기모토 즉 지금까지의 문학적 관념으로 쓰는 것은 미흡하다는 것입니까. 그런 것입니까, 우에다 씨.

유진오 소위 순수문학, 그것뿐만으로는 척도가 될 수 없다는 말씀이시죠.

우에다 그렇게 말할 수 있겠습니다. 지금까지의 작품에 나타난 현실과는 이제 달라지고 있다고 느껴집니다. 대체로 문학은 그 당대 현실의 강력한 표현이 되지 않으면 안 된다고 생각하는데, 그렇게 생각하면 한층 그런 느낌이 강해집니다. 그러니까 시가 선생의 작품을 우리들이 읽을 경우에는 자기 입장이나 생각, 소양, 마음 등은 일단 불완전해서, 시가 선생의 마음속으로 들어가서 공명하고 공감하게 되지만 책을 덮고 생각해 보면 스스로의 기분과 상당히 어긋난다고 느껴집니다.

최재서 우리들이 역시 가장 신경 쓰는 것은 전지에 나갔던 사람들이 귀환하여, 지금부터 무언가를 하자, 그런 것을 쓰자고 했다면 거기에 무언가 상당히 격렬한 의욕이 있다고 생각하는데, 그 정도의 마음을 하나…… 그렇게 구체적이지 않아도. 이노우에 씨의 시집은 언제쯤.

이노우에 제 것은 시집으로 묶지 않고 소위 종군기 같은 것의 뒤에, 그쪽에서 썼던 시를 수 편 넣었습니다만, 제가 시에서 느낀 것은 그러한 격렬한 싸움을 어쨌든 단적인 언어로 국민에게 알리자, 그것도 단순히 간단한 것만을 내놓는 것이 아니라, 그것을 시의 형태로 박력을 가미하자는 것입니다. 그러나 그것을 위해서는 우리들이 지금까지 생각하고 있던 시에 대한 관념, 음율이나 율격과 같은 것에서 벗어나도 시의 정신만은 그 속에 살아남는다면 좋지 않을까, 그런 기분이 상당히 강했습니다. 어쨌든 그것을 하나의 예술작품으로서 내놓는 시인으로서의 기쁨보다도 그 한 편에 의해서 국민의 마음을 끌어올리지 않으면 안 된다, 국민의 눈을 전쟁으로 향하게 하지 않으면 안 된다는 사명이 더욱 중대합니다. 당연한 말이지만, 그런 기분이 실감으로서 극히 격렬하게 충격을 줍니다. 그것과 조금 전의 어떤 시인의 비난 — 지금 발표되거나 방송되고 있는 애국시나 전쟁시에 시로서 음율이나 율격이 없다, 단지 산문을 행구분으로 써 내려간 것에 불과하다고 비난하는 마음, 사고방식과는 다릅니다. 그러면 왜 지금 그런 것이 나오지 않으면 안 되는가, 요구되지 않으면 안 되는가, 무엇보다도 지금 우리들의 생활상의 욕구가 지금까지의 사고방식으로부터 먼 거리를 갖고 있다고 생각합니다.

기백과 열등감

유진오 기분을 잘 알겠습니다만, 지금 바로 전선에 나가지 못하는 작가는 말입니다. 바로 앞에 전선에 갔다 온 분은 아름답다는 의미로 말씀하셨지만, 즉 국내에 있는 사람은 제일선의 격렬함을 생생하게 느낄 수 없습니다, 시국에의 인식과는 별개로. 거기에 열등감 — 즉 전쟁과 국민 생활에 있어서 기백을 가지고 말할 수 없는 기분이 되어 버리지 않겠습니까. 전선에 나갈 수 있었던 분은 적어도 전쟁의 현실에서 취재하는 한 자신감과 기백을 갖고 쓸 수 있습니다. 거기서 일단 귀환한 분들이 앞으로 어떤 현실을 어떻게 쓸 것인가, 사실은 그것을 듣고 싶은 것입니다. 특히 조선에 있으면 내지와 멀고, 전선과는 훨씬 멀어서, 무엇인가 말하려 해도 돌연 확신이 없어 주눅이 들어 버리는 것입니다. 전지에서는 말로 할 수 없는 노고가 있는데, 우리들은 국내에서 이른바 특등석에 있는 듯한 열등감을 느낍니다. 그러므로 귀환한 분들의 지금부터의 작업이 우리들을 상당히 많이 계발시킬 것이라고 생각할 수 있습니다.

우에다　열등감이라면 우리들도 느낍니다. 그곳에 있을 때도 그랬지만 돌아와서부터 우리들은 군인에 대해서 열등감을 느끼고 있는 것이죠. 전선에 가기 전보다 더욱 많이 느낍니다. 예들 들면, 전차 안에서 군인과 만나도, 곧바로 전선의 군인이라는 것을 여러모로 생각해서, 뭐랄까 더 가까워지지 않는 것처럼 느껴집니다. 거기서 이후 어떤 일을 할까, 구체적으로 자기 자신은 이런 일을 한다는 것은 말할 수 없지만 적어도 이런 것은 말할 수 있다고 생각합니다. 우리나라에서 갖고 온 잡지를 볼 때, 가장 참된 모습을 보여 준 문학 — 예술적인 소설에서 오히려 전쟁을 취급하지 않습니다, 오히려 다른 면 — 예를 들면, 「왕」이나 「일출」 같은 소설이 일층 전쟁에 가깝습니다. 문학자로서 참된 모습으로 전쟁의 현실이 표현되지 않고 대중문학 — 그것을 참된 모습을 보여 주지 않는다고 할 수는 없지만, 오히려 거기에서 표현됩니다. 다만 거기에 있는 전쟁의 표현은 불충분하며 때로는 왜곡되기도 하는데, 어쨌든 어느 정도 반영되어 있습니다. 그러면 왜 그런 현상이 나타날까 생각해 보았습니다. 지금의 유력한 문학자들은 전쟁을 느끼고 있기는 하지만 문학이라는 순수한 면에서 느끼는 것이 아니라 소위 통속적인 측면을 느끼고 있다고 말할 수는 없겠는지요. 아직 문학자가 진정으로 전쟁을 파악하는 데까지는 도달하지 못했다, 전쟁을 통속화해서 받아들이고 있다, 이런 느낌인 것이죠. 그린 것을 문단에, 혹은 일반 국민에 대해서도 느끼고 있는데, 거기서부터 의식적으로 저는 오늘날의 전쟁현실을 묘사해 나가고 싶은 것입니다.

시의 산문화

미야자키 지금 이노우에 씨 말씀으로는 사고방법을 바꾸지 않으면 안된다는 것인데, 이노우에 씨가 말했던 새로운 방법이라는 것이야말로 시의 본래적인 성질이라고 생각합니다만. 즉 정말로 좋은 시는 언제나 그렇지 않으면 안 되며, 또한 그렇다고 생각합니다.

이노우에 그렇습니다. 단지 조금 전에 말했던, 지금 산문화된 시가 범람하고 있다는 비난은 매우 낡은 시의 척도로부터 비롯되어서, 지금의 시를 논하는 것은 비난의 표적에서 벗어난 것이라고 생각하니까.

미야자키 그런 척도로 비난하는 것은 전쟁시만 아니라 어떠한 시에 대해서도 틀렸다고 생각합니다. 내적으로 강한 진정한 것이 있다면, 지금에 와서는 이상하지만, 내재율이랄까, 거기에서 우리들은 어떤 운율을 느낄 수 있는 것이니, 외형적인 운율만으로 시를 논하는 것은 어떠한 시대의 시에 대한 비평으로서도 잘못되었습니다.

이노우에 그렇습니다. 제가 일부러 그런 문제를 제기한 것은 최근 일본 시단에서 그런 문제가 강하게 제기되는 것이 보이기 때문에, 지금 그런 것을 말할 형편이 아니다, 지금 시에서 요구되고 있는 것은 더욱 깊이 있는 내용을 포함하는 것과 아울러 전쟁에 대한 인식, 국민에 대한 인식을 노래하는 것에 있다고. 그런 의미에서……

미야자키 잘 알겠습니다. 그러나 전쟁시에 대해서 그런 비난이 있다면 그런 시는 역시 그런 식으로 비난받을 뿐이라고 말할 수 있겠네요. 즉 정말로 그것이 전쟁의 격렬함, 감동의 깊이를 갖고 창작된다면 역시 거기에 대응한 운율을 갖게 될 것이니까. 산 문적이라고 말해지고 있는 시는 그러니까 시를 창작하는 과정에서 부족한 것이 있었다고 말할 수 있지 않을까요.

이노우에 그거야 그렇겠요. 다만 저는 주로 외형적인 것으로만 현재의 시를 이야기하는 것의 위험을 더욱 강하게 말하고 싶을 뿐이었습니다. 지금 시에서 요구되는 하나의 사명을 다한다면 그 것으로 좋지 않을까 싶은……

미야자키 그런 목적을 위해서 쓰여야 하고 나아가 시로서 훌륭한 것이 아니면 안 됩니다. 창작할 경우에도 읽을 경우에도 그런 목표 가 전제되어 있기 때문에, 단지 그런 목적으로 쓰지 않으면……

최재서 여러 가지 논의가 있겠지만 지나사변 이래 실제로 전쟁에서 취재하여 쓴 많은 작품 중에서 소위 전쟁문학으로 남은 작품 에는 무엇이 있을까요.

우에다   남았다고 생각되는 것은 없지만…… 남지 않으면 곤란한데.(웃음)

소인문학에 대하여

김종한   요 전날 밤 우에다 씨의 현지 보고 강연을 듣고 우에다 씨는
언제나 말을 흐리는구나, 단정하지 않고 항상 무리 없이 나오
는 말을 찾는다고 느꼈습니다. 어차피 무엇을 쓸 것인가는 우
에다 히로시라는 작가가 전문가이므로 안심하며 읽을 수 있다
고 저는 통감(痛感)했는데, 지금 시가 씨의 이야기가 나왔지만
조선문학의 경우에는 전통이 없으니까요. 그러니까 히로시 씨
가 자기 스스로를 상당히 해방시켜서, 전지에 가서 얻은 현지
의 체험을 쓴다면 좋겠다는 것은 이해할 수 있지요. 또한 내지
의 경우, 시가 씨에게 불만을 느끼는 우에다 씨의 생각도 역시
긍정할 수 있습니다만, 조선의 경우 소인문학(素人文學)이 되어
도 좋다고 생각하면 큰일입니다. 여하튼 전통이라는 것이 없
으니까 우에다 씨가 말한 바의 실재적 의미를 잘못 이해하여
문학 정책의 기준이라도 되면, 그래요, 문학박멸론(文學撲滅論)
이 되고 말아요.(웃음)

우에다   아니지요, 제가 아까 말했던 것은 소인문학이라도 좋다는 것
이 아닙니다. 주로 한 사람의 작가로서의 거처를 말하고 있는
겁니다. 재래의 문학이 아니면 좋다는 것이 소인문학이면 좋
다는 것은 아닌 것이죠.

최재서   조선문단의 이야기는 보류하죠.

우에다   게다가 조선문학는 우리가 전혀 모르기 때문에.

미야자키 지금의 전쟁문학이라는 것은 전지의 기록으로서 진정한 전쟁
문학이 아니라는 비평이 있다면, 저는 전지를 전혀 모르지만,
실제 보도반원으로서 전지를 봤다거나 군인으로서 전쟁을 겪
으신 분들은 그런 논의에 대해서 어떤 식으로⋯⋯.

전기(戰記)와 전쟁문학

우에다 즉 우리가 쓴 전기물(戰記物)은 전쟁문학이 아니라는 의견에 대
해서 말인가요. 그것은 그것으로 좋다고 생각합니다. 저는 어
떤 것이 우리들이 요망하는 전쟁문학일까를 확실히 말할 수
없습니다. 아마도 아무도 말할 수 없을 것이라 생각하지만, 단
지 지금 많은 사람들에 의해서 쓰이고 있는 소위 전기물에서
나타나는 것, 그것이 새로운 국민문학의 기초가 된다는 것을
말할 수 있다고 생각합니다. 새로운 국민문학의 출발이 거기
에서 시작하는 것이 아닐까요. 우리들은 지금 일본의 고전문
학을 읽고 있는데, 그것도 거기로 통한다고 생각합니다. 전쟁
문학은 무엇일까 말해 보아도 예를 들어 「전쟁과 평화」라고는
말할 수 없으니까요.

미야자키 지금 잡지 등에서 발표되는 비평이나 평자의 기분이 어쨌든
막연하게 그들에게서 어떤 미흡함을 느끼고 있다고 생각하지
만, 그런 미흡함은 어떤 것일까, 그리고 우리들은 그것을 어떻
게 할 것인가. 좀 전에 나왔던 시가 선생의 작품과 관련해서
말하자면, 그것은 소위 예술작품으로서는 훌륭하지만 전쟁의
현실을 모른다는⋯⋯.

우에다   모르는 것이 아니죠.

미야자키   틀렸네요, 현실과 동떨어져 있습니다. 따라서 거기서 부족함을 느끼는 것은 당연하지만 한편 전지의 일을 쓴다는 것은 뭐랄까, 과연 일본은 전쟁을 하고 있다, 그리고 일본 전체의 현실이 그것을 중심으로 전개되고 있는 것이죠. 그런데 국민생활은 넓게 퍼져 있어서 다른 면이 있습니다. 암거래나 카페 소동마저 있습니다. 그래서 이렇게 되지 않으면 안 되는 것은 제쳐 놓고 현재 일본 전체의 현실에서 보면 이것은 국부적인 것이라는 느낌을 받을 수 있지 않을까…….

우에다   그것은 저도 그렇게 생각합니다. 그러나 그것은 전지에 대한 것만을 쓴다 해도, 아니 전지에 대한 것을 쓰는 것에 의해서 그런 전체가 나올지도 모르는 것이지요. 동시에 적어도 지금까지의 일이 그렇게 되었다는 것을 반성하는 것이 좋습니다, 그러니까 지금까지의 전쟁문학을 무턱대고 낮다고 말하면 안 되는 것이죠.

미야자키   예를 들면 우에다 씨나 그 밖의 작가가 전지의 사건을 쓴다, 어떠한 작은 사건을 쓴다고 해도 상당히 살아 있다, 생생한 것을 느낀다, 그런데도 그것이 전지에 가지 않은 독자에게 육감적으로 다가오지 않는 것이죠. 말하자면 군인들의 신변소설이라 해도 좋겠죠. 그런 의미에서 전지의 사건을 써도 그것이 국내의 모든 이에게 곧바로 자기 생활로서 느낄 수 있을 때까지 간다면…….

총후와 전선

우에다   저도 그거예요. 그러니까 우리에게 전쟁문학이란 무엇인가 질
         문하지 않도록 그것은 일본 전체의 작가가 해야 한다고 생각
         해요. 우리들에게 특별한 것을 기대해서 질문하는 것은 완전
         히 잘못된 것이라고 할 수 있지요.

카라시마   그렇습니다. 총후의 우리들이 전지의 사람들과 마찬가지로 기
         백을 가지고 만들어가지 않으면 안 됩니다. 이 두 가지 힘에
         의해서 새로운 문학은 건설되는 것이지요.

우에다   전기문학, 그리고 사소설이라는 식으로 불만이 양쪽에서 터져
         나오는 것이 전지와 총후(銃後)의 차이를 만들게 된다고 생각합
         니다.

미야자키   총후의 세부적인 신변소설을 써서 일본의 광범위한 생활을 느
         끼도록 합니다. 전지의 일을 써서 그것이 국내의 사생활로까
         지 울려옵니다. 거기에서 작가의 책임이 고려될 수 있다고 생
         각하는 것이지요.

우에다   그렇습니다. 제가 총후와 전선이라고 말해서 오해받았겠지만,
         역시 전선에 갔던 사람과 그렇지 않은 사람을 말한 것입니다.

이노우에   오자키 기하치(尾崎喜八)2) 군이 「이 양식」을 발표했는데, 이것

---

2) 오자키 키하치(尾崎喜八, 1892~1973), 도쿄에서 태어났으며 쿄카(京華)상업학교를 졸업,
   수년간 은행, 회사 등에 근무하였으나 문학에 대한 지망을 멈추지 못했다. 1913년 타카
   무라 미츠타로우(高村光太郎)를 만나, 『백화(白華)』에 번역과 시를 발표하게 되었다. 1922
   년 제1시집 「하늘과 나무(空と樹木)」를 출판했다. 건강한 생명감과 이상주의 정신으로
   주목받았으며, 계속해서 『고층운의 아래』, 『광야의 불』 등으로 인생시인, 자연시인으로
   서의 성숙을 더한 지성적이며 내적세계의 조화를 추구하는 시경(詩境)을 표현했다. 또한
   「로만=로랑 벗의 모임」을 설립하여 중심이 되어 활약하였다. 명료한 자유시형으로 인도
   적 정신을 아름답게 표현했다. 저서로는 『오자키 키하치 전집(전8권)』(1958~1962)이 있

은 모두 전쟁시라고 생각합니다. 이 시들은 전쟁의 그 어떤 격렬함을 노래한 것이 아니며, 자기 자신이 빗발치는 포탄 속에서 얻어낸 체험을 노래한 것도 아닙니다. 단지 오자키 군이 도쿄의 어느 근린 모임의 조장으로서 방공연습에 참가하거나 혹은 일상 용품의 배급을 맞추는 일 등 일상적인 생활의 업무를 노래하고 있지만 이것이 훌륭한 전쟁시의 모습인 것이죠. 단지 지금 말이 나온 것처럼 어떤 소설가가 쓴 전기를 읽고 거기서 무언가 전쟁의 거대한 모습이 짐작되지 않는다는 것은 작가의 책임이라기보다는 독자의 책임도 있다고 생각합니다.

최재서 평론가의 입장에서 이런 식으로 이해할 수 있지 않을까 싶습니다. 즉 독자는 전쟁이라고 하면 처음부터 끝까지, 센세이션한 것을 요구합니다. 그런데 현재의 기록문학에서는 여러 가지 제한도 있고, 보도반원으로서도 발표할 수 없는 것이 있어서 그럴 수 없다는 것. 그리고 또 한 가지, 지금까지 전쟁문학은 제1차 구주대전 이래 발표된 것이 거의 대부분으로 소위 패전문학이라고 할 수 있습니다. 『서부전선 이상 없다』와 같은 것이 있지요. 그런데 이번 전쟁은 그때의 전쟁과는 상황이 완전히 다른데, 한 마디로 한 걸음씩 건설해 나가는 것에 특징이 있습니다. 진지하게 생각해서 여러 가지 부족하지 않을까, 묘사력이 부족하지 않을까 생각하기보다는 대중들은 그와 같은 패전문학에 수반되는 센세이셔널한 것이 없기 때문에 미흡하다고 보지 않을까요. 마키 히로시 씨, 어떻습니까.

다(『콘사이스일본인명사전』, 제4판, 2004. 7 ; 『新訂현대일본인명록 98』, 1998, 참조).

연성과 고전

마 키　저는 확실히 아무래도……. 저는 오히려 우에다 씨에게 여쭙고 싶은데요, 우리들이 문학에 대해서 가졌던 사고방식과, 전쟁터에서 돌아와서 새롭게 고려할 사고방법이 어떻게 되는지 조금 더 설명해 주시면 감사하겠습니다만. 우리들은 전쟁을 본 적도 없고 총후에서 자기만의 상상과 전기문학을 통해서 거대한 전쟁을 생각하는 것만으로 확실하게 인식할 수 없다고 해도, 두 분, 거기에 어떤 격차가 있을까요.

우에다　글쎄요.

김종한　예를 들어 이런 경우는 어떨까요. 조선인은 삼천 년 전부터 시작해서 일본인이 아니었고, 현지(現地)에서 시행되고 있는 편의도 없기 때문에, 어쩔 수 없이 마음의 근거를 고전(古典)에서 구하거나 합니다. 그러나 제 생각으로는, 그 일본의 고전들을 일단 이해하려면 적어도 5년의 세월은 필요하다고 봅니다. 그리고 일본 정신을 몸으로 익히기 위한 일은 일생의 과제라고까지 생각하고 있습니다. 과거 좌익이었다거나 극단적인 자유주의자였던 사람이 2~3년이 지나면 곧 훌륭한 일본주의자로 완전히 변모할 정도로, 일본정신의 파악이 손쉬운 일이라고는 생각하지 않습니다. 이것이 현지에 다녀오면 하루아침에 비약할 가능성이 있는 것일까요.

우에다　저는 변할 수 있다고 생각합니다. 그런 이론으로는 행할 수 없는 것이 있지요.

김종한　그것이 부러운 점인 것이지요.

카라시마   생활 중에서, 육체로 익히는 것입니다. 그와 같이, 무엇인가를 읽고 지금부터 그렇게 사무적인 것이 아니라, 물론 그것도 틀리지는 않았지만, 일면 그런 정신을 생활적으로 구축해 나가지 않으면 안 됩니다. 책을 읽는 것만으로는 그렇게 몸으로 익히는 일은 가능하지 않습니다. 스스로 고민하면서 생활 속에서 이겨 나갈 수 있는 것이 최근 연성이라는 말의 의미인 것이죠.

마 키   후카다 규야(深田久彌)3) 씨가 「문예수첩」에서, 여염의 아씨들이 일본정신을 체득하기 위하여 고전을 읽고 있지만 그런 것보다도 평소 부엌살림을 돕거나 가사에 힘쓰는 것이 좋다고 썼는데, 역시 단순히 책을 몇 번 읽는 것은 소용없는 짓이죠. 생활을 통해서 스스로의 다짐이 어떤 경지에까지 도달하지 않는다면 그것을 체득하기 힘듭니다.

김종한   글쎄요, 고전도 읽지 않고 현지에도 가지 않았던 사람이 1년에 두세 번 'エイホー'4)를 할 기회를 부여받는 것만으로 일본정신을 파악할 수 있을지요. 모두 피투성이가 되면서 파악하고 싶다고 생각하고 있지만.

카라시마   그럴 것이라고 저도 생각하고 있지만, 그와 함께 이른바 연성이라는 것을 생각해야죠.

최재서   이노우에 씨, 어떻습니까. 소박한 이야기지만 일체 문학은 어떤

---

3) 후카다 규야(深田久彌, 1903~1971), 소설가, 등산가. 이시카와현 출신으로 도쿄대학 중퇴했다. 재학 중 「신사조」(제9·10차)에 작품을 발표, 요코미츠 리이치(橫光利一) 등에게 인정받았다. 1932년 「내일 배우리」로 문단에 인정받아, 「청결」, 「츠가루(津輕)의 들판」, 「친한 벗」 등의 작품을 출판했다. 1938년 내각정보부의 요청으로 육군반에 편성되어 종군했다. 등산가로서도 알려져, 「내가 사랑하는 산들」, 「히말라야 ─ 산과 사람」, 「일본 100명산」 등의 저서가 있다. 그리고 『후카다 규야 ─ 산의 문학전집』(전12권, 1974~1975)이 있다.
4) 무슨 뜻인지 알 수 없다.

점에서 전쟁에서 역할을 다하는 것인가에 대해서는. 그렇게 복잡하게 말하지 않아도. 예를 들어 시라면 시가 말이죠. 우리들이 열심히 국책에 협력한다거나, 고도국방국가와 문학이나, 사리에 맞게 여러 가지 생각할 수 있겠는데, 실제로는 어떤가요

문학의 효용

이노우에 예를 들어 소설을 쓰시는 분의 전기를 읽으면 전쟁에 직접 참가하고 있는 사람들은 그 속에서 상당한 힘을 느낄 것이고, 시 한 편을 읽어도 그것을 느끼는 것이 아닐까 생각합니다. 그리고 그와 동시에 역시 국민의 눈이 전장(戰場)에 결부되는 것이죠. 익찬회나 정보국에서 문보(文報)를 통해서 어떤 개인에게, 군인 원호나 생산 증강의 정신을 표현하는 시를 써달라고 주문한다면 그것이 모두 국민의 전의(戰意)를 앙양시킬 것입니다. 문학은 충분히 그런 요구에 응하지 않으면 안 된다고 생각합니다. 그러므로 조금 전까지 말했듯, 엄격한 의미에서 예술적인 형태를 논할 시기가 아닙니다. 지금 전쟁이 한창 진행되고 있는데요, 그와는 별개의 것을 요구하고 있기 때문에 그런 것이 허락되는 것이 아니겠습니까. 역시 시 정신의 문제라고 생각하지만, 저는 전선에 나가기 전에도 역시 그런 정신으로 시를 쓰고 싶다는 마음이 변하지 않았던 것입니다. 즉 장병의 힘으로 우리들이 오늘날의 태양을 볼 수 있다는 고마움을 느끼면서, 그런 시를 쓰는 것과 함께 이번에 전지에 가면 무언가 특별한 것을 파악할 것이다, 특별한 시를 쓴다는 것을 사실은 많이 생각했던 것이죠. 그런데 가보니, 가기 전에 썼던 정신과 갔을 때

의 정신에는 큰 차이가 없었습니다. 물론 보고 듣는 것에는 상당히 커다란 차이가 있다고 느꼈지만 그것으로 시로 노래하는 정신에는 조금도 변함이 없다, 이것이면 좋지 않을까 생각했던 것입니다. 조금 전에 말했듯, 전선에 갔던 작가가 상당히 특이한 것을 몸에 익히고 온다는 것은 사실이지만, 그렇지 않은 사람이 무언가 열등감을 느낀다는 것은 곡해가 아닐까요. 총후에 있어도 훌륭하게 작가로서의 그와 같은 정신을 가지고 전쟁문학이랄까, 그런 것을 충분히 쓸 수 있다고 생각합니다. 일전에 귀환 작가 환송회 때, 히노(火野) 씨도 그렇게 말했습니다. 전장에 나갔던 작가가 특별히 득의를 가질 필요도 없고 자랑할 것도 아니다, 마찬가지로 전장에 나가지 않은 작가가 조금이라도 열등감을 느끼지 않는 것은 자신들 스스로 부여받은 임무를 힘껏 수행하는 것뿐임을, 매우 독특하고 멋진 말로 했는데, 그와 비슷한 의미로 다카미 준(高見順)5) 씨도 말했지요.

카라시마 마지막으로 이런 것을 느낍니다. 전쟁수행에 대한 책임의 자각—이것을 해 오던 분들은 전선의 생활 속에서 자신의 일을 해 왔다는 것을 느낍니다.

이노우에 그렇습니다.

카라시마 총후의 작가들도 마찬가지로 자기 생활 속에서 그런 책임을

---

5) 다카미 준(高見順, 1907~1965), 후쿠이현에서 태어났으며 1930년 도쿄대학 영문과를 졸업했다. 재학 중에 『좌익예술』 등에 참여했고 졸업 후 컬럼비아 레코드 회사에 근무하면서 일본 프롤레타리아 작가 동맹원이 되어 문학운동에 종사했다. 1933년 검거되었으나 전향하고 석방되었다. 1930년대 후반기 '문예간친회'와 '일본낭만파' 등 반동적인 조류에 대항하여 예리한 비판을 가했고 『어떤 별 밑에』에서는 아사쿠사의 풍속세계를 묘사하기도 했다. 전쟁 중에는 『일본 미래파』 창간의 동인이 되기도 했다(고재석 편저, 『일본문학·사상 명저 사전』, 깊은샘, 1993, 597면 참조).

느끼니까, 전생활적으로 그것을 파악할 수 있다면 훌륭한 전쟁문학은 탄생한다고 생각합니다. 그렇다면 전선의 문제도 아니고 총후의 문제도 아니라 문제는 그 책임감을 어떻게 자기 문학으로 하는가가 되는 거죠.

이노우에 거기서부터 문학에 대한 새로운 사고방식이 출발합니다.

우에다 전쟁은 어쨌든 무엇보다도 승리하지 않으면 안 되니까, 승리를 위해서 국민의 모든 생업이 도움이 되어야 하는 것입니다. 문학이란 무엇인지는 상관없죠.

향토에의 애정

스기모토 국민의식이랄까, 민족이 가진 가장 순진한 의식이 나타나는 곳은 전장이라고 생각하지만, 그러므로 일본인이라면 거기서 더욱 일본정신을 발휘할 수 있다고 봅니다. 따라서 지금 대동아전쟁에서 그런 전과를 올리는 것에 세계 전인류가 놀라고 있다고 생각하지만, 그런 일본인의 훌륭한 특징을 만들어 낸 일본의 국토, 향토에 대한, 혹은 일본의 문학과 그 밖의 예술 속에 나타나는 전통적인 미의식이랄까, 그런 것이 이번에 돌아와서 무언가 달라진 눈에 비치지는 않았습니까.

우에다 현지에 있을 때부터 그런 기분은 움직이고 있었지요. 전장만이 아니라 단순히 외국을 여행하는 것만으로 자기 나라의 아름다움을 알게 되지만, 전쟁이라는 절대적인 경지에서 보면 그것은 상당히 절실합니다. 즉 향토를 지키고 향토와 함께 운명을 다한다는 감동이 상당히 강합니다.

이노우에 거기에서야말로 격렬하게 싸우는 황군장병의 거대한 힘이 있다고 봅니다. 일전에 어떤 육군 중좌가 카달카나루 전선의 보고 담화에서 군대가 지금 국내에 있는 사람들은 무엇을 하고 있는가를 상당히 궁금해 하고 있다고 말했습니다. 그래서 국내는 매우 다부지게 모두 힘내고 있다고 말하니 군인들은 모두 안심하듯이 명랑한 기분이 되었다고 말했던 적이 있습니다. 저도 역시 그곳에 가서 — 저는 개전 3개월 후에 전선으로 나갔는데, 병사들도 사관들도 일제히 내지는 어떤가, 국민은 이번 전쟁을 어떻게 생각하는가, 어떤 식으로 생활하고 있는가 등을 만날 때마다 제일 먼저 물어보았습니다. 그때 저는 내지는 상당히 명랑하게 해 나가고 있다, 다소 생활의 부자유가 있지만 그것을 견디면서 아주 씩씩하게, 무엇보다도 이기지 않으면 안 된다는 기분으로 열심히 하고 있다고 말하면, '그러면 다행이다, 다행이야.'라고 상당히 기뻐하는 것입니다. 이런 것을 이번에 돌아와서 첫 보고강연에서 말했지만, 자기들의 부모와 형제가 살고 있는 일본, 아름다운 일본을 지키기 위해서 자기들의 몸을 바쳐 싸우고 있습니다. 그런데도 일본 내부가 어둡다면 무언가 해 나갈 수 없다고 생각할 수밖에 없겠지요.

시형(詩型)의 파괴와 창조

김종한 이노우에 씨에게 여쭙겠는데요, 저는 이런 생각을 합니다. 저만의 고민이 하나 있는데 즉 일본의 현대시는 형태적으로 말해서 소위 영미(英美)의 데모크라시가 들어온 것과 함께 건너온 민중시, 그것에 의해서 한번 파괴운동이 있었습니다. 그리고 다시 마르크시즘이 들어와서 이번에는 좌익시에 의해서 시형의 파괴가 진행되었습니다. 그런데, 이번의 시에 있어서 파괴 운동은 조국애에서 나왔기 때문에 허락될 수 있을지도 모르지만, 그렇다고 해서 일본의 현대시가 그것으로 좋은 것일까, 본질적인 면에서. 일본에는 언령(言靈)이라는 말이 있지요. 좋은 말이라고 생각합니다만, 즉 일본의 전통 가운데에서 흘러나오는 말의 혼령 — 말 속에 일본적인 영혼이 있는데, 그런 것을 파악하는 것이 시인의 경우 일본정신을 파악하는 것이라도 할 수 있을까, 그런 기분이 되었던 것이죠. 새로운 시정신이라는 것을 새로운 시형과 떼어 놓고 생각할 수 없습니다. 현지에는 가지 않았다고는 해도 가와바타 야스나리(川端康成)6) 씨 — 이런 작가도 훌륭한 일본주의자이며 동양주의자라고 생각하지만, 이 사람은 일본 사람은 좀 더 고독하지 않으면 사상이 발생하지 않는다고 말하고 있습니다. 매우 이상하게 들리겠지만 그러나 역시 문학에 있어서 사상의 발효라는 것은 그와 같이 더욱 침잠하는, 높고 깊은 것인지도 모른다는 생각이 듭니다.

이노우에 지금의 이야기에서 민중시가 당시 일본의 상징시를 파괴하고 새로운 시를 수립했다는 것에 대해서는, 저도 그 연대에 시를 쓰기 시작하여 거기에 참가한 한 사람으로서 대답하는 것인데, 그때 프랑스파 시인들의 극도로 난해한 시에 대한 반동으로,

---

6) 가와바타 야스나리(川端康成, 1899~1972) 오사카에서 태어나 도쿄대학 국문과를 졸업했다. 초기에는 일상에서 힌트를 얻은 소설이나 자전적인 작품을 썼는데, 이 경향은 평생 지속되었다. 1924년 『문예시대』를 창간하여 요코미쓰 리이치, 가타오카 텟페이와 함께 신감각파의 중심이 되었고, 쇼와 시대에는 신흥예술파에도 참가했다. 1933년부터는 비현실적인 미의 세계를 추구하기 시작했다(고재석 편저, 『일본문학·사상 명저 사전』, 깊은샘, 1993, 629면 참조).

더욱 명료한 말로 시를 쓰지 않으면 안 된다, 무엇을 노래하는지 알 수 없는 시면 안 된다, 누가 읽어도 바로 영혼에 감촉되는 것이 아니면 안 된다는 것이 민중시 운동에 부여된 동기라고 생각합니다. 그러나 그것이 곧 아메리카의 데모크라시의 정신민을 흡수(吸收)하여 그것을 시작(詩作)의 정신으로 했다고는 생각할 수 없습니다.

김종한 아니, 저는 시의 형태에 대한 이야기입니다. 민중시를 비난하는 것이 아닙니다.

현지에서의 생활

최재서 보도반원의 현지 생활은 어떤 것이죠.

우에다 육군보도반은 대개 작전지에 있어서 대적선전(對敵宣傳)에 주력하기 위해서, 거기에 종사하는 생활이 계속됩니다. 그래서 전쟁이 일단 안정되어 소위 건설의 시기가 되면 보도반에 흡수되어 군이 행하는 문화공작을 합니다만, 해군의 경우에는 특히 다르다고 생각되는 것은 국내에의 보도가 주가 아니라 현지의 주민에 대한 문화공작이 주가 됩니다.

스기모토 전지에서는 어떤 것을 읽습니까.

유진오 그렇네요, 듣고 싶습니다.

우에다 뭐라고 해도 많이 있는 것은 대중문학, 가벼운 것이 일반적이지요.

스기모토 그러면, 오히려 병사들이 주변에서 몸소 체험한 것을 취급한 전기문학(戰記文學)은 그다지 읽지 않는 거군요.

우에다　아니오, 거기에도 상당히 흥미를 느낍니다. 단지 읽으려는 동기가 다릅니다. 대중잡지를 읽는 것은 심심풀이로 읽어도 특별히 감동하는 것이 없어서, 좋다고 생각하는 사람이 없습니다. 그러나 전기물(戰記物)을 읽는 것은 자기가 체험한 전쟁이 표현되어 있고 이른바 왕년의 싸움터를 그리워하는 마음인 것이죠. 그런 기분으로 많이 읽는다고 생각합니다. 그러니까 그곳에서 썼던 「필리핀 戰記」, 이것은 한 권에 2원으로 살 수 있어서 예약을 할 때, 4만 명이 신청을 했습니다. 당시 파견군이 어느 정도였는지는 모르겠지만 어쨌든 신청을 많이 했습니다.

스기모토　옛 싸움터를 그리워하는 마음과 함께, 어떻게 쓰여 있을까, 이것이…….

우에다　처음에 갔던 사람 등은 향토에 대한 애착을 상당히 느껴서, 그런 기분으로 자기 향토의 역사 따위를 읽습니다.

카라시마　읽는 것에 굶주려 있어서, 뭐든지 닥치는 대로 읽는 거군요…….

우에다　그런 것도 있지요. 활자라면 뭐든지 좋다는…….

최재서　진중신문(陣中新聞)은 등사판입니까.

우에다　그렇습니다.

유진오　고전물을 읽는 것은 지극히 소수?

우에다　조금 적습니다.

초롱(草菱)의 시가

이노우에 예를 들어 병사 중에는 서정시를 좋아하는 사람도 있고 유행가가 좋은 사람도 있는데, 역시 우리들이 쓴 것을 좋아하는 사람도 있을 것으로, 가양각색이겠군요. 단시 어떤 작전에 참가하여 사기가 왕성할 때에, 어떤 것을 요구하는가 하면 역시 군가죠. 상황에 따라서 상당한 감동을 줍니다. 저는 그곳에 가서 처음으로 「새벽에 기도하다」라는 군가를 익혔는데 작자가 누군지 모르겠지만, 그 두 번째의 '아 당당한 수송선'이라는 부분을 수송선 위에서 부르면 진짜로 용감해지지 않으면 안 된다는 느낌을 받게 됩니다. 넓게 보면 문학의 힘, 시가 가진 힘의 위대함을 느낄 수 있는데, 마지막의 '그러면 조국이여 영원하라'라는 구절에 이르면 눈물이 나옵니다.

스기모토 곡도 좋지요.

이노우에 곡도 좋지만 어쨌든 그런 마음을 통감하지요.

스기모토 같은 시라도 장소에 따라서 그런 것이지요.

이노우에 그런데 이상한 것은 저는 감상적이지 않은 편인데, 왠지 때때로 눈물을 흘리면서 그 노래를 부르고 싶다는 충동에 휩싸일 때가 있습니다. 사실은 어제 함흥에서 오는 기차간에서 노래를 두세 곡 부르는 동안, 갑판 위에서 만났던 병사의 얼굴이 떠올라서 어쩐지 마음이 팽팽해지는 것을 느꼈습니다. 이것은 갑판 위에서 노래 부르던 감격이 지금까지도 이어져서 적어도 그런 힘을 가진 시를 쓰고 싶다는 기분이……

김종한 그리고 보니 니와 후미오(丹羽文雄)[7] 씨의 「해전」을 읽으면 적함이 활활 타오르고 있는데, 최후의 전사자의 장면 등에서 「바다에 가면」 등을 끌어 와서 상당히 상징적으로 썼는데, 시와는 전혀 인연이 없는 작가가 시를 쓰고 있다고 느껴집니다. 그것이 그 나름대로 새로운 리리시즘을 높을 수 있지요.

이노우에 거기서 우리들은 시를 느낍니다. 싸움의 한가운데에 진정으로 시적인 것이 있습니다.

그러면 우리들도

카라시마 이야기를 듣고 싶습니다. 이노우에 씨가 열차에서 수송선의 노래를 부르면서 병사들의 얼굴을 떠올리는 동시에 무언가 새로운 긴장감을 느꼈다고 하셨는데요, 그 점 역시 아까부터 문제가 되었던, 종군했던 작가에 대한 부러움(웃음)을 느낍니다. 우리들도 그와 같은 정신을 가지고 국내에서 각자가 위치한 장소에서 힘을 낼 것이지만, 흔히 평화로운 세상에 있기 때문

---

7) 니와 후미오(丹羽文雄, 1904~2005), 미에현(三重縣) 출신. 소설가. 와세다고등학원에 진학했다. 재학 중 상급생이었던 오자키 카츠오(尾崎一雄)와 알게되어 문학면에 많은 감화를 받았으며, 오자키의 소개로 히노 아시헤이(火野葦平) 등이 발행한 동인지 『거리(街)』에 참가하여, 소설 「가을(秋)」을 기고했다. 『거리(街)』가 폐간되자, 오자키 등과 함께 동인지 『신정통파(新正統派)』를 창간하여 정력적으로 소설을 발표했다. 1929년에 와세다대학 문학부 국문과를 졸업 후, 고향의 절에서 승려가 되었으나, 작품 「은어(鮎)」가 문단의 주목을 받으면서 승직을 버리고 상경하였다. 전쟁 중에는 해군의 보도반원으로서 중순양함 「조해(鳥海)」에 승선하여 제1차 솔로몬 해전에 종군하여 그 경험을 소설 「해전」에 정리하였다. 전쟁 후에는 도쿄의 긴자(銀座) 등을 무대로 한 풍속소설이 인기를 얻었으며, 「연꽃처럼(蓮如)」 종교인을 묘사한 소설을 많이 남겼다. 문단의 중진적인 존재로, 후진과의 교류도 열심이었다. 1950년대에는 동인지 『문학자』를 주재하였다. 1977년 문화훈장을 수상. 일본문예가협회이사장을 맡아, 문단의 흥륭에 공헌했다. 2005년 4월 20일 폐렴으로 서거. 향년 102세였다. 고향인 미에현의 요니치이치(四日市)시의 시립도서관에 『니와 후미오기념실』이 설치되었다.

에 그런 것은 희미해질 것입니다. 그러한 때에 그러한 추억을 가지는 것은 정말 좋다고 생각합니다.

최재서 그렇습니다.

카라시마 일상생활의 가운데에서 국민은 모든 것을 항상 전쟁과 연관해서 해 나가는 것이 필요하다고 생각합니다. 따라서 그것에 항상 유의하면서, 종군작가에 대한 지금의 부러움을 느낍니다. 그것이 역시 하나의 자극이 되어서 각자 자신을 반성하게 되므로, 조선 작가 중에서도 종군하게 되는 작가를 만드는 것을 생각하는 것이죠. 아주 절실한 것을 느낍니다.

이노우에 이번에 병사의 생활을 보고 와서 강하게 느낀 것은 임무를 다한다는 것입니다. 전장에서 특히 그것을 강하게 느낍니다. 그러니까 국민 모두가 각자의 임무를 다하지 않으면 안 됩니다.

우에다 그것은 역시 제가 필리핀에서 돌아와서 느낀 진실한 기분인데요, 무언가 총후를 격려하고 있다는 느낌입니다. 밖으로 나가서 밥을 먹는다고 생각해도 그렇고 담배를 사도 부자유할 때가 있습니다. '이걸로 잘 하고 있는가'라는 느낌을 받는 것이죠. 열심히 합니다. 제가 이번에 남방에서 돌아온 밤 — 제 집은 치바(千葉)인데요, 친척들과 친구들이 환영회를 열어주었습니다만 그 음식들이 생두부에, 나물, 다꾸앙 등이었습니다. 이것이 필리핀에서 돌아온 첫날밤의 준비로, 그때 저는 역시 무언가, 이것밖에 없는가라고 느꼈지만, 말없이 식사하면서 친구들로부터 여러 가지 이야기를 듣자니 물자통제가 강화되어서…… 물자가 전혀 없지는 않겠지만, 통제가 강화되어서 최저 수준에서 참고 있다고 해서 감동하여 눈물이 나왔습니다.

그런 점에 있어서는 전지에 있으면 총후에서 보내 주니까……
작전시기 등의 경우에는 문제가 되지 않도록. 완전히 먹지 못
하는 경우도 있지만…… 그렇지 않은 경우에는 어느 정도 제공
됩니다. 어쨌든 그날 밤에 상당히 감동했습니다.

카라시마 좋네요. 양쪽에서 그런 마음으로 서로 지지 않겠다는 기분으
로 해 나간다면…….

유진오 귀환 작가의 입을 통해서 들으니, 역시 기쁩니다. 우리들이 말
하지 못하는, 또한 말할 성질이 아닌 것들이죠. 그것이 열등감
이겠지만.

최재서 그러면 아마도 시간도 다 되었을 테니, 여기까지. 감사했습니다.

■ 국민문학, 1943. 7.

영화 〈젊은 모습〉을 말한다

참 석 자

마루야마 사다오(丸山定夫)
황철
류자키 이치로(龍崎一郎)
한상직(매일신보 기자)
이와이 카네오(岩井金男, 조영)
최재서
김종한

최재서　바쁘신데 감사합니다. 전조선의 여망을 담은 〈젊은 모습〉이 촬영을 개시했다는 소식을 들었는데, 이제야 이 좌담회를 개최하게 되었습니다. 담당자분들의 고민이나 포부 등을 듣고 싶습니다. 먼저 〈젊은 모습〉의 스토리를 간략하게 말해주십시오, 직접 출연하신 황철 씨가……

황 철　저는 몇 번 읽는다고 읽기는 했는데 이야기를 잘 못해서요, 마루야마 씨가……

마루야마　이곳에 유카타(豐田) 씨가 계시지 않은 것이 저에게 손해네요.

모자란 능력을 발휘해서 말씀드리게 되었네요.(웃음)

최재서 그것은 하찌다(八田) 씨의 순전한 창작입니까.

이와이 그렇습니다. 징병제의 웅대성, 획기성 등을 목표로 한 것은 다나카 상무였습니다. 그러나 실제적인 안은 다나카 상무가 세웠고 그것을 하찌다 씨가 소위 창작해서, 조선군이나 본부, 그리고 조선의 이름난 문화단체가 적극적으로 후원해 주었고, 또한 내지의 각 제작회사가 상당히 협력해 주셔서 영화 <젊은 모습>이 나오게 되는 커다란 동기가 되었던 것입니다.

최재서 하찌다 씨가 시나리오를 쓸 때에 특별히 참고가 되었던 자료는 그다지 없었나요.

이와이 제가 직접 들은 바는 없지만, 나츠메(夏目) 과장이 조선신궁에서 참배하고 있을 때 하찌만 씨가 왔습니다. "하찌만 씨도 신궁에 참배했습니까.", "예." 이런 대화를 주고받으면서 함께 돌아왔습니다. 그때에 여러 가지 이야기가 나왔는데, 사실은 다른 사람에게는 말하지 않았지만 자기는 지금 호텔에 숙박하면서 이런 이야기를 쓰고 있다, 그런데 생각해 보니 굉장히 중요한 일인지라, 그래서 사실은 몸을 맑게 하면서 글을 쓰자는 생각으로 매일 조선신궁에 참배하면서 쓰고 있다고 말했답니다. 작가의 고심이 거기서 드러나는 것이죠.

최재서 하찌다 씨가 고심하고 있다는 이야기를 어느 모임에서 들었던 적이 있는데, 상당히 초조함을 느끼고 있구나, 저는 그렇게 생각했지요.

이와이 <젊은 모습>은 정면에서 징병제를 목표로 하고 있는 것이 아니라, 다음 시대를 이끌어갈 젊은 반도의 청년, 그 중에서도 지금 중학 5년생을 가장 큰 대상으로 잡고 있습니다. 그렇게 젊은 희망을 가진 중학생이 소속 장교, 혹은 선생들의 훌륭한 지도를 받으면서 몸도 마음도 쑥쑥 자라나는 가운데 여러 가지 생활이 드러납니다. 그리고 마지막으로 영내(營內)에 들어가는 것이죠. 그렇게 군대생활을 맛보는 중에, 연성의 하나로서 스키 훈련을 받습니다. 그런데 거기서 눈보라 때문에 조난을 당합니다. 그들을 구해주는 것이 군대입니다. 어떤 일이 있어도, 폐하의 적자인 그들 중학생을 한 사람도 빠짐없이 구하지 않으면 안 된다는 연대장의 말에 따라서 부대가 전력을 다하여 구하러 갑니다. 그리고 목숨을 건진 생도들이 영내로 돌아옵니다. 거기서 커다란 감격이 솟아오른다, 이것이 〈젊은 모습〉의 대체적인 이야기지요.

김종한　그러면 황철 씨는 어떤 역할을 맡았지요?

황 철　선생입니다.

최재서　말하자면 거기에 나오는 학생들을 지도해 나가는 것입니까. 그러면 선생으로서 눈보라와 만났던 이야기를 해 주십시오.

황 철　반도의 20세 이하 중학생들에게 뭉게뭉게 피어나고 있는 애국심이라고 할까요, 지금까지는 단지 공부해서 출세하면 된다는 사고방식이 징병제가 발표되면서 자신은 훌륭한 군인이 될 수 있다는 정열 때문에 변했지요. 그 마음을 내지의 여러분 혹은 대동아공영권 여러분들에게 소개하는 것과 함께 이후 반도에서 태어날 소년들에게도 가르쳐 주는 것이 그 내용이 아닐까 생각합니다. 그리고 제가 맡은 역할은 그 생도를 가르치는 마스다(增田)라는 열정적인 교사역인데요, 그 선생은 조선인이면서도 자기 또래보다 더 빨리 자각해서, 징병제가 발표되기 전에 그렇게 될 것이라고 확신하여 학생들을 교육시켜 왔던 것입니다. 그리고 자기는 나이가 많아서 군인이 될 수 없다는 사실에 상당히 안타까워하는데, 그 대신 학생들에게 자신의 정열을 쏟아 부어서, 군인정신을 위주로 한 책임감을 학생들의 정신 속에 심어주려는 선생입니다. 그래서 마지막에 조난당했을 때에도, 어디까지나 책임감을 느껴서 자기가 쓰러질 때까지 눈보라를 헤매면서 학생들을 구하는 것입니다. 그렇게 최후까지 눈보라 속에서 싸우다가 쓰러집니다. 그때 새벽 눈보라를 가르면서 용감한 독수리가 날아옵니다. 스키부대가 미끄러져 오는 것이지요. 그래서 생도 전부를 구해주는 마지막 장면이 재미있는데, 저는 지금까지 영화에는 한두 번 출연해서 백지나 다름없습니다. 그래서 그 역할을 맡았을 때, 하고 싶기는 했지만 우리 극단의 사정으로 세 번 사양했었는데요, 지금은 해서 다행이라고 생각합니다. 연출이나 카메라 등이 일본 제일이고 직접 부딪히면서 친밀함을 가질 수 있어서 상당히 감사드립니다.

최재서   영화에는 처음으로 출연하게 되었던 것입니까.

황 철   이전에 <그대와 나>에서 역할을 맡아서 2컷 정도 촬영했던 적이 있습니다. 그 전에는 동양극장에 있을 때 촬영했던 일이 한 번 있었지만, 전부 실패했습니다. 전혀 경험이 없는 거나 마찬가지지요.

김종한   카메라에 나타난 느낌과 직접 연기할 때의 느낌에는 어느 정도 거리감이 있겠지요.

마루야마   역시 역할을 맡고 나서 실제로 연기하기까지는 거리가 있다고 생각합니다. 배우로서는 그 거리를 어떤 식으로 좁힐 것인가, 어떻게 그 역할과 배우 자신 사이의 거리에 대해서, 자기가 어떤 각오로 임할 것인가, 출연을 고사하지 않는 한에서는 거기서 자기 임무를 다할 수 있다는 자신감이나 적극성이 있으니까 그 자기 자신 중에 존재하는 사람에게 무엇인가 말하고 싶다는 욕망, 그 자기 자신이 맡은 역할로써 사람들에게 말하고 싶은 것을 연구해서, 그 목적을 향해서 거리를 좁혀나가야 합니다. 자기가 가진 육체적 조건이 어느 정도까지 그 역할에 적합할까, 그대로 정확하게 맞아떨어지는 경우도 있지만 그런 경우에는 지금까지 자기가 익혀왔던 기술에 의해서 어느 정도로 그 거리감을 좁힐 수 있을 것인가를 배우로서 고민하게 됩니다.

최재서   마루야마 씨는 어떤 역할이었습니까.

마루야마   어느 중학교에 연대에서 파견되어서 군사교련 일체를 책임지고 교육시키는 배속 장교입니다. 키타무라(北村) 소좌라는 역할이지요.

황 철   키타무라 소좌는 군인의 표본이라고 할 수 있는 인물로, 전쟁에 나갔다가 전사(戰死)해서 돌아온 지원병의 무덤 앞에 5일이나 10일에 한 번씩 참배하는 인물입니다. 학생들을 가르칠 때에도, 겉으로는 상당히 무서운 교관처럼 보이지만 신발이 낡아서 훈련을 받지 못하는 학생들에게는 신발을 사서, 그것도 직접 전달하지 않고 담임선생에게 전해달라고 할 정도로 아름다운 마음을 가진 군인입니다. 그래서 조난당했을 경우에도 눈 덮인 산에는 가지 않았지만, 교원실에서 가장 걱정했던 사람이 키타무라 소좌였던 것입니다.

이와이 결국 폐하의 적자를 맡아 두고 있다는 중요한 임무를 지고 있는 것이네요.

최재서 사진(영화)은 아무래도 볼 기회가 있겠지요. 영화에서 중요한 역할을 맡은 두 사람에게 여쭙겠습니다. 예술가로서 강한 감동을 받았던 부분이 있다면 한 말씀 부탁드리겠습니다.

황 철 저는 지금까지 직장이 무대였고 게다가 영화에서는 한 번 실패했기 때문에 이젠 안 되겠다 싶어서 단념했었지요. 그러나 이번에 이 영화가 가진 의의도 좋았고, 또한 연출자도 제가 예전부터 동경해왔던 분인데다가 카메라맨이나 스텝이 잘 갖추어져 있다는 점도 있었지요. 제 욕심으로는 무대만이 아니라 영화 쪽에서도 무언가 이미지를 만들어서 그런 인간을 한 명 꾸며내 보자는 욕망을 갖고 있었습니다. 그래서 두려워도 부딪혀 보자고 지금도 뜨거운 것을 입에 넣는 맛을 배우는 중이지만, 다만 이것을 끝까지 완수하기에는 곤란함이 수반할 것이라는 것을 지금에야 겨우 알게 되었다는 생각이 듭니다. 그러나 지금까지는 무대에서 제가 했던 일을 볼 수 없었던 것이 유감이었는데, 이 영화가 완성되면 제 자신의 모습을 스스로 볼 수 있다는 점에서 상당히 기대하고 있습니다. 그렇게 되면 제가 가진 결점을 파악해서 공부를 한다면 더 좋은 연기자가 될 수 있지 않을까, 조금은 기대하고 있습니다.

최재서 조금 그렇지만, 이번 출연으로 국민적 정열과 예술가로서의 양심이라고 할까, 그런 것이 제대로 맞아떨어지고 있다거나, 혹은 무언가 반성해야만 할 점이 없었습니까. 영화이기 때문에 특히 여러 가지를 느낄 수 있었겠지만.

마루야마 솔직히 말하면 이번의 출연은 아주 사무적인 접촉에 의해서 승낙하게 되었지요. 여러 가지 개인적인 욕망도 있었습니다. 동경이라는 말을 사용하는 것은 어린애 같지만, 감독이 유카다 씨라는 것, 이전에 잠시 오쿠무라(奧村五白子)라는 사진(영화)에 나오기도 했지만 큰 역할을 맡지 못했지요. 그러나 유카다 씨의 일에는 영화 관객으로서도 그렇고 또한 영화로 먹고 사는 배우로서도 상당히 존경하고 기대하고 있었습니다. 그 사람의 일에 제가 함께 해보고 싶다는 생각은 오래 전부터 있었거든요. 그런 것이 이번에 하나의 큰 동기가 되었다고 생각합니다. 그리고 그 작품을 찬찬히 읽어보니, 누가 감독을 하더라도 작품에 출연하고 싶을 정도로 감격스러웠습니다. 뭐 그런 것은 별개로 치더라도, 어쨌든 우선 나쁜 작품은 아니었습니다. 그런데 감독이 유카다 씨니까 먼저 이 일을 받아들이게 되었습니다. 그리고 이 일을 실제로 맡아서 하나하나 작품을 읽어 보고 또 이 작품을 선택해서 일하려는 사람들의 기개(氣槪) 등을 가까이서 지켜보면서, 이 일은 애매한 마음으로 하다가는 맞추어 나갈 수 없겠다고 생각했습니다. 그 이후 이곳에 와서 조선영화인들이 일을 대하는 태도, 또한 이곳 군부나 총독부가 작품을 대하는 방식 등을 알거나 느껴 가면서, 처음으로 제가 얼마나 큰 임무에 참여하고 있는지를 알 수 있게 되었지요. 그리고 저는 저쪽에서도 여러 가지 일에 참여해 보았던 책임도 가지고 있었는데요, 그것을 어떤 식으로든 하지 않으면 안 되겠다는 식으로 조금씩 진지한 기분이 들었던 것입니다. 솔직하게 말하면 처음에는 그렇게 이 일의 의의를 우선으로 고려해서 받아들였던 것인 아닌데요, 지금은 그렇게 변했습니다.

김종한 류자키 씨가 이번에 맡은 역할을 쿠마자와(雄澤) 오장(伍長)이지요.

이와이 조난당한 중등학교 5년생을 이것저것 지도하면서 내려오는 반장입니다.

류자키 대본을 받아 읽고 쿠마자와 오장이라는 역할에 대해서 여러모로 생각해 봤는데요, 이 한 편의 테마는 결국 내선일체의 총력전이라는 의미라고 생각했습니다. 그리고 그것을 가장 잘 구현하는 것이 군대가 아닐까 생각했지요. 특히 군대 중에서도 가장 구체적으로 나오는 것이 영내의 내무반입니다. 그 반장을 맡은 제가 가장 전형적인 이상을 구현하는 하나의 이상적인 인물이 되어야 한다, 그렇게 해석했지요. 그리고 그와 같은 거대한 이상을 확실히 구체적으로 보여 주고 들려주는 상당히 중요한 역할이라고 생각해서, 의욕적으로 했습니다.

마루야마 솔직히 말하자면 저는 아직 영화에서 제 자신의 힘을 충분히 발휘했다고 느낀 적이 없습니다. 무슨 힘이냐고 물으면 곤란한지 어떤지는 모르겠지만, 지금까지 오랫동안 일해 왔어도 이런 일을 해오지는 않았지만, 뭐랄까 제 자신에게는 그런 힘이 있는 듯한 느낌입니다, 그것을 어떻게 내놓아야 할지 잘 몰라서 헤매고 있었지만……

최재서 국책영화를 하는 데에 어려움은 없습니까.

마루야마 어려운 점은 없습니다. 그러나 충분히 만족하지는 못하지요.

뭐랄까, 이렇게 하면 되겠지 생각하면서, 아 이거다, 이렇게 생각되는 방법을 배우로서 느꼈던 적이 없습니다.

이와이   류자키 씨, 이번 역할은 어땠습니까.

류자키   어쨌거나 푹 빠졌지요.

이와이   토호(東寶)의 배우과에서 또 하나 이야기가 있지요. 그때 류자키 씨가, 이 역할은 자기 것이 아니다, 이것(〈젊은 모습〉)이라면 제가 해야만 한다고 말했을 때의 감격은 지금도 잊을 수가 없어요.

류자키   가장 해보고 싶었습니다. 쿠마자와 오장이란 역할을. 그러나 제가 좌담회에서 이야기하는 것이 이상할 정도로, 전문적이지도 않고 연기상으로 문제가 되고 엉망이었습니다.

최재서   즉 몸으로 부딪혀 나갔던 것이군요. 실제로 국책영화라도 하는 사람이 그렇게까지 한다면 누구도 무리하다고 생각하지는 않겠지요. 문학에서도 그렇지만. 묘하게도 선전이라는 것을 생각하게 되면 어색해집니다. 그래서 진짜로 군인의 기분이 되어서 부딪혀 나가자 않으면 안 되는 것입니다.

이와이   제멋대로 생각한 것이지만, 지금은 내지에서 우수한 사람들이 와서 여러 가지로 도와주시니까 우수한 작품이 나올 것이라고 안심할 수 있습니다.

최재서   영화 내용도 내선일체지만, 제작과정에서부터 상당히 아름답다고 생각해요.

김종한   조선의 배우와 만나게 되었는데, 느낀 점이 있다면…….

마루야마 아직은 말씀드릴 수 있을 정도가 아닙니다. 조금 더 교제한다면 여러 가지로 말할 수 있겠지요. '안녕하십니까, 누구입니다.'라고 하면서 인사를 나눈 정도라서 이곳 배우들에 대한 느낌을 말하기에는 아직 비과학적이자 경솔한 것 같습니다. 단지 상당히 젊다고 느꼈습니다.

이와이 상당히 정열적으로 활동하고 있다고 봤습니다. 제가 여기 와서 느낀 것은 기술 등에 있어서는 그렇게 뒤떨어지지는 않지만, 기재나 물자 등의 혜택을 받지 못했다는 것입니다. 그것을 결국 정열로 보충했지요. 이번에 통제회사가 생겨서 정열과 기재 등 모든 것이 갖추어진 것은 물론 내지의 여러 회사가 후원하게 되었으니, 내지와 어깨를 나란히 할 수는 없더라도 거기에 준할 정도는 되었다고 생각합니다. 그래도 필름 등의 문제로 그 정열을 쏟아낼 곳이 마땅치 않아요. 그런 점이 일을 진행하는 데에 있어서 상당히 곤란한 부분입니다.

황 철 우리들이 지금도 생각하는 것은 영화라면 설령 잘못되더라도 거기에서는 끊어 버려도 좋은 장면을 이을 수도 있고, 끊어진 것도 다시 자유롭게 연결할 수도 있기 때문에 그런 것이 편하다고 생각했지만, 이번에 영화를 하면서 저는 스키를 잘 탈 줄 몰라서 NG를 낸 적이 있었는데, 그렇게 되어도 필름이 신경 쓰여서 오히려 그만두지 못했던 적이 있었지요.

최재서 비전문가의 관찰이지만, 조선 배우는 내지 배우와 비교해서 연기의 폭이 상당히 넓다고 생각합니다만. 정열적이라고 할까요. 영화를 보면 섬세한 동작에는 서툴지만, 그런 폭이 큰 동작에서는 꽤 좋은 연기를 보여주는 경우가 옛날 조선 영화에도 있었지요. 그런 점을 살려 나가야 한다고 생각합니다.

황 철   말하자면 어딘가 거친 구석이 없지는 않지요.

한상직   저는 신문사 일을 하고 있어서 영화나 연극은 전혀 모르지만, 지금까지 조선 영화나 연극은 그 수준을 어디에 두어야 할지 상당히 막연할 수밖에 없었습니다. 그러다가 최근 하나의 목표가 확실하게 정해졌는데, 그것이 국민영화이며 국민연극이라는 사고방식이 영화인, 연극인들에게 점차 인식되어서 영화배우나 연극배우들 스스로가 민중의 선두에 서서 실천하자는 기분을 가지기 시작한 것은 상당히 거대한 진보라고 생각합니다. 그리고 지금까지의 조선 영화는 기획성이 미약하고 또 연기자도 갖춰지지 않았지만 최근에는 군대영화 한 편을 제작하더라도 일반 민중들도 그 영화를 보고 좋아하는 것은 물론 그 영화가 조선을 대표하는 것이 되면서, 민중이 나서서 협력하는 마음이 상당히 강해졌다고 할 수 있습니다.

김종한   그러나 국민연극이나 최근의 국책영화에서 재미가 부족하지 않을까요.

황 철   지금까지는 문부성 추천영화 혹은 총독부 추천영화 등이라 대체로 재미가 크게 없었지만 이번에 찍은 〈젊은 모습〉은 시나리오를 봐도, 연출자의 연출 방법이나 카메라 촬영법을 봐도 아무것도 모르는 제가 봐도 이 정도라면 결코 뒤떨어지지 않습니다. 게다가 예술성도 있습니다. 정말로 어디 한구석 부족함이 없는, 문자 그대로 완성된 훌륭한 작품이 나왔다고 생각합니다. 이것이 만약 무대를 위한 각본이었다면 그 이상의 자신감을 가질 수 있었겠지만, 처음으로 하는 시나리오이기 때문에 그렇게 확실하게 말할 수 없을지도 모르지만, 지금의 경우 저는 그렇다고 확실하게 말씀드릴 수 있습니다.

최재서 최근 점차 남쪽 방면을 겨냥한 영화가 나오고 있는데요, 일단 영화인으로서 서양 영화에 지지 않겠다는 마음을 갖고 있겠지만, 사실은 어떤가요. 필리핀 쪽으로 일본 영화를 사시고 들어갈 경우, 필리핀은 미국 영화를 상당히 봐 왔기 때문에, 일본 영화가 재미없다는 식으로 평가가 나온다면 그것은 큰 문제가 아닐까요.

마루야마 유감스럽고도 재미없는 일이 있지요.

최재서 그것은 어떤 점에서…….

마루야마 재미없는 일은 결국 영화가 가진 가능성을 충분히 발휘해서 활용할 수 없는 기술에 있다고 생각합니다. 즉 영화는 무엇 때문에 만드는가, 어째서 영화를 만들지 않으면 안 되는가, 그런 출발점이나 근본정신에서는 결코 뒤지지 않는다고 생각하지만, 그 고매한 정신을 실제로 옮길 수 있는 기술로서는 유감이지만 아직 뒤떨어진다고 저는 생각합니다. 그런 근본 목적을 실행하는 기술을, 일본 영화계로서는 공부하고 연구해서 지금까지 미국 영화가 가지고 있던 오락성, 대중성이라고까지 말해도 좋다고 생각하는 면을 익히지 않으면 안 된다고 생각합니다.

최재서 결국 서양 영화는 서양 영화로서 가야 할 길이 있고 일본 영화는 일본 영화로서 가야할 길이 있습니다. 그럴 경우 일본 영화에 없는 것을 어느 정도 뽑아내려고 해도 그럴 수 없기도 합니다. 그런 경쟁을 하지 않고 일본 영화를 활성화시키는 것도 생각할 수 있겠는데, 카메라 기술 같은 것은 공통적인 것이지만, 연기의 측면을 말할 경우에는 절대로 지지 않을 일본적인 맛이나 창조성 등이 있다고 생각할 수 있겠는지요.

마루야마 있겠지만, 우리들이 가지고 있다고는 말할 수 없겠지요. 지금부터 현재 영화 연기자들이 확실한 각오로 그것을 찾아나가지 않는다면…….

이와이 남방을 겨냥한 영화로서는 규모가 작다고 생각합니다. 더욱더 크게 출발하지 않으면 곤란하지 않을까요.

류자키 또한 필리핀 쪽은 미국 영화의 기교에 익숙해져 있지 않을까요.

이와이 그와 같이 새로운 기술을 보고 있을 때, 일단은 바보가 되었다고도 생각할 수 있지만, 그런 미국 영화에 빠지지 않으면서도 일본적인 것을 만들어야 한다고 생각합니다.

류자키 우리들이 배우고 싶은 것은 미국의 기술뿐입니다.

최재서 제가 감명 깊게 봤던 프랑스, 미국 영화를 생각해봐도 역시 감명은 깊었는지 몰라도 그것은 시시한 것이었습니다. 어느 정도 기술이 발달했다고 해도 그것으로는 영화가 전개되지 않는다, 솔직히 그렇게 생각했는데요, 그런 면에서 보면 일본 영화는 연기자 혹은 기술의 측면에서 10년, 20년 더디다고는 하지만 상당히 활기찬 느낌이 있습니다. 그것은 역시 실제로 연기를 하시는 분들도 그런 확신을 갖고 있지 않을까 생각합니다만.

류자키 지금 내지의 젊은이들은 정신이 제일이라고 말하고 있습니다. 정신일변도입니다.

최재서 그러나 서양 영화가 사람의 마음을 사로잡는 최대의 원인은 퇴폐적인 것에 있지 않을까요. 거의 마취제 같아서…….

이와이   그것을 때려 부셔야 하는 것이 급선무입니다.

류자키   확실히 그쪽의 영화가 재미있기는 하지요. 특히 남방 사람들에게는 현재 일본정신을 갑자기 말해도 잘 알지도 못하니까…….
그래서 영화에 대한 관념이 자연스럽게 오락에 한정되어 왔습니다.

이와이   우선 일본의 진정한 모습을 영화에 의해서 보여줘야 합니다. 그것이 하나의 무기가 되겠지요. 말하자면 영화 한 편은 탄환 한 발입니다.

최재서   결국 문학에 대해서는 확실히 말할 수 있지만, 지금까지는 대체적으로 모방이었습니다. 그런데 지금은 모방하면 안 된다기보다는 모방할 수가 없습니다. 이렇게 되면 일본의 진정한 예술을 탄생시켜야 합니다. 탄생시키지 않으면 자멸이니까요. 영화도 마찬가지입니다. 서양 것을 그쪽으로 보낼 영화로 만들지 않으면 안 된다는 입장에 서게 될 때에야 비로소 본바탕이 나오지 않은가, 본질적인 것이 연마되어 나오지 않을까 생각합니다. 지금까지 일본 영화로서 평판이 좋았던 것은 대체로 서양 영화와 상당히 닮은 것이 많았습니다. 결국 영화인을 지도하는 것은 관객이니까, 관객이 미국 영화를 좋아하게 되면 영화인도 그런 쪽으로 기울어 가게 되는 것이니까요.

이와이   남방 영화는 남방 쪽 사람을 써서 그쪽 사람에게 일본적인 것이라고 말할 수 있는 것을 이식시켜 나간다면 어느 정도 효과가 있지 않을까 생각합니다.

김종한 어쨌든 말할 수 있는 것이 너무 많지 않을까요. 그렇지 않고
자연스럽게 스며들게 되면 오히려 선전으로서는 좋지 않을까
생각합니다.

■ 국민문학, 1943. 8.

국민문화의 방향

참석자

가토 다케오(加藤武雄)
후쿠다 키요토(福田淸人)
다테노 노부유키(立野信之)
후류야 쓰나다케(古谷綱武)
유진오
이무영
데라모토 키이치(寺本熹一)
최재서
김종한

새로운 일본문학

최재서　여러분 피곤하시지요. 바쁜 시간을 내주셔서 감사합니다. 시간이 그리 많지 않으니까, 특별히 화제를 던지지 않았는데, 이곳으로 오기까지의 감상 등을⋯⋯.

가　토　뭐랄까 역시 화제를 제공해 주셨으면 좋겠는데.

최재서　화제는 일단 일본문학의 장래를 여쭙고 싶은데요, 그러면⋯⋯.

가　토　무언가 말씀해 보시죠, 후쿠다 군.

후쿠다　아닙니다.

최재서　일본문학보국회[1]가 생기면서 내지 문단도 상당히 긴장감이 돈
다고 생각됩니다만.

가　토　지난번 모임에서 히비노 시로우(日比野士朗)[2] 군이 말했던가요.
그는 좋은 군인이라고 불리고 싶다, 소설은 별로였지만 군인
으로서 훌륭하게 죽었다고 알려지는 것이 원래의 소망이었다
는 것을, 저는 그동안 도달하지 못했지만 키쿠치 칸 군도 뭐랄
까, 이런 시대에는 좋은 소설을 쓰는 것보다는 우리들의 국가
를 위해서…… 소설은 형편없어도 오랜 소망이라고 말했다는
데, 그게 정말입니까.

후쿠다　그렇지 않습니다. 그것은 역설 같은 것으로, 이런 시대에 좋은
예술을 창작하는 동시에 문학자는 이른바 되도록이면 잡사(雜
事)든 뭐든 훌륭하게 처리해야 합니다. 그것을 너무 엄격하게
결부시켜서…….

가　토　어쨌든 내지의 문학자는 그렇게 되었습니다. 소위 문학지상주

---

1) 일본의 전시체제를 측면에서 도우는 대정익찬회와 일본 정부 정보국의 지도 아래 조직된
문인단체로 1943년 5월 모든 장르의 문학자와 문학 연구자를 흡수하여 국책에 부응하는
임무를 맡았다. 회장은 도쿠토미 소호, 상임 이사 구메 마사오, 나카무라 무라오 밑에 소
설, 극문학, 평론, 수필, 시, 단카, 하이쿠, 국문학, 외국문학 8부회, 약 4,000명의 회원이
모인 대조직이었다. 요강에 의하면 "본회는 전일본 문학자의 총력을 결집하여 황국의 전
통과 이상을 현현하는 일본 문학을 확립하고 황도 문화의 선양에 익찬하는 것을 목적으
로 함"으로 되어 있다(호쇼 마사오 외, 고재석 옮김, 『일본현대문학사』 상, 문학과 지성
사, 1998, 234면 참조).
2) 히비노시로우(日比野士朗, 1903~1975) 소설가. 도쿄에서 태어났으며 고등학교를 중퇴했
다. 히노 아시헤이와 마찬가지로 전기를 쓰면서 문학자로서의 자신을 확립했다. 1937년
중일전쟁의 발발에 참전, 부상당하여 일본으로 송환되었고, 1938년 소집해제 되었다.
1939년 전쟁체험을 소재로한 소설 「우승크릭(吳淞クリーク)」을 발표, 「병사작가」로서
알려져, 「소집영장」, 「전쟁병원」 등을 썼으며, 「안개 긴 밤」, 「가난한 인생」 등을 출판했
다. 패전 후의 작가활동은 볼 수 없다.

의로부터 멀어져 왔습니다. 상황은 상당히 긴박합니다. 그러나 그런 소설이 더욱더 좋은 문학이라고 생각할 수 있는 것입니다.

후쿠다 그렇습니다.

가 토 그런 소설 없이는 일본 문학의 장래도 생각할 수 없지요.

다테노 그리고 또 하나 현실문제로서, 저는 처음으로 지나에 종군했을 때 지나가 가진 대륙 풍물의 거대함, 그리고 거기서 길러진 지나 민족을 보고 일본은 지금부터 이런 것들을 지고 가지 않으면 안 된다, 이런 것들도 우리들의 생활감정으로 받아들이지 않으면 안 된다, 이렇게 생각했습니다. 그런데 지금까지 일본문학 속에서 배양된 문학의식, 그 표현력, 이런 것으로는 도저히 맞출 수가 없습니다. 형용사가 아주 부족합니다. 그런 측면에서도 일본문학이 하나의 전환을 강력하게 요구받고 있다고 생각합니다. 이번에 조선에 와서 보니, 저는 지금까지 조선을 그다지 잘 알지 못하지만, 조선 작가 제군들이 쓴 것들을 통해서 느낀 것은 매우 인상이 어두웠다는 것이었습니다. 그것은 역시 역사적인 것 때문이 아닐까 상상할 수 있지만, 오늘날과 같은 시세에 어떻게든 바로 서서 해 나가지 않으면 안 되는 촉박한 상황이 되면서, 그런 암울함이 완전히 사라졌다는 인상을 받았습니다. 일본문학이 대륙이나 남양의 거대한 생활면에 부딪혀 가면서 거대한 전환을 요구받고 있는 것과 마찬가지로 조선 작가 제군에게도 거대한 전환이 요구되고 있는 것이 아닐까, 그런 느낌이 듭니다.

최재서 조선문학은 상당히 어둡다고 볼 수 있지만, 히노 아시헤이(火野葦平)[3) 씨의 「보리와 병사」를 보면 거기에도 며칠 동안의 행군

에도 보리만 보여서, 군인들이 약간 허무함을 느끼는 측면이
있지요.

다테노   즉 자기 감정에 부합되지 않아요, 지금까지의 문학 감정으로
는 맞지 않습니다.

본원(本源)으로 되돌아가

가 토   어쨌든 조선문단이다, 일본문단이다 말할 것도 없이 그 문학
의 정신, 세계관, 모든 것은 근본적으로 이제 일변 원시로 되
돌아가서 새로 시작하지 않으면 안 됩니다. 그러니까 당신들
의 고민은 역시 우리들의 고민입니다. 메이지 이래 영미적인
세계관을 완전히 뿌리쳐 버리고 전통으로 돌아가야 한다고 생
각합니다.

후쿠다   그와 같이 근원으로 돌아가는 것이 말이죠, 저는 일본문학에
도 어두운 것이 있는데, 특히 자연주의 이후 그런 것이 있었다
고 생각합니다. 그런데 제가 이번에 부여에 가서 부여의 석탑,

---

3) 히노 아시헤이(火野葦平, 1907~1960), 쇼와기의 소설가. 후쿠오카현 출신. 본명은 타마이
가츠노리(玉井勝則). 와세다대학 중퇴. 1937년 중일전쟁 발발에 응소. 중국 항주만 상륙작
전에 참가했다. 출정 전, 동인지에 발표한 단편 「분뇨담(糞尿譚)」이 1937년도 하반기의
아쿠타가와(芥川)상을 수상했다. 전쟁터에서 코바야시 히데오(小林秀雄)로부터 상을 받았
다. 그로 인해 중국지부 파견 보도부로 전속되고, 이후에는 종군작가로서 각지를 넘나들
며 작품을 발표했다. 1938년에 「보리와 병사(兵隊)」가 호평을 얻어, 문학자로서의 이름을
높였고, 이어 「흙과 병사」, 「꽃과 병사」를 같은 해 발표했다. 이 「병사 삼부작」은 1940년
아사히 문화상을 받았다. 다수의 종군기를 쓰는 등 활약했으나 패전 후, 公職추방처분을 받
았다. 1950년 해제 된 이후 「적도제(赤道祭)」, 「꽃과 용」 등의 작품을 발표했다. 일본펜클
럽 대표로서 유럽을 방문학기도 하였다. 1960년 자전적 장편인 『혁명전후』가 출판되었으
나, 시판되지 않았다. 사후, 예술원상을 수상하였다. 1972년 그 죽음이 자살이었다는 것이
유족으로부터 공표되어 화제가 되기도 하였다. 『히노 아시헤이 전집』(전8권, 1958~1959)
가 있다.

불상 — 거기에 무언가 모자 같은 것이 씌워져 있었는데요, 유머러스한 것을 갖고 있었어요. 정말로 후덕함을 가지고 있습니다. 조선의 옛날, 아주 옛날 정신은 역시 일본의 옛날『고사기』,『만엽집』에서 볼 수 있는 후덕함을 마찬가지로 갖고 있다고 생각했습니다. 부여는 그런 의미에서 가장 인상 깊었죠. 어두움은 아마도 그 이후에 나온 것이겠지요.

최재서 　근세의 산물이지요.

다테노 　부여가 지닌 옛날의 소박한 후덕함은 확실히 일본의 옛 문학과 통합니다. 그것이 그 후 역사적으로 여러 가지가 첨가되어서, 예를 들어 지나의 유교가 침투했기 때문에 생활의 여러 가지 부면이 지식적 영향에 의해서 왜곡되었다고 생각합니다. 현재까지 조선 사람들의 생활을 보면 도처에 유교의 영향이 남아있습니다. 그러나 지금은 그런 것을 반성하고 극복해서 새로운 것을 만들어야 하는 국면에 봉착해 있는 것입니다.

유진오 　그 점은 동감입니다. 조선의 옛 책 —『삼국사기』,『삼국유사』등에 실린 전설을 수합해 보면 뭐랄까, 내용이 수수하고 풍부하면서 후덕하다는 느낌을 줍니다. 그것이 대륙으로부터의 침략 이후 완전히 사라져 버렸죠, 거의 700~800년 사이에…….

다테노 　거의 천 년간.

유진오 　그전으로 가면 상당히 수수한…… 만엽에서나 나올 만한 것들이 있습니다. 경주 부근에 가 보면 한층 그것을 느낄 수 있습니다.

최재서 　예술이 성하고 쇠하는 경로를 더듬어 보면 이조(李朝)부터 그와 같은 기술이 사라진 것만이 아니라 예술적 천분에 대한 자신감마저 잃어버렸습니다. 신라, 백제의 예술을 우리들이 지금 보면 거의 이국인과 같은 느낌을 받습니다. 지금까지의 이야기처럼 유교문화의 영향이지요.

후쿠다 제가 감심(感心)했던 것은 불국사 위의 석굴암이었는데요, 그곳의 식불 말이죠. 상당히 혼연(渾然)하여, 이상한 이야기로 들리겠지만 걸작의 단편소설을 읽는 듯한 느낌이었습니다. 자세히 생각해 보지는 않았지만 광선의 방식이나 일본해를 바라보는 위치의 면 등에서…….

김종한 후루야 씨, 어떤 의견이…….

국어와 조선

후루야 제가 여기로 와서 골몰하고 있는 문제입니다만, 국어를 어떻게 소화해 나갈까. 이것을 정말로 반도에 침투시켜 나가는 일을 문학자가 하지 않으면 안 되는 제1의 임무라고 생각하고 있습니다. 일본에서 출발하기 전에 조선 작가의 작품을 조금 알아 봤는데요, 사실은 국어의 수용이나 사용이 상당히 소극적이라는 것을 알 수 있었습니다.

즉 이미 존재하는 기성의 말을 받아들여 사용하고 있다는 것인데요, 자기의 감정을 그대로 표출하는 것이라고는 생각하지 않습니다. 역시 이와 같이 해서는 안 되고 더욱 적극적으로 국어를 자기 것으로 생각하는 태도가 곧 정신의 태도가 되어야 합니다. 이것은 제 생각이 아니라 학자들이 했던 말이지만, 대체로 말이라는 것은 고정되어 있는 것이 아니라 생활과 함께 변해 가는 것이라 합니다.

즉 말을 변화시키는 것은 생활입니다. 그러므로 저는 반도라고 하면 일본의 한 지방으로서, 반도가 아니라면 생겨날 수 없는 생활 감정이나 감수성 등을 국어로 만들어 가지 않으면 안 된다고 생각합니다. 예를 들어 저는 예전에 북해도의 원시림을 개척하는 노인으로부터 개척의 이야기를 들었던 적이 있었는데요, 이런 표현이 있었습니다. — 매일 밤 힘차게 불을 피워 놓고 일을 한다. 여기서 「せいのたかい火を燃やして」라는 말이 저에게는 상당히 재미있게 들렸습니다. 시커먼 원시림의 밤의 어두움을 느낄 수 있고, 또 활활 타오르는 불빛이 개척민의 마음과 하나되어 어우러진다는 느낌이 잘 표출되고 있는 것이지요. 여기서 그런 형용사는 여태껏 없었던 것인지는 모르겠지만, 새로운 생활과 감정 가운데에서 생겨난 말입니다. 그런 생활을 묘사한 문학에서 그런 말은 뿌리가 될 수 있지요. 그리고 그렇게 뿌리내린 말이 아니라면 문학은 진정으로 대중들에게 침투해 들어갈 힘을 잃고 맙니다. 그 말은 그 지방이 아니면 생겨나지 않는 말이어야 합니다. 예를 들어 큐슈(九州)의 봄과 홋카이도(北海道)의 봄은 다른 방식으로 오는 것이어서, 홋카이도라면 무거운 지붕 위에 눈이 녹기 시작할 때 조금씩 봄이 되지만 아직 먼 산에는 눈이 남아서 하얗게 보이지요. 들에도 산에도 봄이 오는 느낌은 다릅니다. 이것이 큐슈의 생활이 아니면 나오지 않는 것이라고 생각해요. 이런 것이 조선에도 분명 있을 겁니다. 그것이 국어를 진정으로 살찌우는 힘이기 때문에, 그렇게 되지 않으면 국어는 진정한 힘을 발휘할 수 없지요. 그런 면에서의 협력이 작가에게는 필요하다고 생각합

니다. 단지 도쿄의 말을 받아들여 그것을 사용하면 생생한 국어가 나올 수 없는 법이지요. 그런 생각을 도쿄에 있을 때부터 줄곧 했던 것입니다.

김종한 그러나 조선에서 국어문제, 말의 문제는 정치와 밀접하게 결부되어 있습니다. 장혁주 씨가 어딘가에서, 조선에 국어를 보급시켜 나가는 데에서 결국 조선풍으로 변하면 안 된다고 말했지만 그 소리를 듣고 문득 생각했는데 무엇이 올바른지 어려운 문제여서 모두 우왕좌왕하고 있어요. 황민화라는 것을 조선에 살면서 생각하는 것에는 국민적인 신념이 깊어 가면 갈수록, 조선옷을 입고 조선 온돌에서 자도 훌륭한 황민이 되는 거다, 그런 식으로 생각합니다. 지금 말의 문제에 대해서도 후루야 씨는 그런 의미로 말씀하셨다고 생각하는데요, 다른 한편 고려해야 할 것이 무엇인가 하면, 황민의 표본으로서 지금의 내지인처럼 — 추상적인 일본인이 아니라 — 모든 것을 통일해 나가지 않으면 안 된다는 의견도 있습니다. 어느 쪽이 좋을지 모두 방황하고 있는 것이지요.

후루야 예를 들어 반도에서 어릴 때부터 자라난 사람의 그림과, 쭉 내지에서 자라난 사람의 그림은 감각이 다르다고 들었고 또 그것이 사실이라고 생각해요. 예를 들어 붉은 흙이라고 있지요, 즉 이곳의 흙과 도쿄의 흙은 다르고 그것이 역시 그 사람의 감각을 기르는 뿌리가 되지요. 붉은 흙을 아름답다고 볼 때에 내지 사람에게는 붉은 흙의 아름다움을 새롭게 가르쳐 주어야 그런 표현이 좋다고 느끼게 되겠죠. 홋카이도의 경우도 그런 것이죠.

유진오 그러나 조선문단의 현상은 그런 근본적인 이론보다는 역시 국어의 사용법이 모두 어설픕니다. 일단 표준어를 배우는 것이 힘겹습니다. 지금 말한 것은 그 다음 단계에…….

다테노 여기에 나오기 전에 이무영 군에게도 조금 들었지만, 지금의 국민학교 생도에게도 우리들은 이길 수 없다(웃음)고 합니다. 국민학교 생도는 내지인과 똑같이 표현하려고 열심히 노력하고 있습니다.

후루야 그러면 제가 지금 말한 것은 취소해야겠군요.

유진오 아닙니다. 지금 저는 단지 실상을 말한 것이지요.

다테노 장혁주 씨마저 상당히 곤란하군요.

최재서 이것은 또한 내지 쪽의 평가에 의해서도, 사정이 달라집니다. 상당히 참신하고 독창적인 표현을 해도 비일본적이라고 물리쳐 버리면…….

다테노 그러나 일본문단에서는 역시 후루야 군이 말한 대로 표현한다면 그것을 수용할 사고방법이 충분하다고 생각합니다. 표현적으로 곤란한 것은 일본문학 전체에 있는 것이니까.

후루야 어쨌든 결론을 짓자면 국어가 반도에 의해서 풍부하게 되지 않으면 안 됩니다.

김종한 그렇게 이질적인 것이 더해지게 되는 것을 기뻐해 주셔서 감사합니다. 일본문화가 풍부하게 되는 하나의 방법이라고 생각합니다.

최재서 여기서 신경 쓰이는 것이 있는데, 조선에서는 방랑성 있는 생활을 '떡갈 나뭇잎 같이 살아간다.'고 표현합니다. 이 말은 조선에서도 표준어가 아닙니다만. 조선의 황량한 가을에 떡갈나무 이파리가 여기저기 뒹굴러 다닙니다. 이것을 정확하게 생각나게 하는 표현입니다. 비근하게 말하면 그런 것을 여기의 작가가 착착 표현으로 옮긴다면 일본문학에 플러스의 의미를 가진다고 생각합니다.

다테노   다만 꽤 어려운 문제로군요. 거기까지 가는 건가요. 북해도에서 나온 작가가 내지의 눈을 보지 못했고 훗카이도의 취설(吹雪)밖에 모른다, 그런데 내지의 목단설(牧丹雪)을 보고 그 충신장(忠臣藏)의 눈이 내려왔다……(웃음)

최재서   재밌군요.

다테노   그 말투가 재밌습니다.

황도조선연구위원회라는 것

김종한   가토 선생님, 황도조선연구위원회의 주지는 내지인에게 조선을 알리는 것입니까, 아니면 조선인을 계몽하는 것입니까.

후쿠다   그것은 양쪽 다입니다. 대체로 문학보국회에 8개의 부회가 있어서 각 부회를 통틀어서 4개의 연구위원회가 있지요. 상당히 중요하게 생각하는 문제에 관한 것이지요. 생겨난 순서를 말하면, 농민문학위원회, 대륙개척위원회, 황도조선연구위원회, 그리고 이번에 남방에서 갔다 온 사람들이 만든 남방문화연구회가 있지요.

김종한   내지 쪽에서 적극 요청하는 일에 대해서는 이렇게 봅니다. 내
지에 있을 때에는 잘 몰랐습니다. 내지의 친구들과 기분 좋게
사귀었지요. 그런데 이곳으로 돌아오면 거리감이 생겨서 신경
이 쓰이는 것입니다. 즉 내지에서는 조선에 대해서 전혀 몰라
도 상관이 없습니다. 따라서 그렇게 적극 요청하는 것에 대해
서는 주문하지 않아도 좋겠지만 조선에서 적극 요청하는 것에
대해서는……

후쿠다   반도 자체로 말인가요. 적극 요청하는 일이 있겠지요.

가 토   소설이나 시 ─ 문학에만 국한되지 않습니다. 문학보다도 넓은
사명을 갖고 있지요, 그러니까 문학연구회가 아니라 문화연구
회라는 것을 생각하게 된 것이지요.

후루야   저도 여기에 와서 생각하고 느낀 것을 서너 가지 내지에 호소
해서 쓰고 싶습니다.

가 토   위원회는 확실히 중앙위원회 ─ 내지에 있는 조선인들을 위해
서 만든 모임인데요, 이와 밀접한 관계를 가지고 해 나가고 싶
기도 한데, 물론 내지인이 조선인에 대해서 가진 왜곡을 정정
하는 것도 하나의 커다란 과제입니다.

후쿠다   신태양사의 조선예술상이 있거나 문학보국회에서 상을 주는
것처럼, 조선에서 자라난 문학에 대해서는 큰 관심을 갖고 있
습니다. 그러니까 가토 씨가 말했던 것처럼 내지에 와 있는 조
선인들에 대한 계몽, 그리고 내지인에 대한 계몽운동, 그렇게
세 가지를 생각하고 있습니다.

후루야   조금 전 내지에서 적극 요청하는 문장을 쓰고 싶다고 말했지

만 그것은 역시 동시에 조선에서 적극 요청하는 것도 된다고 저는 생각하고 있습니다.

다테노 어쨌든 세부적인 일의 목표는 아직 확실하지 않지만 한편으로는 조선의 사정을 잘 모르는 내지인들을 계몽하는 역할과 다른 한편으로는 일어서고 있는 조선문학을 끌어올리지 않으면 안 됩니다. 이런 한 움큼의 목표 아래에서 실천하고 있지만, 구체적으로 어떻게 하면 좋을지 조선의 형편을 알고 난 다음부터 일을 해 나가자는 취지로, 제 나름대로의 생각으로 이번에 시찰하려 온 것이지요.

김종한 어쨌든 그 모임에 대한 것이 발표되어서 조선의 젊은 사람들은 이런 기분이 들었습니다. 이 시대를 맞이하여 상당히 무언가 신뢰가 생긴다, 희망을 느낀다. 과거에도 그랬겠지만 물러터진 휴머니즘이 많아서 결코 조선을 알지는 못했고 그래서 작업도 구체적인 것이 되지 못했다고 생각합니다.

가 토 그렇습니다. 이번에는 좀 확실하게 하고 싶습니다.

최재서 내지 사람이 가능한 한 이곳을 보고 가는 것도, 동시에 내지의 신문잡지에 여기 사람을 동원하는 것도 필요한데, 특히 큐슈(九州) 등은 여기 사람들이 탄갱 등에 많이 가있기 때문에 그런 지방신문이 더욱 적극적으로 조선 작가에게 쓰게 하는 것도 고려할 수 있습니다. 이것은 신문잡지의 편집자에게 보내는 희망입니다.

가 토 내지의 저널리즘이 반도의 문제를 무심하게 대했던 것은 인정합니다. 신문잡지의 기자에게도 그런 마음을 전하겠습니다.

징병과 문학

김종한 그리고 또 한 가지. 조선인의 황민화의 목표를 이쯤에서 말하는 것이 좋겠는데, 일본은 반드시 이긴다, 나는 일본인이다, 그 정도로 좋을까요. 여기에 최재서 씨, 유진오 씨, 이무영 씨가 계시지만 저 같은 젊은이는 일본정신이라고 하면, 거기에 자연스럽게 들어갈 수 있지만, 연령적으로 한참 높아서 꼼짝달싹 못하는 여러 선배들이 아주 열심히 공부하고 있습니다. 지금의 조선 작가의 연성은 정말로 눈물겨운 구석이 있습니다. 조선에는 현지에 갈 기회가 없기 때문에 곧 관념적인 고전(古典)의 세계에서 출발하자는 마음이 생겨나는 것도 무리가 아니라고 생각하는데, 내지에 돌아가게 되면 현지(現地)에 갈 수 있는 기회를 만들어 줄 수 없겠습니까.

가 토 이번에 징병제가 선포되어 반도 청년도 정규병으로서 총을 들 수 있으니까 당연히 작가도 현지에 갈 수 있게 될 것이라고 생각합니다.

다테노 저는 그런 점에 관해서는 조금 전 말씀드렸던 것처럼 내지의 문학의 전환도, 우리들의 동료들이 20명 내지 30명이 경험하는 것만으로는 문학적 기초가 박약하다고 생각합니다. 수백만 인의 군인이 새로운 일본과 동아의 건설을 위해서 전야(戰野)에 있다는 것을 느낍니다. 그런 것을 느낀다는 것이 근저가 되지 않으면 새로운 문학 따위는 생겨나지 않습니다. 내년부터 징병제가 되니까 많은 조선 청년들이 실제로 전쟁터에 가서 부딪히게 되면…… 물론 몇 명의 작가가 종군하는 것도 필요하겠지만 그것만으로는 많은 일을 할 수 없지요.

후쿠다　그렇습니다.

다테노　양쪽이 만나서 나아가지 않으면 안 됩니다. 물론 작가가 우선 가는 것도 필요하지만 전체적으로 봤을 때 그렇게 생각합니다.

최재서　후루야 씨, 도쿄의 평론가기 가진 새로운 경향 등을…….

후루야　사실은 요즘 잡지를 그다지 많이 읽지 않아서.

가　토　가장 두드러진 현상은 새로운 국학의 부흥입니다. 즉 고전, 신전(神典)의 연구, 계의(戒意) — 거짓된 마음이 아니라 순수하게 일본적인 것 — 모토오리 노리나가(本居宣長)[4]와 카모 마부치(賀茂眞淵)[5] 등을 읽는 것에 관심이랄까, 열의가 상당히 앙양되어 있습니다. 그리고 계의 — 거짓된 마음을 배척하고 단순히 영미적인 것만이 아니라 더욱 넓은 의미에서 일본인의 사고방식을 순화해 나가자는 것입니다. 그래서 저에게는 조선도 진정으로 근원으로 되돌아간다면, 우리들과 같아진다고 생각합니다. 그리고 그런 의식이 없이는 조선에서 황민화는 가능하지 않다, 따라서 조선에 진정한 국민문학은 성립되지 않는다고 생각합니다. 이것은 확실하게 말할 수 있습니다.

김종한　테라모토 문화과장님 한 말씀…….

테라모토　가능한 한 연락을 해서 황도조선연구회의 일을 돕고 싶습니다.

가　토　마지막으로 말씀드리지요. 사실 저는 편지를 한 통 받았습니다. 그 편지에는 자기 자신은 여러 가지 사상적 파도를 넘어왔다, 그런데 이번 전쟁이 한창일 때에, 일본인으로서 자기 스스

---

4) 모토오리 노리나가(本居宣長, 1730~1801), 에도시대(江戶時代) 중기의 국학자, 신도(神道) 학자.
5) 카모 마부치(賀茂眞淵, 1697~1769), 에도시대 일본의 대표적인 국학자.

로 머리를 숙이고 싶어졌다, 나는 분명 조선인인데도 이처럼 이상한 감격이 느껴질 것이라고는 생각하지 못했다고 적혀 있었습니다. 그러나 이것은 제가 이무영 군에게도 항상 말했던 것이지만, 저는 조선인과 내지인은 완전히 같은 민족이라고 생각합니다. 동종동혈의 민족이라고 믿고 있습니다. 그 편지를 쓴 사람도 그런 것을 느껴왔던 것이지요. 즉 무엇인지는 모르지만 스스로 머리가 숙여지는, 그것은 역시 민족에게 같은 피가 흐르고 있기 때문이라는 것을 자각했던 것입니다. 저는 최근 지정학적으로 조선은 일본과 함께하지 않으면 살아갈 수 없다, 현대 국가는 일억 이상의 인구가 되지 않으면 존재할 수 없다, 그런 상황이기 때문에 조선은 어떻게 해서든 살아가기 위해서는 일본과 합체하지 않으면 안 된다, 그런 지정학적 해석이 일부에서 들려오는데 어리석인 것입니다. 그렇지 않고 원래부터 하나였는데 도중에 여러 가지 사정이 있어서 지금 다시 근원으로 돌아간다는 마음을 저는 확실히 갖고 있는데, 이런 마음이 아니라면 저는 기쁘지 않다고 말했습니다. 거기에 대해서 상당히 공감한다고 쓰고 있지요. 그런 사람이 한 사람이라도 있다면, 상당히 기쁩니다.

김종한　그것은 최근 모두의 마음이지요. 운명의 공동감정이지요. 지정학적 해석도 개전 직후의 조선 현실에는 무리도 없었지만 최근의 조선에서 모두의 기분은 지금 말했던 것과 같은 것이죠.

■ 국민문학, 1944. 6.

군과 영화
∴ 조선군보도부 작품 〈군인〉을 중심으로

참 석 자

카나사키(川崎) 대좌(조선군 보도부)
하야시(林) 중위(조선군 보도부)
모로토메(諸留) 조사관(본부정보과)
이케다(池田) 통역관(본부 보안과)
이노우에(井上) 영화계(본부정보과)
니시야마(西山) 홍보과장(총력연맹)
노자키(野崎) 제작부장(조선영화사)
니시키 엔세이(西龜元貞)(〈병사〉 각본)
방한준(方漢駿)(〈병사〉 연출)
사회자 미네(嶺)(경성일보 편집국 차장)

징병 반도의 영화 – 〈군인〉

미 네   갑자기 사회를 부탁받아서 충분한 복안이 없지만 제가 이야기
의 실마리를 풀어나가게 되었습니다. 제가 생각하기로 적 미
국은 지금 어떤 영화를 만들고 있을까. 즉 어느 정도 영화 기
술을 가지고 있는 미국이 지금 영화를 가지고 국내외를 향해
서 어떻게 적극 움직이고 있는지 생각해 보고 싶습니다. 우리
가 알 수 있듯 독일이 그렇게 싸우면서도 포탄이나 비행기의

제작과 함께 지속적으로 어마어마하게 국내는 물론 국외에 대해서 영화 활동을 하고 있는 것으로 보면, 근대전에서는 영화도 무기라는 것을 충분히 알 수 있다고 생각합니다. 이번 가을, 군부는 어떤 영화를 제작하고 있습니까, 하야시 중위님 한 말씀…….

하야시 조선의 입장에서 볼 때 조선군은 조선 민중에게 무언가를 해야만 하는 것에 대해서는 이번 징병제를 실시하게 되었기에 뭐라고 해도 그 취지를 철저하게 살리는 것, 이번에 입영을 기다리면서 영화를 통한 최우선의 공격목표는 거기에 있다고 생각합니다. 그 밖으로 증산(增産)이 있겠지만.

미 네 이번에 제작 중인 <군인>은 그런 동기가 있겠군요.

하야시 그렇습니다. 제작의도는 징병제를 기다리면서 적령 청년과 그 부모자매들에게 군대생활의 의의와 내용을 숙지시키는 것, 병영과 가정의 결합을 주제로 하여 흥미로운 에피소드를 곁들여서, 흥미를 느끼면서도 군대의 엄격한 훈련을 가정생활의 내용과 부합하도록 소개하자는 기획하에서, 그 각본을 니시카메 씨에게 부탁했던 것입니다.

미 네 조선군으로서는 이번에 몇 편째 제작입니까.

하야시 두 번째입니다.

미 네 니시카메 씨, 이번의 <병사>를 쓰면서 어떤 고민을 했는지 말씀해 주시겠습니까.

니시카메 조금 후에 말씀드리면 안 될까요.

하야시 이번 사회는 엄격하시니까요.(웃음)

미 네   그러면 이케다 씨, 당신은 이런 방면의 작품에 대해서 여러 가지를 봐 오셨으니까, 그와 같은 행정적인 입장에서…….

이케다   대체로 조선영화만이 아니라 일반적인 행정에 있어서도 경찰이 중심이 되어 왔던 시대였다고 생각합니다만, 현재도 경찰이 힘을 쓰지 않으면 실제로 운영해 나갈 수가 없다고 생각합니다. 그래도 문화면에 대해서는 표면화된 것은 어디까지나 경찰 본래의 사명이 아니라고 생각합니다. 따라서 전체적으로 지도방침은 어디까지나 '문화적인 부분에서'라는 방침, 이후 정보과가 이 방침을 채용해야 한다고 저는 생각하고 있습니다. 그런 의미에서 협력을 아끼지 않겠습니다만.

모로토메   아니, 아무 것도…….

이케다   조금 전에도 말했지만 이 전에 군에서 <그대와 나>를 제작했을 때와 이번에 <군인>을 제작했을 때에는 사정이 완전히 달라졌다고 생각합니다. 당시 군에서는 필요해서 <그대와 나>를 만들었는데, 이번에도 <군인>을 만들게 된 데에는 사정이 있습니다. 군이 영화를 제작하게 된 이유는 그동안에 거대한 무엇인가가 있었기 때문이라고 생각합니다. <그대와 나>를 제작할 때에는 결국 내선일체였지요, 그것도 지원병제도를 중심으로 한 내선일체가 주였던 것입니다. 이번의 경우에는 이미 징병제가 선포되었고 조선민중의 가운데에서는 군대라는 것을 진정으로 이해해야지, 하는 면이 있습니다. 그런 면을 되도록 계몽하자는 것이지요.

미 네   이번 경우는 단적으로 말이죠, 관념적이 아니라 생활적인 면에서 지도적인 것이 강하게 있겠지요. 따라서 이번에 <군인>은 어느 쪽인가 하면 조선 안에서 관객을 요구하게 된 것입니다.

하야시 목표는 반도의 장정, 부형자매니까 일단은 그렇게 됩니다.

기록성과 감동

니시카메 저는 최근 영화라는 것은 소위 극영화에서 기록(記錄)적인 영화
로 나아가고 있지 않을까 생각하고 있습니다. 왜냐하면 오늘
날 기록적인 내용을 풍부하게 나타낸 영화, 예를 들어 <○○
○○○○>,[1] <하와이, 말레이 해전> 등의 작품이 나왔는데
그것이 가장 큰 임무를 하고 있다고는 간단하게 말할 수 없지
만, 결국은 지금까지의 상업적인 혹은 자유주의적인 영화에
대해서 현실 생활에서 나오는 국민의식이 그것들이 그대로 존
재할 수 없을 정도가 되었다고 생각합니다. 따라서 기록영화
를 일반 민중이 이해할 경우에 진정으로 신뢰할 만하다는 사
고방식이 비교적 강하지 않을까 생각합니다. 그래서 이번에
징병제 영화를 만들 때에도 전에 말했던 방식으로 어느 정도
만들면서도, 이것은 만든 것이니까 혹은 영화 이야기다, 이런
식의 인상을 주는 것은 상당히 걱정스럽다고 생각했습니다.
그래서 이것은 어디까지나 진실이라는 인상을 줘야 한다고 생
각했지요. 바꾸어 말하면 영화를 통해서 진실을 재현하는 것
입니다. 따라서 끝까지 기록영화적인 수법을 채용하자고 생각
했습니다. 그리고 또 하나는 소위 전쟁영화는 지금까지 영웅
주의적인 인물이 상당히 강력한 군인이 되거나 장군이 된다는

---

1) 영화 제목이 보이지 않는다.

식으로 만들어 왔는데, 그런 것이 아니라 진정으로 일상적이고 사소한 일상 중에서도 현재 국가가 요청하는 강한 국민의 모습이 표현될 수 있어야 한다고 생각합니다. 이것은 사적인 이야기지만 지금 제 형제 두 명도 응소하여 출정해 있습니다. 그런 스스로의 기분으로 돌아와서, 그런 일은 어느 가정에도 있는 동시에 있어야 한다는 의미에서 이번 시나리오를 만들었습니다.

미 네 영화의 진실성이 기록적인 요소를 다분하게 가져야 한다는 말이신데요, 그런데 니시야마 씨, 현재 조선 관중을 움직이는 것에는 극영화의 매력이 좋을지 기록적인 영화의 효과에 의해서 해야만 하는지, 연맹에서는 그 민도(民度)를 어떻게 파악하고 있습니까.

니시야마 그것은 대체로 내용이 어떠냐에 따른다고 생각하는데요, 제가 보기에는 민도가 상당히 낮다고 생각합니다. 예를 들면 문부성 추천영화에는 그다지 많이 오지 않는다고 말할 수 있지만 조선영화로만 한정해서 말씀드리면 도무지 민중이 요구하는 것에 정확하게 맞아 떨어지는 것은 없다고 생각합니다. 내지에는 지금 말했듯 대동아전쟁을 기록한 것들이 정말로 민중의 마음을 움직이고 있다고 생각하지만, 그 차이는 어디에 있을까 말씀드리면, 그것은 영화만이 아니라 문학, 연극 방면에 있어서도 말할 수 있습니다. 검열○2)영화지도의 태도에 대해서도……. 게다가 군, 관, 민 모두가 일단 반성해야 한다고 생각하고 있습니다. 이유를 조금 말해 봤는데요, 그런 의미에 있어

---

2) 보이지 않는 글자.

서 이번에 <군인>은 상당히 솔직하고 또 현재 조선민중이 직
면한 문제를 다루고 있다는 점에서 상당히 강점이 있다고 생
각합니다. 구체적으로 말씀드리면 징병제가 선포되면서 머릿
속에 우선 떠오르는 것은 무엇인가, 이것이 조선대중이 현재
가장 많은 관심을 가진 것이라고 생각합니다. 그것을 영화를
이용해서 명확하고 평이하게 해설하는 것이 목표입니다. 상당
히 기대하고 있습니다.

미 네 <군인>의 각본을 재빨리 훑어 봤는데요, 학도의 가정 등등이
그렇게 친근하고 진실하게 표현된다면 조선의 시골 사람들도
역시 친근하게 볼 수 있을 것입니다.

니시야마 틀림없이 그럴 것이라고 생각합니다. 또한 연맹 등에서도 보
여주지 않으면 안 된다, 관객도 충분히 동원해야 한다고 생각하
고 있지요. 조선영화에는 보기 전부터 대강의 줄거리가 ○○[3]
라는 느낌이 있는데요, "예술은 허(虛)와 실(實) 사이에 있다."
고 치카마츠(近松) 씨가 말했던 의미에서 거짓과 진실의 좋은
조합에 묘미가 있지 않을까 생각합니다. 거기에 대해서는 아
까도 말했지만 검열적인 입장, 영화지도의 입장에서 제작자도
당국자도 다시 생각해 볼 필요가 있다고 생각합니다. 그것은
조선영화가 가져야 할 목표라고도 할 수 있는데요, 총력운동
도 그와 같은 목표를 세웠습니다. 조선의 총력운동을 고조시
키는 것에도 조선만을 고조시키는 것에는 한계가 있습니다.
그것을 대동아적인 견지에서 즉, 내지와의 연관, 북지, 만주와
의 관계 등에 의해서 고조시켜 나간다는 사고방식이 있는데,

---

3) 보이지 않는 글자.

조선영화에서도 그런 구상에서부터 취재(取才)를 한다면, 옹색하고 뻔한 것이 사라져서, 파란이나 곡절과 같이 재미있는 것들도 생겨날 것이라 생각합니다만. 물론 이번에 <군인>은 그런 목표와는 완전히 달라서, 조선민중이 진정으로 알고 싶은 것을 단적으로 다루면서도 극적인 수법을 더했기 때문에 지금과는 상당히 다를 것입니다.

보여주고 싶은 영화, 보고 싶은 영화

미 네 이쯤에서 모로토메 씨, 지도의 입장에서…….

모로토메 조금 전에 말했듯 보여주고 싶은 영화도 생각해야 하지만 보여주고 싶은 영화와 함께 보고 싶은 영화가 아니면 안 된다고 생각합니다. 즉 관객을 동원해서 보여주고 싶은 것 이외에, 기꺼이 몸을 덩실거리며 가서 보고 싶은 영화를 목표로 하는 것이지요. 그런데 보여주고 싶은 영화가 되면 일단 기록적인 것, 국책을 홍보하는 것도 물론 필요하겠지요. 그런 것은 전문가들이 하시니까 틀림이 없겠지만 기록영화일 경우에는 어쨌든 기록성의 소화가 충분히 되지 않는다는 것이 곤란합니다. 극으로서의 재미에 결함이 생긴다면 기록성을 정교하게 소화시킨다고는 말할 수 없습니다. 어쨌든 최근에는 국책영화와 국민영화의 구별을 이곳과 같이 하는 경향이 있다고 생각합니다. 국민영화는 진정으로 국책을 선전하는 것으로만 달려가지 않고 역시 예술적인 것의 장점을 빠뜨리지 않도록 하지 않으면 안 된다고 생각합니다. 다음으로 이번의 <병사> 제작에 있어서 특히 신경 썼던 것은 이 영화를 만드는 데 있어서 군관민 모두 총력을 기울이는 것인데, 그것이 바람직한 하나의 특징이라고 생각합니다. 그리고 또 하나는 당면한 문제를 취급하게 될 경우, 제작에서 시간이 걸리면 안 되는데, 그 점에서 <군인>은 영화 개봉까지 확실하게 결정해서 상당히 빨리 제작할 수 있게, 급하게 맞추게 되는 것도 ○○[4]라고 생각합니다. 이후에 만들 영화에 대해서도 그런 점에 신경 쓰지 않으면 안 됩니다.

이케다 독일에서는 소위 국민이라면 봐야 하는 국책적이랄까, 그런 영화도 다소 만들고 있지만, 대체로 전시하 건전한 오락을 국민에게 제공하기 위해서 상당히 예술적인 영화가 많다는 식으로 쓴 것을 이번 달 어느 잡지에서 봤습니다. 이것은 예를 들어 일본의 경우 문화영화를 제작해서, '자 전력을 절약합시다.'와 같은 것을 일일이 국민에게 보여줄 필요가 없을 때까지 국민들에게 철저하게 시키고 있습니다. 그러니까 어느 정도 절전하면 대포가 어느 정도 만들어진다는 식으로 말할 필요가 없다는 것이지요. 따라서 전시하에 있어서도 역시 상당히 즐거운 영화나, 국민에게 오락을 제공한다는 입장에서 재미있는 영화를 만든다고 하더군요. 물론 독일과 마찬가지 방책만으로는 간단하게 실천해 나갈 수 없겠지만……. 독일의 재밌는 영화라는 것은 결국 예술성이 풍부한 것이지요, 그런 것을 일본 정부에서도 부정하고 있지는 않는데요, 그것보다도 내일의 전투력 증강에 유용한 것, 그런 마음가짐으로 실천하고 있다는

---

4) 보이지 않는 글자.

것, 그것이 다른 점이겠지요.

니시야마 증산전사(增産戰士) 등이 비행기 제작공장의 억세고 다부진 영화를 보게 된다면 그다지 싫어하지는 않을 것이니까요.

이케다 다만 극영화든 기록성 있는 영화든 좀 더 거침없이 만들어 준다면 좋겠습니다.

모로토메 지금의 영화가 재미없다고 자주 말하고 있는데요, 종래의 사고방식에서 보는 재미가 아니라면, 그런 비평은 일고(一顧)의 가치도 없습니다. 지금 대중이 구하는 재미는 꽤 변하기도 했고, 그렇다면 재미없다고 하는 말도 반성해야 한다고 봅니다.

니시카메 예들 들어 처음으로 뉴기니아에 가는 사람이 여태껏 뉴기니아를 보았다 하더라도 급할 때에는 뉴기니아에 관한 어려운 책이라도 본다고 생각합니다. 이번에 <군인> 등도 징병제가 선포된 오늘날 군대에 가야하는 젊은이도, 군대로 보내야 하는 장정의 가족들도 재미가 있는가, 없는가와 상관없이 이 영화가 진실한 영화라고 미리 판단하게 된다면 군대에 대한 예비지식을 가지기 위해서라도 반드시 보러 온다고 생각합니다. 저는 소위 흥미나 오락성 따위를 그다지 생각하지 않았습니다. 그러나 그에 대해서도 전혀 생각하지 않았던 것은 아닙니다. 예를 들어 반주음악도 밝고 즐거운 것을 넣어서, 보는 사람이 무의식적으로 오락적인 요소와 예술적인 안목을 가질 수 있도록 했습니다. 이 영화에 재미라는 것은 없지만 군대의 ○○5) 장면 등은 군인이 아니라 시골 사람이 봐도 상당히 즐거울 것이라고 생각합니다. 그리고 또한 위문하는 장면을 넣은 것은

---

5) 보이지 않는 글자.

입대하고 나면 어떤 오락도 없다고 생각하면 곤란하기 때문에 입대하더라도 너희들에게는 이와 같이 숨 쉴 틈이 있다는 것을 보여주고 싶었기 때문입니다.

〈군인〉의 정신

미 네   지금 재미에 대해서 말하고 있는데요, 제가 이 〈군인〉의 각본에서 느낀 것은 재미라기보다는 뭐랄까, 즐거움과 기쁨이었습니다.

니시야마   저는 부형들과 함께 병영을 견학한 적이 있는데 그때의 느낌을 말씀드리면 무언가 안심했다는 느낌을 가진 사람이 대체로 많았다고 생각합니다. 견학 갔던 부형들이 영문을 나올 때에는 모두 걱정이 사라져서 마음이 밝아진 듯한 느낌을 가지게 되었다고 생각합니다. 이것은 병영이라는 미지의 세계를 보니 엄격함과 함께 따뜻함이 있구나, 하는 안도감인데요, 그런 것을 이 영화에서도 볼 수 있으면 좋겠습니다. 또한 되도록 그렇게 제작해 나가면 좋겠습니다.

모로토메   재미라는 말은 원래 묘미가 있다는 말이지요, 그런 점에서 〈군인〉은 괜찮다고 생각합니다. 조금 전에 뉴기니아 이야기인데요, 뭐라고 해도 뉴기니아에 가지 않으면 안 되는 사람이 뉴기니아의 진정한 모습을 알도록 하기 위해서라도, 그렇게 뉴기니아에 가는 것이 몹시 기다려지도록 알려줄 방법을 찾지 않으면……

미 네   방한준 씨, 감독의 입장에서 포부를!

방한준 지금도 재미라던가 기쁨에 대해서 이야기가 나왔는데요, 군대 생활에서 단순한 재미라는 것이 무엇일까 생각했습니다. 군대 그 자체가 고매한 정신 그 자체입니다. 예들 들면, 군대는 인간에게 최고의 수련도장 가운데 하나입니다. 그런 해석을 바탕으로 하면 상당히 딱딱해지겠지만, 이번에 나오는 야스모토(康本), 히라마쓰(平松), 손다(孫田)라는 세 명의 병사에게는 각각 하나의 인간형이 있다고 생각합니다. 예를 들어 손다라는 병사는 어디까지나 상당한 노력가형으로, 한 마디로 말하면 바보처럼 정직합니다, 그런 하나의 인간형이 가진 재미를 표현하려고 하는 과정에서 하나의 고매함을 드러내고자 했습니다. 그리고 히라마츠가 자기 집으로 돌아왔을 때, 모친이나 누이의 친구들과 만나는 장면 등에서 그의 인상을 아주 온화한 기분으로 표현하는 한편으로, 남자로서 현재의 전시하에 있어서의 입장 또는 용맹하고 늠름한 점 등을 감격적으로 표현하는 것이 저의 목표였다고 생각합니다.

미 네 즐거움이나 재미라기보다는 군인 정신의 고매하고 엄숙함이 중요했군요. 그런 것에 모두의 마음을 결부시켜 나가지 않으면 안 된다고 생각합니다.

군, 영화를 만들다

하야시 잘 아시리라 믿습니다만 영화의 특징을 말씀드리자면, 보도국장 각하가 '<군인> 제작에 즈음하여'라는 담화의 모두(冒頭)에서 말씀하셨듯 영화 <군인>은 군이 전시하 군대를 동원하고 귀중한 자료를 사용해서 직접 제작하는 것인데, 첫 번째로는 하야시 중위가 제작담당을 명령받았을 때에, 주로 현재 조선영화사 사원과 각 극단에서 일하고 있는 예술가들…… 거기에는 비전문가도 있었는데, 선정된 예능자들로써 제작 중대를 편성했습니다. 그리고 제작요원을 전부 군인으로 임명해서 군의 임무로 작업을 개시했던 것입니다. 다나카 사장님에게도 부탁을 드려서 원래 조선영화제작 주식회사 당시의 사무소를 빌려서 그곳에 '조선군보도부 <군인> 제작본부'를 만들어서 본진(本陣)을 두었습니다. 그곳에서 제작자 전부, 남자 배우와 여자 배우에 이르기까지 전부를 모았습니다. 그리고 소위 중대장의 훈시로서 첫 번째 '임무완수 제일주의', 두 번째 '○6) 석의 단결', 세 번째 '군○7)적 처리' 등 3개조의 훈시를 수행하고 이것을 벽에 걸었습니다. 그리고 군대식으로 내부반장을 만들고 집을 빌려서○ ○8)도 자기들이 하고 변소에 이르기까지…… 자기들로서는 지금까지 군대적 규율훈련의 경험이 없는 영화인, 문화인이라는 것을 되도록 군대적으로 규율시켜서 군이 직접 하고 있는 임무이기 때문에 지금까지 영화인에 대해서 깔끔하지 못하다는, 호의적이지 않은 평가를 이번 기회에 씻어내고 싶고, 영화인의 재미를 일신하고 싶다고 생각해서 <군인>은 군인뿐만 아니라 조선문화의 일익을 위해서라고, 그렇게 생각했는데요, 그런 지도방침으로 하고 있습니다. 또 하나는 아까도 모로토메 씨가 말씀하셨지만, 진정으로 관

---

6) 보이지 않는 글자.
7) 보이지 않는 글자.
8) 보이지 않는 글자.

민의 절대적이고 강력한 협력에 의해서 이 영화가 제작되고 있다는 것이 두 번째 특징입니다. 부장 각하도 타이틀 문제가 나왔을 때에 제작의도를 쓰고 싶다고 말씀하시면서 '이 영화에 반드시 총화라는 의미가 강하게 들어갈 수 있도록'이라고 하실 정도로 제작 초기부터 영화가 완성되어 이것을 보는 관객들을 동원하는 최후에 이르기까지 군은 물론 관에서 민까지 전례 없는 협력을 얻어 만드는 것이 두 번째 특징입니다.

미　네　노자키 씨, 군의 그와 같이 엄연한 제작 의도를 의뢰받은 조선영화사의 마음가짐을…….

노자키　제작하고 있는 중인데, 제작부장의 의자에 앉아있으면서 거기에 대해서 말하는 것이 우습다고 생각하지만 저는 취임하자마자 조선영화사 제작부의 모든 것을 일체 희생해서라도 <군인>을 완성시킬 수 있도록 목숨을 걸고 하고 싶다는 것을 관계 각 부서에 강조하고, 모든 기계 일체를 정지시켜서라도 <군인>을 빨리 완성하라는 명령을 내려서 지금 전력을 다해서 그 제작에 힘을 쏟고 있습니다. 게다가 제작이 끝난 이후의 일도 영화사가 가지고 있는 배급 부문에 있어서 2천 5백만 반도민중들이 빠짐없이 볼 수 있도록 관계 각 부원들이 노력을 다하게 했습니다. 영화가 완성되면 종래 관객동원과 비교해서 비약적으로 전례 없는 관객을 동원하여 반도 민중에게 이 영화를 보여주자고 전 사원이 전력을 다하고 있습니다.

미　네　이 영화에 대해서 현재까지 상당히 강력하게 진행시키고 있습니다만, 이와 같이 군이 지도의 전면에 서고 그 제작관계자 일동이 그것을 받아들여서 군대적인 규율을 통해서 제작되고 있는 것은 결전하 영화제작으로서는 가장 올바른 길이라고 생각합니다. 동시에 <군인>과 같은 국가적 영화의 경우 그 제작 면에서도 종합적인 기획성이 요구될 뿐만 아니라, 관객동원에서도 군에 상업적인 기구를 방치시키지 않고 충분히 조직적으로 동원하는 것이 좋다고 생각합니다만, 이노우에 씨, 어떻습니까, 정보과의 영화방면 관계자로서…….

관객동원도 조직적으로

이노우에 그 점은 저도 항상 생각하고 있습니다. 이와 같이 국책적인 영화를 만들 때에는, 군도 관도 떠들썩하게 만들지만, 제작 이후 효과적인 이용이라는 점에서는 유감스러운 점이 있다고 생각합니다. 이번에 <군인>은 말이죠, 이것은 이동영사반의 입장이지만, 영화사의 배급 계획에 따르면 대체로 학생, 아동, 일반을 합쳐서…… 군 관계자가 알려준 바에 따르면 약 200만 명의 관객을 동원할 것이라고 하는데요. 영화배급의 계획을 보면 대체로 전조선의 일류관(一流館)만으로 관객동원의 수를 추정한 것입니다만, 일류관을 한 바퀴 돌고 나면 예매 등등의 방법으로 거의 모든 애국반이나 경방단도 총동원되어 보게 됩니다. 그렇게 되면 이류관(二流館)을 돌 때에는 쓸모없게 됩니다. 일류관에서 거의 봤기 때문에 이류관을 돌 때에는 효과가 없어지는 것입니다. 보는 사람이 태반이라고 말하고 있지만, 전조선 2천 5백만 명으로 계산해서 보면 거의 2백만 내지는 3백만에게 이 영화를 보여주고 이후 그대로 두는 것은 상당히 아깝습니다. 상설관이 있다면 대체로 상설관에서 상영하는 것이 가능하겠지만 문제는 면 등의 시골입니다. 훌륭한 군인은 도시보다도 농촌에서 나옵니다. 그래서 일류 도시만을 대상으로 하지 않고 이런 국책 영화에 대해서는 군과 관이 관심을 돌려서, 이 영화를 훌륭한 군인이 나오는 농촌 지방에 한층 더 힘을 쏟아서 상영해서 이 영화의 사명을 다하도록 하지 않으면 안 된다는 것이 저의 생각입니다.

니시야마 그러면 언문판을 만드는 것입니까.

하야시 해설을 붙일 것입니다. 군대용어가 나오기 때문에 완전한 조선어로는 번역할 수 없습니다. 그래서 이동영사반에 한해서는 전부 조선어 해설을 붙일 것입니다.

니시야마 해설도 토키입니까.

하야시 그렇습니다.

니시야마 반드시 그렇게 해 주십시오.

미 네 마지막으로 근대국가에 있어서 '영화도 무기'라는 원칙에서, 황국반도의 영화제작에 대한 카와자키 대좌님의 의견을 들으면서 결론을 맺고 싶습니다.

카와자키 결전하에 있어서는 영화만이 아니라 모든 예능방면이 승부를 겨루기 위해서, 필승정신을 앙양하기 위해서 모든 사람이 힘을 합쳐서 전력을 다하는 것이 중요합니다. 이번 영화에 대해서도 모든 방면의 여러 분들로부터 크나큰 원조와 협력을 얻은 것은 상당히 감사해마지 않습니다. 이 점에서 깊은 감사를 드립니다. 더욱이 조금 전 이야기가 나왔던 철저함에 대해서도 되도록 노력하겠다고 생각합니다. 조금 전 말씀하셨듯 군관민의 모든 방면이 일치협력해서 이번에 <군인>을 제작하는 그 마음이 또한 일반대중들에게 전달되지 않을까 생각합니다. 어쨌든 지금은 시기를 잃지 않고 필요한 것을 일치협력해서 그것을 보급하고 또 실현시킬 때까지 실천해야 한다고 생각합니다. 이 영화 <군인>도 시기를 잃어버리면 아무런 가치가 없기 때문에 그 정도로까지 최선을 다해서 서두르고 있는 것입니다. 이후 어떤 식의 영화가 나오게 될지는, 그것이 미래의 일이기 때문에 잘 모르겠지만, 특별지원병제도로부터 한 단계 진전해서, 이제 획기적으로 눈앞에 펼쳐진 징병제도에 대해서 불안을 느끼지 않도록 하는 것이 역시 황국의 군인이 된 자의 활동이며, 또한 산업방면에 종사하는 여러 분의 노력에 의해서 전투력이 앙양되어 가고 있는 것도 다음으로 해야 할 일이라고 생각하고 있습니다. 어쨌든 이후에도 부족한 점은 전문가 여러분의 협력이 있어야 하고 선전에서도 일층 효과를 볼 수 있도록 원조해 주십사 하는 것이 제가 바라고 있는 것입니다.

미 네   꽤 장시간 동안 감사드립니다.

제 2 부

제도와 언어, 국민문학의 기반

국민정신총동원 조선연맹 발행
내선일체와 문학운동

서문

우리들의 신념에 의하면, 내선일체는 조선통치의 궁극적 모습으로, 종극에는 여기에 도달해야 하며, 여기에 반대하는 것은 조선통치를 부정하는 것이 된다.

내선은 그 동조성(同祖性)이 증명될 뿐만 아니라, 세계에서 진실로 동포라고 할 수 있는 최초의 것이 내선이어야 한다. 이천 년 조선사는 반도 민중이 완전히 황국신민이 된다는 이 역사적 사실을 초래하기 위한 준비기에 불과했던 것이다. 반도인들이 하루하루 위대한 일본국민으로서 성장해 가는 것은 감격해마지 않을 수 없는 사실이다.

오늘날 내선일체의 원칙은 수립되어 명시되고 있는 것이, 조선민중도 30년간 일본국민으로서 단련을 경과해서 진실로 자각하고 그 진로를 내선일체 즉 반도민중의 완전한 황국신민화운동에서 찾아, 통치의 최고방침에 협력하고 있는 것이다.

특히 사회에서 지도적 입장에 있는 사람은 이 최고 목표를 위해서 민중을 지도해야 할 의무가 있는 것이며, 반도의 문예가, 평론가가 일치단결하여 적극적으로 황국신민화운동에 참가하고 있는 것은 진실로 경하(慶賀)해 마지않는 것이었다. 작년 경성에서 결성된 조선문인협회의 출현은 반도의 문화사상 획기적인 현상이었으며, 동아신질서 건설 도상에 있는 우리나라의 문화사상에 있어서도 의미 있는 일이었다.

여기에 협회의 간사 및 회원의 내선일체와 문학에 관한 글을 몇 편 묶어서 내는 것은 여러 가지 의미에서 기쁘기 그지없다. 이 논문들은 내선문예가 및 평론가의 가장 진전되고 새로운 사고방식을 대표하고 있을 뿐만 아니라 또한 반도 민중이 무엇을 하고자 전진하고 있는가를 보여 주는 하나의 지표라고 믿고 있다. 이 책에 의해서 명확해지는 것같이 조선문학은 내선일체의 기초 위에 서는 것만이 그 번성의 영광을 얻을 수 있을 것이다.

원하노니, 내선문예가는 내선일체의 원칙 위에서 우수한 문학, 예술작품을 생산하고 붓의 힘으로 일본국민으로서의 반도민중, 나아가 내선일체를 완성해야 할 전국민을 지도·계몽하는 것과 함께 더욱더 전동아제민족의 진로에도 빛을 부여하기를.

한마디 간단한 소회의 일단을 피력하여 서문을 대신하고자 한다.

쇼와 15년(1940년) 8월 1일 애국일
조선문인협회명예총재, 정동조선연맹이사장
시오바라 도키사부로(監原時三郎)

내선일체와 조선문학

가야마 미쓰오(香山光郎)

내선일체의 실현성

조선은 지나사변을 계기로 다방면에서 커다란 비약(飛躍)을 보이고 있
다. 여기에서 말하는 비약이란 보통 사용하는 것처럼 진보라는 말의 수
사적 과장이 아니라, 이론적 비약이랄까, 진화적 비약이라고 하는 경우
의 의미로서 비약인 것이다. 진화 또는 변천의 과정에서는 자연스럽다고
는 할 수 없는, 여러 단계를 단 한 걸음에 뛰어넘는다는 의미인 것이다.
교육령의 개정도 비약이며 지원병 제도도 비약, 내선일체라는 표어도 비
약인데, 무엇보다도 조선민중이 진심으로 일본국민이 되자고 결심하여,
현재 결실을 보이고 있는 것은 진실로 비약 중의 대비약이라고 하지 않

을 수 없다.

미나미 총독은 조선통치에서 획기적인 비약을 하기 위하여 조선에 왔음에 틀림없지만, 그렇더라도 지나사변이랄까, 아니, 아시아 재건설이라는 성업(聖業)이 시작되지 않았다면, 미나미 총독의 호소가 이렇듯 적확하게 조선민중의 마음을 공명하여 강력한 효과를 거두지는 못했을 것이다. 이번의 대비약은 성전을 통한 제국의 신비로운 자태의 발로, 미나미 총독의 총명하고 성의 있는 의도, 그리고 조선민중의 국가에 대한 마음가짐, 이 세 가지가 함께 합치되어서 이루어진 것으로 볼 수밖에 없을 것이다. 이런 의미에 있어서는 이것은 실로 비약이 아니라 당연하고 필연적인 인과과정이라고 봐도 지당할 것이다. 원인이 성숙하지 않으면 결코 결과가 생기지 않는다. 단지 우리들의 성의 있는 노력이 원인을 증강시키고 또한 그 원인이 결과로 전환되기 위한 연(緣)이 될 뿐이다. 결코 무에서 유가 생기지 않는다는 것이 자연의 이법이며 동시에 인사 즉 역사의 이법인 것이다.

그러므로 조선에서 현재의 내선일체 운동을 관제(官製)운동이라고 하거나 임시변통일 뿐이라고 헐뜯는 의문의 눈으로 보는 쪽도 일부 있는 모양이지만, 이것은 인과의 이법을 무시하는 관점이다. 왜냐하면 조선민중의 진로는 황민화 이외에 없다는 엄연한 사실과, 한편으로 국가에서는 조선민중에 대하여 평등한 신민의 자격을 허락한다는 뜻을 표시한다는 것 두 가지가 합치되어 내선일체의 결실이 나오지 않을 도리가 없는 것이다. 다만 내지인 측에서는 조선인의 충성(忠誠)의 정도가, 조선인 측에서는 성의(誠意)의 정도가 아직 확실하지 않고 뭐랄까 말뿐이지 않을까, 그런 느낌이 일부 있는 것도 일단 수긍할 수 있지만, 그러나 수천 년 동안 다른 역사를 가졌던 칠천만 대 이천만이라는 민족이 혼연(渾然)한 하나의 국민이 된다는 사실 자체부터 역사적 대사업이기 때문에 그 완전한 성과를 하루아침에 거둔다는 것은 너무 성급한 사고방식으로, 서로 진심이 통하고 같은 신념을 품어서 그것을 향하여 노력하자고 결심한다면 우선 수확이 크다고 서로 경하(慶賀)해야 하지 않겠는가. 게다가 조선민중의 황민화에 대한 오늘날의 마음가짐만으로도 오늘날의 비상시국을 타개할 수 있다고 단언할 수 있다.

문학의 국민성

그런데 조선문학의 통념이지만, 문학은 정치 관념에 좌우될 수밖에 없다는 것이 통념인 듯하다. 문학이 어떠한 이데올로기의 노예가 되는 것도, 그 본연의 길에서 벗어난 타락인 것처럼, 정치의 노예가 되는 것도 타락이라고 할 수 있다. 이것은 더욱더 말하고 싶은 것으로 문학에 관한 진리이다. 문학은 인성의 영원성을 응시하고, 어떠한 이데올로기에 의해서도 왜곡되지 않는 진실한 영가자(詠歌者)이자 묘사자(描寫者)인 것에 문학의 진가가 있다는 것은 말할 필요도 없다. 만약 그렇다면 일본정신과 문학 사이에는 어떠한 관계가 있는가. 하물며 내선일체와 문학과는 어떤 연관이 있을까, 합리적인 인과관계가 없는 것은 아닌가.

이것은 일단 수긍할 수 있는 이론이다. 아니 진리이다. 문학은 정치 관념에 좌우되는 것이 아니다. 작가의 인생관 내지 예술 감정 이외의 것에 좌우되는 것은 관리가 정실(情實) 및 뇌물에 의해 좌우되는 것이 나쁘듯이 확실히 나쁘다.

그러나 '인성의 영원성', '작가의 예술적 양심'과 같은 관념을 무비판적으로 받아들이면 안 된다. 그렇게 되면 우리는 중대한 오류에 빠질 위험이 있다. 그러면 그 중대한 오류는 무엇인가. 이것이야말로 문학의 국민성을 논하는 데 있어서 근본문제이다.

우리는 인류나 인성이라는 말을 쉽게 사용하는 관습을 가지게 되어 버렸다. 마치 개인이라는 말을 쉽게 사용하는 것과 같다. 그런데 정확한 인식으로는 개인이라는 말은 전연 독립된 개체가 아니듯이 인류라는 전연 보편화된 것도 사실은 존재하지 않는다. 개인이라는 것, 또 그 극단으로서 인류라고 칭하는 것은 하나는 나이브한 감각적 견해이며, 다른 하나는 극히 추상적, 이를테면 공상까지는 아니라도 이상적인 개념으로서 모두 현실적 존재가 아니다.

우리가 현실적으로 인식해야 하는 것은 실로 민족 또는 국민뿐이다. 국민주의에 대립하여 개인주의라는 것이 있지만 국민적 성격과 전통 등으로 사상(捨象)한 후에 남은 개인이라는 것은 결국 무엇일까. 그것은 분명 그림자보다도 옅은 것이자 거의 생명력이 없는 것이리라. 그러므로 어떤 사람이 스스로 독립된 개인이라고 생각한다면 그것은 착각이나 환영에 지나지 않는다. 반면 어떤 사람이 스스로 세계인이라고 칭한다면 그것 역시 개인에 있어서와 마찬가지 의미로 착각이나 환영인 것이다. 왜냐하면 유태인마저 어떤 국가에 국적을 두는 것처럼, 어떤 국민성에 물들어 있기 때문이다. 인류진화의 영원한 장래의 어떤 단계에서라면 모르지만, 우리의 인식역(認識閾)에서는 국민성을 초월한 세계인은 있을 수 없다. 저 석가마저 인도인으로서 태어나셔서 인도인의 전통에 기초하여 인도인으로서 가르침을 말씀하시지 않았는가. 그리고 저 우주주의(宇宙主義)라고 할 수 있는 석성(釋聖)은 확실히 국왕에 대한 충의를 설파했는데, 이것은 국민생활이 인간생활의 단위라는 것을 인정한 것이다. 사실상 우리는 국가를 통해서 즉 국가에 대한 의무를 통해서 인류에 진력하는 것이 가능한 것이다.

이런 견지에서 우리는 개인주의나 세계주의의 이름으로 통하는 모든 인생관을 잘못된 것으로서 배제하지 않으면 안 된다. 그런데 소위 자유주의의 이름으로 통하는 정치사상, 문학사상은 개인주의적인 것으로서, 소위 사회주의로 통하는 정치, 경제, 사회 내지 문학예술에 대한 사상은 세계주의적인 것으로서, 모두 잘못된 견해인 것이다. 더욱 적절한 말로 말한다면, 개인 및 세계의 의의를 잘못 이해한 인생관, 문화관, 예술관이라고 하겠다.

매우 소략한 논술이었지만 여기서 문학의 국민성이라는 사실이 파악되었다고 생각한다.

조선문학의 장래

그러면 오늘날까지 조선문학은 어떠한 것이었는가. 여기서 조선문학이라는 것은 일한합방 후의 새로운 문학을 지시하는 것으로, 그것만으로도 작가는 수백 명이 넘고, 작품도 수백 편이 넘기 때문에 이것을 간단하게 분류하겠다는 것은 매우 경솔한 짓이지만 편의상 과거 30년간의 조선 문학의 경향을 인도주의, 사회주의, 예술지상주의의 세 가지로 대별할 수 있다고 생각한다. 그 가운데에서 인도주의는 국민적 편견에서 떨어져서, 인간을 인간으로서 보아 그를 사랑한다는 태도로서 톨스토이적이라고 말할 수 있고, 사회주의는 말할 것도 없이 인류를 유산, 무산의 양 계급으로 준별(峻別)해서 상대를 적대시하고, 무산대중으로서 유산계급을 증오하게 하여, 그 조국을 유산계급의 이익만을 대표하는 것으로 보아 여기에 반항하도록 하는 것으로 예의 무산문학이 있어서, 지금까지의 조선에는 일본 국민다운 강한 신념과 고양된 감격으로써 지어진 문학은 거의 없다고 해도 과언이 아니다.

그런데 이상 말한 과거 30년간의 조선문학의 태도는 아무래도 청산하지 않으면 안 되는 태도이다. 세계주의 및 개인주의가 일본의 국체관념으로 되돌아올 것은 말할 것도 없지만, 민족주의는 그 인식과 동정의 범위를 2,000만에서 9,000만으로 확대하고, 그 향토애를 조선반도에서 일본제국 전체로 퍼뜨리지 않으면 안 된다. 이것은 단순히 조선인만의 문제가 아니라 내지인에게도 마찬가지라고 믿는다. 즉 세계주의 및 개인주의(이것은 아무래도 정당하지 않은 의미, 즉 국민성을 사상(捨象)하는 의미가 있는데)를 청산하지 않으면 안 되는 것은 내지인 측에서도 마찬가지이고, 또 민족에 관한 인식과 동정의 범위를 7,000만에서 9,000만으로 확대한다는 점에서도 마찬가지인 것이다.

지난해 조선문인협회가 결성된 것도 사실은 그런 취지이다. 조선반도의 문학으로써 조망할 수밖에 없는 경향을 청산하도록 진리와 정의를 기조로 하는 새로운 일본문학답게 하자는 것이다.

이렇게 말해도 결코 쇼비니즘을 고창하는 것이 아니다. 일본정신이란 그렇게 협소한 것이 아니라고 생각한다. 팔굉일우(八紘一宇)라는, 이것을 국내외에 시행하여 어그러지지 않게 하는 그 취지도 전부 일본정신의 진실성, 정확성, 따라서 보편타당성을 의미한다고 생각한다. 오늘날 저 구미인(歐美人)이 말하는 진리와 정의라는 것과 일본정신은 그 주요점에 있어서 서로 배치되고 있다고 말할 수 있다. 일본정신이 만약 일본인에게만 타당한 것이라면 그것은 일본인의 이상에 지나지 않을 것이다. 그 정신에 의해서 동아(東亞)가 먼저 구해지고 이어서 세계가 구해진다는 신념을 가질 정도가 되면 그것이야말로 일본정신이라고 말할 수 있다. 우리가 문학의 기조로 하고자 하는 것은 사실 이러한 일본정신을 말하는 것이다. 일본적인 것은 뭐든 좋다는 것일 리가 없다. 충효일치의 정신 및 밝은 마음, 신과 군주에게 자기를 바친다는 매우 분에 넘치는 정신과 거기에 어울리는 모든 문학 정신을 말하는 것이다. 이러한 정신을 기조로 한 문학을 짓자는 것이 조선문인협회가 이상으로 하는, 일본정신에 기초한 국민문학의 건설인 것이다. 조선에 있는 문인의 대부분이 조선문인협회에 가입하고 있으며, 이들은 국가에 대한 새로운 감격으로 추진된 일본정신에 기반한 자기단련과 창작에 의해서, 이후 점차 새로운 문학을 낳게 될 것이다. 어쩌면 국문을 사용할지도 모른다. 또한 어쩌면 조선문을 사용할지도 모른다. 그러나 어쨌든 일본정신에 기초한, 국민문학이라는 것에는 변함이 없을 것이다.

문학과 내선일체

국민문학이니까 국책의 선전기관일 것이라고 생각하는 것은 있을 수 없다. 그와 마찬가지로 문학이 내선일체의 이데올로기를 번성하게 하는 것에 의해서, 내선일체에 공헌하는 것도 아니다. 어떤 작품이 만약 문학 그 한가운데에 내선일체의 정신을 포함한다면 그것은 매우 좋은 것이지만, 문학이 특히 내선일체의 제등(提燈)을 들기 위해서 만들어진 것일 필요는 없다. 단지 훌륭한 일본정신의 문학이라면 충분하며, 그것이 즉 내선일체의 촉진에 이바지하는 문학인 것이다.

그러면 문학과 내선일체의 관계는 어떤 것인가. 문학이 내선일체를 위해 전력투구하는 역할은 무엇일까. 확실히 매우 중요한 역할을 한다.

그 제일은 내선문화의 교류에서, 그 일원으로서 문학의 역할이다. 양 민족이 혼연일체되는 것은 서로 진정으로 이해하고 만나는 것이어야 한다. 왜냐하면 사랑과 공경은 이해에서 생기기 때문이다. 그런데 이런 종류의 이해는 조사보고 및 여행 등에 의해서 달성할 수 있는 것이 아니다. 이것은 개인과 개인, 가정과 가정, 이해관계를 떠난 친밀한 접촉, 그리고 다음으로 문화의 교류에 의해서 달성된다.

개인 및 가정의 비이해적 접촉이 상호 접촉에서 가장 중요하고 효과적이라고 말할 수 있지만, 그러나 이것은 제한이 있는 것으로 이것을 대량적(大量的)으로 바라는 것은 그다지 용이하지 않다. 여기에 문학의 훌륭한 역할이 있다. 즉 조선인은 내지의 문학을 읽는 것에서부터 내지와 접촉하고 내지인은 조선의 문학을 읽는 것에서부터 조선과 접촉하는 것이다. 그러므로 진정한 일본의 모습을 그린 문학 및 진정한 조선의 모습을 그린 문학은 내선일체를 위한 절호(絶好)의 자료이다. 그런데 문제는 진정한 일본의 모습 또는 진정한 조선의 모습을 그리는 것이야말로 '일본정신에 기초한다'라는 문인의 자기수양을 요구하는 것으로서, 진실로 조국을 사랑하는 마음을 가지지 못한 사람이 조국의 진정한 모습을 볼 수 있을 리가 없다. 그러므로 일본정신으로 살아가는 문인의 문학만이 진정한 일본의 모습을 충분하게 파악하고, 이것을 세상에 전할 수 있는데, 조선문인도 일본제국의 구성요소로서의 조선 및 조선인을 충분히 파악하지 않으면, 진정한 조선의 모습은 묘사될 수 없다고 생각한다. 일본인의 것이 쓰인 문학에서, 일본을 잘못 전하는 것과 조선인의 문학에서 조선을 잘못 전하는 것이 적은 것을 보면 이는 기우에 지나지 않을 것이다.

다음으로 중요한 것은 내선문학인 동지의 접촉이다. 문인은 정직한 사람이다. 그는 체면을 꾸미거나 솔직하지 못한 것이라는 세간의 작위에서 벗어난 종족이다. 그는 느낀 그대로, 본 그대로 솔직하게 쏟아 버리는 것이 원칙이며, 뿐만 아니라 느낀 것과 본 것을 흉중에 숨겨 두는 것이 불가능한 사람들이다. 그는 때와 장소에 구애받지 않고 자기의 소감과 소신을 일관된 붓으로써 방송(放送)하는 습성을 갖고 있다. 그러므로 내지 측의 한 문인에게서 조선에 대한 진정한 인식을 전할 수 있다는 것, 또한 조선 측의 한 문인에게서 내지인에 대한 좋은 인식을 전달한다는 것이 얼마나 중요한 의미가 있는지는 상상하기 어렵지 않을 것이다. 그런데 문인이라는 자는 정치가나 실업가라는 종족이 하는 말을 신용하지 않는다. 그들이 가장 신용하는 것은 민중 자신이며, 그렇지 않으면 문인동지로서 길가의 걸식하는 사람의 말에, 한 정당총재의 말에 대해서보다도 더 잘 귀 기울이기 때문에 더 많은 진리를 발견할 수 있는 것이다. 그 다음은 문인이 볼품없는 평구(評句)를 존중하고, 변덕스러운 편언(片言)을 존중하는 것은, 격식을 버리고 민중의 대표자로서 진솔한 말을 믿기 때문으로, 반드시 문인의 편벽이라고는 말할 수 없다. 이러한 이유로 조선문인 동지의 접촉은 내선관계의 해결에 의해서, 매우 중요한 의미를 가진다고 말할 수밖에 없다.

결론

이상 말한 것을 요약하면 금후의 조선문학은 '나는 일본국민이다.'라는 새로운 감격을 기조로 하여, 국민문학성을 강력하게 띠게 될 것이다. 그리고 내선의 문학 및 문인 내지 문화인의 긴밀하고 친근한 접촉에 의해 촉진되는 문학에 획기적인 시대가 될 것이다. 조선민중은 오랫동안 감격에 목말라 있다. 감격 없는 곳에 문학은 없다. 설령 감격이 있다고 해도 그것은 거의 개인적이랄까 회고적인 것으로 웅대함이 결여된 국민적 감격으로서, 웅대함이 없다. 진실로 내선일체가 실현되어 조선민중이 일어나 국민적 감격에 불타오를 때, 바로 그때 조선에는 대문학(大文學)이 탄생할 것이다.

조선신문학운동과 내선일체

스기모토 나가오

우리들이 과거 30년 동안 조선의 소위 현대문학의 동향을 회고하면, 역시 내지에 발생했던 것처럼 여러 가지 문학운동이 발흥하고 쇠퇴하면서, 그 사이 다수의 작가 및 작품이 나타나, 짧은 기간 동안 조선의 문학운동도 문학적 시련과 고뇌를 적지 않게 맛봤던 것이다. 그러나 최근 5, 6년 동안, 특히 쇼와 12년 7월 지나사변 이래 일본 내지에서도 여태껏 서구문화의 수용, 모방 혹은 탐닉에서 벗어나, 진실로 강고한 국민적 자각으로부터 일본정신을 기조로 한 국민문학 운동이나 고전 연구가 별안간 성하게 되었는데, 이와 함께 조선의 문학운동도 새로운 의식이 태동하게 된 것이다.

현재 우리 일본제국이 담당하고 있는 동아신질서 건설이라는 대과제는, 필연적으로 조선에 대한 일반적 이해와 인식에 깊이를 더하고 있지만, 또한 조선 사람들도 내지인과 마찬가지로 이 거대한 목적을 달성하기 위해서는 지금까지 해 왔던 것 이상으로 서로 더욱 강력하게 제휴하여, 내선은 완전히 일체가 되지 않으면 안 된다는 자극을 새롭게 해야 하고, 조선문학도 이런 인식의 고양과 함께 거대한 전환을 보여 주고, 마음과 마음의 분야에 내선의 융합에 노력하여, 그러한 자각을 가진 신문학의 육성이 조선에 살고 있는 문학자 사이에서 진지하게 고려되고 있는 것은 기쁜 일이다.

돌이켜보니 조선은 옛날부터 내지본토와는 교섭이 많았고, 또한 인종적 견지에서 봐도 끊기 어려운 인연이 있다고 전문 학자들이 설명하고 있다.

『일본서기』 가운데 소잔명존(素殘鳴尊)이 신라의 소시모리(曾尸茂梨)에 살았다는 사실과, 스이닌 천황(垂仁天皇) 3년에 신라 왕자 천일창(天日槍)이 성황(聖皇)을 흠모하여 선물을 가지고 일본에 와서, 타지마 지방에 사는 등 역사적 고증은 매거할 수 없을 정도로, (내선의) 옛날부터의 친연관계는 간과할 수 없는 것이다.

그러나 조선과 내지는 지리적으로 볼 때, 해협을 두고 떨어져 있고, 지나와는 곧 강 하나로, 땅이 연결되어 있기 때문에 자연히 그 문화면에서도 지나적인 양식이 많이 있다는 것은 당연한 것으로, 특히 당나라의 반도 침략 이후 그 색채는 압도적으로 확대되었다. 그래도 우리 일본이 메이지 유신의 대업을 성취하고 기나긴 쇄국태평의 꿈을 버려, 서구 제국(諸國)의 문화를 섭취하고, 일청, 일로전쟁에서 대승을 거두어 세계의 일본으로 우뚝 솟고, 게다가 세계대전과 만주사변을 거쳐 이번 지나사변에 이르러, 우리나라로서는 유신의 대업에 비교할 수 있는 세계신질서 건설을 완성해야 할 시기를 맞아, 내지와 조선은 옛날부터 인연에 의해서 하나의 웅대한 황도정신의 기반 아래 보조를 맞추어 하나 된 마음으로 나아가지 않으면 안 되게 되었다.

원래 형제였던 자가 어떤 사정으로 헤어지게 되었는데, 여기서 다시 만나 손을 잡아 보는 듯이 기쁜 것이다. 이것은 당연한 귀결인데, 먼저 위정자의 훌륭한 지도를 받아야 하는 것으로, 내선 사람들이 함께 이와 같은 자각을 새롭게 하고 또 인식을 깊게 하는 것은 반도의 문화면에도 강한 영향을 주게 되었다.

따라서 반도문학운동, 즉 새로운 창조적인 운동은 필연적이며, 그 대도(大道)에 따르는 태도를 보여 주지 않으면 안 될 것이다. 내선일체라는 것은 소위 역사적 필연이며, 이 기쁘기 그지없는 숙명을 문학자도 부담하는 것은 당연하다. 이 공동의 기쁨과 감격이야말로 새로운 문학 즉 진정한 국민문학의 모체이며 진수가 되지 않으면 안 된다고 생각한다.

즉 조선 사람들의 국민적 의식을 고취하고, 강조하여 잘못된 민족적 편견(혹시 그런 것이 현존한다면)을 배제하고, 조선을 아직 모르는 사람들에게 조선이 가진 진실의 독특한 미를 보여 주고 문학이 가진 광대한 박력에 의해 기쁨이 넘치는 국민적 애정을 전하는 것이 조선 문학자의 손에서 착착 창작되면 좋겠다고 생각한다.

조선문학이라면 정확히 큐슈에서 생산된 문학을 큐슈 문학이라고 칭하는 것과 같이 조선이라는 토지에 싹을 틔운 문학으로, 그 의미는 역시 일본문학의 일익으로서, 일본문학을 하늘 높이 드날리기 위한 힘이 되는 지방문학이다.

조선의 어떤 유명한 작가가 '조선의 문학은 그 인식과 동정과 범위를 2,000만에서 9,000만으로 확대하고, 그 향토애를 조선반도에서 일본제국 전체로까지 퍼뜨리자. 이것은 단순히 조선인뿐만 아니라 내지인도 마찬가지다.'라고 절규한 것도 역시 이상의 정신을 솔직히 표현한 것이리라.

이와 같은 신념을 파악한 후, 다음에 말하는 것과 같은 태도가 가능하다고 생각한다. 즉 '우리들은 조선에서 태어나 조선에서 자라, 조선에서 생활하고 있지만 지금부터는 같은 대일본제국의 국민으로 어떠한 경우에도 항상 이른바 일본정신이라는 큰 깃발 아래에서 생활하고 행동하는 것이다.'라는 심적 태도이다.

이와 같은 신념과 태도로써 조선을 본다면 조선에 대한 애정은 더욱 깊어지고, 이와 같은 정신으로써 짓는 문학은 내선의 접근에 공헌하는 것도 크다고 생각할 수 있다. 문학이 취급하는 재료는 조선적인 특수한 것이라도 좋은데, 단지 여기서 말한 것과 같은 정신이 저류가 되고, 기조가 된 문학이 아니면 안 된다.

다음으로 문학에 대해서 말하자면, 문학도 그것이 생겨난 땅의 소산이다. 조선문학이란 조선의 향토(鄕土)에 씨를 뿌려 성장하고 개화하는 문학이다. 따라서 거기에는 반드시 조선의 독자적인 향토적 특미가 나타나지 않으면 안 된다. 인간생활은 토지를 떠날 수 없고 또 그 생활을 떠난 현실의 문학은 생각할 수 없다, 그러므로 어떤 작품이라도 농담(農談)의 차이가 있지만 제 각각 향토색이 드러나는 법이다.

조선에서 생겨난 문학은 조선인의 생활감정 혹은 향토적 특수성을 반영하는 것인데, 한편 그 특수성 자체를 잃지 않고 객관화하여, 많은 사람들이 이해·감상할 수 있도록 소위 보편화시켜 훌륭한 가치가 있는 국민문학이 되어야 한다. 이 특수하고 한정된 작가의 주관적 경험내용을 고차(高次)로 보편화하고, 게다가 이 특수성을 지니는 것에 문학의 가치가 있는 까닭이다.

다시 말하면 조선적인 풍토, 관습, 생활 혹은 거기서 나온 심리 등을 조선인들만이 아니라 조선을 모르는 사람들에게까지 감상할 수 있도록 감동을 주어, 그 가치를 파악할 수 있도록 하는 것이 중요한 것이다. 여기에 작가의 창조적 능력이 걸려 있으며 무릇 작가적 수련의 모두는 이 능력을 어떻게든 신장시키는 것에 있다.

자주 세간에서 '눈을 살찌워라'는 말을 사용하는데, 문학자에게 있어서는 그 마음의 눈을 풍부하게 하는 공부가 상당히 필요할 것이다. 그를 위해서는 먼저 인간적 공부라고 할 수 있을까, 거기서부터 정신내용을 충실하게 하는 것이 필요하다. 환언하자면 여러 가지 실제적, 사회적 체험을 쌓지 않으면 안 된다. 게다가 그 체험을 스스로 피와 살이 되도록 해야 한다. 거기에서 비로소 체험이 생겨나는 움직임이 되는 것이다. 작가가 몸으로 하는 살아있는 광범위한 체험은 작가에게 깊은 통찰력과 사물과 현상을 객관적으로 정관하는 태도를 부여한다. 이러한 확고한 체험의 기초 위에 굳건히 세워진 창작이야말로 올바른 것이며, 그 소재 여하에 상관없이 만인의 가슴을 움직이게 되는 것이다.

제2로는 많이 배우는 것이다. 이것은 지식을 얻는 것을 의미한다. 나라의 동서(東西)를 묻지 않고 모든 학(學)을 받아들여, 그 가운데에서 좋은 것을 선택하고 나쁜 것을 버려서 자기의 예지를 닦아 항상 올바른 판단을 그르치지 않도록 하는 것이다.

이상의 같은 체험과 학식에서, 개인의 혼은 풍부해지고 그 창작안은 연마되는 것이다. 이 포용적인 태도, 그리고 이 정수를 취입하여 스스로 귀착되는 것을 알고자 하는 것이야말로 일본정신의 한 특질이다.

오카와 슈메이(大川周明) 박사도 그의 저서 『일본이천육백년사』에서 그 특질에 촉하여 다음과 같이 말하고 있다.

"어떠한 강도 결국 당초부터 큰 강은 아니다. 황하, 양자강의 크기라고 해도, 그 발원지는 계곡의 작은 물이다. 단지 여러 지류가 만나, 떨어져 나오는 모든 물이 동해로 향해 가는 동안 저절로 천리의 장강(長江)이 된다. 진실로 일체의 장강과 대하(大河)는 자기에게 흘러 들어오는 일체의 물에 방향을 부여하는 것으로 존재한다. 그렇게 함으로써, 자기를 풍부하게 하고, 또한 크고 강하게 한다. 이것은 우리들의 정신적 생활에서도 마찬가지이다."라고.

일본정신의 위대성은 수용한 학문사상에 일본적 방면을 부여하는 것, 환언하면 귀일할 곳을 알도록 하기 때문에 조선의 문학자도 이 정신을 체득하지 않으면 안 된다. 다른 의견에 귀 기울이지 않는 편협한 독선은 가장 경계하지 않으면 안 된다.

우리가 음식을 섭취할 경우에도 좋고 나쁨이 많은 편식자는 영양이 불균형이고, 그 건강을 지키는 것이 어렵게 되지만, 편식하지 않고 음식을 골고루 먹는 자는 신체의 발육에 필요한 영양분을 충분히 흡수하여 신체를 건전하게 지키는 것이 가능한 것이다.

원만하고 풍부한 창작안을 통해서 묘출된 문학은 향토적 특수성을 취급해도 만인이 훌륭하게 기쁨을 느낄 수 있는 훌륭하고 건전하며 높은 가치가 있는 것이다. 고로 위대한 문학자의 창작안은 예를 들면 훌륭하고 굉장한 렌즈와 같은 것이다. 이미 말했던 것과 같은 수련은 렌즈에 윤택을 내는 것이며, 좋은 렌즈에 의해서만이 우리들은 보통의 육안으로 볼 수 없는 사물과 현상을 규지(窺知)하고, 그 진정한 모습을 파악할 수 있다.

다음으로 조선어 문제인데, 언어의 차이는 내선의 일체화에서 하나의 커다란 장벽이 되고 있다. 여기서 가장 바라는 것은, 조선의 일반인이 일상생활에서 국어를 사용하고 문장을 쓸 경우에도 국자(國字)를 사용하고 생각하는 것이지만 문학자는 일반인의 지도자여야 할 입장이기 때문에 특히 솔선하여 이와 같은 방향으로 지도에 성심을 다해야 할 것이다.

조선문단도 지금 이상으로 내지문단에 파고들어, 조선을 진정으로 이해시켜야 하며, 또 일본문학사를 빛내는 의미에 있어서 말하면 문학의 웅대성을 획득하는 것에 있어서도 국어 문제는 등한히 할 수 없다. 지금은 초등학교에서 국어교육에 중점을 두고 있고, 그 이상의 상급 학교에서는 조선어 교육이 폐지되어 있는 상황으로, 장래에는 조선인들도 국어를 자유롭게 구사하게 되겠지만, 현재는 아직 그런 단계에 도달하지 않았다.

그러나 조선의 어떤 지식인이 '조선어는 조선인에게 하나의 짐이 되고 있다.'고 말하고 있고, 조선에의 인식이 한층 깊어져 문학활동의 의의가 그와 함께 중대해지는 때, 지금까지의 껍질을 벗어, 더욱 큰 무대에서 살아가기 위해서도 국어사용을 강조해야 할 것이다.

이상 누누이 말해 왔던 것처럼 조선에서 새로운 문학의 발족은 어디까지나 이와 같은 여러 가지를 강조해야 하며, 이들의 완성에 조선의 국민문학운동의 의의와 영광이 있는 것이다.

이와 같은 정신과 방향을 잃은 문학은 그것이 어떠한 화려한 문자로 만들어진 문학이라고 해도 흡사 뿌리가 잘려 나간 꽃과 같이 곧 조락(凋落)의 쓰라림을 보게 될 것이다.

문학은 모든 예술분야 중에서도 가장 보급력이 크기 때문에, 훌륭한 국민문학이 그 정신적 영향으로 진정한 내선일체에 공헌하는 것이 극히 크다고 믿고 있다. 조선문학의 장래에 걸려 있는 역할도 중차대하다고 말하지 않으면 안 된다.

이와 같은 취지로, 쇼와 14년 10월 29일 조선문인협회라는 명칭으로 조선총독부 학무국장이며, 국민정신총동원 조선연맹 이사장인 시오바라 도키사부로(監原時三郎) 각하를 총재로 모셔, 내선의 문인들이 대동단결할 수가 있었다. 이것이야말로 총을 들고 일어선 전사의 의기양양함으로 펜을 들고 일어선 동원이다.

조선문학도 기원 2600년의 성대(聖代)를 맞이하여 일대 비약을 하고, 정동(精動)의 일원으로서 고매한 정신과 감격으로 위대한 국민문학의 창조를 향해 매진하지 않으면 안 된다고 생각한다.

내선일체의 완성과 문학

아마노 미치오(天野道夫)

1. 내선일체를 어떻게 인식할까

조선반도는 말할 것도 없이 일본제국의 일지방으로, 일한합병에 의해서 조선민족은 황국신민으로서, 일본국민으로서, 일본민족으로서만 존재를 허락받게 된 것은 아무도 부정하지 못하는 사실이다. 고대에 동근동조(同根同祖)이던 내선이라고는 해도, 장시간 언어, 문화, 생활양식에 있어서 현저하게 달라진 두 민족이 일체가 되기 위해서는 그 최초의 출발점에서 연맹적인, 민족화합적인 입장을 취했던 것이다. 합병 직후 내선 관계를 보면, 정치, 경제관계에 있어서는 일원(一元)적이지만 문화 영역에서는 이원(二元)적이었다고 볼 수 있는데, 그 시대에는 '일선융화'라는 말이 내선인의 사회생활의 기준이었다. 그 무렵 출판물로 '일어자통(日語自通)'과 같은 책이 있었는데, 가장 구체적으로 당시의 감정을 표현하는 것이라고 말할 수 있다. 이러한 일선융화운동은 세계대전 후 민족주의운동 및 사회개조운동의 파도에 휩쓸렸던 반도인 측의 민족독립운동 및 계급주의적 민족해방운동과, 내지에서의 사회주의 운동에 의해서 상당히 후퇴했지만, 이들 운동의 발전과 함께, 일선융화는 내선융화로 발전하고, 다시 내선일여라는 관념이 생겨 드디어 일전하여 '내선일체'라는 새로운 관념이, 적어도 반도의 내선인의 국민적, 사회적, 생활의 최고목표가 되었다. 내선일체라는 표어는 새롭게 전개되고 있는 바의 반도의 국민주의운동의 정치적, 문화적 개념이다.

이 이념은 반도통치의 최고목표이며, 동시에 반도인이 파악해야 할 유일한 이상이며, 1억 동포가 모두 마음에 새겨서 그 실현을 위하여 응분의 노력을 지불해야 할 것이라고 믿고 있다.

2. 내선일체의 현실성

내선일체는 일선융화에서 출발하여 일관성 있게 발전하여, 더욱더 강화된 것일 터이다. 그런데 자유주의적 경향을 가진 위정자의 정책을 주로 소극적으로 비판하는 것으로 시종하던 일부 내지인 인텔리와, 세계의 대세, 민족의 귀추를 올바르게 이해하지 않고 조선민족만으로 시종하려는 완고하고 우매한 일부 조선인 인텔리의 무리는 지금까지 내선일체의 개념을 공상적인 것에 불과하며, 심지어는 관료의 일시적인 편의정책이라고 극단적으로 오해하고 있는 자가 없지 않다. 어떤 무지한 논자는 내선일체는 '미나미이즘'이기 때문에 총독의 경질에 의해 일선융화로 돌아갈지도 모른다는 등 예상에서 벗어난 주관적 비판으로 자기도취에 빠진 자가 있다. 그러나 이러한 논자는 일선융화, 내선융화, 내선일어, 내선일체, 반도일본화의 순서로 반도가 변화되어온 역사적 대사실에 대해서는 일부러 눈을 감고 있는 것이다. 내선일체는 국시(國是)이며, 정책이다. 어떠한 정책이라도 정책인 한에서는 현실적 기초 위에 입각해 있는 것으로, 만약 내선일체라는 슬로건이 단순히 시국편승적인 것이라면 현재 조선이 내선일체의 근간에 의해서 이와 같이 본질적으로나 형식적으로나 변화하는 것이 불가능할 것이다.

동아연맹협회의 기관지 『동아연맹』 6월호에 스야마 사토시(陶山敏) 씨가 「신질서에 있어서 조선의 재인식」이라는 논문에서, 내선일체운동에는 이론이 아니라 현실적으로 무리가 있는 것 같다고 말했지만, 지원병 지원자의 교육정도의 열성(劣性)만을 지적하면서 혈서를 쓰는 지원병의 열성을 보지 않고, 반도인이 국어로 창작 및 평론을 발표하는 사실을 가볍게 보고, 또한 기꺼이 자발적으로 창씨(創氏)하는 대중의 열의를 간과하고 있다고 생각할 수 있다.

내선일체는 지금부터 완성해야 할 것으로, 우리는 그 촉진을 위하여 노력하고 있지만, 현실에 있어서도 무릇 실현되고 있고 또 점차 완전하게 실현될 것이다. 내선일체가 현실적인 것으로, 결코 관념상의 유희가 아니라는 것을 증명하는 것은 시간과 노력이 있다면 얼마든지 가능하다. 반도인은 의식적으로, 무의식적으로 일본화되고 있고, 내지인도 조선적인 것에 흥미를 품지 않아도 조선의 산업 및 문화에 다소나마 영향을 받는 것이다.

일본의 정치를 벗어난 조선의 정치가 없듯 조선 경제도 내지 경제와 떨어질 수 없는 입장에 서있다는 것은 말할 필요가 없이, 종이 한 장, 펜 한 자루마저도 내지에서 이입(移入)하는 경우가 많다. 조선 문제를 아일랜드 문제[1]와 비교하는 것은 심히 못마땅하지만, 아일랜드는 영국에서 떨어져 있는 것 같아도 경제적으로는 떨어질 수가 없다. 아일랜드의 대영 관세투쟁은 1938년에 중지되고, 토지연부금도 반분 납부하도록 결정되어, 아일랜드는 중립을 지켜도 대다수의 아일랜드인은 영국의 승리를 바라고 있다. 가령 영국이 독일의 영토가 된다고 가정해도 독립국 아일랜

---

1) 내선일체 운동이 본격화되고 대동아 전쟁이 전개되면서 당대 문인들 사이에서 조선의 지위가 화제가 되었다. 내선일체의 논리에 따르면 조선은 일본과 하나이므로 식민지가 될 수 없게 된다. 또한 대동아 전쟁에 대한 지배적인 해석에 따르면 식민지를 착취하는 서구 국가들과는 달리 일본은 아시아 민족들의 문화적인 공통성을 기초로 맺어진 우호적인 관계가 된다. 게다가 동남아시아까지 확장된 일본 제국의 세력 판도 때문에 새삼스럽게 조선이나 조선문학의 지위가 문제가 되었던 것이다. 이런 분위기에서 조선의 일부 문인들은 일본문학과 조선문학의 관계를 설명하기 위해서 역사적인 사례를 참조하게 되었다. 이미 일본의 한 지방 문학이 되어 버린 홋카이도 문학이나 큐슈 문학이 화제가 되기도 하고 식민 모국의 문학을 세계적인 수준으로 끌어올린 아일랜드 문학이 검토되기도 했다.

드의 정치적 의의는 넌센스에 불과하고, 아일랜드는 영국의 것인가, 독일의 것인가의 두 가지 운명밖에 갖지 못하는 것이다. 이것과 마찬가지로 반도는 지리적으로, 경제적으로, 병참기지적으로 내지에서 떨어져서는 그 존재이유를 잃어버릴 것이다. 여기에 서 우리들은 내선일체운동의 현실적 동기를 발견하는 것이다. 이 운동을 단순히 정책적인 것으로 보거나 혹은 비현실적인 공상이라고 이해하는 것은 어처구니없는 오류를 범하는 것이다. 역사에서, 현실에서 출발한 내선일체운동은 어떠한 정치적 정세에서도 그 발전의 보무를 밟아 나갈 것이다.

3. 내선일체운동 전망

내선일체운동은 이후 어떻게 발전해 나가야 할까? 국내 문제의 최중요 문제의 하나인 경제문제와 마찬가지로 내선일체 문제는 국내문제 중 하나의 중요한 문제이다. 내선일체운동을 전망하기 전에 내선일체의 어의(語義)를 설명하고 싶다.

내선일체는 반도인의 완전한 황민화를 의미하는 것이라고 일반적으로 말하고 있다. 그래도 내선일체는 반도인의 일본인화라는 것도 또 하나의 정의가 아니면 안 된다. "내선이 융합하지 않고, 악수하지 않고 심신 모두 진정으로 일체가 되지 않으면 안 됩니다.", "내선일체의 최후는 내선 무차별 평등에 도달하는 것입니다."(쇼와 14년 5월 30일, 정동조선연맹총회 석상에서 미나미 총독 강연) 이 말 중에 내선일체의 정의는 전부 언급되어 있다. 여기에서 반도인의 황국신민화라는 것이 내선일체의 근본조건이며 또한 반도인의 일본인화라는 부대조건이 생겨난다고 생각할 수 있다.

일본인이라는 개념 중에는 내지인이라는 의미가 포함되어 있다. 반도인, 대만인 더하기 내지인이 일본인이지만 질적으로 생각하면 일본인 즉 내지인이라고 말해도 과언이 아니다. 그러므로 내선일체 운동은 반도인에게 황도정신을 함양시키는 것뿐만 아니라 반도인을 일본취미로 유도하고 내선인이 전통 및 풍속관습을 위해 서로 반발하지 않도록 노력하는 것이다.

반도인이 헤르만 헤세의 작품에 대해서 토론하고 공부하는 것도 좋지만, 그와 함께 『만엽집』의 작품에는 무엇이 있으며, 그 정신은 무엇인가를 아는 것도 필요하다. 영시(英詩)도 공부하고, 와카(和歌)도 공부하지 않으면 안 된다. 모차르트의 음악을 이해하는 것과 함께 장운(長唄)이 왜 있는지도 알지 않으면 안 된다. 욕의(浴衣)와 게다와 차에 익숙한 편이 좋다. 그런 가운데 양장과 조선옷의 종합으로서 나타난 현대 반도부인의 부인복과 같은 것은 내지여성에 의해서도 애용되는 일이 올 것이라고 생각한다.

내선일체의 의의를 단순히 황민화로만 이해하지 않고 황민화와 함께 일본인화로도 이해하는 것이 종합적이고 현실적인 관점이다. 일부 논자와 같이 반도인이 황국신민의 의식만 파악하면 지장이 없을 것이라고 한다면, 내선연합운동의 구조에서 서로 부합할 것이므로 일체화 운동을 발전시킬 필요가 없다고 생각할 수 있다.

왜 내선은 이와 같이 밀접하게 결합하지 않으면 안 되는가. 나는 황도정신의 본질, 내선인 각자의 현실적인 모든 입장, 역사적 전통, 인류사의 방향 등에서 필연적으로 일체화로의 방향을 밟고 있다고 생각한다.

일본정신의 개념은 화학공식과 같은 것이 아니기에, 이것을 정확하게 정의하는 것은 곤란하지만, 일본정신을 형성하는 중대 요소의 하나로서 팔굉일우, 사해동포의 사상이 존재하고 있다는 것은 황도, 일본정신을 논하는 사람들의 부정할 수 없는 의견이며, 일본사는 이민족 배척사가 아니라 포용사라는 것에서 내선일체의 가능성을 본다. 설사 피의 순결을 외쳐 보아도 내선의 피의 교류는 일지의 피의 교류보다 완전한 것이라고 믿고 있다. 내선결혼이 현재 곤란하다고 해도, 내선결혼이 일본민족을 손상시킨다는 사실을 알 수는 없다. 코닌 천황(光仁天皇)의 황후가 백제 왕족의 후예였다는 사실(史實)에 있어서 내선의 혈통의 친근함이 따르니, 내선인 함께 깊이 반성해야 한다. 그러나 격렬한 투쟁의 역사도 있었다.

역사적 사실도 지난 일이 되고, 여기에 더해서 내선인의 현실적 생활이 내선일체의 요구를 불가피한 것으로 만든다.

여기서 A라는 반도인 대학생의 역사를 조사해 보자. 그는 소학 시절부터 국어의 체험 및 소년 잡지를 읽고, 중학에서는 국어로 된 어학 잡지 및 수험 잡지를 읽었다. 가정에서는 조선어를 사용했다. 대학에서는 외국문학을 전공했지만 독서는 국문 및 외국어에 의존했다. A는 『개조』와 『문예춘추』, 『문예』를 읽고 있으면 기쁨을 느끼고, 조선문 신문, 잡지를 읽거나 조선어로 표현할 때에는 곤란함을 느낀다. 한편으로 국문은 조선문보다 잘 쓰지만 회화는 실력이 부족하여, 내지인 대학생의 국어구사의 자유를 생각할 때에는 선망(羨望)하지 않으면 안 되었다. 즉 A라는 반도 청년은 조선어도 부득이하게, 그리고 국어도 잘 하지 못하게 되는 것이다. 조선어를 지금부터 공부해서 조선어로 표현할까, 국어를 공부할까, 라는 두 개의 길밖에 없는 것이다. 현실에서 살아가기 위해서는 국어의 필요를 통감할 수밖에 없다. S라는 대학 출신의 평론가가 있는데, 그는 조선어의 필요를 논하고 있지만 그의 조선어는 국어를 직역한 것으로 순수한 조선어가 아니라고 말하는 것이 조선어를 알고 있는 사람들의 거짓 없는 객관적 비평인 것이다.

이들 A와 S의 예는 결코 A와 S만이 아니라 전 반도 인텔리 공동의 고민사이다. 지금부터의 반도인의 고민이기도 하다. 국어로 일체 교육을 받는 이상 어쩔 수 없는 것으로 국어는 정치, 경제, 학문의 세계뿐만 아니라 사회생활 전반에 걸쳐서 더욱 보급되어, 조선어는 사적 생활상의 언어, 방언 내지 은어와 같이 되는 경향은 누구도 부정할 수 없는 사실이다. 우리들이 두 사람의 주인에 봉사하는 것이 불가능하듯 국어냐, 조선어냐는 양자택일의 문제인 것이다. 국어가 공민생활, 사회생활에서 불가결의 언어라고 한다면 국어가 반도인의 일상생활이 되도록 발전시켜나가는 노력을 하지 않으면 안 될 것인데, 최근은 국어보급의 철저와 함께 그에 대한 약간의 반동과 같은 경향도 간취된다. 현재 반도인 대학생이 읽기 곤란하다고 느끼는 조선문 신문잡지의 수가 줄지 않고 있다. 반면 국어 신문잡지도 증가하여, 『경성일보』에는 반도인도 상당 집필하기 시작하여, 『총동원』, 『국민신보』, 『녹기』, 『동양지광』, 『내선일체』 기타의 국문 잡지가 반도인 사이에서 읽혀서 『삼천리』 및 『태양』과 같은 것은 드디어 국어와 조선어를 병용하게 되었다. 조선에서 출판물은 국어와 조선어를 병용하고 있는데, 이는 가장 현실적인 실행방법이다.

국어에 의한 출판물도 압도적으로 들어와 조선으로 이입(移入)된 내지 발행 출판물의 태반이 반도인에게 읽히고, 강담잡지 및 부인잡지를 읽는 반도인의 수는 점증하는 경향을 보이고 있다. 의무교육이 실시되고 10년이 지나면 현재의 조선문 신문 잡지는 국어편집으로 바뀌든가 혹은 국어와 조선어 병용·혼용 방법을 취하지 않을 수 없다는 것이 나의 전망이다. 현재 30세 이상의 청장년 계급은 조선어에 대해서 상당히 집착을 보이고 있다는 것은 부정할 수 없는 사실이다. 조선어에 대한 집착을 엄연하게 버리자는 일부의 의견은 많은 반도인 인텔리에 의해서 반대되고 있다. 그렇지만 국어를 모어로서 하지 않으면 생활이 불가능하게 될 날이 반드시 도래하지 않을까 생각한다. 이 언어문제는 아직 해결되지 않은 문제라고 해도 언어상 내선일체가 아니라 이원적인 생활을 생각 없이 하게 된다면 많은 희생자가 생길 것이다. 여기에도 내선일체의 필연적 경향이 발견된다.

　조선의 한해(旱害)가 내지의 식량문제에 영향을 미치는 사실에서, 우리들은 경제생활에 있어서의 내선일체화 경향을 단적으로 볼 수 있는데, 거리에서 술과 맥주가 부족한 것은 도쿄도 경성도 크게 다르지 않은 것이다. 생활정도의 고저는 있겠지만 그 형식은 꽤 유사한 것이다. 내지 자본에서 완전히 독립된 저명한 공업 자본은 소수여서 경제적으로 떨어진다는 것은 전술한 바와 같이 불가능하다.

　더욱이 문화적으로 볼 경우 조선 특유의 문화가 있다는 것을 부정할 수가 없지만 도쿄에서 영위되는 문화생활은 소규모지만 경성에서도 영위되고 있다. 내선인 모두 찻집에서 도쿄발행 잡지를 손에 들고, 레코드 음악을 듣고 있는 파마넌트 웨이브의 양장을 한 여자가 커피나 소다수를 옮기고 있다. 이것은 하나의 작은 사실이지만 일체의 생활 부분에 있어서 생활의 일체가 실현되고 있다. 도쿄와 베이징, 그리고 경성 세 도시를 비교할 때 도쿄와 경성의 차이는 도쿄와 후쿠오카의 차이에 근접한 반면 도쿄와 베이징의 차이는 전자의 차이보다 심하다.

　이 민족협화에서 민족혼연일체로의 경향을 따라서 가는 아름다운 내선관계라는 것은 인류 역사에서 전연 없지는 않았지만 희귀한 사실이며, 세계인류에게 새로운 민족의 생성방법을 가르쳐 주는 것이다. 그리고 이것은 우리 일본만이 가능한 것이다. 헝가리인과 핀란드인이 동양인이라고 말해지면서 그 생활방식은 서양화되어 유럽인과 혼혈을 이루고, 러시아인이 동양인이라는 논자도 있다(아사노 리사부로(淺野利三郎), W. E. 치엔바렌). 영국인이 된 아일랜드인도 무수하며, 스코틀랜드인 및 웨일즈도 함께 영국인으로서 존재하는 것이 가능하다. 브라질인은 포르투갈인과 인디언과의 혼혈족인 등 외국에서도 민족동화일체의 사실을 발견할 수 있다. 그리고 이들의 사례에서는 많은 피비린내 나는 역사로 채색되어 있다. 내선관계와 같이 아름다운 관계를 찾는 것은 곤란하다고 생각한다.

내선결혼은 백인과 흑인의 결혼, 또는 일지결혼[2]보다도 더욱 순조롭게 행해지고 있으며, 세계는 내선인을 일본인으로서 생각할 것이다. 1억 1심이라는 것은 1억 1체 즉 내선일체를 의미하는 것이 아니면 안 된다.

또한 세계의 대세는 한 민족이 한 민족인 채로 영원히 존재하는 것이 곤란하다는 것을 보여 주고 있다. 이번의 유럽 대전에 의해서 많은 소국(小國)이 해소되었는데, 그 사실은 내선인에게 무한한 교훈을 줄 것이다.

이상과 같은 사고방식에서 우리들은 내선일체의 길이 내선연합의 방법보다도 현실적으로 필연적인 행동방법이라고 생각하고 있는 것이다.

4. 내선일체운동과 문학의 관계

조선이 내지화되어 제2의 내지가 되는 시기가 와도 조선의 전통, 풍속, 관습은 남을 것이다. 조선어는 공용어가 아니지만 시골의 노인들이 사용할 것이고 반도인이 사용하게 될 국어는 조선어의 영향 때문에 방언으로서의 국어로 변할 것이다. 이것은 현천이나 안동, 청송과 같은 창씨(創氏)에서도 불가피하게 지방적인 특수성이 반영되듯이, 그 특수성이 존재하는 것은 자연스럽다. 같은 조선인이라도 북선 지방과 경기 지방에는 그 성격만이 아니라 그 풍모마저 다르기 때문에, 이 지방적 특수성을 없애 버리는 것은 내지와 조선의 기후를 동일하게 하자는 것과 같은 사고방법으로 쓸모가 없다. 그래도 언어와 같은 발표수단은 어느 정도 일치시키지 않으면 안 된다. 큐슈와 토후쿠 지방은 그 지방의 특수성을 가지면서 국어로 통일되어 있다는 것을 잊지 않고 있다. 조선인이 영구히 조선어를 사용하게 되면 내선일체를 저해하는 것이 될 것이다.

이 지방적 특수성은 정신적으로 존재할 뿐만 아니라 물질적으로도 어

---

2) 일본인과 중국인의 결혼을 말한다.

느 기간 존재할 것이다. 조선문학이라는 것은 이 특수성을 위해서 존재하고 있다. 조선은 일본의 한 지방이기 때문에, 조선문학이라는 것은 일본문학의 일익이다. 현재 조선이 내지와 다른 환경 아래에 놓여, 정신생활도 꽤 다르기 때문에 조선문학은 큐슈문학 대 일본문학과는 다른 지위를 점하고 있다. 그래도 조선이 큐슈와 같이 진보하면 조선문학은 큐슈문학과 같은 지방색을 가져, 조선에서는 히노 아시헤이(火野葦平) 및 도요시마 요시오(豊島與志雄)3)와 같은 작가가 나타나 일본문학을 풍부하게 할 것이다. 게다가 조선문학은 일본문학으로 확실하게 해소되어 남선문학이나 중선문학, 북선문학 혹은 평안도 문학이나 경성문학과 같은 지방문학을 낳을지도 모른다.

나는 조선문학 대 일본문학을 일본문학 대 불문학 또는 영문학 대 독문학과 같이 독립관계에 있다고 보는 것에 반대한다. 생활과 정신이 다르다면 당연히 조선문학은 일본문학에 대해서 특이한 존재일 것이다. 그러나 생활에도 사상에도 급속도로 일본화하고 있는 조선이고 보면, 조선문학도 이윽고 일본문학의 계통에 넣어 생각하지 않으면 안 된다. 즉 일본문학의 지방문학의 하나에 지나지 않는다. 게다가 이 지방문학은 현재의 조선문학이 의미하는 내용과 상당히 다른 내용을 갖게 될 것이다.

여기에 조선문학이라는 것은 무엇일까를 정의내리지 않으면 안 된다. 조선문학은 조선어에 의한 문학이라는 정의가 있다. 또한 조선인에 의한 문학이라는 정의도 있다. 나아가 내선인의 조선어 문학이 조선문학이라

---

3) 도요시마 요시오(豊島與志雄, 1890~1955), 다이쇼, 쇼와기의 소설가. 후쿠오카현 출신. 도쿄대학 출신. 1914년 아쿠타가와류노스케(芥川龍之介) 등과 제3차 「신사조(新思潮)」를 창간. 같은 잡지에 「호수와 물결들」, 「고혹(蠱惑)」 등의 작품을 발표해, 인정받았다. 이후 창작집을 계속에서 출판, 1923년의 「백골(野ざらし)」는 대표작 중의 하나이다. 지적이며 심리적인 작풍으로 알려졌다. 도쿄대학, 호세이(法政)대학 등에서 교편을 잡았으며, 『레미제라블』, 『쟝크리스토프』 등의 번역가로도 저명하였다. 소설 이외에도 희곡, 동화 등의 창작도 있으며, 독자적인 예술적 경지를 끝까지 관철했다. 『도요시마 요시오 전집』(전6권, 1965~1967)이 있다.

는 견해도 있을 것이다. 또한 내선인의 손에 의한 조선 취재의 국어문학이라고 말할 수도 있다. 현재 조선인에 의한 조선어 문학이라는 것이 조선문학의 일반개념일 것이다. 또 조선문학은 조선민족의 문학이며, 또 조선문학은 현대의 세계문학이 지방적으로 개화한 것이라는 개인주의적 견해도 있다. 나는 조선문학을 조선에서 취재한 내선인의 국어문학 그리고 조선인 문학이라고 이해한다. 나는 삼국유사와 반도인의 한시를 지나문학이라고 생각하지 않고, 반도인의 조선을 취급한 영문소설마저 조선문학의 장르에 넣고 싶다. 그러나 이렇게까지 조선문학의 의미를 확대하면 혼란을 초래할지도 모른다. 장혁주의 국어소설은 일본문학이며 동시에 조선문학이라고 생각한다. 언문문학을 일본문학이라고 말하는 것은 다소 개념의 애매함을 면하지 못하지만, 조선어 소설을 국문으로 번역한 경우 훌륭한 일본문학이라고 생각하지 않으면 안 된다.

지금까지의 조선문학은 주로 조선어 작품인데, 현재의 조선인의 생활 및 정신이 여실히 반영되고 있다. 게다가 내선일체로 매진해 가는 신반도인의 모습이 아니며, 회의하고 머뭇거리며 암중모색하고 곡해와 불평을 늘어놓고, 늘 불안상태로 고민하는 옛시대의 반도인의 모습만이 강하게 표현되어 있다. 독자가 장혁주 및 김사량의 작품을 연상해 주면 좋겠다. 조선어 작가도 그렇다. 문학이 명랑으로만 일관하지 않으면 안 된다는 것은 우론(愚論)으로, 문학은 애수, 추악, 폭로, 잔인, 절망, 허무, 비참을 표현해도 지장 없다. 아마 명랑으로 일관한 문학은 인류가 희구하는 이상사회에만 존재할 것이며, 그때의 문학은 생활 그 자체가 되어, 문학의 내용은 완전히 달라질 것이다. 현대문학의 특징은 개인주의 문학이 국민주의 문학으로 변해도 고민과의 격투는 남는다고 나는 생각한다. 따라서 조선문학이 19세기 러시아 문학과 같이 어두운 리얼리즘 문학이라 하더라도 그 가치는 인정할 수 있는 것이다. 농민의 궁핍을 묘사하여 자력갱생, 농진정신(農振精神)을 고취하는 것은 하등 지장이 없다. 그래도 농민을 묘사하면서 내선일체를 학수고대하는 위대한 문학은 아닌 것이다. 조선인 문학자의 일본관은 저조하고 그 인생관은 의연하게 개인주의적 휴머니즘에 빠져, 리얼리즘을 운운하면서 가장 현실적인 내선일체라는 조선의 신국민운동과 같은 문제에 대해서는 일부러 회피하고 있는 것이다. 내선일체를 따르는 문학으로서 가야마 미쓰오(香山光郎) 씨의 시작(試作)이 현재진행 중이다.

　내선일체에 실패한 경험 및 내선일체되지 않는 현실 때문에 괴로운 사실 등을 표현해도 상관없지만 작가가 내선일체를 어떻게 이해하는지 내선일체의 장래를 어떻게 희망하는지가 조금이라도 확실하지 않은 작가와 작품을 읽는 것만큼 답답한 일도 없다. 예를 들어 김사량의 작품 「천마」를 읽어보자. 주인공은 반도인 문학자로 애국운동에 종사하고 있지만 사생활의 문제로 탈락하는 것이다. 작자는 주인공의 실패에 의해서 반도인은 영원히 일본인이 될 수 없다고 말하고 있다고 생각할 수 있다. 내선일체운동에 있어서 하나의 예외만을 강조해서 내선일체 전체를 비판하고 있는 이런 태도는 객관적 태도가 아니라 작가가 품고 있다고 생각할 수 있는 민족의 특수성 견지주의만이 강하게 표현되고 있다. 또한 씨의 「풀이 깊다」를 읽으면 십 년 전의 프롤레타리아 작품과 유사해서 현대의 조선을 묘사하고 있지 않다. 우리들은 이러한 작품을 접하고 우울해지기보다도 현실을 왜곡하여 표현하고 있는 작자에게 항의를 하고 싶은 것이다. 작자는 최근 조선의 내선일체운동을 그 운동권 내에 있지 않은 만큼 조금도 이해하고 있지 않는 것이다.

　반도인이 진실로 세계적 국민이 되고 세계적 민족 즉 일본인이 되는 것을 목표로 하는 내선일체의 완성을 이상으로 하지 않는 한 문학자의 어떠한 기도도 실패할 것이고 또한 죄악이라고 말하지 않을 수 없다. 현재 조선문학의 일부 경향인 일본국민으로서의 반도인이라는 것을 의식하지 않는, 즉 국민의식이 희박한 작가가 완전히 없다고는 할 수 없다. 내선일체를 반대하고 내선연합을 생각하는 것은 시대에 뒤떨어지고 그 양자에 반대하는 문학자는 협애한 민족주의적 작가에 지나지 않아, 우리들은 그들의 작가의 이론과 작품을, 이론과 작품으로 분쇄해야 할 것이다.

조선에는 조선 특수의 문학이 나타나지 않으면 안 된다고 하면, 이것은 내선일체의 선을 따라서만이 생장하고 그렇게 하여 일본문학에서 그 지위를 요구하게 될 것이다. 만약 내선일체의 선에서 벗어나서 반도인 프롤레타리아의 행복 증진만을 목표로 해서 혹은 조선민족의 행복만을 목표로 해서 국가 전체의 입장을 망각하는 문학자가 있다면, 그런 종류의 문학은 영구히 지하에 매장되어야 할 운명을 가진 문학이며, 일본문학 작품이라는 명예를 받을 수가 없을 것이다.

조선의 장래는 내선일체의 완성을 목표로 나아간다고 예상할 때, 국어를 조선민중이 사용하는 날도 당연히 생각할 수 있다. 이를 위해서 조선어에 의한 문학작품은 빨리 국문으로 번역해야 할 필요가 있다. 시조는 원어(原語)로 읽어야 진실로 이해할 수 있지만 시조의 윤리적 가치는 국어로 전해질 수 있다. 러시아 문학, 프랑스 문학의 작품을 국역하여 러시아 정신 및 프랑스 정신을 섭취하는 것처럼 내선일체를 위해서는 조선어 작품은 전부 국어로 번역해야 한다고 생각한다. 국어를 이해하지 못하는 노인을 위해 『만엽집』을 조선어로 번역하는 것도 무의미하지 않지만, 그것보다도 국어일원생활을 위해서 일체의 작품은 국어로 번역해야 한다. 최승희 및 조택원의 무용이 어떻게 일본화되고, 또 세계화되는가를 아는 것은 문학의 경우에 유용할 것이다. 최승희가 조선의 개성을 살리고 게다가 내선일체의 분위기 가운데에서 컸다는 사실보다 조선문학에 좋은 시사점은 없을 것이다. 조선문학은 혹은 조선민중의 문학적 의욕은 점차 국어로 표현되어 내선일체의 이상 아래에서 자라날 수밖에 없다고 생각한다. 과거 조선문학의 전통은 일본문학에 이식·포섭시킬 필요가 있다.

5. 맺음말

반도에 있어서 내선문학자, 평론가, 학자, 문예애호자 등에 의해서 조선문인협회가 결성되어 내선일체를 기본정신으로 하여 국책에 기여하는 문학운동을 목표로 전진하고 있지만 이 활동은 오히려 금후를 기대하지 않으면 안 된다.

문학은 특히 하나에서 열까지 이론 및 정치의 노예가 되어야 한다는 것이 아니다. 그러나 작가가 일본국가에서 삶을 누리면서 일본인적 의식 없이, 내선일체 문제 등을 방관한다면 그 작가에 대해서 홍미를 품을 수가 없을 것이다. 내선일체 및 정동(精動)의 선전만을 하는 것이 문학은 아니다. 자연의 미와 남녀의 사랑을 묘사하는 것도 결코 방해가 되는 것이 아니지만, 어떠한 입장에서 자연을 보고 연애를 생각하는가가 중요하여, 작가의 인생관, 국가관, 특히 일본국가관의 확립은 근본문제가 아니면 안 된다. 문학자는 휴머니즘으로 흐르기 쉬운 성격을 가지고 있어서 자연 국가를 약화시키는 개인주의로 빠지기 쉬운 경향을 가지고 있다. 프랑스를 약체화한 것은 프랑스 문학자 일군에게도 그 책임의 반이 있다는 것을 생각해서 반도 재주(在住)의 내선문학자는 조국 일본의 장래를 생각하여 가장 건강한 신국민문학의 창성을 위해 노력하지 않으면 안 된다고 생각한다. 다행히 조선의 문학자는 일본국민임을 자랑으로 여기기 시작하고 내선일체 운동은 더욱 강화·철저해지고 있기 때문에, 내선인에 의한 조선문학은 일본문학의 화원의 일부를 아름답게 장식할 개화(開花)일 것이다(필자의 구명은 현영섭).

국어문제회담

‖ 경성제대 예과교수, 콘도 토키지(近藤時司) ‖

문　기왕(既往)에서 본 현하의 반도의 국어문제

답　나는 다이쇼 6년부터 오늘날까지 26년간, 계속 반도의 국어교육에 종사해 왔습니다만, 오늘날 현황을 조선에 왔을 당시의 현황과 비교한다면 격세를 느낄 만큼 진보했습니다. 논자들 중에는 '총독부 시정 30여 년을 지난 오늘날 반도인 가운데 국어를 이해하는 자가 1할 5분 내지 2할 정도로 그 성적도 그다지 좋지 않다.'라고 하는 사람도 있습니다. 그러나 생각해보면 지나사변 전에는 국어를 이해하는 사람도 어떤 의미에서는 기가 눌려서 국어를 사용하지 못했는데 오늘날에는 될 수 있는 대로 국어를 사용하자고 하니까, 어쩌면 국어 이해자는 3할 정도 될 것입니다. 그러나 아기와 5세까지의 유아 약 5백만과, 60세 이상의 노인 약 150만을 제외하고 통계를 작성하면 어쩌면 4할 정도 되겠죠. 이 현상은 결코 비관적일 필요는 없는 것이며 오히려 반도에 있어서 국어교육의 일대 성과라고 말할 수 있습니다.

문 반도의 국어교육에 관한 근본문제

답 피히테가 전하는 말에 '국어가 국민을 도야한다.'라고 했지만 우리
들은 일본인인데 왜 국어를 말하지 않을까요, 국어로 국어생활을
하는 것에 의해서 완전한 일본인이 될 수 있습니다. 국어로 생각하
고 국어로 느끼고 국어로 살아가는 것으로 비로소 황국신민으로서
의 성정이 도야될 수 있습니다. 국어를 말하지 않고 황국신민의 자
각을 깊게 할 수는 없는 것입니다. 지금이야말로 세계의 일대 전
환, 민족흥망의 위기입니다. 반도의 사람들이 완전한 황국신민이
되어서 대동아공영권 내 제민족의 지도자로 되기 위해서는 앞장서
서 국어를 말하는 국어생활자가 되지 않으면 안 됩니다. 나라(奈良)
시대의 관리 4분의 1은 신라와 백제의 귀화인이었습니다. 그들은
일본어를 말하는 것으로 황국신민이 되어 버렸습니다. 1100여 년
동안 그 자손은 얼마나 많아졌습니까, 아마도 현재 내지인 중 신라
인, 백제인의 혈액을 계승한 사람들이 많다고 생각합니다. 소아를
버리고 대아를 키우기 위해서, 작은 개성에 얽매이지 않고서 대국
민의 자각으로 살아가기 위해서는 먼저 일본어 생활을 하지 않으
면 안 된다고 생각합니다.

문 대동아공영권의 국어교육에 있어서 반도의 경험에서 참고할 점

답 일본이 동아공영권의 지도적 지위에 선 이상 국어가 그 공통어로
서 사용되어, 공용국제어의 지위를 점하지 않으면 안 됩니다. 일본
어의 세계적 발전은 일본문화의 고조에 의해서 기대되지만, 동아
공영권 내에서 사용될 경우는 일본의 정치경제의 힘에 의해 많이
좌우될 것입니다. 그런데 국어는 우아하지만 간결함과 정확함이
약하므로 국운의 신장에 따라서 확장되기에는 상당히 곤란합니다.

환언하면 현재 국어는 잘 정리되어 있지 않고 너무 복잡합니다. 반도의 국어교육에 있어서는 그 정리되지 않은 채 그대로 국어를 강화시켜 왔다는 감이 있고, 그것이 오랜 습성이 되어 버렸습니다. 반도 사람으로 국어 학습이 어려운 사람은 그 귀중한 경험을 거리낌 없이 말해서, 지금 우리나라의 중앙에서 문제가 되고 있는 국어 정리운동에 협력해야 한다고 생각합니다. 당국 쪽에 있어서도 반도인의 의견을 특히 중시해야 한다고 생각합니다.

문 **반도인의 국어학습에 있어서 특질과 결점**

답 반도인은 국어 학습에 놀랄만한 성적을 거두고 있습니다. 그것은 왜 그런가 말씀드리면, ① 반도인은 귀가 좋고 어감에 예민하기 때문에 우수한 어학의 재능을 보이고 있습니다. ② 조선어는 국어와 완전히 그 구조를 같이하고 있어서 국어 학습이 용이합니다. ③ 반도에 있어서 국어는 단순히 생활상의 편리가 아니라, 황국신민 연성이라는 거대한 목적을 다하기 위한 역할을 가지고 있다는 것을 반도인은 솔직히 인식, 이해하고 있습니다.

다음으로 결점(곤란한 점이라고 말하는 편이 좋겠습니다)을 말씀드리면, 발음에서 가장 현저한 것은 청음(淸音)입니다. 일반적으로 반도인은 어두의 탁음(濁音)이 틀려서 청음인 가라스(硝子)를 카라스(カラス), 각고(學校)를 칵코(カッコウ), 고마(胡麻)를 코마(コマ)로 듣습니다. 또 츠(つ) 음을 스(す)로 들어, 三つ(ミッス), 四つ(ヨッス)가 됩니다. 또한 어법에서는 '테-니-오-와'[1]의 활용이 어려워서 「기차를 탄다(汽車を乘る)」, 「착한 아이(よいの子供)」[2] 따위로 쓰는 경향이 있습

---

1) て-に-を-は(弖爾乎波·手爾遠波), 한문을 훈독(訓讀)할 때 보충해서 읽어야 할 조사(助詞)·조동사(助動詞)·용언(用言)의 어미·접미어(接尾語) 등의 총칭이다.
2) '汽車に乘る, よい子供'로 써야 하는데, に, の 등을 잘못 활용하고 있다고 지적하고 있다.

니다.

문 중등학교 국어교과서를 더욱 문학적으로 해야 할 필요는 인정하
지 않습니까.

답 인정합니다. 국어 교재는 내용이 좋은 것을 채택해야 하는 것은 물
론이지만 순진다감한 젊은 생도의 독본으로서는 운율을 정비한,
맑게 읊을 수 있는 것을 더욱더 보텔 필요가 있다고 생각합니다.
내용의 이론적 탐구, 어구나 문법의 연구에만 갇히지 않고 감정에
호소하는 낭랑한 암송하기는 현재 국어교육에서 비교적 등한히 하
는 일면이 있습니다.

문 『반도의 아이들』 제1부에 대한 비평

답 저는 최근 한다 아키라(飯田彬) 씨로부터, 그의 훌륭한 책 『반도의
아이들』을 기증받았습니다. 신변이 다망할 때 읽어 보았지만, 그
깊은 교육애와 존경스러운 교육행위에 이끌려, 책을 놓지 않고 한
번에 읽어버렸습니다. 그리고 엉겁결에 감탄해 버렸습니다. 이것은
좋은 책이라기보다는 오히려 존경스러운 책입니다. 지금 인문사의
부탁에 응해서 그 제1장 「빛나는 죄의 기록」에 대해서 간단하게
독후감을 썼습니다.
제1장은 미네(嶺) 선생과 그가 담당하는 국민학교 신입생, 영수와
성갑을 중심으로 한 국어교육의 기록입니다. 미네(嶺) 선생은 국어
를 전혀 알지 못하는 아동에 대해서, 부동의 신념을 가지고 직접
교수법으로써 임해서 헌신적인 노력을 계속했습니다. 드디어 아동
도 그 사랑과 열정에 감화되어 그들 스스로 발의해서 '교내에서
절대 국어사용'을 합의하게 되었지만, 유치하고 순진한 아이들의
과잉행동은 조선어 사용을 죄악시하는 것 같은 작은 사건을 야기

했습니다. 미네(嶺) 선생은 생각했습니다. '자신은 국어생활을 역설했다. 그러나 조선어 사용에 대해서는 죄악감을 가지라고 가르치지 않았는데, 이대로 좋은가.'라고 생각했습니다. 여기까지는 매우 좋은데, 미네(嶺) 선생이 간단하게 '이것으로 됐다. 이것으로 됐다.'라고 일단 침착해지는 태도에는 무언가 불만족스러운 감정을 느꼈습니다. 거기에 대해서는 더욱 고민하고 더욱 생각해서, 타당한 결론을 내리지 않으면 안 되었던 것이 있지 않았을까. 적어도 그렇게 판단하기까지는 2매 정도 미네(嶺) 선생으로 하여금 고민하게 할 필요가 있었다고 생각합니다. 그런데 이것도 이 우수한 작품에 대한 욕심이 아니겠습니까.3)

‖ 이무영(작가) ‖

문 **국어보급은 강제가 아니라 애정에서 출발해야 한다고 생각하는데, 의견은.**

답 부끄러운 일이지만 제가 우리들 조선의 장래를 진지하게 생각하기 시작한 것은 지나사변 이후입니다. 물론 조선의 행복, 조선인의 행복을 생각하지 않은 날은 없었다고 말할 수 있지만, 지나사변 발흥을 계기로 해서 조선인으로서 어떻게 꿋꿋하게 살아갈 것인지가 스스로의 행복이며 조선의 행복일 것이라고 미소 지으며 말해도 좋을 것입니다. 조선인은 훌륭한 황민으로서 꿋꿋하게 살아가는 길밖에 없다고 생각했습니다.

---

3) 득롱망촉(得隴望蜀 : ろうを得えて蜀しょくを望のぞむ) 롱나라를 얻고도 촉나라를 원한다는 뜻으로 즉 욕망에는 끝이 없음을 비유하는 표현이다.

그러나 그 이념을 실행으로 옮기기 위해서는 지금 하나의 역사적인 대계기가 필요로 합니다. 대동아전쟁이 바로 그러한 역할을 하고 있는 것입니다.

어려운 것은 제가 판단할 수 없는 일이지만, 적어도 국어의 보급에 의해서 조선인은 행복해질 것이라고 생각합니다. 그것을 실천함으로써 스스로 행복해집니다. 우리들이 행복해진다고 판단한다면 주저할 필요가 없습니다. 힘차게 얻어낸 이념에 따라서 최선의 노력을 기울이지 않으면 안 됩니다. 그렇게 생각했기 때문에 서툰 한마디의 국어로라도 써 보게 되었습니다.

문   **당신의 국어 창작의 역사와, 현재 『부산일보』에 집필 중인 장편 소설에 대한 구상**

답   국어창작에 뜻을 두면서, 저는 사실 낙담했습니다. 쓰면 쓰지 못할 것도 없다, 그렇게 간단하게 생각하지 않았지만, 그러나 하면 못할 것도 없다고 생각했습니다.

무엇보다도 어려운 것은 말입니다. 문학은 뭐라고 해도 말에 의해서 가치가 매겨지는 것입니다. 특히 그 중에서도 소설이라면 지금까지의 서툰 국어실력으로 어떻게 해도 되지 않는다고 숟가락을 던진 적도 있었습니다.

예를 들면 횡설수설(しどろもどろ)이라는 말을 표현하려고 2~3번, 반복해서 생각해 보는 가운데 횡설수설(しどろもどろ)은 'もどしろど'로 되거나 'もとろしとろ'로도 되면서, 그것이 아직 아무것도 정확하지 않다는 기분이 됩니다. 그렇게 되면, 그 어느 것도 맞지 않다고 느끼게 되어, 마침내는 그것이 영어인지 독일어인지 전혀 알 수 없게 됩니다.

특히 저와 같이 주로 농민에게서 취재하는 작가가 백성의 말을 잘 쓰지 못합니다. 그래서 노트에 적어보기도 하지만, 그 지방의 사투리인지 전혀 짐작할 수 없게 되면서, 최근에는 그만두었습니다. 적어도 백성의 말이 통일되지 않는 한 저는 백성을 상대로 한 소설을 더는 쓰지 않겠다고 보류하고 있습니다.

문　**귀하의 국어공부는 어떤 과정을 밟아 왔습니까.**

답　저는 충북의 어떤 시골에서 태어나서, 보통학교에도 가지 않았습니다. 지금의 강습소 같은 곳에서, 당판(唐板)4)의 맹자를 겨드랑이에 끼고 학교에 다녔습니다. 그 당시 학생은 변발에 갓을 썼고 저와 같은 반에도 내 또래의 아이를 가진 부친이 몇 명이 있을 정도였기 때문에 국어를 사용하지는 않았습니다. 그런데 2학년 때부터였는데, 모리(森) 씨라는 내지 선생이 있어서 잠시 서툰 국어를 배웠지만, 사립 중학교였기 때문에 국어를 배울 기회는 더 이상 잡을 수 없었습니다. 중학교에서도 야음(夜陰)을 이용해서 내지인의 가정을 상대로, 약을 팔거나, 청소, 석회 등의 행상 따위를 했는데 그것이 저에게 있어서 국어학습의 좋은 기회였습니다.

그러나 오늘날 저에게 있어서 대략의 문학용어를 사용하게 된 것은 역시 가토 다케오 선생이었습니다. 저는 중학을 4년으로 그만두고 소년시대의 3년 동안 선생의 댁에서 살면서, 문학에도 친숙하게 되었습니다. 도쿄(東京)를 '토코'라고 발음하거나 잔넨(殘念)을 '산넨'이라고 발음하면, 부인께서 일일이 지적하셔서 무척 부끄럽다고 생각했는데 지금은 어떻게든 감사하고 있습니다.

그때부터 15~16년간, 저는 물건사기나 전화번호를 부르는 정도의

---

4) 예전에 중국에서 새긴 책판(冊板). 또는 그것으로 박아 낸 책을 말한다.

국어밖에 사용하지 않고 살아왔습니다. 저는 중학교의 국어독본밖에 읽지 않았기 때문에, 최근에는 오로지 소년시절의 기억을 더듬더듬 따라가는 것밖에는 없습니다.

문 **국어창작을 일반화하는 것에 의해서, 조선문학은 어떻게 될까.**

답 창작이 국어로 된다면, 조선문학은 사라질 것이라고 보는 경향이 있지만, 저는 그렇게 생각하지 않습니다. 언어의 세력은 정치에 의거하여 움직입니다. 이미 오늘날 일본어는 일본만의 국어가 아니라 동아 10억의 국어입니다. 종래, 조선반도만의 협소한 지역에서 조선어로 써서, 그 지역에 사는 사람들에게만 친숙한 조선문학은 이후 일본 내지는 물론 멀리 지나, 남방 방면까지 전파될 가능성이 생겼습니다. 그러니까 조선문학은 지금부터 크게 발전한다고 생각합니다.

‖ **琴川寬**(경기여고교장) ‖

문 국어상용에 대해서 귀교는 비교적 성공하고 있다고 말하는데 어떤 방법을 사용하고 있습니까.

답 먼저 국어생활에 대한 황국신민으로서의 신념을 확립시켜, 충분히 이해시키고 있습니다. 즉 국어는 우리 국민성의 구현이며, 일본적 사상, 감정이 모두 그 가운데 녹아들어, 그것을 말하는 것으로써 애국적 감정이 선연하게 1억 동포의 호흡으로 통하게 됩니다. 그러므로 국어를 애호하고 국어를 사용하는 곳에 진실한 황국신민의 모습이 발견되고, 동아공영권의 지도자다운 자격이 획득될 수 있는 것입니다. 본교 생도는 이러한 신념을 항상 몸과 마음에 명심해서 이것을 일상생활에 현현시키는 것입니다.

오히려 지도방법에 관련해서, 그 지도기구를 둔 학교, 학급, 학과 등 각종 영안(營案)에서 그것을 끼워 넣어, 용의주도하게 전학교가 일치단결하여 이것을 해 나가고 있는데, 위반자에 대한 처벌과 같은 것은 전혀 고려하지 않고, 결코 무리하게 강제하지 않기 때문에 결국은 자발적으로 진행하고 있습니다. 다른 곳에는 없는 시도로서 다음과 같이 두 가지를 실시하고 있습니다. 그 하나는 일본적 취미양성입니다. 여학교이기 때문에 다도(茶道)나 화도(華道)를 하는 것은 보통 있습니다만, 한 걸음 나가서 민요에 의한 무용, 극, 시음, 와카의 낭송 등 여성들이 좋아하는 것들을 이용해서, 부지불식간에 국어생활에 친숙해지게 하고 있습니다. 그 두 번째는 국어 상용의 맹세입니다. 작년 대동아전쟁 발홍 이래로 항상 신사에 참배하여 황군의 무운장구(武運長久)를 빌고, 필승기도를 하고 있지만, 그것과 함께 각자 국어 상용을 신명(神明)에 맹세하고 있습니다. 그 기분을 매일 견지시켜, 하루하루 새롭게 해 나가기 위해서 다음과 같이 맹세의 말을 매일 방과 후 종례 시간에, 각자 선생님에게 맹세하고 귀가시킵니다. 사실 유쾌하고 자연스럽게 실행하고 있는데, 직원들은 상당히 기뻐하면서 만족하고 있는 상태입니다.

국어상용의 서

1. 황국의 말로써 황국의 백성이 되고 우리들 받들어 국어를 사용하고, 이것으로 충량한 신민이 된다.
2. 말을 변함없이 하여 그 마음이 하나 되고, 우리들 받들어 국어 보급에 힘써서 황도를 부익(扶翼)하고 받든다.

문　생도의 국어 상용이 학교 외에서 붕괴되는 경향이 있는문데, 그 점은 어떻게 생각하는가.

답　황국신민다운 신념과 동아공영 지도자다운 자각과 국어를 애호하는 애정을 견지한다면 교내외의 구별 없이 국어를 사용하게 되는 것입니다. 제가 있는 학교의 생도는 그 점을 충분히 실행하고 있는 것이 아닐까 생각합니다. 그와 함께 국어 상용을 일종의 자랑으로 여기도록 하고 있습니다. 유창한 국어를 궁리하여, 어떠한 경우에도 그것을 사용하게 하는 것에 끝없는 흥미를 환기시키는 것입니다. 제가 있는 곳은 앞서 말했던 그 맹세의 기분이 특히 신에 대한 공경과 정성의 도덕적 양심, 종교적 신앙과 함께 연계되어, 내외일성(內外一誠), 표리일체(表裏一體)가 되어 감독 선생의 유무에 상관없이, 진실하게 상용하고 있다고 생각합니다. 최근 제가 안 사실이지만 여름 방학에 도쿄로 돌아가는 한 졸업생이 전차 안에서 자기 모교의 생도를 오래간만에 만나 기뻐서 조선어로 말을 걸었는데, 그 생도가 무심결에 한두 마디 조선어로 대답했다고 생각하자마자 정신이 나서, '아, 죄송했습니다. 교장 선생님은 우리들을 믿고 계십니다. 그 교장선생님의 기분을 배신해 버렸습니다. 정말로 죄송합니다.'라고 되풀이하여 졸업생에게 말해서, 어안이 벙벙해졌다고 했는데, 그 이야기를 그 졸업생에게서 듣고 사실 눈물이 날 정도로 기뻤습니다. 전교의 학도가 모두 그 생도와 같이 교장의 기분을 충분히 알아서 일심일체가 될 수 있다면, 대성공이라고 생각합니다. 학교직원을 각 요소에 파견하거나 은밀하게 그것을 탐사하는 것 같은 책략은 사용할 필요가 없다고 생각합니다. 특히 교외에 있어서 국어를 사용하지 않는 것을 발견할 경우에, 교사가 득의양양하게 그것을 매도하고, 엄중하게 처치하는 것과 같은 지도법은 가장 졸악(拙惡)한 것이라고 말하지 않으면 안 됩니다. 어디까지라도 그것을 알아듣기 쉽게 말로 설득(說諭)하여 이끌어서 충분히 자각할 수 있도록 유도해야 합니다. 국어생활에 대해서 험악한 분위기, 나태한 기분을 가지게 하는 것은 가장 위험합니다. 다음으로는 보도연맹(保導聯盟)과 가정의 학부형들과의 연결을 긴밀하게 하는 것이 극히 필요하다고 생각합니다. 보도연맹의 직원과 자기 학교 직원처럼 친하게 지내고 그 연락(連絡), 주의(注意) 등을 성의 있게 처리하지 않으면 안 됩니다. 가정에서 학부형들은 자제의 교양상 국어 상용의 의의, 그 득실 등을 충분히 이해시켜 학교와 긴밀히 연락하여 그 지도를 도모해야 합니다. 제가 있는 곳은 보도연맹과도, 가정과도 연락을 취해, 소기의 목적을 달성하고 있습니다.

문　**국어가 반도인에게 뿌리를 내리는 방법으로 가장 좋은 것은 무엇인가.**

답　그것은 지극히 어려운 문제입니다. 저는 먼저 이런 기발한 생각을 갖고 있습니다. 가정생활이라는 것은 언제 어디서라도 전가족의 화합(和合)과 단락(團樂)이 지극히 중요한 것인데, 국어의 문제에 있어서도 그 점이 중요하다고 생각합니다. 그것과 함께 종래 구식 가정에 있어서 많이 보이는 남녀(男女)와 노유(老幼), 그리고 주복(主服)의 분별생활을 전가집합(全家集合)생활로 바꾸는 것입니다. 즉 식사(食事)와 한담(閑談) 등에 있어서는 위와 아래 등은 일단 괄호에 넣고, 모든 간격과 복잡함을 초월해서 함께 밥 먹고 말하는 즐거움을 가져오는 것입니다. 그러한 때에는 먼저 아랫사람, 어린 사람, 약한 사람에게 충분히 기회를 주어서 활동시키는 것입니다. 제일 이상적인 것은 초등학교의 아이들이 꽃을 가져가게 하여 언제라도 젊은 얼굴을 하고 있는 부모들은 전부 동심으로 돌아가서, 아이들의 말하는 그대로 되는 것입니다. 그렇게 하면 무의식적으로 그 가정은 국어로 즐거운 가정이 될 것이라고 생각합니다.

애국반의 활동에 의한 국어 강습소의 개최, 관청이 행하는 우량자의 표창, 기타 정치적 방책에 의한 장려방법도 좋지만, 결국은 각 가정이 자각을 가지지 않으면 안 된다고 생각합니다. 그 자각을 가지는 것에는 가정의 중심세력인 가장 또는 부모들이 국어에 친숙해지지 않으면 안 됩니다. 그러기 위해서는 아이들을 이용하는 것이 첩경이라고 생각합니다. 저의 학교에는 모매(母妹)의 단기국어강습회를 개최하거나 또는 가정방문 용어(用語)를 모아서, 미리 그 가정의 생도가 부모를 가르치게 하여, 다른 날 담임교원이 방문할 때 그것을 검토해 보거나, 또는 다음과 같이 국어생활의 표어를 예쁜 단자쿠(短冊)5)에 적어서 그것을 생도의 공부방에 달아 두어서 방심하기 쉬운 생도의 국어생활을 긴장시킴으로써, 가정에서 국어능력을 뿌리내리기 위한 추진력으로 삼습니다.

국어생활의 표어, ◎ 국어로 전진하는 대동아, ◎ 일본정신은 국어에서, ◎ 국어로 견실한 총력전을, ◎ 국어로 단련하자, 황국여성이여, ◎ 현모양처 이전에 국어, ◎국어로 완성하자, 총후의 적성을, ◎ 올바른 국어, 명랑한 기분, ◎ 국어로 말하자, 밝은 세계를, ◎ 국어로 말하자, 성적을 높이자, ◎ 익숙해져라, 친숙한 황국의 말에.

문　국어에 친숙해지도록 되도록 문예작품을 읽어야 한다고 생각하지만 귀교의 현황은 어떤가?

답　한마디로 국어라고 말해도 말하는 국어, 읽는 국어, 쓰는 국어 등 여러 종류가 있습니다. 또 일면 고등여학교 교육의 본질에서 국어

---

5) 글씨를 쓰거나 표시로 물건에 붙이거나 하는 조붓한 종이. 와카나 하이쿠 등을 쓰는 종이를 말한다.

교육의 정도, 범위, 성질이 자연스럽게 정해지는 것입니다. 따라서 문예작품을 많이 읽힌다고 말해도 자연스럽게 어딘가에는 한도가 있는 것입니다. 또 광범위한 국어생활에서 어휘를 풍부하게 하기 위해서 또는 국민생활상 다방면의 지식을 요구하기 때문에, 문예작품을 많이 읽는 것은 무제한으로 허용할 수 없습니다. 여자의 고등보통교육의 입장에서도 각 학과에 실수가 없어야 합니다. 물론 각 학과의 수업대로 국어의 용법지도에 유의하고 생도들의 국어발표의 기회를 늘리고 교사는 항상 언어를 정확하게 사용해서, 생도에게 살아 있는 모범을 보여야 하는 것은 절대적으로 주의해야 하는 것이지만 이것들은 반드시 문예적인 취급이라고 한정할 필요는 없습니다. 게다가 최근 여자교육의 문제로서, 과학교육, 가사(家事) 훈련, 논리적 정신도야, 종교적 신앙심의 계도 등이 요구되고 있어서 오히려 부드러운 문예작품을 탐독시키는 것은 경계하고 있는 편입니다. 우리 학교에는 생도 문고가 설치되어 있는데 문예 관련 책이 상당히 다수를 점하고 있지만, 최근은 수학 및 이과 방면의 서류(書類)를 구입하기 위해 노력하고, 여자교육의 현대적 요구나 본질적이고 전체적인 관점에서 살펴서, 문예보다는 수리과(數理科) 방면의 독서를 장려하고 있는 상황입니다. 이것은 결코 여학교에 있어서 국어교육의 강화 내지 국어 상용의 장려와 상반되는 것이라고 생각하지 않습니다.

문　지금의 교과서는 조금 딱딱하다고 생각하지 않습니까(더욱 문학적으로 하면 좋다고 생각하지 않는가).

답　지금 교과서는 설명대로 조금 딱딱한 감이 있지만 교과서의 성질상＿＿＿＿＿.[6] 따라서 조금 딱딱한 것은 어쩔 수 없다고 생각합니다. 그래서 많은 학교에서는 교과서는 정독해야 하는 것으로 하고, 따로 다독으로서 문학취미를 육성시키기 위해서 부독본(副讀本)을 가지고 있습니다. 그러나 우리 학교에서는 여러 종류의 종합적 고찰을 한 결과, 부독본을 가지게 하지 않고, 생도문고의 문예독본을 적당히 읽게 함으로써 교과서의 불충분한 점을 보충하고 있습니다. 그러나 문예, 소설, 창작물 가운데에는 여학교 생도의 그러한 감각적 변화를 원해서, 감수성, 충동성이 강한 소녀들에게 나쁜 영향을 끼치는 것도 상당히 있어서 이 점은 교사분들에게 충분히 검토시켜서 마침내 안전한 것을 선정해 주었습니다. 특히 최근에는 우리나라에 있어서 지도이념의 대전환기로서 종래 자유롭게 허락되었던 독서물 가운데에도 재검토를 요구하는 것이 상당히 있습니다. 문예물은 저자의 마음으로 침투하는 감화력이 매우 강하므로 큰 경계가 필요합니다.

‖ 마키 히로시(작가) ‖

문   국어보급은 강제가 아니라 애정에서 출발해야 한다고 생각하는데 의견은 어떤가?

답   민중의 자각이 없을 때에는 강한 정치적 경향이 농후하게 되는 경향이 있다고 생각합니다. 이런 현상은 국어보급운동에만 해당하지 않고, 모든 부문을 통해서 같은 것이라고 말할 수 있습니다. 특히 조선은 현재 특수사정이며, 국어보급운동도 하나의 특수한 것이기 때문에 민중은 일단 경계합니다. 따라서 거기에 정치적인 경향이

---

6) 인쇄 상태가 좋지 않아서, 이하 한 줄 해독하기 어렵다.

생겨나지 않을까 생각합니다. 그러나 정치적 경향에는 반드시 반동을 수반하는 것이 있으니까, 어떤 단계에 있어서는 국어보급운동이 역효과를 내게 되는 경우도 고려해야 한다고 생각합니다. 따라서 문화적으로 고려해야 할 문제가 생기지만 이상 말했던 것처럼 초기에는 어쩔 수 없는 것이므로, 국어보급은 오늘날이 되어서는 민중이 솔선해야 할 하나의 거대한 문화적 사업이라는 것을 자각시키지 않으면 안 된다고 생각합니다. 즉 정치에 의뢰하거나 맡겨두는 것이 아니라 우리들 자신이 실천해야 한다고 생각합니다.

문 **당신의 국어창작의 역사와 현재 장편집필의 구상에 대하여**

답 조선어에 있어서 대중계몽은 물론 아주 필요합니다. 그러나 대중계몽을 위한 조선어의 사용은 아무래도 국어보급과 상반되고 모순되기 쉽습니다. 따라서 그 미묘한 경계선을, 지도자는 확실히 알아야 한다고 생각합니다. 그것이 확실하지 않으니까 양자를 혼동하게 됩니다. 즉 국어보급이라는 것에 의해 대중계몽을 저해하거나, 혹은 대중계몽의 명목하에 국어보급을 방해하게 되는 것입니다. 이 양자 중 무엇이 중요한가. 그리고 무엇에 중점을 두어야 하는가. 이것은 신중해야 할 문제입니다. 저는 국어보급에 의해서 대중계몽을 하는 것이 일석이조의 방법으로서 이상적이라 생각합니다. 대중계몽도 좋지만 그 계몽의 목적이 어디에 있는가를 생각해보면 국어보급이라는 것이 목적에 도달하는 첩경이 아닌가 생각합니다. 장황하지만 오늘날의 대중계몽은 황민화라는 한마디 말에 달려 있다고 한다면 문제는 저절로 분명해집니다. 그러니까 국어보급에 중점을 두고 동시에 대중계몽을 도모해야 한다고 생각합니다.

문 가정이나 거리에서 지식인의 국어 상용은 아직 멀었다는 감이 있는데 어떻게 생각하는지.

답   그렇습니다. 완전히 동감입니다. 어떤 방법으로 해야만 할까는, 당사자가 수시로 연구해야만 하는 것이며 또 그렇게 함으로써 현명한 방책이 나오겠지만, 전체를 통해서 더욱 통일적 계획적으로 해야 합니다.

문   국어창작에 있어서 가장 고민되는 점

답   지금 무난한 정도라고 생각합니다. 유진오 씨의 젠체하지 않는, 꾸미지 않는 국어문장은 훌륭합니다. 정인택 씨의 국어구사력은 어떤 면에서 내지인을 능가하고 있지만, 너무 능숙한 점이 조금은 신경 쓰일 정도입니다. 일반적으로 조선작가가 국어로 쓸 경우는 어휘를 몽땅 총동원하는 좋지 않은 성향이 있습니다. 더욱 솔직하고 간결하게 쓰도록 노력한다면, 수년을 보내지 않고 내지의 일류작가로 취급되리라는 것을 의심하지 않습니다. 어떤 사람은 하나의 방언, 하나의 지방문학으로서, 소위 조선식의 국어로 해도 괜찮다고 주장합니다. 마치 아메리카 문학의 어떤 종이지만, 예를 들어 아메리카 방언으로 쓰거나 또 같은 아메리카라도 서부와 남부의 독특한 방언으로 쓴다거나 하는 것과 같이. 그러나 제 생각에는 '정확한 표준어의 일본 문장'을 우리들 몸에 익힌다면, 일류의 문학이 되지 않을까 생각합니다. 또 탁점의 사용법이 상당히 불충분한 점도 있습니다. 에니오와(テニヲハ) 사용법도 우리들은 아직 불충분합니다. 그러나 이런 것들은 좀 더 노력한다면 곧 해결될 문제입니다. 또 오늘날 우리들은 솜씨가 없지만 나름대로 국어로 쓰고 있습니다. 형편없는 국어니까, 라고 말하여 신경 쓰거나 웃어버리거나 하는 것은 언제까지라도 소용없습니다. 먼저 용기가 필요합

니다. 오늘날 의문보다도 용기가, 기백이 필요합니다.

문 국어에 대한 애정을 가지게 하는 것이 문인의 사명인데, 어떻게
생각하는지.

답 국어에 대한 애정과 동경을 갖게 하기 위해서는 문학적으로 좋은
책을 어렸을 때부터 많이 읽히는 것이 필요합니다. 마치 맛이 없는
요리를 무리하게 권하는 것보다는 맛있는 것이니까 먹는 편이 자
연스럽게 따라오는 이치와 흡사합니다. 국어의 매력을 느끼지 않
으면 무리하게 노력을 많이 해도 효과는 적을 것입니다. 중등학교
국어교과서는 어딘가 아직 한문투가 많다는 느낌입니다. 조금 수
준이 높아도 향기 높은 일본어를 가르쳐야 합니다. 예를 들어 외국
의 실상을 보면, 소학교 하급 때부터 자국의 일류 작가, 시인의 작
품을 훈련시키고 있습니다. 물론 소학교생들이 그들의 작품을 충
분히 이해한다고 생각하지는 않습니다. 그러나 유소년기부터 명문
(名文)에 친해지는 것은 알지 못하는 사이에 국어에 대한 매력과 애
정을 가지게 하는 것입니다. 따라서 교과서의 편집자는 자기만의
취미에 빠져 들면 안 됩니다. 교과서만큼 매년 변하는 것이 없는
것 같은데, 사실 어쩐지 십 년이 하루와 같이 진부해지는 느낌입니
다. 이렇게 말하기는 쉬운지도 모르겠지만, 악의로 말한 것은 아닙
니다.

‖ 테라모토 키이치(총력연맹 문화부장) ‖

문 국어에 대해서, 문화과장의 입장에서 또는 시인의 입장에서 의견
을 듣고 싶다.

답 국어보급은 반도인에 있어서는 마음의 연성이라고 생각합니다. 그
것은 지금 외국인에 대한 강제와 같은 것일 리가 없고, 또 국어에
대한 애정이라고 말했던 일도 무엇인가 뻔하다는 느낌도 있지만,
어떻습니까. 연성에 들어가도 외부로부터의 어떤 강한 힘이 호소
해서, 그것과 함께 속으로부터의 정진이 나타납니다. 고민하면서
솔직히 소중하게 여기는 마음이 되는 것이 연성이라고 생각합니
다. 저는 국어의 문제는 역시 연성이다, 그것이 불가피하다고 생각
해야 한다고 봅니다. 저는 지식인의 적극적인 국어 상용이 안 되는
것은 무엇인가 아직 옛것에 구애되어 있기 때문이라고 생각합니
다. 그러나 반도의 움직임, 일본의 움직임, 세계의 움직임은 상당
히 빨라 언제든지 새로운 모습에 의해서 전진해 가고 있기 때문에
조선어를 사용하는 일이 좋다 나쁘다고 마음으로 논의를 하는 것
보다도 더욱 솔직한 기분으로 전진해 가는 것이 좋다고 봅니다.
그러니까 국어상용이 외국어적인 즉 일본어적인 교수법에 의한 소
위 영어의 회화적인 음성언어('하나시 코토바')로 끝나면 안 된다고
생각합니다. 거기서 끝나면 단순히 신기한 것으로 되어 버려서, 그
이상 더 발전하지 않게 됩니다.
이런 때에 문인의 사명이 실로 커진다고 생각합니다. 국어의 아름
다움, 국어의 율격을 잘 음미할 수 있게 되지 않으면 안 된다, 그
리고 그것을 위해서는 대담하게 거리낌 없이 표현해야 합니다. 거
기서부터 새로운 반도의 사람이 아니라면 말할 수 없는 어떤 조선
적인 생활이 흘러넘치게 되는 것이 아닐까 생각합니다. 저는 이 국
어공부를 위해서는 운율을 중심으로 한, 시나 탄카(短歌), 하이쿠(俳
句)를 더욱 적극적으로 공부시키는 것이 국어의 아름다움의 열쇠를
쥔 것이라고 생각합니다. 이화여전에서 국어극과 애국시의 낭독을

열심히 연습시켜서 국어의 음성적인 아름다움을 취급시키는 일은 매우 좋았습니다.

한다 아키라(飯田彬) 씨의 『반도의 아이들』이라는 기록소설은 국어 문제를 취급한 훌륭한 소설로, 그 책의 56쪽에서 '국어가 된 조선어'의 문제가 취급되어 있는데, 그것은 실로 암시적입니다. 초등학교의 생도에게 국어상용이 압박적인 느낌을 가지게 하지 않고, "토츠케비,7) 괜찮아. 우리들은 일본어를 사용하는 거다."라고 했던 부분에서, 지금이야말로 솔직하게 연성되어 가고 있는 젊은이들의 밝고 거침없는 모습이 다가왔습니다.

---

7) 무슨 뜻인지 알 수 없다.

국민문학, 1943. 1.
문화와 선전

쓰다 카타시(津田剛, 총력연맹 선전부장)
최재서

새로운 구상

최재서 무척 바쁘시죠. 당신이 이번 총력연맹의 선장부장이 되어서
우리들의 동료라고 말하면 이상하지만 어쨌든 가까이 있던 사
람이 연맹의 그런 지위에 취임하니까 우리들이 하는 국민운동
도 드디어 본격적이 되었다는 느낌이어서 기쁩니다.

쓰 다 무슨 그런. 갑자기 이야기가 되어서 저도 어쩔 줄 모르겠습니
다. 제가 잘 해나갈까 어떨까는 불안하지만 일면, 각 분야 문
화 부문에서 일을 하고 있는 친구들이 많으니까 그것이야말로
총력연맹에서 그들이 총력을 발휘할 수 있도록 연결을 한다는,
그런 의미로 열심히 한다면 다소 역할을 하지 않을까도 생각
합니다만.

최재서 아닙니다. 그것만은 아니겠지요.

쓰 다 각오가 전혀 없다고 말하는 것은 아닙니다. 생각이 있기는 하지만 그것을 어떻게 실현시킬 것인지, 적어도 시간이 지나 보면 확실히 알게 되겠지, 그런 기분입니다.

최재서 대체로 이번 연맹 개조의 동기는 어디에 있습니까.

쓰 다 결국 대동아전쟁이 시작된 것과 함께, 국내체제 전부가 어쨌든 새로운 구상을 하지 않으면 안 되는 객관적인 정세가 되었기 때문이지요. 조선에 있어서는 예를 들면 총독이 교체된 것은 금년 들어서 6월의 일이었고, 내지에 있어서도 여러 가지 인적 구성 및 행정기구가 개혁되고 있는데 조선의 국민조직에서도 무엇인가 새로운 구상이 있어야겠지요. 이것이 조선에 있어서는 얼마간 늦어졌다고 말해도 좋다고 생각합니다. 낡은 구상의 어딘가에 결함이 있다거나 없다거나 하는 것보다도.

최재서 새로운 정세에 즉응하는 신선한 공기를 가지게 하자는.

쓰 다 예. 따라서 새로운 구상을 응집시켜야만 하는 것이 문제인 것입니다.

최재서 결국 청년의 혁신적 분위기를 살리자는 것이네요.

쓰 다 세세한 것은 더 들은 것은 없어서, 어찌할 생각으로, 어떤 일이 있었는지 잘 모르겠지만.

선전부의 기구

최재서 그런데, 이번 선전부는 대체 어떤 것을 하게 되었습니까.

쓰 다 이번에 선전부는 종래의 「선전」과 「출판」, 「문화」, 이 3개 부서가 하나가 된 것입니다. 그래서 종래는 선전과 문화부가 따로 일했는데, 같은 동맹의 내부기구라 말하면서도 연락 등이 그다지 원활하지 못했다고 말할 수 있는 면이 있었습니다. 따라서 이것이 하나의 계통으로 일괄된 기구하에서 운영되지 않으면 안 된다, 그렇게 생각할 여지가 있었습니다. 그것이 이번에 하나가 되었습니다. 이제 선전이라고 말해도 단지 그때그때의 일을 해 간다면 괜찮다는 것이 아니라, 선전은 한 나라의 높은 상상력, 문화력의 집약적 표현이라고 생각합니다. 단지 그것이 대중을 상대하는 일이라서 그다지 고상한 것만을 말하는 것은 아니지만, 어쨌든 그와 같이 높은 상상력, 문화력이 대중에게 어떻게 침투에 들어가는가, 국가의 원대한 목적이 어떻게 국민에게 영향을 주는가, 그런 곳에 선전의 진정한 중점이 있다고 생각합니다. 높은 사상성을 가진 국책이 진정으로 국민의 마음을 움직이는가 아닌가, 거기에 선전의 중요한 목표가 있다고 생각하며, 문화관계에 있어서 대중계몽이라는 것과 선전이라는 것이 합일되는 것은 운영상으로 매우 좋다고 생각합니다.

최재서 선전이라면 지금까지 큰 선전실을 연상해 왔는데. 지금부터 선전은 오히려 국민대중의 계몽에 있다고 생각합니다. 즉 한편으로는 문화력을 배양해 나가면서 다른 한편으로는 국책을 침투시키는 식으로 한다는 의미로.

쓰 다 그런데 어떤 이유인지 설명을 듣지는 못했지만 이번 조직의 운영을 맡게 된 것은 '그런 기분으로'라고 저는 생각하고 있습니다.

최재서　출판 관계에서, 편집과가 있어서 종래의 『국민총력』 발행을 계속해 나가겠지만, 민간 출판은 어떻게 되는 것입니까.

쓰 다　총력연맹의 편집과는 연맹의 출판만을 취급하고 일반 출판사업과는 관계가 없습니다. 민간 출판에 종사하는 사람의 총력체제를 정비하는 것은 문화과 쪽에서 생각하겠죠.

최재서　즉 문화과 쪽에서 지도한다는.

쓰 다　다만 선전과 쪽에서는 총력운동의 정신을 일반에게 침투시킬 수 있도록 각 민간 출판물을 통해서 어떤 식으로 도움을 줄 것인가, 이런 식으로 도움을 준다면, 그것이 선전 쪽과도 연관이 있으니까…….

최재서　지금까지도 정례적으로 혹은 무엇인가 중요한 사건이 있는 경우 연맹에서 출판관계 편집자를 모아서 간담회를 열고, 지시사항을 전달하기도 했지만, 그것을 더욱 종합적으로, 기획적으로 통일이라고 하면 조금 반향이 강하지 않을까요, 그런 식으로는 생각하지 않습니까.

쓰 다　그 점은 지금까지도 정보과 관계, 도서과 관계, 군 관계 등에서 여러 가지 생각해 왔는데, 민간단체로서 발족한 연맹이 어떤 형식으로 그것을 해 나갈 것인가는 각 방면의 의향을 듣고 해 나가야 한다고 생각합니다.

선전의 중점

최재서　기구에 관한 이야기는 그 정도로 하고, 구체적으로 말해서, 선전상의 중점은 어디에 두는가에 대해서. 이제 와서 그런 것을 물어서 이상한 것 같지만.

쓰 다 어렵네요.

최재서 즉 외부에서 본 경우의 관측일지라도.

쓰 다 예, 한 가지 그런 주문을…….

최재서 지금까지는 표어에 표현된 것으로서 내선일체라는 것이 존재했습니다. 그런데 현재의 총독이 와서 도의조선(道義朝鮮), 그리고 황도정신의 철저, 즉 국체본의의 투철이라는 것으로 진전해 왔다고 생각하는데, 그렇게 된 것은 상당히 빨리 이루어진 것이기 때문에, 이것을 민중에게 철저하게 주지시키는 것은 어려운 일이라고 생각합니다. 선전부도 당연히 거기에 목표를 두고 있다고 생각하는데, 그것을 구체적으로 어떻게 일로 전개시켜 나갈 것인지요.

쓰 다 선전부의 일에서 가장 큰 중점은 결국 도의조선의 확립, 국체본의의 투철에 있지만 사상적으로 그것을 투철하게 만드는 것은 연성부(練成部)가 있고 사상과(思想果)가 있어서 대체로 거기가 주체가 되어 생각하게 될 것입니다. 그러나 그런 문제는 원래 선전부나 사상과뿐만 아니라 연맹전체가 생각하는 것이고, 국민이 받들어 생각하지 않으면 안 되는 것입니다만.

최재서 줄곧 지식 정도가 낮은 민중에게도 내선일체라고 하면 알지는 못해도 어쨌든 해야만 한다는 것이 그들에게 확실히 알려져 있어서 그 점에서 민중지도도 다소 용이했었다고 생각합니다. 비교적 형식적인 면도 있었지만, 형식으로 먼저 들어가 정신을 체득시킨다는 그런 방침으로. 그런데 도의조선의 확립, 국체본의의 투철이라고 말하면 지식계급은 별개로 해도 최하층에 대해서는 어떻게 해야 할까요? 사실 이것은 우리들이 여러 방식으로 생각해 온 것입니다.

쓰 다 소기 총독이 와서 했던 담화 중에서도 '형식에서 실질로'라는 말이 있었다고 생각하지만 대체로 내선일체라는 커다란 슬로건에 의해서 형식적으로는 여러 가지가 점점 단행되고 있고, 이번에는 점차 내용을 정비해 나가는 단계에 왔다고 생각합니다. 내선일체라고 하면, 예를 들어 교육의 보급, 지원병에서 징병문제라는 식으로, 당면 정책문제도 있었지만 따라서 확실하게 형식으로 표현된 것도 있고, 또한 표면화되지 않은 것도 있겠지만, 어쨌든 그런 방향으로 가는 것은 국책으로서 명료하게 되었다, 따라서 실제로 2천 4백만 반도 민중이 받드는, 더욱 명료해진 국책을 실행하기 위해서는, 역시 광범위한 문제로부터 일어서서 국체본의의 철저로 행진해 가지 않으면 혼이 들어가지 않습니다. 그런 의미에서 오히려 질적으로 깊고 높게 되어 가는 것이 필연적인 발전이라고 저는 생각합니다.

최재서 그것은 당연히 발전한 단계의 모습이지만, 역시 요점은 어떻게 그것을 주지(周知), 철저(徹底)하도록 하는가에 있는 것으로, 우리들은 우리들 나름대로 이렇게 생각했습니다. 국체의 본의를 실천해 나가면서 설명해도 이해하기 힘들다, 따라서 제일 먼저 해야 하는 것은 생생한 이야기에 의해서, 역사상에 나타난 일본정신을 가장 잘 구현한 실제 인물의 전기를 재미있게 써서 읽혀야 하지 않을까, 그렇게 생각했습니다만.

대동아전쟁의 영향

쓰 다   소소한 문제가 되겠지만, 출판계, 문화계에서는 이것저것 근본
적으로 다시 생각하지 않으면 안 되는 것들이 많이 있다고 생
각하는데요. 제가 말하고 싶은 것은 국체본의의 투철이란 견
지에서 그것이 가장 강력하게 나타나고 있는 것은 역시 이번
대동아전쟁이라고 생각합니다. 뭐라고 해도 그것은 현재 1억
국민이 국체(國體)에 기초해서 싸우고 있지요, 매일 신문과 라
디오에 의해서 핑계나 구실을 댈 수 없이 말하고 있다고 생각
합니다.

최재서   거기에 대해서는 그동안 조금 필요해서, 반도문단의 움직임을
회상해 보았는데요, 만주사변, 지나사변, 그리고 이번 대동아
전쟁이라는 식으로 봤을 때 대동아전쟁 이후 1년 동안 만주사
변 이래 10년보다도, 문단의 움직임, 전환이라는 것이 더 빨랐
습니다. 즉 그런 속도로 전환되었다고 생각합니다. 여러 가지
를 읽거나 조사해 봐도 거기에 대해서 대체로 세 가지가 거론
됩니다. 하나는 대동아전쟁 이후, 확실히 영미를 격멸하지 않
으면 안 된다는 신념이 있다는 것으로, 작년의 12월 8일 이전
에도 영미를 해치우지 않으면 안 된다는 것을 알고 있었지만
근본적으로 그와 같이 신념으로 되었다고는 반드시 생각할 수
없습니다. 그런데 징병제 실시가 발표되자, 이것은 문단인에
한정하지 않고, 일반적으로도 반도인의 정신을 근본적으로 전
환시켰다고 생각합니다. 그리고 그 표현으로서 국어에 의한
국민문학의 건설이라는, 그 세 가지가 명료하게 읽혀집니다.
저는 대동아전쟁의 덕분에 이렇게 되었다고 생각합니다.

쓰 다   시대적으로 봐도, 쇼와 시대에 시작된 그 거대한 국가적 전환
이 대동아전쟁에서 하나의 봉우리를 이룬다고 생각합니다. 이
것은 제가 항상 말하고 있는 것인데요, 그래서 여기서는 그렇
게 장황하게 말하지는 않겠지만 어쨌거나 만주사변 이래 10년
의 준비기를 거치면서 드디어 세계의 신질서에서 일본이라는
모습으로 추진력이 되어 가는 것은 이번의 대동아 전쟁에서
확실히 결정되었다고 봅니다. 이제는 이쪽으로 갈까, 이런 식
으로 선택할 수 있는 여유가 없이 일이 커져 버렸습니다. 결국
매진(邁進)하는 길밖에 없는 것이지요.

최재서   따라서 혁신의 방향으로 스피드를 내는 것입니다.

쓰 다   페리가 오면서부터 대정봉환(大政奉還)1)이 될 때까지의 메이지
유신을 생각하면 쇼와 시대의 거대한 변화가 만주사변에서부
터 10년 후에, 여기까지 왔다는 것은 진정으로 와야 할 시기에
왔다고 생각합니다. 빠른 것도 아니고 늦은 것도 아닙니다. 역
사의 수레바퀴를 파악하는 방법은 돌연한 것도 아니고 되돌아
오는 것은 결코 아니니까요.

최재서   그런데 우리들로서는 출판이나 잡지의 편집에 대한 생각이 항
상 머리를 떠나지 않는데요, 그래서 조금 전의 출판 문제에 대
해서도 생각해 봤습니다만. 지금의 정세에서 볼 때 지식계급
만을 목표로 하는 것은 어떨까요. 조금이라도 민중을 상대해
야 하는 것이 아닐까 생각하게 됩니다. 역시 중점이 되는 것은
국체본의의 투철이지만, 어떻게 처리해야 국체본의에 투철하
게 될까, 그런 문제들에 여러 가지 마음을 쓰고 있는 것이지

---

1) 1867년 일본 에도 바쿠후가 천황에게 국가 통치권을 돌려준 사건을 말한다.

요. 그런 일에 대해서는 선전부 쪽에서도 몇 가지 생각하고 있을 것 같은데, 무엇인가 좋은 의견이 없습니까?

출판계에 대해서

쓰 다 전조선의 출판물은 역시 선박이 모자라는 이 시대에, 이곳까지 종이를 운반해 주고 있습니다. 그러니 종이를 탄환과 같이 생각하지 않으면 안 된다고 생각합니다. 전조선의 출판에 종사하는 사람들이 이런 기분을 확실히 가져야 한다고 생각합니다. 그리고 정도가 높은 지식층에 대해서도 대중에 대해서도 종이를 탄환과 같이 생각하는 기분으로 종합적 기획이랄까, 구상을 응집시키는 그런 단계에 왔다고 생각합니다. 중복되는 기록과 출판을 많이 정리하지 않으면 안 된다는 생각을 가지고 있습니다. 얼마나 구체적인 결론이 나올지 모르지만.

최재서 각자는 나름대로 생각하겠지만 또한 한편으로 종합적 기획도 필요하겠죠.

쓰 다 그리고 새로운 경향으로서 갑자기 시작된 것은 아니지만 신문사에서 농민이나 아이들을 위한 편집에 충분히 힘을 쓰고 있는데, 『경성일보』에서는 『황민일보』를 내고 『매일신보』에서도 여러 가지 생각하고 있는 것 같습니다. 이러한 것은 상당히 좋은 것으로, 더욱 강화시키지 않으면 안 된다고 생각합니다.

최재서 이것은 상당히 델리케이트한 문제입니다만, 국어보급과 언문에 의한 선전계몽은 자칫하면, 뒤죽박죽이 되는 경향이 있다고 생각합니다. 국어보급은 최고의 국책으로서 이후 한층 추진해 나가지 않으면 안 되는 것은 물론이지만, 그런 식으로 여러 가지 이상을 민중들에게 철저하게 실현시키는 경우, 언문으로 쓰는 것도 지금 생각하지 않을 수 없는 것입니다. 그것이 고려되어야 한다고 생각합니다.

쓰 다 그런 문제는 라디오 방송에도 해당하는 경우라고 생각하는데요, 라디오는 조선어 방송과 국어 방송을 함께 하고 있습니다. 이것은 방송뿐만 아니라 어느 분야에서라도 필요한 것으로, 출판계에도 적용되어도 좋다고 생각합니다. 단지 지금까지와 같이 그 역할에 대해서 확실히 한다는 자각 없이 실행해서 유감스러운 경우가 생기게 된다면, 그것을 그만두게 할 필요가 있다고 생각합니다.

최재서 무엇인가 잡지에 대한 희망이나 주문은 없습니까.

쓰 다 글쎄요. 잡지도 작년부터 상당히 변해서 매우 국책적이 되어서 좋다고 생각하지만, 지금 말했던 것처럼, 대동아전쟁 후가 되면 한층 사정이 악화될 수도 있기 때문에 종이를 운반해 오는 선박을 한층 절실하게 생각하자, 즉 그렇게 중요한 선박을 나누어서 조선에 종이를 운반해 온다는 생각에 대해서 조금 더 자각을 깊게 해야 한다고 생각합니다. 그러면 한 장의 내용도, 한 호의 잡지도 더욱 양심적으로 할 수 있으며 나아가 총후전선의 제일선에서 민중을 사상적으로 끌어올리는 역할로서의 출판, 편집에 한층 더해진 힘과 새로운 기획이 생생하게 넘칠 것이라고 생각합니다. 그런 측면은 역시 아직 미흡하다고 생각합니다.

문학과 국책과의 결부

최재서 어쨌든 3~4개의 잡지가 같은 일을 한다면 소용없다고 생각합니다. 그리고 이것도 새삼스럽게 이상하다고 생각하는데, 문단에 대해서 무엇인가 특별하게 생각하지는 않습니까, 녹기연맹 주간시대는 뭐라고 해도 간접적이었다고 생각되는데요, 이번에 새로운 위치에서 볼 경우…….

쓰 다 지금은 녹기연맹의 주간이 아닙니까, 하하.

최재서 어쨌든 새로운 문단의 새로운 목표는 역시 징병제 실시에 따른 준비, 그리고 또 하나는 생산 확충의 문제, 그 두 가지라고 생각합니다만, 징병제에 대해서는 전부터 해 왔고 이것을 지속적으로 다시 강화해 가야겠지만, 다른 하나인 생산 확충과 문학의 결부는 상당히 어려운 문제인데, 그러나 어렵다고는 해도 이것은 반드시 하지 않으면 안 된다고 생각합니다.

쓰 다 이번에 유아사 군이 왔었는데요, 그 사람이 진지하게 생각하고 있습니다. 지금의 생산 확충 문제와 직접 관계는 없을지도 모르지만, 일반적으로 국책과 문학에 대해서 실제적으로 생각하고 있습니다. 그래서 조선과 만주에 대해서 잘 알고 있습니다.

최재서 그렇군요. 여기 저기 돌아다니면서 여러 가지 공부해 왔으니까.

쓰 다 어쨌든 그 사람의 생활의 중점은 만주, 조선의 움직임을 포착하는 것이며 그 속에서 소설로 써야 할 것은 소설로 쓰고 수필로 써야 할 것은 수필로 써서 내지인에게 전하는 것이지요. 지금 수풍댐 건설공사를 주제로 해서 장편소설을 쓰고 있다고 합니다. 그런 거대한 건설이라는 것은 어쨌거나 조선의 문인들이 포착해야 할 주제라고 생각하지만, 도쿄에 살고 있는 작가가 먼저 했지요, 하기는 이것은 어디가 먼저라고 할 것도 없고, 또 지금부터도 누군가 같은 주제로 써도 좋은 거대한 건설 사업이지만.

최재서　저도 사실은 여러 계획이 있습니다. 즉 징병제 실시에 대한 준비로, 언문 출판 쪽으로 집중할 작정인데, 사실은 대화(大和) 문고라는 것을 생각하고 있습니다. 제1기는 먼저 30권 정도로서 옛날 일본의 위인의 — 그 중에는 문인도 있겠지만 대부분 무장이 됩니다. — 옛날 이야기책을 30인의 작가에게 집필시킬 계획으로, 지금부터 연구해서 쓰는 것은 시간을 맞추기 힘드니까, 내지에서 쓴 것 중에서 신뢰할 수 있는 것을 뽑아서 번역한다면 어떨까 생각하고 있습니다만, 그것들은 한 출판사의 힘만으로는 상당히 곤란하기 때문에 도서과장에게 어느 정도의 양해를 얻어 한다면, 제일 먼저 종이가 문제입니다만, 그것은 우리들만이 어떻게 해도 안 되는 것이니까요. 그런 문제들도 해결하여 실현할 수 있는 희망이 있다면, 정보과에서 감독해 주고, 도서과와 선전부도 힘을 보태 줄 것을 원하고, 문인협회의 소설부 알선으로 집필자를 인선하는 것으로 생각하고 있습니다. 그리고 이것은 말할 것도 없이 일본의 모습을 비근한 이야기에 의해서 구체적으로 알리자는 것으로, 그와 동시에 문인의 연성에도 도움이 된다는 그런 목적인 것입니다. 이런 계획은, 그 정도로 종합적이지 않아도, 그 외에도 있을 것입니다. 그리고 그 다음은 신사 혹은 신도에 관한 평이한 해설, 고전의 해설이라는 식으로 계속해 나가면.

쓰 다　그것 좋겠네요.

최재서　그런 것과, 또 하나 조금 전에 말했던 문제 — 생산 확충과 문학을 어떻게 결부시킬까, 그것에는 사실 미약합니다.

쓰 다　즉 지금의 지식계급 — 지식계급이라고 말해도, 이과, 공학 쪽도 지식계급에는 틀림없지만, 지금까지는 주로 문과 방면의 사람을 말하는 것이므로, 지금까지 그들 지식계급은 의외로 외국의 지식은 가지고 있지만 자국의 경제지식, 정치지식은 그다지 가지고 있지 않았습니다. 특히 조선에 대해서 그렇게 말할 수 있습니다. 생산력 확충이라고 한마디로 말해도, 그것이 전시하의 국가경제 가운데에서 구체적으로 어떻게 될 것인가라는 것에 대해서는, 이것은 실언일지도 모르겠지만, 일반적으로 확 와 닿지 않습니다. 이것은 우선 잘 모르는 것이 아닌가 생각합니다. 생산 확충이라면 경제 분야에서 말하는 것으로 전쟁에 관계 있는 것을 조금씩 만들어가는 것이라고 일단은 모두 그렇게 알고 있지만, 그것이 진실로 어떤 것인가, 총후 국민생활에 어떤 영향을 끼치는 것인가, 확 다가오지 않는다고 생각합니다. 실은 저도 잘 모르겠는데, 단지 간단하게 생산 확충이라고 말해도, 그것은 전투력의 확충과 총후생활을 돌파하는 지팡이라는 식으로 고쳐 말하고 있습니다, 즉 생산력 확충을 빼놓고는 전투력의 충실, 총후생활 돌파의 지팡이는 없으니까. 예를 들어 쌀이 모자라면 배급관계로 충분히 안 되기 때문에 여러 가지 불평을 말하는 사람이 있다면 그는 쌀이 그렇게 된 것에 대해서 도대체 무슨 까닭인가를 우선 진지하게 생각하지 않으면 안 됩니다. 무엇보다도 문화인은 쌀이 잘 되지 않으면 배가 고프다는 것만 머릿속으로 생각해서, 폭넓게 전시경제에 대한 본질관계가 확실하게 이해되지 않는다고 말할 수 있습니다. 따라서 생산력 확충운동에 대한 자신의 생활감정이 잘 이입되지 않는다, 생산력 확충이라는 것이 중요한 것은 알고 있다, 그러나 생활감정은 여기에 있어서, 그 중요한 요청과는 절실한 감정이 교류가 불가능하다…….

최재서 결국 문학으로서는 모든 것이 작품으로 되거나 논할 수 있는 대상은 작품에 의해서 해결될 수밖에 없다고 생각하기 때문에, 생산력 확충의 문제도 오늘날 문학에서 정당하게 반영된다면 좋은 것이지만 그런 작품이 나오지 않는 것은 작가와 생산이 결부되지 않았기 때문일 것입니다. 따라서 광산 등에 견학 가는 것 등을 생각할 수 있지 않을까요.

쓰 다 즉 지금까지의 작가는 소비 부면만을 담당해서 묘사했습니다. 말하자면 소비자로서 있었던 것입니다.

문단의 동원

최재서 여기에서 선전부에 대한 최대의 희망은 연성부(練成部)가 있어서, 거기서는 일반청년의 연성을 하고 있지만, 지금 말한 것과 같은 의미로 작가의 연성(練成) — 생산력 확충의 문제를 문학의 중요한 테마로서 해 나가는 경우, 역시 문단을 그곳으로 인도해 나가는 것이 필요하다고 생각합니다. 이론, 평론의 힘도 필요하고 모든 힘이 그것을 향해서 함께 하나의 보조를 맞추어서 나가지 않으면 안 된다고 생각합니다만, 그와 같이 지도

할 무언가 포인트 같은 것을.

쓰 다　그것은 저만의 생각이지만, 시국인식이라고 말해도 현재 시국인식을 갖지 않은 사람은 없지요. 그래서 새삼스럽게 시국인식이라고 할 것도 없지만, 그러나 작가에 대해서 말한다면 작가도 지금 전개되고 있는 국책의 거대함에 대해서 본질적으로 이해해야 한다고 했을 때, 역시 작가의 인식에 부족함이 있다고 봅니다. 지금 생산과 문학의 결부가 부족한 것이니까, 그와 같은 지도에도 중점을 두어야 하는 것은 물론이지만 더욱 넓게, 예를 들면 우리나라의 선박이 얼마나 침몰되었다, 그래서 그것을 보충하기 위해서는 철이 필요하다는 것과, 총후 회수운동이 타이틀이 되어서 감지하지 않으면 안 되는 것이겠지만, 작가로서도 배가 침몰한다는 신문기사와 애국반에서 받은 동전회수라는 것이 딱 맞아떨어진다는 것 정도의 감각을 가진 사람은 비교적 적지 않을까 생각합니다.

최재서　말하자면 그것이 공식인데, 그것이 실제로 행해지기 위해서는 여러 가지 고심과 노력이 있어야 한다고 생각합니다. 그것을 표현하는 것이 문학이며 작가는 그런 식으로 일을 해 나가지 않으면 안 됩니다.

쓰 다　그런 것을 쓴다면 선전이 될 것이라는 의미가 아니라, 지금 일본의 건설적인 고민이 거기에 있고 그 건설적인 고민에는 역사적인 것도 있고, 따라서 문학의 큰 과제도 있다고 생각합니다. 그것을 어쩌다가 간판 그리기와 같이 일을 해 버리면, 그것은 안 된다는 것은 말하지 않아도 자명한 것이지요.

최재서　결국 문학이 국책에 협력하는 길은 그 이외에는 없으니까 그런 의미로 저는 『국민문학』과 출판의 일체를 해 나가겠다는 각오이지만, 문학의 이러한 지도연성에 대해서는 지금까지, 실례의 말씀인지도 모르지만, 연맹에서 그다지 생각하지 않았다고 생각합니다. 따라서 그것이 문단에도 영향을 주어서, 우리들이 멸시받았다는 느낌도 반드시 없었다고는 할 수 없습니다만, 당신은 문학이라는 것을 존경하고 그런 의미의 일을 해 주면 좋겠다, 다른 여러 가지 일도 있겠지만, 꼭 한 가지 그렇게 해 주기를 우리들로서는 희망하고 있습니다.

쓰 다 유아사 씨와는 여러 가지 이야기가 있었는데요, 만주 개척 사업이라는 것을 일반적으로 권위 있게 하는 것은 소위 개척문학이라는 것이라고 말했습니다. 국책을 민중에게 이해시키고 거기에 권위를 부여한다, 그런 점에서 이 수년간의 소위 개척 국책에 대한 문학의 관계는 큰 시사를 포함하고 있다고 생각합니다.

최재서 반도에 있어서 그런 의미의 농민문학이 반드시 나오지 않으면 안 된다고 생각합니다.

쓰 다 그런 의미에서 반도의 문단이 큰 국책에 진정으로 파고들어 공헌하지 않으면 안 된다고 생각합니다. 그리고 시작된 이 전시하의 문학, 넓게는 문화의 역할을 다해야 한다고 생각합니다.

좌담회 참석자 약력

◎ 조선문학의 재출발을 말한다

카라시마 타케시(辛島驍, 1903년생)

도쿄대학 문학부 중국문학과 졸업. 경성대학, 일본대학, 상모(相撲)여자대학교수를 역임. 전수(專修)대학과 상모여자대학 강사. 문학박사. 저서로는『중국의 신극』,『당시상해(唐詩詳解)』,『중국문학대계』,「암호와 추리」등이 있다.

테라다 에이(寺田瑛)

당시 경성일보 학예부장.

◎ 문예동원을 말한다

시마모토 스스무(嶋元勸)

당시 경성일보 편집국장.

쓰다 카타시(津田剛, 녹기연맹 주간, 총력연맹 선전부장)

경성제국대학예과 교수이자 야스오카 마사아츠(安岡正篤)와 다나카 지가쿠(田中智學)의 제자인 쓰다 사카에(津田榮)의 동생으로 1937년 중일전쟁이 발발하자

1938년에 형이 결성한 녹기연맹의 주간으로 취임하여 적극적으로 활동하면서 정치색을 강하게 하였다. 그리고 형 사카에가 세운 덕화여숙(德和女塾)에서 학생들에게 사회문제를 가르쳤다. 식민지였던 조선에서 주로 활동하면서 아내와 함께 많은 조선의 교육계 인물 및 문인들과 교류를 가졌다(다카사키 소우지(高崎宗司), 『식민지 조선의 일본인』, 이와나미 문고, 2002, 167~169면 참조).

나가사키 유조(長崎祐三)

당시 경성보호관찰소장. 전쟁 말기 조선에서 유명했다. 원래 검사였으며 사가(佐賀) 고등학교를 졸업하고 교토대학 법학부를 졸업, 고등시험 사법과에 응시하여 검사가 되었다. 식민지 조선의 경성보호관찰소장직을 오래도록 역임했다. 보호관찰소장직을 맡고 있을 때 조선의 사상범들을 대상으로 한 쥬쿠(大和塾-일종의 감화원)을 지어 그 학원에서 일본어 선생으로 일본어를 가르치기도 하면서 사상범들의 사상갱생을 추진하였다.

후루카와 카네히데(古川兼秀, 1901~1974)

후쿠시마(福島)현 출신. 1924년에 문관고등시험에 합격하였다. 도쿄제국대학 법학부를 졸업(1925년)하고 같은 해에 전매국속(專賣局屬)으로서 조선총독부에 들어가, 강원도 지방과장(1928년), 평안남도 지방과장(1929년), 함경북도 재무부장(1930년), 경상북도 재무부장(1932년)을 거쳐 황해도 경찰부장(1934년), 평안북도 경찰부장(1935년), 경무국 도서과장(1936년), 경무국 보안과장(1939년)을 역임하였다. 그 후, 함경북도지사(1942~1945년 6월), 평안남도지사(1945년 6월~패전)를 맡았다. 패전과 함께 소련군에 체포되어 억류되었다. 인양(引揚, 1950년) 후에는 도쿄 요구르트 주식회사 전무 등을 맡았다(가쿠슈인(學習院)대학 동양문화연구소, 『동양문화연구』 5호, 2003. 3, 234면 참조).

혼다 다케오(本多武夫, 1905~?)

후쿠오카(福岡)현 출신. 큐수(九州)제국대학을 졸업하고, 탁무성(拓務省)에 입성하였다. 충청북도 학무과장(1932년), 함경남도 학무과장(1933년), 경기도 학무과장(1936년), 경성 세무감독국 경리부장(1937년), 농림국 임정과 사무관(1937년), 충청북도 경찰부장(1938년), 평안북도 경찰부장(1940년), 충독부 경무국 도서과장(1940년), 총독부 학무국 과장 등을 역임하였다. 패전 후, 조선총독부에 설치된 종전사무처리본부의 보호부 지도반장을 맡았으며, 귀국 후에는 나가사키(長崎)현 농지부장 등을 맡았다(가쿠슈인(學習院)대학동양문화연구소, 『동양문화연구』 2호, 2000. 3, 30면 참조).

호시노(星野相河)

본명 배상하. 녹기연맹 이사. 언론보 평위원.

마츠모토(松本泰雄, 총독부 보안과)

본명 최운하. 총독부 보안과.

야나베 에자부로(矢鍋永三郞, 총력연맹 문화부장)

당시 총력연맹 문화부장.

하찌만(八幡昌成)

본명 노창성. 방송국 제2방송부장.

◎ 대동아문화권의 구상

아키바 다카시(秋葉隆, 1888~1954)

1888년 치바현에서 태어났다. 1921년 도쿄 데이코쿠대학 문학부를 졸업하고, 1924년 경성제국대학 예과의 강사로 발령을 받았다. 이후 런던대학에서 말리노프스키 등의 세미나에 참석하여 당시의 최첨단 인류학 이론을 공부했다. 1926년 경성제국대학 법문학부로 부임하여 1945년까지 주로 조선 사회의 민속과 무속신앙에 대해서 연구했다.

◎ 군인과 작가, 징병의 감각을 말한다

아사이 이사무(淺井勇, 1908~?) 中佐

아이치현 출생. 1908년에 태어났으나 사망일시는 알 수 없다. 육군 중사, 주요

보직은 참모 본부 러시아과 고급과원이며 병과는 보병이다. 육군사관학교 후보 42기생이며 육군대학 51기 출신이다. 다이쇼 12년 히로시마 육군유년학교에 입학하여 쇼와 5년 육군사관학교를 졸업하기까지 군과 관련한 학교를 거쳤다. 사관한교를 졸업한 해 10월 육군보명 소위가 되어 보병 제29연대부에 소속되었다. 쇼와 8년에 육군보병 중위가 되었다. 쇼와 9년 센다이(仙台) 육군교도학교부에 배치되었으며, 쇼와 11년에 육군대학에 입교하여 다음해 육군보병 대위가 되었다. 쇼와 13년(1938) 육군대학을 졸업하여 다음해 8월 북중국방면의 군참모가 되었다. 쇼와 15년(1940) 러시아의 참모본부원이 되었으며 쇼와 18년에는 소련대사관부 무관보좌관이 되었다. 쇼와 19년 육군중사가 되었다. 쇼와 20년 참모본부 러시아과의 고급과원이 되었으나, 몰년은 정확하게 알 수가 없다(「일본의 육군군인(아이치현 출신)」, 『군인 데이터베이스』 참고).

마스기 가즈오(馬杉一雄, ?~1947) 少佐

효고현 히메지시에서 출생. 군위는 육군 소좌로 주된 보직은 제46사단의 참모였다. 병과는 보병이며, 학교는 육군사관학교 39기였다. 1927년 육군사관학교를 졸업하고 같은 해 육군보병소위가 되어, 제46사단의 참모가 되었다. 그리고 1947년에 나가사키에서 법무사를 하였다(山崎正男編集責任, 保存版 『陸軍士官學校』(秋元書房, 昭和44年) 참조).

마키 히로시(牧洋, 1907~?)

이석훈. 1907년 평안북도 정주에서 태어났다. 평양 제2중학을 거쳐 와세다대학 러시아문학과를 중퇴했다. 1926년 무렵부터 『경성일보』, 『부산일보』 등에 일본어 소설을 발표했고, 1929년 『동아일보』 신춘문예에 희곡이 당선되면서 조선어 창작에도 매진했다. 조선어와 일본어로 된 단편소설이 약 56편, 그리고 약간의 희곡을 썼다. 식민지 말기에는 대해(大海)통신원, 조선방송협회 아나운서 등을 거쳤고, 조선문인협회상임간사, 녹기일본문화연구소원으로 활동했다. 저서에는 창작집 『황혼의 노래』 등이 있으며, 1948년 월북했다.

아오키 교(青木洪, 1908~?)

홍종우. 1908년 황해도 황주에서 태어났다. 어린 시절 아버지를 잃고 가난 때문에 학교에는 2년밖에 다니지 못했다. 그 이후 아이보기, 점원 등을 하면서 타인의 밥을 얻어먹었고, 이민들에 섞여서 만주로 들어가 일본영사관의 심부름꾼, 상점의 점원, 시계방 견습생 등을 지냈다. 이후 일본으로 건너가 큐슈, 오사카, 도쿄 등에서 미장이로 밥을 벌어먹으면서 문학에 힘썼다. 대표작으로 「밭가는 무리들」이 있다.

키노시타 준(木下俊)
작가.

다나카 히데미츠(田中英光, 1913~1949)

도쿄 아키자카에서 출생. 1935년 와세다대학 경제학부를 졸업하고 그해 5월 조선으로 건너와 경성에서 살기 시작했다. 중일전쟁에 두 차례 종군했고, 1940년 귀환 이후 같은 해 9월 『문학계』에 「올림푸스의 과일」을 발표, 1941년 이케타니상을 수상했다. 그 외 장편으로 『우리는 바다의 자식』이 있다. 조선문인협회 및 일본문인보국회 회원으로 활동했다. 1945년 이후 『취한 배』, 『들여우』 등의 작품을 썼으며, 1949년 다자이의 묘 앞에서 36세를 일기로 자살했다.

◎ 국민문학, 1년을 말한다

모리 히로시(森浩, 1906~?)

도쿄시 출신. 도쿄제국대학 법학부 졸업. 강원도 경무과장. 함경북도 외사(外事)경찰과장, 경무국 사무관, 함경북도 경찰부장, 경무국 도서과장(41년), 경무국 경비과장 등을 역임. 패전 후, 총독부에 설치되었던 종전사무처리본부의 보호부 경비반장, 이어서 하카다(博多)인양(引揚)원호(援護)국 총무부장 등을 맡았다. 그 후, 변호사로 개업하였다(가쿠슈인(學習院)대학동양문화연구소, 『동양문화연구』 5호, 2003. 3, 234면 참조).

스기모토 나가오(杉本長夫, 1909~?)

히로시마현 출신. 1916년 부친이 경성에서 이비인후과를 개업하게 되어서, 가족이 전부 조선으로 이주. 1927년 3월 경성제국대학 예과에 입학. 1929년 경성제국대학의 사토 키요시(佐藤 清) 교수가 『경성일보』의 「경일시단」의 선정자가 되었기 때문에 경일에 시를 투고하기 시작했다. 「사모(思慕)」, 「가을의 아쉬움」 등의 시가 지면에 실렸다. 같은 해 4월 경성제국대학 법문학부 영문과에 입학했다. 1930년 시잡지 『자토(赭土)』를 발간했다. 동인으로서 참가하였다. 1931년에는 시잡지 『낙타(駱駝)』를 주재, 1호에 「반도시단의 동향」을 게재하였다. 1933년 재조선의 시인을 망라한 『조선시인선집』을 편찬하였다. 1934년 4월 경성법학전문학교 강사로 촉탁되었다. 조선시인협회지 『조선시단』의 창간호를 발간하였고, 그 편집을 담당하였다. 1939년 경성고등상업학교 강사로 촉탁되었다. 같은 해 10월, 조선문인협회가 창립되어, 그 협회의 간사로 선출되었다. 1940년 조선총독부 경성법학전문학교 조교수로 임용되었다. 1942년 월간지 『국민문학』에 시를 여러 편 발표하였으며, 문학보국회 회원이 되었다. 1945년 종전 후, 조선총독부에 의해 진주관통역원을 명 받았고, 같은 시기, 일본인 인양세화회의 촉탁이 되었다. 1948년 히코네(彦根)경제전문학교 교수가 되었다. 1949년 시가대학이 설립되어 히코네 경제전문학교가 통합되면서 시가(滋賀)대학의 조교수가 되었다. 1949년 4월 리츠메칸(立命館)대학 법학부 비정규강사를 위탁받았다. 1961년 시가대학 학예학부 교수가 되었다. 1969년(61세) 시가대학경제학회 편집위원을 맡았다.

미야자키 세타로(宮崎清太郎, 1904~1987)

본명은 고다마 긴코(兒玉金吾). 히로시마에서 출생. 동경제대 중국어문학과 졸업 이후 조선에 건너왔다. 1943년 현재 경성시내 모 사립학교에서 교편을 잡으면서 작품 창작에도 정진하였다. 소설 「아버지의 발을 들고」, 「아이와 함께」 등이 있고 그 밖에 시, 단카 등이 다수 있다.

◎ 시단의 근본문제

사토 키요시(佐藤淸, 1885~1960)

시인, 영문학자. 호는 데지쿄우(澱橋). 도쿄대학 영문과 졸업. 경성제국대학 교수를 역임했다.

카네무라 류사이(金村龍濟, 1909~1994)

본명 김용제. 시인. 충청북도 음성군 출생. 1927년 일본으로 건너가 신문배달 등을 하면서 고학했다. 『신흥시인』, 『프롤레타리아시』, 『나프』 등에 일본어로 시를 발표하여 높은 평가를 받았다. 1932년 6월, 일본프롤레타리아 연맹의 서기로서 사무소에서 살다가 체포되어 약 4년 동안 옥살이를 하다가 전향하지 않은 채로 출옥했다. 1937년 조선으로 돌아와서 평론활동을 전개하다가 1938년 전향, 친일시를 잇달아 발표했다. 이후 이 시들을 묶어서 『아세아시집』, 『보도시첩』 등을 간행했다.

테라모토 키이치(寺本熹一)

국민총력연맹 문화부장.

◎ 신반도문학에의 요망

기구치 칸(菊池寬, 1888~1948)

다카마쓰 출생. 소설가이자 극작가. 도쿄 고등사범에 추천 입학했으나 기질에 맞지 않아 퇴학했다. 1916년 교토대학 영문과 졸업 이후 기자로 활동하면서 다양한 작품을 발표했다. 1923년 『문예춘추』를 창간하여 주재하여 문단의 중심인물이 되었다. 이후 문예가협회를 설립하고 아쿠타카와상, 나오키상 등을 마련하는 등 신인육성과 문학자 지위 향상에 노력했다. 1938년 9월 내각정보부의 요청으로 중국 현지에 파견되어 종군하였다.

요코미츠 리이치(橫光利一, 1898~1947)

후쿠시마 출생. 소설가. 1916년 와세다대학 예과에 입학했으나 신경쇠약으로 휴학, 후에 복학했으나 1920년경 중퇴하였다. 1924년 가와바타 야스나리, 가타오카 뎃페이 등과 『문예시대』를 창간하여 신감각파 문학운동을 일으켰다. 1935년에는 순문학이자 통속문학이라는 '순수소설론'을 제창하기도 했다. 1936년 유럽 여행을 계기로 동양정신에 의한 서양 정신의 초극이라는 과제를 전개했다.

가와카미 데쓰타로(河上撤太郎, 1902~1980)

나가사키 출생. 평론가. 1924년 고바야시 히데오와 시작한 동인지 『멧누에』에 음악론을 발표했고, 1929년 나카하라 주야 등과 『백치군』을 창간하여 「지드론」을 발표했다. 1932년 『카라마조프가의 형제』의 인물을 분석한 『자연과 순수』를 간행하여 비평가로서 자립하고 『작품』, 『문학계』 등에서 활약했다. 1934년 이른바 '세스토프적 불안'에 대한 논쟁을 불러 일으켜 이 시대의 정신적 측면을 보여주기도 했다. 1942년에는 일본문학 보국회의 심사부장이 되어 대동아문학자 대회를 개최했고 『문학계』 10월 좌담회 「문학종합회의-근대의 초극」을 열고 사회를 맡기도 했다.

야스다카 도쿠조(保高德藏, 1889~1971)

오사카 출생. 1906년 석탄을 수입하는 아버지를 따라 조선으로 건너와서 3년가량 머물다가 1910년 일본으로 돌아갔다. 이때의 체험을 바탕으로 식민지 조선인의 고뇌를 담은 작품을 몇 편 발표했지만 야스다카의 활동은 『문학 쿼털리』(1932. 2, 창간), 『문예수도』(1933. 1, 창간) 등 문학잡지 발행이 주가 되었다. 야스다카는 조선 작가들을 후원하기도 했는데, 장혁주와 김사량, 김달수 등이 그의 잡지에 글을 발표했다.

후쿠다 키요토(福田淸人, 1904~?)

1904년 나가사키 출생. 소설가, 아동문학가, 근대문학연구자. 1929년 도쿄제국대학을 졸업하고 1930년 이토 세이가 주도한 동인지 『문예리뷰』에 동참했다. 이 잡지는 주지적 방법, 신심리주의적 작풍을 실험했다. 전쟁이 끝난 후, 1955년 일본아동문학가협회를 설립했다. 니혼대학, 릿쿄대학 등의 교수를 역임했으며 작품은 지적이고 서정성이 풍부하다.

유아사 가쓰에(湯淺克衛, 1910~1983)

6살에 경기도 수원에 정착, 수원 공립심상소학교, 경성 중학을 졸업할 때까지 유소년기를 조선에서 보냈다. 도쿄 와세다 제1고동학원에 입학하지만 2학기 가을 '근대문예연구회사건'에 휘말려 중도퇴학한 후 본격적인 작가의 길로 들었다. 「간난이」(1935. 4), 「담배」(1936. 9) 등 초기 작품은 식민지의 고통을 소년,

소녀의 눈으로 묘사했지만 이후 전향하여 적극적으로 국책에 협력했다. 특히 만주이주협회의 기관지『개척』에 연재된「압록강」은 국책협력의 특징을 가장 잘 보여준다. 이후 황도조선연구위원회의 상임위원, '결전태세 즉응 재조선 문학자 총궐기대회' 참가 등의 활동을 했다.

◎ 전쟁과 문학

우에다 히로시(上田廣, 1905~1966)

1934년 좌익적 문학잡지『문학건설자』에서 활약하면서 장편『전선(全線)』을 연재한 적이 있지만, 본격적으로 대중에게 이름을 알린 것은 전쟁 문학이 저널리즘에서 각광을 받았던 1938년 무렵이었다. 전쟁터에서의 경험을 바탕으로 쓴「파오시산」(『중앙공론』, 1938. 8),「황진(黃塵)」(『대륙』, 1938. 10) 등이 그것이다. 이후「건설전기」(『개조』, 1939. 4),「본부일기」(『개조』, 1940. 1),「속 건설전기」(『개조』, 1940. 2)의 3부작을 완성했는데, 주로 그가 소속된 철도부대의 노고를 보여준 것이었다.

이노우에 야스부미(井上康文, 1897~1973)

카나가와(神奈川)현 출신. 본명은 이노우에 야스나오(井上康治). 문필가, 기자(산케이(産經)신문 운동부 기자), 시인. 도쿄(東京)약학교(현, 도쿄약과대학) 졸업. 1915년(다이쇼 4년)『국민문학』에 들어가 단카(短歌)를 지었으나, 시도 지었다. 1918년『민중』의 창간동인이 되어 편집을 하기도 하였다. 1920년 9월 첫 번째 시집『사랑하는 이에게(愛する者へ)』를 출판. 다음해 1921년에는『씨를 뿌리는 사람(種蒔く人)』 2호에 러시아 혁명을 노래한「피의 일요일」을 기고, 전문이 삭제당했다. 같은 해 시인회를 결성,『신시인』을 발행. 1927년에는 시집사(詩集社)를 창설하여 신인을 발굴하였으며, 1928년 시인협회설립에 힘을 쏟았다. 평생, 민주적이면서도 평명한(명료한) 시를 썼다.

◎ 영화〈젊은 모습〉을 말한다

류자키 이치로(龍崎一郎, 1912~1988)

영화배우. 카나가와현 요코하마 출생.

이와이 카네오(岩井金男, 1923~1994)

영화감독. 도쿄 출생. 1934년 일활(日活)에 입사, 1939년 토호(東寶) 문화영화부, 1942년 조선영화사를 거쳐 1943년 <젊은 모습>으로 데뷔했다.

◎ 국민문화의 방향

가토 다케오(加藤武雄, 1888~1956)

문예지 『문장구락부』(1916~1929, 신조사 발행)의 편집인. 젊은 문학 애호자를 대상으로 투고란을 설치하여 각종 원고를 모집했으며, 소설작법, 문단의 동향, 문인의 생활에 관한 기사를 실어 문단 안내의 역할을 했다. 프로문학의 파장이 강력했던 1929년 '예술파의 십자군'으로 자처하는 '13인 구락부'에 참여하여 『근대생활』이라는 잡지를 중심으로 활동했다. 1930년대 중반에는 신문, 부인잡지, 오락잡지와 같은 대중출판물에서 활약하기도 했다. 1942년 2월 『국민문학의 구상』이란 책을, 후나야마 신이치, 이와쿠라 마사지, 히비노 시로, 무라사메 다이지로 등과 함께 집필했다.

다테노 노부유키(立野信之, 1903~1971)

소설가. 1920년대 후반 주로 반전(反戰)을 주제로 한 작품이나 「나흘간」 등 프로문학적인 작품을 발표했고, 1934년에는 자아의 나약함을 고백하는 전향 문학의 흐름을 보여주는 「우정」을 발표하기도 했다.

후루야 쓰나다케(古谷綱武, 1908~1984)

나카하라 주야, 가와카미 데쓰타로, 오오카 쇼헤이 등과 함께 『백치군』(1929. 4~1930. 4) 동인으로 활동했다. 「히노 아시헤이론」이 있다.

편역 이원동

경북대학교 기초교육원 강의초빙교수
한국 근대문학 전공
논문 「『국민문학』의 좌담회 연구」
「식민지말기 지배담론과 국민문학론」
「『조선국민문학집』과 내선일체의 정치학」
「군인, 국가, 그리고 죽음의 미학」 등

식민주의와 문화 총서 11

식민 지배 담론과 『국민문학』 좌담회

초판 인쇄 2009년 12월 15일 | 초판 발행 2009년 12월 31일
편역자 이원동
펴낸이 이대현 | 편집 추다영
펴낸곳 도서출판 역락 | 등록 제303-2002-000014호(등록일 1999년 4월 19일)
주소 서울시 서초구 반포4동 577-25 문창빌딩 2층
전화 02-3409-2058(영업부), 2060(편집부) | 팩시밀리 02-3409-2059
전자우편 youkrack@hanmail.net
ISBN 978-89-5556-751-9 93810

정가 25,000원
■잘못된 책은 교환해 드립니다.